BABYLONE

Le réveil des passions

Catherine DAVID
avec Françoise BOURON

BABYLONE

Le réveil des passions

XO ÉDITIONS

ISBN : 978-2-37448-081-7

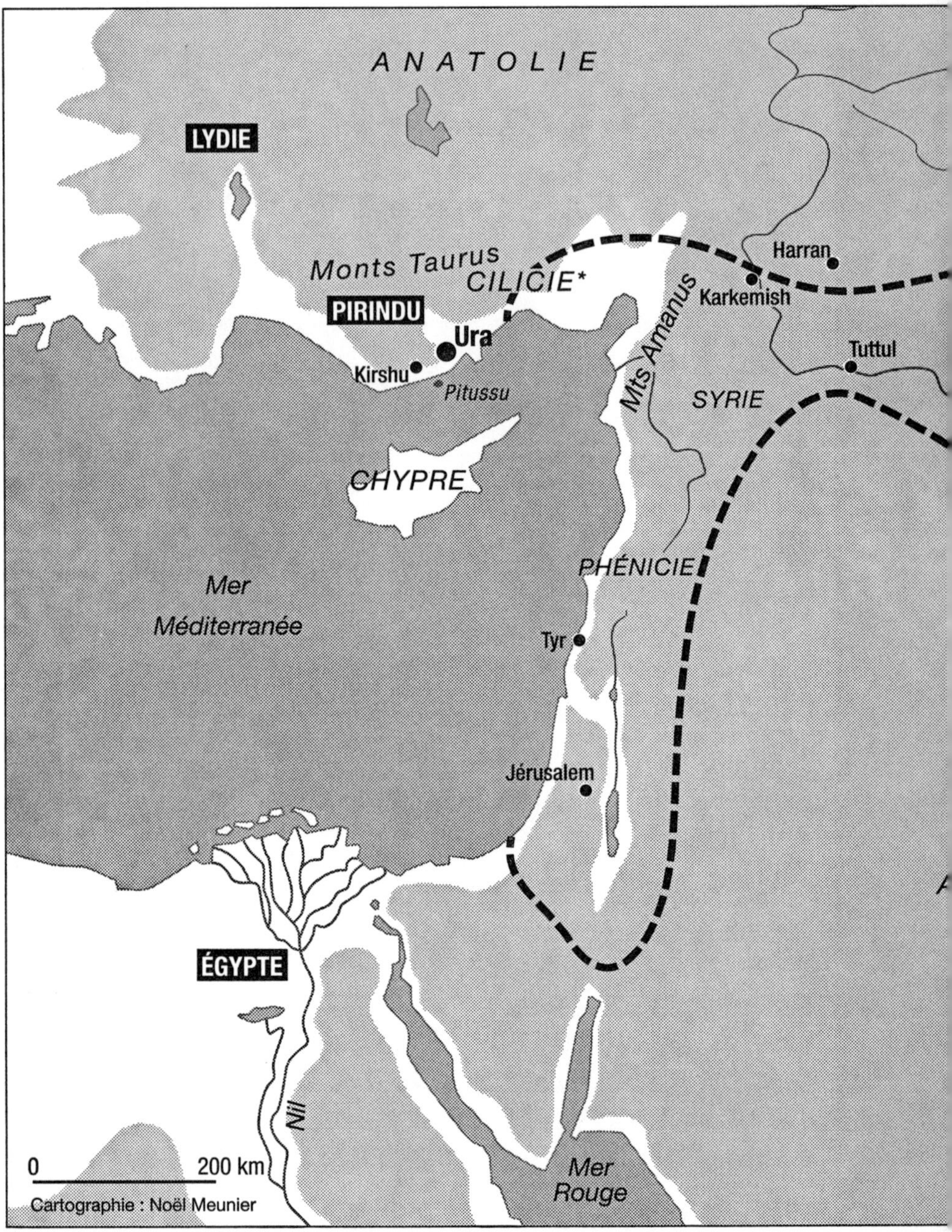

L'empire néo-babylonien au temps de Nériglissar (560-556 av. J.-C.)

Sous Nériglissar, l'empire néo-babylonien couvre une grande partie du Moyen Orient. Son territoire s'étire des rives de la Méditerranée jusqu'au golf Persique. Parmi les royaumes voisins, seule l'Égypte du pharaon Ahmôsis I est un adversaire de taille. Les Mèdes et leur roi Astyage font peu parle

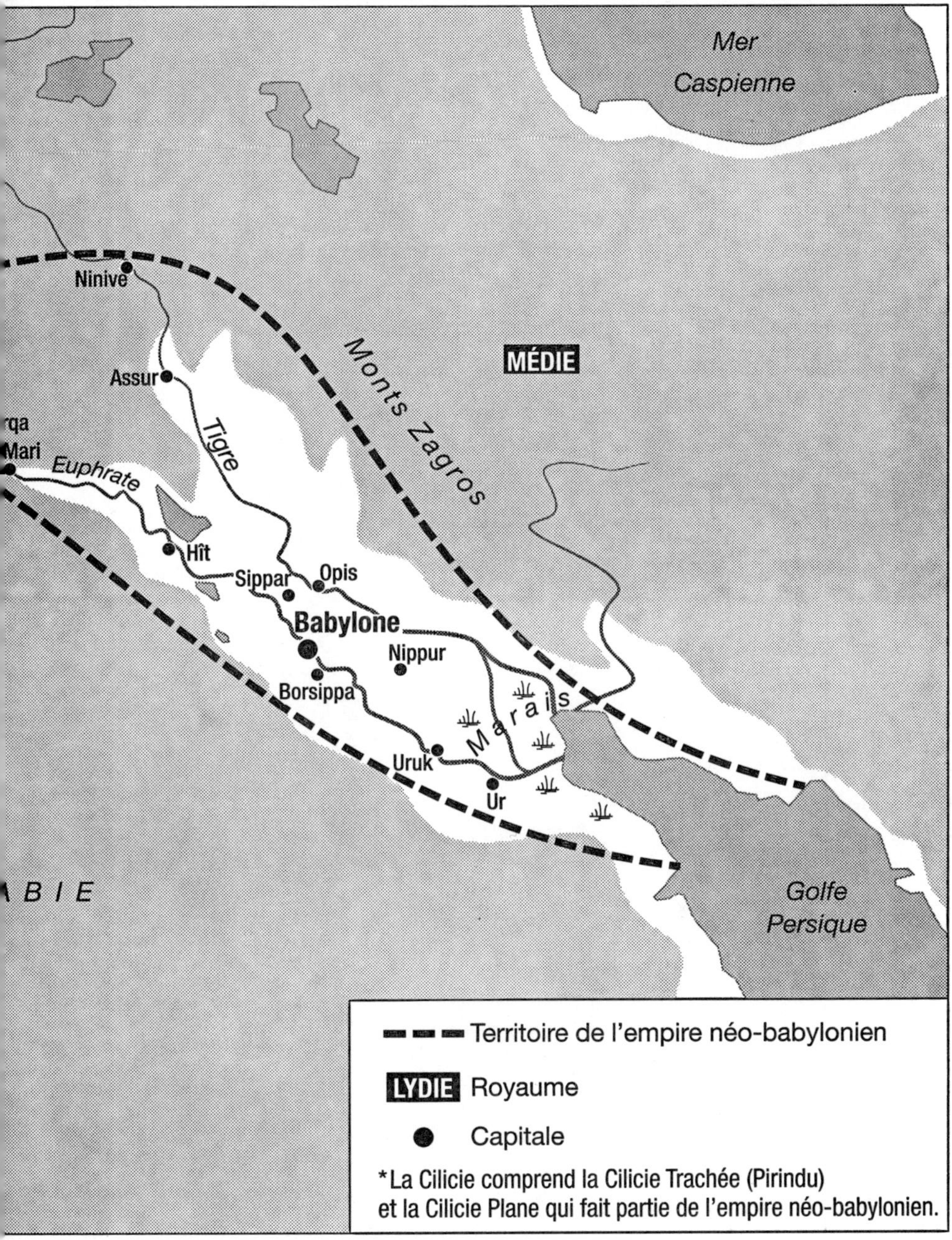

l'eux, occupés à gérer leur vaste territoire. La Lydie, au centre de l'Asie Mineure, entretient de bonnes relations avec l'empire néo-babylonien. Son roi, le célèbre Crésus, devait sa légendaire fortune au fleuve le Pactole, qui, croyait-on, charriait des paillettes d'or.

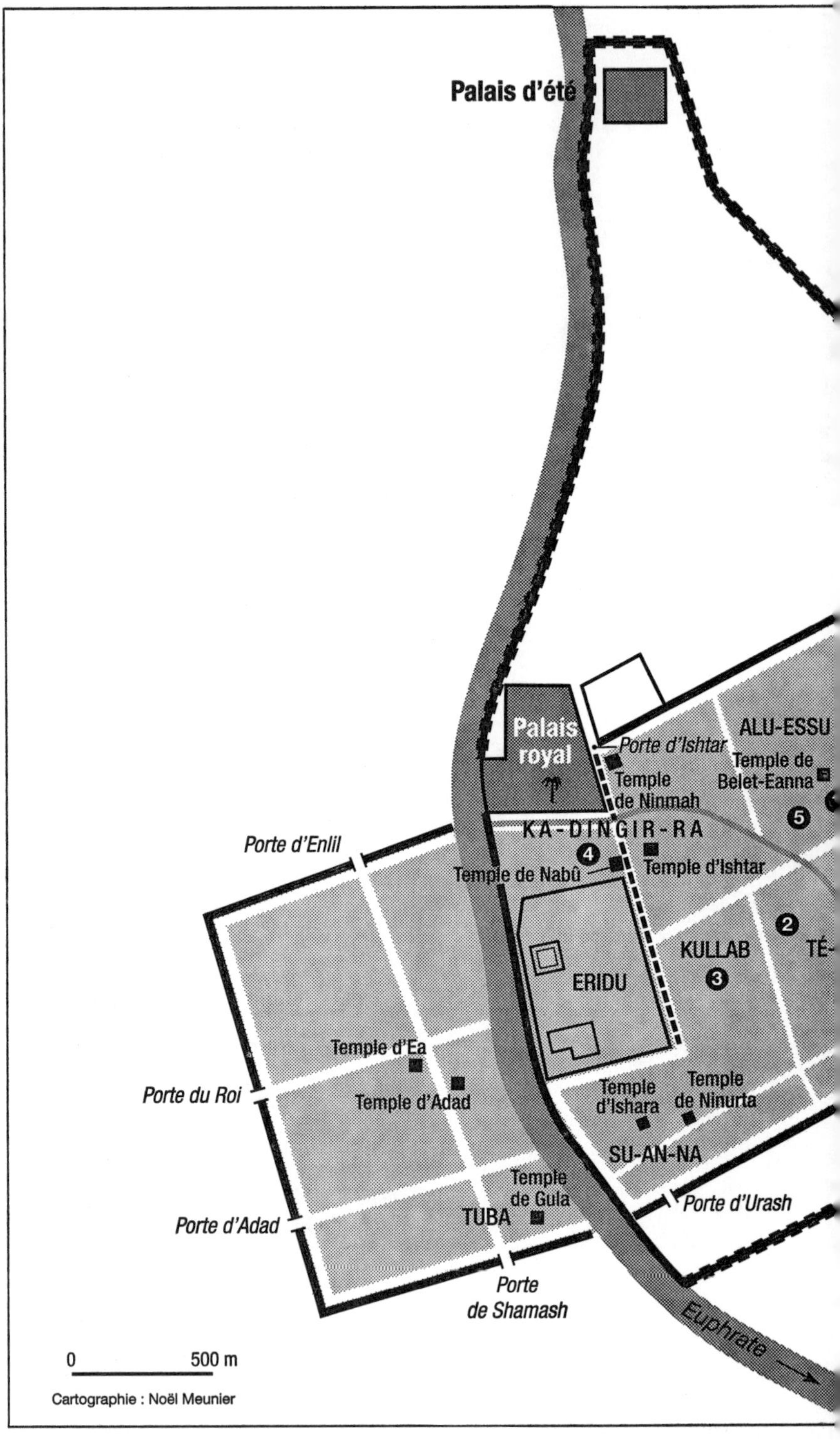

Babylone à l'époque de Nériglissar (560-556 av. J.-C.)

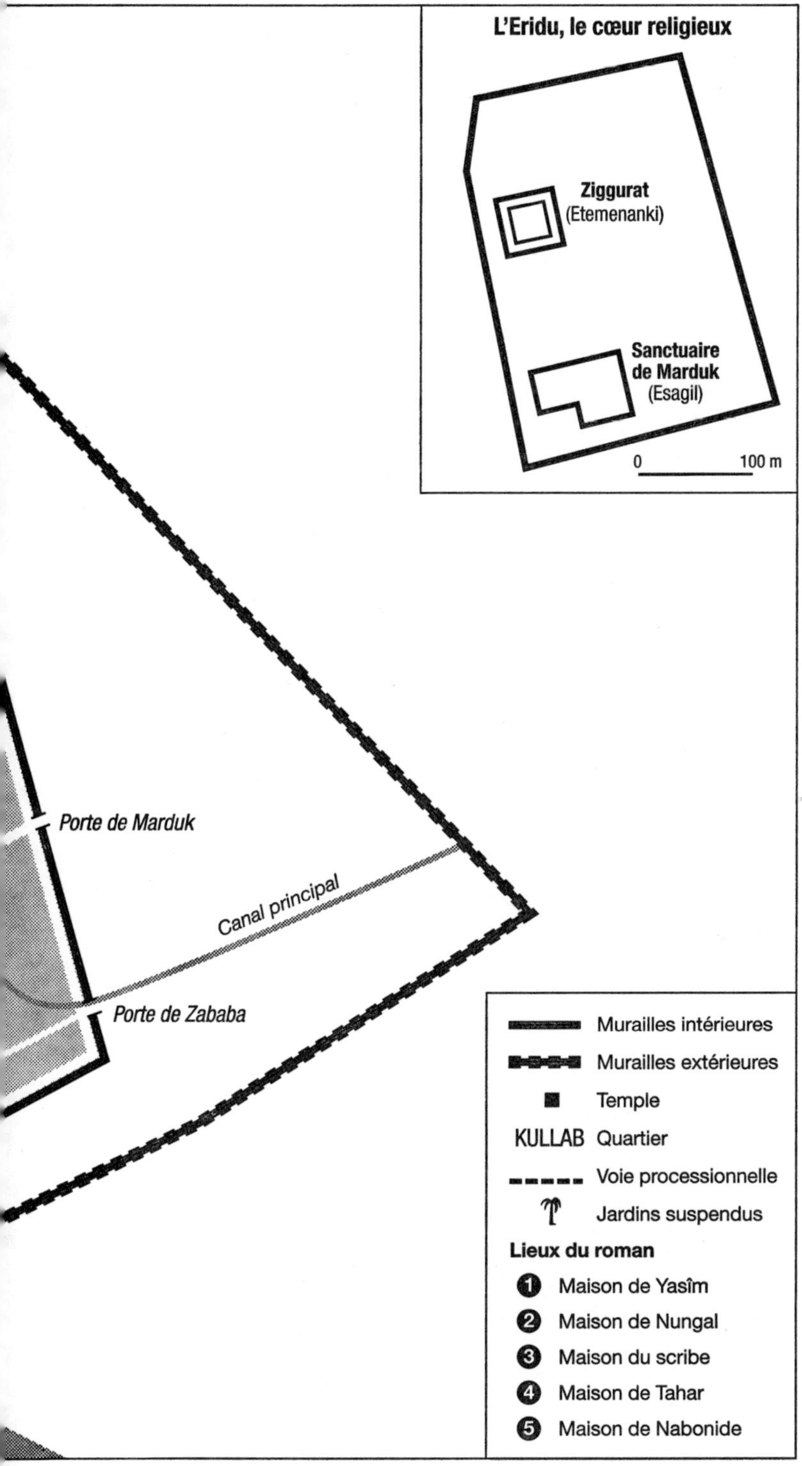
L'Eridu, le cœur religieux
Ziggurat
(Etemenanki)
Sanctuaire
de Marduk
(Esagil)
0
100 m
Porte de Marduk
Canal principal
Porte de Zababa
Murailles intérieures
Murailles extérieures
Temple
KULLAB Quartier
Voie processionnelle
Jardins suspendus
Lieux du roman
1 Maison de Yasîm
2 Maison de Nungal
3 Maison du scribe
4 Maison de Tahar
5 Maison de Nabonide

— AVANT-PROPOS —

Au VIe siècle avant J.-C., Nabuchodonosor II est à la tête d'un immense empire qui s'étire des rives de la Méditerranée jusqu'au golfe Persique. Redoutable conquérant, c'est aussi un infatigable bâtisseur. Sous son règne, Babylone, la cité du dieu Marduk, rayonne sur tout le monde antique. Ses gigantesques murailles, sa resplendissante porte d'Ishtar, sa haute ziggurat, et ses mythiques jardins suspendus font l'admiration de tous.

En 562 avant J.-C., après un long règne de quarante-trois années, Nabuchodonosor II s'éteint, laissant le trône à son fils.

Deux ans plus tard, Nériglissar s'empare du pouvoir. Marié à Kassaia, la fille du Grand Roi, il tente de poursuivre son œuvre.

C'est au cours de la quatrième année de son règne, en 557 avant J.-C., que débute notre roman.

— 1 —

Des murailles jusqu'aux toits en terrasse, la Cité avait pris le ton rose de l'or que l'on trouve en Orient. Puis le soleil disparut. Et la nuit engloutit Babylone.

Du port, on ne voyait plus que l'impressionnante silhouette de la ziggurat[1] qu'un halo de lune découpait.

Le charpentier n'était pas satisfait de sa journée. Il avait espéré récupérer le bois de charpente des bateaux que les propriétaires démontaient afin de ne pas immobiliser leur capital, mais l'armateur Yasîm avait refusé de lui vendre un stock de bois qu'il convoitait. Il avait dû prendre des mesures...

Malgré les nombreuses bières qu'il avait bues, il n'éprouvait pas ce début d'ivresse qui l'apaisait d'ordinaire. Des jets de bile lui remontaient dans la bouche. Il cracha plusieurs fois par terre avant de s'arrêter au bord du fleuve.

Le port était éclairé par une myriade de petits points lumineux qui traçaient une ligne incertaine du débarcadère jusqu'au chemin de halage. Il suivit machinalement des yeux un bateau qui venait d'accoster.

1. Tour à étages.

Des effluves de poissons montaient des rives aménagées en contrebas. Il aimait cette odeur de friture forte, un peu irritante qui aiguisait généralement son appétit, mais pas ce soir.

En s'éloignant des quais animés, il fut pris d'un doute. Pour regagner le centre de la Cité, il devrait longer les remparts de Babylone où les passants étaient rares. Ce trajet presque désert ne lui plaisait pas.

Il avança à contrecœur.

L'humidité du fleuve s'insinuait sous ses vêtements. Sa pelisse de laine noire le protégeait mal du froid. Il jeta un regard vers l'Euphrate. N'était-ce pas la silhouette d'un démon qu'il voyait surgir là-bas au-dessus des flots sombres ? Non, ça ne bougeait pas. Tant mieux. Une clarté lunaire capricieuse éclairait mal son chemin. Les nuages poussés par le vent obstruaient par instants la lumière. Cette route, parsemée de cailloux et de trous, était pleine d'embûches. Si, à proximité du port, des prostituées, adossées aux murailles, rendaient le lieu encore fréquenté, en s'éloignant, il ne croiserait que des chiens errants ou… il ne voulait pas y penser. Les agressions ici n'étaient pas rares. Des étrangers rôdaient pour dépouiller les passants. C'était ce qu'il avait entendu dire.

Il hâta le pas.

Alors que les nuages fuyaient devant la lune, il aperçut une ombre mouvante sur le sol. Quelqu'un le suivait… Il n'osa pas se retourner et, retenant sa respiration, il guetta le moindre bruit suspect. Seul le vent heurtant les remparts se faisait entendre. Pour en avoir le cœur net, il s'arrêta brutalement, et trébucha. Personne. Il fut secoué par une quinte de toux dont l'écho se perdit dans la vaste étendue sinistre. Penchant sa tête de côté, il souffla un grand coup par le nez pour se moucher. Il se sentait mal. Non pas à cause du vent glacial venant du fleuve qui le faisait frissonner, mais parce qu'il n'avait pas la conscience tranquille depuis qu'il avait volé l'armateur.

Celui-ci s'en était-il aperçu ? Il ne voulait pas y songer à nouveau. Pas maintenant...

Il poursuivit sa route, transi de froid.

Pendant un moment, il réussit à avancer à grandes enjambées, se souciant de garder l'équilibre pour atteindre au plus vite l'entrée de la Cité.

La porte d'Ishtar était maintenant en vue, à demi éclairée par les rayons perlés de la lune. Au fur et à mesure qu'il approchait, il voyait grandir le contour des dragons à la langue fourchue. Menaçants. Il eut du mal à détacher son regard des animaux gigantesques qui rappelaient la puissance des dieux.

Encore un effort, et il allait retrouver la Voie processionnelle, animée à cette heure. Il franchit la porte. De l'autre côté de l'arche monumentale, il se sentit réconforté. Les Babyloniens, affectionnant la vie nocturne, se pressaient le long de l'artère principale. Il apprécia plus que jamais la compagnie de ses semblables.

Refoulant toute pensée contrariante, ses pas le menèrent vers des rues commerçantes. Sa demeure n'était plus très loin. Il n'avait plus rien à craindre. Le quartier de Kullab qu'il devait traverser pour rejoindre le sien lui était familier. Des petits marchands, installés le long des maisons, proposaient leurs denrées savoureuses, parfois étonnantes, comme ces boutons de fleurs séchées marron, minuscules, qui dégageaient une odeur si intense. Il observait avec curiosité leurs gesticulations. Derrière leurs visages creusés par la lumière, il s'amusa à suivre des yeux les clartés tremblotantes des lumignons qui dansaient follement sur les murs. Il n'était plus si pressé de rentrer chez lui. L'ambiance lui donnait envie de flâner.

Au bout de la deuxième rue, il en prit une troisième, revenant en arrière.

Douleur !

Un coup violent s'abattit sur sa nuque, le faisant chanceler. Le souffle coupé, il tendit les bras en avant pour amortir sa chute. Ses mains dérapèrent dans un liquide chaud et visqueux. Son propre sang.

Un second coup heurta son crâne et le projeta contre le mur. Était-ce sa tête qui avait fait ce bruit de coquille qu'on écrase ?

La souffrance affolait son cœur qui peinait à battre à coups réguliers. Éclat d'une lame. Jamais il n'avait senti une déchirure aussi atroce de sa chair.

Il tenta de respirer, mais des caillots de sang obstruaient son nez.

Le dernier coup lui fit perdre conscience.

Le charpentier mourut peu après sans savoir les mutilations que l'on faisait subir à son corps.

— 2 —

En ce début de matinée, la Cité paraissait plus accueillante sous la lumière douce du soleil montant. Yasîm, l'armateur, se rendait au port, car il voulait être le premier à se tenir au courant des tractations en cours ou à glaner des informations dont il pourrait tirer profit.

Il appréciait cette heure paisible en l'absence de l'agitation des petits marchands qui vendaient tout et n'importe quoi.

Il traversa le quartier des artisans qui commençait à s'éveiller. Des martèlements sonores provenant des cours intérieures des forgerons et des fabricants de cuir résonnaient déjà dans les étroits couloirs des ruelles. Préoccupé par l'arrivée prochaine de ses bateaux, l'armateur avançait machinalement lorsque, parvenu à la hauteur du temple de la déesse Ishtar, il entendit une plainte déchirante fendre l'air.

Il tourna la tête en direction de la femme qui venait de hurler. D'où il était, il n'apercevait que le haut de sa silhouette, les bras nus levés vers le ciel. Il s'en approcha. Des passants commençaient à converger vers la façade du temple devant laquelle elle se trouvait. Des prêtres, en longues tuniques ocre, étaient sortis dans la rue. Yasîm fut le premier à arriver tout près. La femme continuait à pousser des lamentations bruyantes. Il découvrit alors le cadavre. Ce n'était pas la première fois qu'il était en présence d'un homme tué avec brutalité, mais rien ne pouvait expliquer ce qu'il voyait. Il y réfléchissait, ne remarquant pas l'attroupement qui grossissait autour de lui. « Pourquoi la victime d'un détrousseur se trouvait-elle – il cherchait le bon mot – dans cet *état* ? »

L'homme qui gisait à terre avait été sauvagement égorgé, au point que sa tête ne paraissait plus rattachée à son corps. À la place de ses yeux, deux orbites vides, sanglantes.

Soudain, une main frappa son épaule. Il sursauta.

— Seul un démon peut agir de la sorte ! déclara un inconnu au visage rouge, d'une voix suffisamment forte pour que tous l'entendent.

— Les démons ! se mit à hurler la femme, épouvantée. Les démons !...

Yasîm tenta de la calmer, en vain.

— Si les dieux les ont laissés agir, ce n'est pas sans raison, ajouta le nouveau venu en haussant le ton. Il faut chercher ceux qui – par leur comportement indigne – ont permis d'ouvrir les portes aux démons.

Les passants se pressaient autour du corps.

Yasîm recula pour se mettre à l'écart des curieux attirés par les chairs éclatées du gisant comme des mouches bleues par la viande. Il eut du mal à se dégager.

Des exclamations fusaient de toutes parts.

— Les démons sont remontés des enfers pour nous punir ! répétèrent plusieurs d'entre eux, manifestant leur assentiment.

— Je le savais ! clama un artisan du quartier. Depuis quelque temps, les Babyloniens ne nettoient plus leurs ruelles avec l'eau du fleuve. C'est une insulte aux dieux.

— Pas du tout, protesta un notable dont l'élégance ostentatoire tranchait sur la mise peu soignée des autres passants.

— Quoi « Pas du tout » ? Qu'en sais-tu ?

— Deux autres cadavres ont été retrouvés, dans des quartiers qui ne sont pas négligés comme celui-ci.

— C'est tout ce que tu trouves à dire ! s'étrangla l'artisan qui vivait là.

Devant l'air menaçant des autres habitants, le notable se reprit.

— Tu as peut-être raison, concéda-t-il, ce sont des démons, la preuve en est que tous ces meurtres ont eu lieu devant des temples.

— Voilà ! c'est bien ce que je disais, vociféra le rougeaud.

Il prit soin de dévisager un à un ceux qui se trouvaient autour de lui pour capter leur attention.

— C'est de ce côté-là qu'il faut chercher les coupables, ceux qui – par leurs fautes – ont permis aux démons de se déchaîner, reprit-il.

Et il désigna d'une main accusatrice la façade du temple, et les jeunes prêtres qui observaient la scène de loin.

Les passants l'approuvèrent bien volontiers : cette affirmation les mettait hors de cause, mais ils ne savaient que faire. Après quelques conciliabules, certains commencèrent à s'en aller, laissant l'armateur dubitatif. « Qui a bien pu susciter le déchaînement des êtres démoniaques ? » se demanda-t-il. Car les dieux ne toléraient pas qu'on les négligeât.

Alors qu'il était sur le point de partir, un détail lui revint en mémoire. Il s'approcha du cadavre et se pencha dessus. Cette pelisse en laine noire, inhabituelle, c'était celle que portait toujours le charpentier. Son regard s'attarda sur la bouche. Il ne restait du visage que des lèvres lippues dont il se souvenait. Cette moue dédaigneuse quand il s'agissait de payer… Une fripouille ! Mais Yasîm n'aurait jamais pu lui souhaiter une mort si horrible.

Il observa tour à tour la dépouille sanglante, et les passants. Il se demanda qui était le plus à craindre : des démons en furie ou bien un homme, un tueur des plus redoutables qui soient ? Car même les fauves n'abîmaient pas ainsi leurs proies.

Yasîm quitta les lieux et reprit sa route vers le port, chassant de son esprit les images du corps torturé qu'il avait vu.

— 3 —

Yasîm continua son chemin le long des rues encombrées par les déballages de marchands venant de l'extérieur de la Cité, plus tourmenté par la lenteur de sa flotte que par ce meurtre sauvage. Il franchit la porte d'Ishtar en maugréant. Il avait toutes les raisons d'être furieux.

Les produits acheminés par les caravaniers de l'ouest de l'empire vers Tuttul, un port sur l'Euphrate, étaient arrivés avec plusieurs jours de retard. Il se promit de leur demander des comptes.

Des deux bateaux qu'il attendait, un seul le préoccupait particulièrement. Celui-ci transportait une lourde porte en cèdre massif, magnifiquement sculptée, destinée au temple de Marduk. Son avenir en dépendait, du moins s'en était-il persuadé. Un don de cette ampleur, de ce coût, ne pouvait que lui attirer les faveurs du dieu Marduk, et du roi qui apprendrait que cet objet somptueux venait de lui.

Il eut une pensée pour Sarrû, la belle Égyptienne qui repoussait ses avances. Il observa de loin la bâtisse qu'un capitaine de bateau syrien avait fait construire pour elle. Il en connaissait tous les secrets. Sur le devant, des salles accueillaient les amateurs de bière et d'alcool fort ; c'était la plus belle taverne du port. À l'arrière du bâtiment, dissimulées aux regards indiscrets, de vastes pièces richement décorées étaient réservées à d'autres plaisirs.

Malgré ses approches, la jeune femme s'obstinait à l'ignorer. Il ne doutait pas que sa prochaine fortune, et sa générosité, la feraient céder. Patience. Le jour viendrait où elle quémanderait un simple regard.

Les quais commençaient à être envahis par les files désordonnées des chalands. Après la période d'étiage, les fortes pluies sur les montagnes avaient grossi les affluents de l'Euphrate, rendant le fleuve de nouveau propice à la navigation, et au commerce.

Tirant des ânes brayant, des paysans, à l'affût de bonnes affaires, se traînaient pendant que d'autres déchargeaient leur charrette croulant sous le poids des légumes à vendre. Des pêcheurs entassaient leurs poissons dans des paniers, leurs modestes barques coincées entre les grosses embarcations.

Yasîm avait veillé à ce que soit dégagée une place suffisante pour l'amarrage de son bateau. Il était connu de tous ici, et personne n'aurait osé empiéter sur son territoire, même si, aux dires de certains, il prenait ses aises comme si le port lui appartenait.

Il n'attendit pas bien longtemps avant d'apercevoir, avec soulagement, son bateau se découper sur l'horizon. Les rayons de l'aurore coloraient les voiles d'ambre clair. Un vent venu du fleuve soufflait par à-coups. Il filait droit sur le port. Mais ce n'était pas celui qu'il attendait avec impatience. Une déception de courte durée, car celui-ci transportait une cargaison de valeur dont il tirerait un large profit.

Il surveilla les manœuvres d'accostage, et bientôt, le bateau fut amarré au quai.

L'armateur désigna quelques hommes des montagnes du Zagros, râblés, musculeux, pour prêter main-forte à ses marins dans le transbordement des marchandises.

Les premières caisses, les plus légères, furent bientôt fixées solidement sur des ânes. Les plus lourdes, qui contenaient des lingots d'étain destinés aux forgerons, seraient empilées sur des chariots. Il vendait à bon prix ce métal, car celui-ci, allié avec du cuivre, fournissait du bronze de qualité qui servait à fabriquer des armes ou des statues.

Le début des opérations ayant été rondement mené, il était encore tôt. Aussi fut-il surpris quand il vit s'approcher de lui Bel-sar-usur, fils du vénérable Nabonide, dont la présence lui parut insolite de si bonne heure.

L'armateur alla à sa rencontre.

Presque du même âge que lui, Bel-sar-usur incarnait exactement l'homme qu'il aurait aimé être. Élancé, large d'épaules, il dépassait d'une tête la plupart des habitants de la Cité. Son visage aux traits réguliers, fermement dessinés, était éclairé par un regard intense dont on avait du mal à se détacher. Yasîm s'efforça de faire bonne figure, d'autant que son père lui passait des commandes importantes de métaux précieux.

— Déjà debout ? lui demanda-t-il plus sèchement qu'il ne l'aurait voulu. Que nous vaut l'honneur de ta présence ici, à cette heure matinale ?

— J'avais juste envie de voir du monde, éluda Bel-sar-usur, en désignant d'un geste large l'animation joyeuse qui les entourait. Le port est l'endroit idéal pour faire des rencontres. Il s'y passe toujours quelque chose.

L'armateur se demanda ce que Bel-sar-usur entendait par là quand celui-ci poursuivit d'une voix affable :

— Et toi, noble Yasîm, qu'est-ce qui t'amène ce matin ?

— J'ai fait venir des étoffes de lin et de l'étain en provenance d'Anatolie centrale. Du vin de Syrie aussi.

Bel-sar-usur prit un air admiratif de circonstance.

— Et ta cargaison de bois précieux ?

— Ah ! je vois que tu es déjà au courant. Eh bien, je l'attends encore ! Si tu as un peu de temps, mes hommes vont décharger le vin, ajouta l'armateur, soucieux de se montrer aimable. J'en ferai porter quelques jarres à ton père.

Bel-sar-usur acquiesça. Yasîm fit signe à son chef de bord de transmettre l'ordre de déchargement. L'opération put commencer.

Les récipients passaient de main en main. Faisant la chaîne, les esclaves acheminaient les jarres jusqu'à un chariot garni de paille. Chacune était ensuite calée avec soin, car Yasîm était très strict sur le transport de sa marchandise.

Il s'était tourné pour dire quelques mots à Bel-sar-usur quand un fracas le fit sursauter. L'une des jarres, échappant à la prise d'un esclave, venait d'exploser sur le sol. Le liquide s'étala jusqu'à ses pieds comme une flaque de sang. L'armateur recula vivement d'un pas. Des veinules sanglantes filaient dans les interstices du quai. Il ne pouvait détacher son regard des morceaux de poterie fracassée. N'était-ce pas un avertissement des dieux qui voulaient lui rappeler qu'il ne fallait pas triompher trop vite, qu'eux seuls présidaient à la destinée des humains ?

— Ton vin dégage un parfum d'épices et de fruits mûrs, plaisanta Bel-sar-usur, planté à ses côtés, il doit être exceptionnel.

L'armateur apprécia à moitié le compliment, et chassa le sombre pressentiment qui l'avait saisi. Il punirait sévèrement l'esclave.

— Je ne peux rester plus longtemps, dit alors Bel-sar-usur, nous nous reverrons bientôt pour boire ensemble une coupe de cet excellent vin.

Et il s'éloigna.

Yasîm resta encore un moment pour veiller à ce que le bateau, une fois totalement déchargé, soit nettoyé avant d'être laissé aux mains des ouvriers qui le désosseraient. Immobiliser une embarcation revenait beaucoup trop cher. Il avait négocié à prix d'or chaque poutre de bois avec des artisans de la ville. Le moment venu, il en ferait construire, ou il en louerait.

La journée s'étirait. Yasîm eut soif. Une bière rouge d'épeautre lui ferait le plus grand bien. Il abandonna les quais, pressé de rejoindre la taverne. Que faisait la belle Sarrû ? Il l'imaginait nue, désirable, consentante. Il savait qu'il ne lui plaisait pas, mais il la voulait. Son heure viendrait.

Il hâta le pas.

La taverne semblait close. Yasîm n'était jamais venu y boire si tôt. Une épaisse toile de lin masquait l'entrée. Il l'écarta et pénétra dans la grande pièce vide. Il apprécia la fraîcheur du lieu et son agencement. Sarrû avait su dépenser avec goût l'argent de ses amants. Les meubles en bois dégageaient une suave odeur de feuillage séché.

Alors qu'il allait repartir, il entendit un cri étouffé. Il avança dans la pénombre en direction de la cour qu'il traversa pour rejoindre le second bâtiment. Le soleil l'éblouit brutalement.

Le gémissement se fit plus aigu. Il devina qu'il allait surprendre Sarrû dans les bras d'un amant.

Il s'approcha sans bruit.

Sarrû était nue. Sa peau claire contrastait avec celle de l'homme qui la caressait. Ses cheveux longs, dénoués, cachaient son visage. Yasîm n'apercevait que sa bouche entrouverte d'où s'échappait une plainte extatique. Elle s'offrait à Bel-sar-usur. « La voilà, la raison de sa présence matinale en ces lieux ! » La lueur des lampes à huile projetait sur son corps des reflets d'or. Ses seins bougeaient au rythme lent des caresses. Puis elle s'allongea, relevant les jambes pour lui faire face. Elle écarta doucement ses cuisses. Son amant lui tendit un coussin qu'elle glissa sous ses fesses. Yasîm aperçut les lèvres de son sexe ouvert comme une rose du désert.

Le spectacle excita l'armateur qui en éprouva une intolérable jalousie. Il se promit que, bientôt, Sarrû ne résisterait plus à ses avances. Elle serait à lui, rien qu'à lui.

Il quitta les lieux à la hâte, mais il ne regagna pas sa demeure. Derrière les bâtisses et les entrepôts du port, il connaissait des femmes qui pourraient satisfaire ses fantasmes. Pourtant, aucune n'attisait autant son désir que Sarrû.

— 4 —

Le palais, étincelant à cette heure matinale, apparaissait comme une sorte de forteresse dans la ville. Derrière les hauts murs d'enceinte aux parois sculptées, les Babyloniens pouvaient apercevoir les tours de garde, les escaliers monumentaux qui menaient aux jardins suspendus. Il fallait y pénétrer pour en apprécier l'immensité et la magnificence.

Les bâtiments destinés au personnel, et la vaste cour d'accueil, s'ouvraient sur la ville et la Voie processionnelle. À l'opposé, les appartements royaux dominaient l'Euphrate. Pour s'y rendre, on devait traverser de longues galeries et de nombreuses cours dont la plus belle, la cour d'honneur, permettait d'accéder à la salle du trône.

Bien qu'impatient de rejoindre le roi, le scribe royal longea la dernière galerie en admirant une fois de plus la splendeur des fresques qui illustraient la victoire de Marduk, leur dieu protecteur.

Marchant d'un pas lent, le scribe ne se lassait pas de parcourir le palais où, pensait-il, il avait grandement sa place. Chaque salut que les hauts fonctionnaires lui adressaient confortait son sentiment de supériorité. Il espérait être nommé un jour à la tête de la bibliothèque royale.

Le roi Nériglissar l'avait fait venir pour qu'il grave sur des tablettes le récit des derniers combats victorieux contre les Sutéens, pour la postérité. La transcription des faits militaires faisait partie de ses tâches, afin que l'histoire de Babylone soit connue de tous.

Il ignorait que le souverain allait le charger d'une nouvelle mission.

Dressé sur son trône, Nériglissar n'avait rien perdu de son allure guerrière. Sa carrure en faisait un homme imposant, mais les traits de son visage creusés par l'âge et les combats trahissaient une dangereuse lassitude qu'il s'efforçait de cacher avec soin.

La récente victoire de son armée sur ces nomades agressifs l'avait rempli d'aise. En parler au scribe lui fit oublier toute contrariété.

« ... Nous perdions des soldats sans progresser de façon décisive, poursuivit-il. Les nomades agissaient par petits groupes, sans cesse renouvelés. Leur ardeur était sans faille. De cette façon, il était impossible de les faire plier, lui expliqua-t-il. C'est alors qu'un jeune officier, Nungal, proposa une autre stratégie... Le général avait compris que si nous écrasions ces pilleurs de caravanes, d'autres viendraient. Il fallait les inciter à arrêter. Il suggéra les termes d'un accord avec leur chef Habrum que j'approuvai immédiatement. »

Se souvenir de ce moment lui fit monter le sourire aux lèvres. Nungal lui remémorait sa glorieuse jeunesse. Même fougue, même vaillance au combat.

« Nous avons donc conclu une entente commerciale dont Babylone tirerait aussi profit : nos caravanes leur apporteraient du bois dont ils manquaient cruellement, et elles repartiraient avec des troupeaux de jeunes moutons dont ils faisaient l'élevage. Pour que l'accord soit durable, les Sutéens devaient s'engager à cesser, et à punir eux-mêmes, toute attaque contre les convois babyloniens.

Nungal a joué un rôle décisif dans ces négociations, précisa le roi. C'est pourquoi, ajouta-t-il, je désire que tu aies des entretiens avec le jeune général. »

Et il révéla au scribe ce qu'il attendait de lui : qu'il fournisse à Nungal des informations complémentaires sur les campagnes passées.

La nouvelle eut sur ce sage l'effet d'un barrage qui cède. Il se leva de son siège et salua bien bas Nériglissar, le remerciant de ses bontés. Un tel honneur lui montrait en quelle estime le souverain le tenait.

Il prit congé du roi dans un état euphorique.

En remontant l'allée de la salle du trône que des vasques éclairaient de leur lumière dorée, il croisa la reine, suivie de ses servantes. Sa silhouette élégante la faisait paraître plus jeune qu'elle n'était. Revêtue de voiles pourpres, Kassaia *voguait* d'un pas décidé vers son époux.

Face à Nériglissar, droite, la tête haute, elle ne s'embarrassa pas de préalables.

— Les fournisseurs du palais négligent leurs devoirs, attaqua-t-elle. Je souhaitais t'en parler sans attendre, cher époux. Je n'ai pas encore reçu le service en albâtre d'Égypte. Et les étoffes de soie qu'un des armateurs devait livrer au palais manquent toujours.

Les yeux de Kassaia brillaient de colère ; son courroux parut disproportionné à Nériglissar.

— Que sera la prochaine réception à laquelle a été convié le gouverneur de Borsippa sans les fastes auxquels il s'attend ? l'interrogea-t-elle d'un ton accusateur.

Le roi eut un geste las. Les démonstrations de force de la reine l'épuisaient.

— J'ai autre chose à te dire..., continua-t-elle en baissant le ton, ma servante Ika a démontré son savoir ; cette jeune femme possède des connaissances remarquables que même mon parfumeur Ustan lui envierait. C'est pourquoi j'ai décidé qu'elle seule veillerait sur toutes les commandes des huiles et des onguents pour les ablutions de la famille royale. Son appartement n'est donc plus assez grand pour sa nouvelle condition. Tu devrais demander à ta *petite cousine* de regagner sa ville natale. Elle n'a plus rien à faire au palais…

Comme il l'avait supposé, l'animosité de Kassaia avait un tout autre objet. Peu soucieux de lui répondre au sujet de l'une de ses favorites, Nériglissar la défia du regard.

— Puisque tu es venue me parler des affaires de famille, parlons-en, répliqua-t-il sarcastique. Saurais-tu où se trouve notre fils à cette heure ?

C'était une question à laquelle la reine ne pouvait malheureusement pas répondre.

Elle dévisagea son époux ; il vieillissait mal. Les sillons qui marquaient ses traits s'étaient affaissés. Constater qu'il avançait inexorablement en âge lui rappela brutalement qu'en effet il était grand temps de s'occuper de Lâbâsi-Marduk, son fils unique, et futur héritier.

— Tu ne le sais pas, cela ne fait aucun doute, lui reprocha le roi. Ses absences répétées commencent à faire jaser… Il n'assiste à aucun conseil du palais. Et on en vient à se demander s'il réside encore ici.

La façon dont Nériglissar venait de lui parler du comportement du prince l'ébranla.

— Tu n'as rien à ajouter ?

— Je t'ai entendu, mon roi. Nous en reparlerons bientôt…

Et elle s'éclipsa sans se soucier de son manque de respect. Ses pas résonnèrent sous la voûte éclatante de beauté.

— 5 —

Prenant place sur une des terrasses ombragées qui surplombaient le fleuve, Kassaia se fit servir un repas frugal constitué de blancs de poulet aux épices douces et de galettes aux dattes. Des dais en tissu tendu protégeaient la table et les sièges qui y avaient été disposés.

Les propos du roi ne l'avaient pas étonnée. Elle ne pouvait ignorer que le prince n'assistait plus à aucune des réunions de l'administration royale, et qu'il s'était absenté durant plusieurs jours. Son jeune fils vivait au palais dans une sorte d'absence chronique dont elle ne s'était guère souciée jusqu'à présent. Kassaia n'avait jamais prêté attention à ses lubies dont on commençait à faire des gorges chaudes. Elle se reprocha son manque d'attention. La situation était peut-être encore plus grave que ce que son époux lui en avait dit. L'inconduite de Lâbâsi-Marduk ne pouvait que susciter des commentaires mettant en cause sa légitimité. En avait-il conscience ?

Elle résolut de lui parler sans attendre.

Bien que la matinée vînt de se terminer, le serviteur lui apprit que le prince dormait encore dans ses appartements. Une attitude infantile qui l'agaçait.

Elle lui fit transmettre l'ordre de la rejoindre au plus tôt.

Pour tromper son impatience, elle parcourut du regard le décor familier dont elle appréciait la beauté : la végétation des jardins suspendus était belle en toute saison. Elle aimait le calme de cet endroit d'où les bruits de la ville lui parvenaient étouffés.

Elle tourna la tête quand elle entendit les pas de Lâbâsi-Marduk. Son fils avait de la prestance. De haute taille, très droit, sa démarche était assurée et son port de tête, noble. « Si seulement son esprit était à la hauteur de son apparence », pensa-t-elle avec une certaine cruauté.

— Que faisais-tu à cette heure dans tes appartements ? Le conseil sur l'entretien de la Cité n'a-t-il pas eu lieu ? lui demanda-t-elle d'emblée, sachant pertinemment qu'il n'y était pas.

— Si, le conseil a bien eu lieu mais je n'avais pas envie d'y aller. J'étais épuisé.

— Puis-je connaître la raison de ce brusque accès de fatigue ?

Le prince ne parut pas comprendre la question.

— J'ai mieux à faire..., dit-il sans prendre la peine de lui répondre.

— Tu veux dire que tu savais qu'il y avait un conseil important, et que toi, tu es resté te... reposer ?

— J'avais autre chose en tête, répondit Lâbâsi-Marduk, suffisant. Et puis je n'ai aucune envie d'entendre à nouveau parler de canaux et de briques.

Le prince prit une expression bornée qui exaspéra sa mère. Voilà ce que son fils pensait de l'administration de Babylone, une tâche ennuyeuse, à laquelle il ne voulait pas participer. Il déraisonnait. Kassaia réfléchit un instant avant de reprendre :

— Lâbâsi, mon fils, assieds-toi près de moi et parlons un moment.

Il se posa à regret sur le bord d'un fauteuil.

— Tu as constaté que ton père avance en âge, commença-t-elle, le jour viendra où tu régneras à ton tour.

— Oui.

Son absence de réaction exaspéra Kassaia qui s'efforçait cependant d'éviter un affrontement qui l'aurait braqué contre elle.

— Comprends-tu bien ce que cela signifie ?

— Oui, mère, bien sûr... Je régnerai bientôt sur Babylone, répondit-il avec désinvolture.

Elle crut un bref instant qu'il prenait conscience de ce qu'elle lui reprochait.

— En effet, tu seras le roi de Babylone. Et tu devras veiller sur l'empire, sur l'armée et sur le commerce. Tu assisteras à tous les conseils du palais. Tu ne pourras plus aller et venir au gré de tes envies.

— Je ferai ce que je voudrai. D'ailleurs, un roi fait tout ce qu'il veut... c'est un de ses privilèges, lui répondit-il d'un air de défi.

— Du sang royal coule dans tes veines. Tu dois t'en montrer digne ! lui redit Kassaia avec force.

— Je suis l'héritier, cela seul suffit, répliqua-t-il en voulant mettre fin à la conversation.

La reine s'interrogea sur les moyens de l'atteindre. Elle ne connaissait pas son fils comme elle aurait dû. N'ayant jamais éprouvé d'affection pour cet enfant, elle s'en était désintéressée.

Elle tenta une nouvelle approche. Puisqu'elle n'arrivait pas à lui faire entendre raison, peut-être parviendrait-elle à l'amadouer ?

— Puis-je savoir quel projet important t'a retenu ces derniers jours loin du palais ? susurra-t-elle, en feignant de se soucier de ses préoccupations.

— Je voulais t'en parler, mère. Tu sais que j'élève des animaux. Certains sont rares, et leur étude peut nous apprendre beaucoup sur l'art de se battre ou de survivre, répondit-il, soudain prolixe. Ces découvertes demandent du temps... L'autre jour, on m'a amené un oiseau qui parle. Il faudra que tu viennes le saluer. Et puis... il me faudrait un autre tigre mâle...

Kassaia réussit à rester calme. Qui pouvait encore aujourd'hui ignorer les obsessions insensées de son fils ? Il *collectionnait* toutes sortes de bêtes que les chasseurs lui ramenaient. Et se livrait à d'étranges expériences. Ou, pour être plus exacte, saugrenues. Comme celle où il s'était acharné à faire coudre des têtes de fennecs sur des rapaces du désert pour leur apprendre à voler. Voulait-il, à l'instar des dieux, créer de nouveaux êtres à son service ?

— Un tigre ? l'interrogea-t-elle enfin, soucieuse de garder un ton aimable. Et que veux-tu faire de ce fauve ?

Le visage juvénile de son fils s'illumina.

— Pour l'instant, c'est un secret. Je peux simplement te dire qu'on parlera bientôt de moi dans tout Babylone.

« C'est malheureusement déjà le cas », pensa Kassaia, navrée. Elle ne renonça cependant pas à le convaincre de se préoccuper de son avenir, tel qu'elle l'envisageait.

— Je comprends ta passion pour les animaux, Lâbâsi, reprit-elle en posant délicatement la main sur son bras. Mais si tu deviens roi, mon fils, tu n'auras plus beaucoup de temps à leur accorder.

Cette remarque parut retenir l'attention du prince, au grand soulagement de Kassaia.

— Que dois-je faire ? s'enquit-il, esquissant une moue comme quand il était enfant.

Pour la première fois depuis le début de leur entretien, il n'était plus sûr de lui.

— Il va falloir que tu te consacres aux tâches royales, que tu veilles sur l'empire, comme l'ont fait avant toi tous les souverains de Babylone, répondit-elle d'un ton solennel.

— Comment le pourrais-je ? l'interrogea Lâbâsi-Marduk, inquiet, non parce qu'il doutait de ses aptitudes à gouverner Babylone, mais parce qu'il avait enfin compris qu'il ne serait plus maître de son temps.

— N'oublie jamais que tu es le petit-fils du grand Nabuchodonosor, le roi qui a fait de Babylone un empire sous la protection de Marduk, le plus puissant des dieux. Je serai à tes côtés. Durant toutes ces années auprès du Grand Roi, j'ai beaucoup appris. Je te propose de t'aider…

Pendant qu'elle parlait, Lâbâsi-Marduk s'était approché du bord de la terrasse. Le menton levé, il contemplait la Cité. Comme s'il allait en être demain le propriétaire.

Kassaia en profita pour dévoiler plus clairement ses intentions :

— Qui mieux que moi peut protéger tes intérêts, mon fils ? avança-t-elle d'un ton persuasif. Si je prends en charge les affaires du royaume, tu auras le loisir de te consacrer à ta ménagerie.

Le jeune prince sourit d'aise. « En laissant à ma mère les ennuyeuses tâches de ma fonction, ne serais-je pas libre de mes mouvements ? »

Kassaia devina sa pensée. Elle avait atteint son but. Lâbâsi-Marduk se souviendrait de leur conversation. Le jour approchait où il succéderait à son père. Elle le laissa s'en aller, rassérénée.

Son fils régnerait demain sur l'empire. Elle aussi.

— 6 —

Le scribe ne regagna sa demeure qu'à la nuit tombée. Après avoir parachevé consciencieusement la transcription du récit de la victoire sur les Sutéens, il avait quitté le palais, satisfait.

La mission qui lui avait été confiée témoignait grandement de l'estime du souverain.

Au cœur de la cité, le quartier de Kullab s'étendait vers l'est à partir de la Voie processionnelle.

La demeure du scribe était en briques d'argile séchées, comme la plupart des constructions de Babylone, et il veillait personnellement à son entretien. Elle comportait un étage et une belle terrasse. Au rez-de-chaussée, une cour intérieure et un jardin de bonne dimension complétaient l'agencement harmonieux des pièces dont la plus importante était la salle d'étude. Rien ne venait troubler ce paisible quartier d'habitation.

Fier de sa journée, le scribe était impatient d'informer sa fille du dessein royal. Avec une précipitation inhabituelle, il la fit appeler afin de partager son repas.

Trois belles carpes grillées aux herbes avaient été déposées sur la table quand Laliya le rejoignit. Il observa sa fille unique avec plaisir, sa beauté – qu'elle tenait de sa défunte mère – n'avait rien à envier à son intelligence, qui venait de son côté comme il se plaisait à le croire.

De longs cheveux bruns, épais et soyeux, encadraient un visage fin aux traits bien dessinés. Ses grands yeux marron étaient si clairs qu'on se demandait parfois s'ils n'avaient pas des reflets verts comme le fleuve au printemps.

Ce soir-là, un large tissu bleu d'azur torsadé relevait son abondante chevelure.

Elle prit place face à lui sur un coussin de laine, changeant plusieurs fois de position avant de se servir, s'étonnant que son père gardât le silence.

— Comment ta journée s'est-elle passée, père ? As-tu trouvé de nouveaux textes dans la bibliothèque du palais ?

— Non, mais cette journée a été exceptionnelle.

Il se lança dans un récit détaillé de son entrevue avec le roi, faisant en sorte de l'amener à l'interroger plus avant.

— Que me caches-tu, père ? lui demanda Laliya, qui devinait sans mal qu'il avait autre chose à lui dire. Vas-tu rencontrer bientôt ce fameux général ?

— Mieux que cela, ma fille. Demain, il sera sous notre toit, répondit le scribe avec contentement.

— Je ne comprends pas. Pour quelle raison viendrait-il ici ?

— Il doit prendre connaissance de tablettes que *je* lui lirai. Telle est la volonté du roi.

Le scribe ne put se retenir d'éprouver une nouvelle bouffée de vanité. Le souverain souhaitait que le glorieux général découvrît grâce à lui des textes relatant quelques victoires retentissantes de l'empire. Quel honneur, et quelle joie de partager ses lectures avec ce brillant officier !

Laliya n'ajouta rien, mais son père remarqua que cette nouvelle l'agitait. Il recevait peu depuis la mort de son épouse.

Le dîner terminé, ils se rendirent dans la salle d'étude où se trouvait la bibliothèque personnelle du scribe.

Rangées dans des niches creusées dans les murs, les tablettes gravées y avaient été soigneusement classées. L'heure qui suivit fut dévolue à la lecture.

Relisant pour la troisième fois le début de son texte, Laliya lui posa enfin la question qui lui brûlait les lèvres :

— Pourrais-je assister aux séances de lecture avec le général ? lui demanda-t-elle, anxieuse.

Le ton légèrement implorant de sa voix fit sourire son père.

— Oui, tu le peux.

L'annonce de la venue du jeune général Nungal – le héros – prit une importance considérable pour la jeune fille. Elle essayait d'imaginer cet officier, proche du roi, qui allait venir chez elle.

Ne connaissant du monde que ce que les grands textes en disaient, elle n'avait jamais pris conscience de son isolement : sa maturité lui venait de l'histoire des dieux qu'elle comprenait mieux que la vie de son quartier.

La seule personne qui avait vécu sous son toit, après le décès de sa mère, était sa tante maternelle, Hazalâ. Malheureusement, cette femme, attentionnée et douce, n'était pas restée bien longtemps. Était-ce parce que son père lui avait mené la vie dure ?

Laliya se souvenait, mi-amusée, mi-contrariée, des remontrances dont il accablait sa parente chaque jour : « Pourquoi ma fille n'est-elle pas descendue dans la salle d'étude ce matin ? l'interpellait-il, fâché. Que dis-tu ? Une matinée pour s'occuper de ses cheveux ? Où étiez-vous quand je suis rentré du palais ? l'interrogeait-il, furieux. Que dis-tu ? Choisir des étoffes ? N'a-t-elle pas assez de toilettes pour une jeune personne ? Elle n'a pas eu le temps nécessaire pour classer ces tablettes, lui reprochait-il. De la cuisine ? Regarde dans quel état tu l'as mise ! C'en est fini des distractions futiles ! Je n'ai besoin d'aucune femme ici pour prendre soin de ma fille. Retourne chez toi ! » pestait-il.

Mais Hazalâ n'avait pas semblé se décourager pour autant. Faisant mine de se soumettre à ce tyran irascible qu'était le scribe, elle continua à veiller avec affection sur Laliya. Elle semblait s'accommoder de son caractère, et rien ne laissait présager sa disparition. Pourtant, du jour au lendemain, il y avait de cela cinq ans, elle disparut. Laliya n'obtint aucune explication de la part de son père. Comment pouvait-il ignorer la raison de son départ ? se demandait-elle, perplexe. Elle le pressa de questions, en vain. Sa tante ne revint pas, ne lui donna plus aucune nouvelle. Pour la seconde fois, elle perdait les tendresses d'une mère.

Pourquoi Hazalâ l'avait-elle abandonnée ?

Cette question lui brisait le cœur.

— 7 —

Loin de se douter de l'émotion soulevée par sa venue, Nungal marchait le long de l'Euphrate. Des nappes de brume translucides s'élevaient des berges humides, captant la clarté blanche du jour. Chaque matin, s'il le pouvait, il franchissait les murailles pour faire de longues randonnées, à l'écart des zones habitées, là où le fleuve coulait paisiblement dans son lit. Les rives offraient un spectacle dont il ne se lassait pas. Virevoltant, criaillant, les échassiers reprenaient possession des lieux comme ces aigrettes blanches qui décollaient des bords marécageux pour attraper de petits poissons. La lumière même lui semblait plus belle ici.

Il était satisfait de sa nomination comme général en chef des armées qu'il estimait méritée. Mais il regrettait de ne pas avoir été promu à la tête des troupes qui combattaient en Cilicie depuis plusieurs mois. Qui mieux que lui saurait imposer l'ordre de Babylone aux insoumis ?

Au lieu de cela, le roi lui avait ordonné d'assister à quelques séances de lecture. Il voulait qu'il étudie les stratégies des grandes batailles livrées par les armées babyloniennes. Cette perspective l'ennuyait déjà.

Il s'attarda hors des murs plus longtemps que de coutume.

Quittant à regret la fraîcheur des rives, le jeune général franchit de nouveau la porte d'Ishtar. Puis il quitta la Voie processionnelle pour éviter les ruelles interminables qui reliaient les quartiers entre eux. À cette heure, les chariots débordant de légumes allaient approvisionner les marchés ; ils croisaient ceux qui, chargés de dattes, se dirigeaient vers le temple de Marduk. Nungal prit alors une rue sur sa gauche pour rejoindre Kullab. Le moment était venu de se rendre chez le scribe royal.

Il était encore loin quand il fut arrêté par un attroupement à quelques enjambées du temple de la déesse mère, Ninmah.

Il écarta les individus qui obstruaient son chemin et découvrit sur le sol un cadavre dont les yeux avaient été arrachés.

Nungal écouta sans bouger les vociférations autour de lui.

— Nous ne laisserons pas Babylone aux mains des démons ! aboya un forgeron en brandissant son poing noir.

— De quoi parles-tu ? intervint son voisin en s'approchant de lui.

— Des exécutants de la colère divine. Ce n'est pas le premier meurtre, lui expliqua l'artisan d'un ton dramatique.

Les badauds, ne voulant pas être en reste, se mirent à raconter que, quelques jours plus tôt, d'autres meurtres semblables avaient été commis à proximité des temples d'Ishtar et de Ninurta.

— Les dieux ont ouvert la porte aux démons de l'enfer pour châtier les vivants, renchérit une vieille femme, penchée sur la victime.

« Que va-t-on devenir ? » murmurait-on. « Qui sera le prochain ? »

Un des hommes se détacha de la foule.

— Nous savons, nous qui vivons ici, que c'est dans les temples qu'il faut chercher le coupable, proclama-t-il.

L'homme qui avait un visage rouge parlait avec une autorité incontestable.

— Seul un initié de haut rang a pu offenser si gravement nos dieux. Ou plutôt notre dieu suprême, le puissant Marduk...

Sa voix tonitruante dominait le brouhaha.

— Qui, parmi nos prêtres, est chargé d'honorer « Celui » qui protège Babylone ?

Il n'attendit pas la réponse.

— Ne serait-ce pas le Grand Prêtre du temple de Marduk ?

Des exclamations d'approbation fusèrent de toutes parts. Le rougeaud hocha la tête, visiblement satisfait de sa prestation.

Nungal jugea qu'il en avait assez entendu : ainsi, les Babyloniens cherchaient un responsable, celui qui avait manqué à ses devoirs envers les dieux et déchaîné leur colère.

Il s'éloigna, songeur.

En abordant la rue la plus large du quartier de Kullab, Nungal reconnut bientôt la maison telle qu'elle lui avait été décrite. La demeure du père de Laliya, au fronton vernissé, se dressait, impeccable, sur une voie assez étendue pour laisser passer sans encombre les ânes de bât et leur chargement, destiné aux marchés journaliers ou à l'approvisionnement des artisans.

C'est ainsi que, insensible à l'accueil enthousiaste du scribe, Nungal s'assit pour la première fois sur l'inconfortable tabouret de la salle d'étude, de fort mauvaise humeur. La pièce – pourtant vaste – lui parut exiguë tant elle était encombrée. Si la plupart des tablettes en argile s'alignaient avec un ordre parfait dans les niches de la bibliothèque, d'autres, à peine sèches, reposaient contre un mur, à côté d'un grand récipient rempli d'eau, et de calames[1] de toutes tailles. L'humidité qui y régnait exhalait des senteurs de terre mouillée.

Nungal détestait toute forme d'enfermement. Même s'il portait un grand intérêt aux glorieux faits de l'armée impériale, il supportait mal d'être cloué dans ce lieu confiné. Aussi fut-il agréablement surpris de constater que la fille du scribe assistait à la séance de lecture. Ravissante.

Sagement assise dans un angle de la pièce, sa beauté rendait le lieu plus plaisant. Se laissant distraire par sa présence, il entreprit de la détailler. De grands yeux mordorés éclairaient son visage délicat. Elle avait un nez fin et droit, une bouche, bien que petite, charnue et sensuelle.

Encore toute jeune, elle deviendrait une femme à la redoutable séduction.

Malgré la présence de Laliya, la première séance de lecture lui parut bien longue. Ce fut avec soulagement qu'il prit congé et s'éloigna de la maison du scribe.

Il repensa au meurtre étrange qu'il avait découvert avant d'arriver : « Aujourd'hui on accusait les temples, demain le palais ? » se demanda-t-il. D'où provenait cette agitation ? La vigilance était de mise.

1. Roseaux taillés en biseau, utilisés pour graver les signes cunéiformes sur les tablettes d'argile.

— 8 —

Quelques jours plus tard, la reine, éveillée par les rayons du soleil qui traversaient sa chambre, ne se leva pas. Renvoyant les esclaves qui se pressaient à son service, elle voulait prolonger le plaisir de la nuit passée, mais son impression de lassitude agréable ne dura pas. La vigueur de son amant lui avait rappelé à quel point son époux vieillissait. Chaque jour le rapprochait du royaume des morts, ce qui était loin de la chagriner.

L'entretien qu'elle avait eu avec son fils sur la terrasse avait ravivé des souvenirs qui la hantaient encore.

Sa crainte de l'avenir la replongea dans un passé douloureux. Elle était la fille du plus grand souverain de Babylone, Nabuchodonosor II.

Grand roi, mauvais père.

Ce bâtisseur respecté dans tout l'empire, ce conquérant admiré de tous, accordait plus d'importance à ses soldats qu'à ses proches. Il ne se rappelait l'existence de ses enfants que lors des cérémonies où il les exhibait comme des trophées. Aucun de ses fils ne participait aux décisions importantes concernant l'administration de l'empire – car personne ne pouvait être son égal. Il ignorait ses deux filles. Avait-il seulement aimé sa mère, la douce Amytis ? s'était-elle demandé bien des fois. Les magnifiques jardins suspendus qu'il avait fait réaliser pour rappeler à son épouse les paysages verdoyants de Médie n'effaçaient pas ses absences, et ses nombreuses autres femmes.

La mise à l'écart de sa famille – et d'elle-même –, lui avait semblé d'une insupportable cruauté. Plus elle admirait le roi, et plus cette situation l'avait affectée. Elle avait souvent éprouvé le désir de lui dire à quel point elle appréciait l'embellissement du palais ou combien elle était fière de ses victoires, mais il ne daignait jamais poser son regard sur elle.

Quand il le fit enfin, ce fut pour lui annoncer son prochain mariage.

Cette décision était dans l'ordre des choses, mais il lui parut alors qu'il se débarrassait définitivement d'elle.

Elle ne connaissait pas l'homme auquel elle était destinée et qui avait passé sa vie sur les chemins de l'empire. Nériglissar était un grand général que Nabuchodonosor tenait dans la plus haute estime.

La cérémonie fut fastueuse. Son père se souciait plus de montrer sa superbe que d'honorer sa fille.

Les banquets se succédèrent durant plus d'une semaine. Tous les gouverneurs et dignitaires des cités voisines y furent conviés, admirant une fois encore la magnificence de Babylone. Le palais avait résonné du son des tambours et des harpes, des chants et des cris de joie.

Une pièce, pourtant aussi vaste que la salle des conquêtes où l'on exposait une partie du butin, n'avait pas suffi à contenir les cadeaux somptueux qui y avaient été déposés. Comme cette coupe évasée en or massif, posée sur l'une des tables de sa chambre, qui retint son regard. Le prix de sa vertu ? se dit-elle avec ironie. Il ne lui restait de sa nuit de noces qu'une douleur, celle de la pénétration brutale qu'elle avait subie et de l'indifférence polie de son époux. Nériglissar avait des manières rudes auxquelles rien ne l'avait préparée. Elle sut un peu plus tard que tous les hommes ne lui ressemblaient pas, et qu'un amant – guerrier triomphant le jour – pouvait se montrer très caressant la nuit, dans l'intimité.

Elle subit sa nouvelle vie sans se plaindre. Peut-être s'en serait-elle accommodée s'il n'y avait eu l'odieux meurtre de son frère, Amel-Marduk. Comme chaque fois qu'elle y songeait, une rancœur haineuse la saisissait, et elle ne pouvait réfléchir plus avant…

La reine refoula ce dernier souvenir.

Elle quitta son lit pour rejoindre la salle d'eau qui lui était réservée. Elle avait besoin de plaisir pour bien commencer sa journée.

Ce fut avec délice qu'elle entra dans l'eau tiède et parfumée du bain qui lui avait été préparé par ses esclaves. Les senteurs de néroli – une essence rare, produite à partir de fleurs d'oranges amères – la plongeaient dans un état de quiétude bienheureuse. Ustan, le célèbre parfumeur, lui réservait ses découvertes les plus remarquables.

Le corps humide, elle vint s'étendre sur une des banquettes moelleuses pour se faire masser. Deux esclaves aux mains expertes faisaient merveille. Leurs paumes appuyaient sur son dos, leurs doigts glissaient sur sa chair, de sa nuque à ses fesses. Plus rien d'autre ne comptait que ses sensations qui éveillaient en elle des désirs toujours inassouvis.

Ses pensées, délivrées de toute angoisse, dérivèrent vers cette pièce particulière, attenante à sa chambre, sans autre ouverture qu'une unique porte dissimulée derrière un panneau en bois sculpté, où elle conviait ses amants. L'homme dont elle recevait aujourd'hui les hommages, Agum, était le plus haut dignitaire du palais. Grand Intendant du roi, elle appréciait chez lui ce mélange d'autorité et de soumission qui en faisait un amant attirant. Elle ne pouvait résister à ses mains impérieuses, violentant son sexe de façon si excitante… Ce souvenir l'amena à rêver à des mains plus douces. Celles d'Ika, sa servante, dont elle avait eu l'occasion de savourer l'habileté. Elle se rappelait la pression de ses doigts enduits de crème sur son visage et son cou, ses gestes fermes et précis. Elle imaginait les caresses qu'elle inventerait pour son corps. Et si Ika lui cédait enfin ?

Cette envie lui était venue en observant la jeune femme aux seins finement galbés, à la peau claire et lumineuse. Elle avait une façon particulière de se mouvoir qui la fascinait, une souplesse qui lui évoquait celle du chat que son père lui avait offert il y avait bien longtemps.

N'allait-elle pas apprécier son nouvel appartement à sa juste valeur ? Elle pourrait prendre la fonction de la *petite cousine* du roi à son avantage. Cette idée la fit rire.

Abandonnant ses rêveries érotiques, elle quitta la salle d'eau embrumée de vapeur parfumée pour sa chambre où des servantes l'attendaient pour la maquiller et la vêtir. Elle retrouvait ses attributs de reine.

Ses préoccupations revinrent en force. Elle veillerait dorénavant sur son fils avec plus de constance. Rien ne devait compromettre sa légitimité.

— 9 —

Les jours avaient passé. La venue du jeune général avait bouleversé le rythme bien ordonné de la demeure du scribe. Et perturba le déroulement de la vie de la jeune fille.

Nungal lui avait plu tout de suite. Elle le voyait, ou plutôt elle l'imaginait, à l'instar des prestigieux héros dont elle avait lu les exploits sur les tablettes. La dominant d'une tête, athlétique, son allure martiale l'impressionnait. Un bandeau retenait ses cheveux drus et noirs, dégageant son front haut. Ses traits étaient virils malgré leur finesse. Ses yeux sombres vert pailleté la faisaient penser à ces pierres étranges appelées chrysolites qui venaient d'Égypte ; son nez droit, sa bouche finement ourlée complétaient son visage harmonieux. Sa barbe qui ne dissimulait pas son menton carré lui donnait une autorité qu'elle trouvait rassurante.

Dès que Nungal paraissait absorbé par la lecture d'un récit, elle ne se privait pas de l'observer. Plus elle l'épiait, et plus son apparente indifférence la vexait. Il ne semblait pas apprécier sa présence. Pourtant elle allait fêter ses quinze ans. Ce n'était plus une enfant !

Chaque séance était l'occasion d'en apprendre plus sur lui. Et, le soir avant de s'endormir, Laliya redessinait en pensée son beau visage.

Elle se demandait alors comment s'en faire remarquer. Car, même si elle surprenait parfois son regard posé sur elle, il lui semblait que le jeune général l'ignorait. Lui avait-il déjà souri ? Elle n'en était pas sûre. Peut-être n'était-elle à ses yeux qu'un élément du décor... Cette pensée ne fit qu'accroître sa déconvenue.

Elle imagina un plan.

Ce matin-là, profitant de l'absence de son père, appelé au palais pour une affaire urgente, elle alla à la rencontre de Nungal. Vêtue d'une tunique de lin finement tissé, presque transparente, qui dessinait sa silhouette gracile, elle portait un tissu diaphane retombant sur son buste. Son cou dégagé était paré d'un collier de petites perles d'or.

Cette tenue inhabituelle, et volontairement provocante, surprit Nungal, qui l'observa avec un mélange d'étonnement, et de plaisir.

Lui proposant de partager son repas du matin, Laliya se mit à tourner autour de lui pour le servir, avec coquetterie, laissant s'écarter le voile qui cachait sa poitrine. Chacun de ses gestes semblait étudié pour mettre en valeur son corps gracieux. Nungal s'amusa du manège. Était-elle une jeune fille à la recherche d'un mari ou une coquine qui songeait à le séduire ? Cette dernière idée lui plaisait. Mais elle était encore bien jeune à son goût. Et il n'imaginait pas abuser de la fille du scribe.

Pour tout dire, il passa un agréable moment en sa compagnie.

La jeune fille disparut dès qu'elle entendit les pas de son père dans la cour, et la lecture eut lieu sans elle.

Le lendemain, Nungal ne put se rendre chez le scribe, car il devait s'acquitter de ses obligations militaires. Il rejoignit les écuries royales où un entraînement allait avoir lieu sous ses ordres. Il s'agissait de mettre au point une nouvelle stratégie d'attaque. Rien de tel que ces affrontements pour se sentir vivant !

À la nuit tombée, il regagna sa demeure.

Une gouvernante s'occupait de sa maison avec zèle depuis la mort de ses parents. Nungal appréciait de trouver à ses retours de mission un intérieur bien ordonné.

Venant des montagnes du Zagros, Sitbum avait été engagée comme simple servante. Courageuse, robuste, sa vivacité et son rire franc faisaient oublier son physique ingrat. Elle avait des épaules larges, un buste court et des jambes arquées. Ses cheveux crépus débordaient de l'étoffe jaune entortillée autour de sa tête.

Elle accueillit son maître avec l'effusion dont elle était coutumière.

Éreinté, Nungal lui réclama un pichet de bière fraîche et monta sur le toit-terrasse.

Des tapis en roseau tressé et des coussins plats en laine garnissaient le sol, lisse, malgré les vents chargés de sable qui balayaient la Cité.

L'air était doux à cette heure.

Il se félicita du déroulement des manœuvres qu'il avait dirigées. Cavaliers et conducteurs de char avaient coordonné leurs mouvements pour simuler un assaut dans un ordre parfait. Les montures avaient été bien dressées. Le roi avait fait venir d'Urartu, en Anatolie, des chevaux plus petits que ceux provenant d'Égypte. Nungal aimait leur calme et leur robustesse. Pourtant il ne dédaignait pas les chevaux rétifs, plus difficiles à dresser. Cette pensée en fit naître une autre. Ce fut aux femmes qu'il songea. Il savourait l'instant où, séduites, elles se tenaient à sa merci.

Jusqu'à présent, avec la complicité bienveillante de la déesse Ishtar, Nungal avait joui de la faveur d'épouses infidèles ou de veuves délurées qu'elle avait mises sur son chemin. Lors de ses campagnes, il ne refusait pas les aventures d'un soir, faciles, excitantes. Il ne s'était jamais posé de questions à ce sujet. Le plaisir faisait partie de sa vie comme la guerre, les chevauchées et les combats.

Babylone lui offrait aussi bien des agréments. À commencer par la belle Ika qui guettait chacune de ses visites. Attachée au service de la reine, la jeune femme avait bien des atouts… Elle savait lui faire oublier le carcan de la Cité. Sa bouche était plus douce que le velours. C'était une maîtresse complaisante et non une femme à la recherche d'une alliance. Une liaison qui le satisfaisait pleinement.

Et pourtant… malgré cela, malgré la magnificence de Babylone, Nungal n'aimait guère son retour à la vie civile. Il se sentait cerné de toutes parts : par les murailles, par l'étroitesse des rues alentour, par les murs de sa maison. Il préférait chevaucher dans les étendues désertiques d'Arabie et les monts du Zagros, parcourir le royaume et se battre en son nom. Sa mission était de soumettre les ennemis de Babylone, pas de rester à entraîner les soldats ou… à lire des tablettes. Sa récente nomination avait tracé son destin : un général doit partir à la conquête de nouveaux territoires. Surpris de repenser en cet instant à Laliya, il sourit.

Ses séances de lecture avec le scribe ne lui convenaient pas. Non qu'elles l'ennuyassent, mais il estimait avoir appris autant en chevauchant sur les routes de l'empire qu'auprès de l'érudit.

Nungal ne regagna pas sa chambre. L'inconfort de la terrasse ne le rebutait pas. Il décida d'y rester pour y passer la nuit.

Avant que le sommeil ne le gagne, il se remémora les derniers propos du souverain sur la Cilicie, avec une grande frustration. Leur armée avait réussi à franchir les cols étroits des montagnes du Taurus : parviendrait-elle à arrêter le roi qui avait renié ses accords avec Babylone ?

Il enrageait de n'avoir pas été choisi par Nériglissar pour accomplir cette mission.

— 10 —

À l'aube naissante, les prêtres du temple de Marduk officiaient déjà. Il ne fallait pas faire attendre les dieux. Les baigner, les nourrir, leur parler, telles étaient quelques-unes des nombreuses tâches dévolues aux initiés.

Le Grand Prêtre venait de rejoindre la salle de purification afin de veiller au bain de la statue du dieu Marduk. Les brûle-parfum diffusaient des effluves boisés de cèdre. Chaque initié avait un rôle à jouer : l'un baignait les pieds du dieu, les autres le torse et le cou, le dernier lui lavait délicatement la bouche avec une huile parfumée.

Face à eux, les jambes bien campées sur le sol, son port de tête droit sans être raide, le Grand Prêtre paraissait plus grand qu'il n'était. Comme tous ceux qui consacraient leur vie au bien-être du dieu, sa longue tunique de lin lui couvrait les bras. Il était le seul à afficher un collier pectoral en or ouvragé, venant de sa famille.

Chaque prêtre, chaque initié travaillait dur pour que la gloire du dieu tutélaire de Babylone continue de rayonner ici comme dans l'empire.

Rien ne troublait l'agencement impeccable du lieu créé pour l'honorer. Les bâtiments habités par les prêtres et les serviteurs, les lieux d'accueil destinés aux enfants abandonnés et aux veuves sans ressources occupaient harmonieusement l'espace du parc autour de l'Esagil, le sanctuaire du dieu Marduk. Ce bâtiment semblable à un temple monumental se dressait avec majesté au centre de l'ensemble. Sa magnificence était celle d'un palais.

Quand la cérémonie de purification fut terminée, Iddiyatum, le Grand Prêtre, salua les initiés d'un geste bref d'approbation et sortit dans les jardins du temple.

Guzânu le vit marcher dans sa direction. Plus Iddiyatum s'approchait, plus la fureur de l'administrateur du temple augmentait.

« Les paons qui se pavanent dans le parc font moins étalage de leur superbe que celle qu'il affiche sur son visage », se disait-il, agacé par son air altier. Le ressentiment qu'il éprouvait à son encontre ne le quittait plus : cet intrigant occupait une place qui aurait dû être la sienne. Guzânu étouffait de rage.

Il décida de l'éviter, mais le Grand Prêtre le rejoignit, les sourcils froncés. « Une de ses expressions favorites, pensa Guzânu, excédé, celle du maître qui réprimande son élève. »

— As-tu remarqué, l'apostropha Iddiyatum, l'état des allées extérieures ? Un oubli des esclaves sous tes ordres sans aucun doute…

Quel aplomb ! Ce reproche le fit sortir de ses gonds.

— C'est vraiment tout ce qui t'intéresse… les plantes, les fleurs, les arbres plus que la direction du temple !

Guzânu haussa le ton :

— Quand vas-tu enfin recevoir la nouvelle porte en cèdre ? Avant la fête de l'Akîtu, ou après ? Que pensera le roi quand il verra l'état du temple principal ?

— En quoi cela te concerne-t-il ? Ce n'est pas dans tes attributions de veiller sur le sanctuaire, rétorqua Iddiyatum avec morgue.

Ils se défièrent du regard.

— Vraiment ? Le temple de Marduk n'est pas ta propriété, et il y aurait fort à dire concernant ta gestion, l'accusa Guzânu.

— Ce qui signifie ?

Guzânu n'avait pas l'intention d'en dire plus mais ce fut plus fort que lui :

— Depuis que tu es à la tête du temple, nous savons tous que les offrandes se sont amenuisées dangereusement.

Le Grand Prêtre eut une moue de mépris.

— Demande d'abord aux responsables de me faire un rapport précis sur la situation, lui intima Iddiyatum. Nous aviserons ensuite.

— Un rapport de plus, persifla Guzânu.

Iddiyatum ne lui répondit pas.

— Nous ne recevons plus les offrandes auxquelles doit s'attendre le dieu Marduk depuis que tu es le Grand Prêtre, renchérit l'administrateur, les fournisseurs ne respectent plus leur parole, les artisans ne se soucient plus de bien faire… Tu es trop accaparé par ta propre personne pour te concentrer sur les fonctions liées à ta charge.

Les yeux d'Iddiyatum brillèrent de colère. Guzânu prit cela pour une victoire.

— Restons-en là, laissa-t-il tomber avec commisération.

— Pas du tout ! répliqua Iddiyatum d'un ton impérieux. C'est de tes propres attributions que je suis venu te parler. Alors, oui, en effet, outre les allées, j'ai constaté de graves négligences…

Guzânu serra les poings.

« Je te ferai rentrer les mots dans la gorge, se disait-il. Le plan que j'ai conçu ne tardera pas à porter ses fruits. »

Il le quitta brutalement sans un mot de plus.

Iddiyatum poursuivit son chemin. Il était irrité non à cause de l'agressivité de Guzânu – c'était habituel chez lui –, mais parce que son aigreur était montée d'un cran. Cela faisait longtemps qu'il avait deviné que son cousin aurait voulu être nommé à sa place. Sa malveillance était méprisable. Il songeait depuis un moment à l'écarter de sa route : en le faisant envoyer dans un autre temple – loin de Babylone ? Sans son consentement, ce serait difficile.

Le Grand Prêtre se dirigea vers le bâtiment où l'attendaient les responsables du bon déroulement des rituels.

En longeant l'allée qui y menait, il fut pris d'un doute. De quoi Guzânu était-il capable ?

Ses derniers pas le calmèrent un peu. Le parc des Genévriers était un enchantement pour les sens. L'air était imprégné de la senteur des bosquets de conifères ; les odeurs de plantes étaient toujours plus intenses à la levée du jour.

Iddiyatum, qui n'avait jamais caché son intérêt pour les plantes rares, ne laissait à personne le soin de s'en occuper. Hier encore, il avait reçu une missive du jardinier en chef du palais. Un caravanier venait de lui apporter de nouvelles graines. Il voulait lui en montrer la floraison avant de les lui remettre.

Ce savant – aux yeux d'Iddiyatum – ne manquait jamais de lui offrir des semences remarquables pour les jardins du temple.

Le Grand Prêtre n'acceptait de cadeaux que dans l'intérêt du temple. Il s'agissait le plus souvent de plants ou de boutures. Aussi avait-il été surpris de recevoir récemment un présent inhabituel : il s'agissait d'une petite jarre d'un vin très rare provenant de Sâmum, région du Taurus réputée pour sa production vinicole. Elle lui avait été envoyée en « hommage au plus dévoué des serviteurs de Marduk ». Il l'avait rangée parmi quelques autres jarres réservées aux hôtes de marque. Satisfait de lui-même, il partit voir le roi.

— 11 —

Alors que le soleil culminait, Iddiyatum pénétra dans l'enceinte du palais. Les soldats qui gardaient la cour principale le saluèrent.

Il traversa à grands pas les longues galeries qui contournaient les bâtiments destinés au logement des serviteurs avant d'atteindre la porte du premier étage des jardins suspendus, là où poussaient les épices. L'odeur de la menthe poivrée dominait celle du basilic. Des rangées d'ail et d'oignons voisinaient avec les plantations de romarin, de thym et de marjolaine. Il appréciait en connaisseur le soin avec lequel chaque herbe était cultivée quand le responsable des jardins vint à sa rencontre. Ils se saluèrent et longèrent l'allée principale.

— Regarde, lui dit ce dernier en désignant un arbrisseau aux rameaux dressés comme des épis. Les guérisseurs utilisent ces feuilles en friction contre la toux. L'hysope s'est bien adaptée ici… Suis-moi, je vais te montrer le massif dont je t'ai parlé.

Ils montèrent l'escalier qui menait au bassin des iris. Non loin de là, dans un carré de terre bien dégagé, des fleurs blanches, lumineuses, aux corolles tombantes, surgissaient d'un buisson de feuilles vertes et allongées. Les cinq pétales des hellébores les plus ouvertes formaient une coupe qui montrait un pistil entouré de nombreuses étamines. Iddiyatum fut immédiatement séduit par cette magnifique plante qu'il imaginait déjà fleurir dans le parc du temple.

— Je te ferai porter des graines. Comme convenu.

Le Grand Prêtre le remercia, et, l'ayant salué, il redescendit les marches pour rejoindre la galerie qui reliait les différents bâtiments.

L'heure de son audience avec le roi approchait.

La salle du conseil, éclairée par des rayons de soleil provenant des hautes fenêtres, paraissait plus imposante que jamais. C'était là que se prenaient les décisions vitales pour le royaume.

Répondant au salut d'Iddiyatum par un mouvement de la tête, le souverain l'invita à s'asseoir. Intrigué. Puisque le Grand Prêtre ne lui avait pas dit de quoi il voulait l'entretenir – un fait inhabituel –, il attendit sans un mot que celui-ci prenne la parole.

— Hier, le prince est venu au temple, commença Iddiyatum en se souciant d'adopter un ton respectueux. Il s'est dirigé droit vers le sanctuaire, dans lequel il est entré, bousculant le prêtre qui en gardait le seuil. Il y est resté un moment et en est reparti sans dire un mot. Cette double faute – sa violence envers un serviteur de Marduk et son intrusion dans un lieu réservé aux initiés – est inadmissible, ne put-il s'empêcher de conclure avec une franchise brutale. Aussi, je ne...

— Tu as raison, trancha le roi, désireux de ne pas en entendre plus. Cela ne se reproduira pas. Sache-le bien... Souhaitais-tu me parler d'autre chose ?

— Non, mon roi, je te remercie d'avoir prêté attention à mes propos.

Nériglissar, qui avait nommé Iddiyatum à la tête du temple le plus important de la Cité, lui faisait toute confiance, et le Grand Prêtre, qui admirait le souverain, ne songeait à rien d'autre que de le servir dignement. Cependant, lui avoir révélé le comportement du prince valait avertissement. Le roi se devait de remettre l'héritier dans le droit chemin.

Le Grand Prêtre quitta le palais, rassuré sur les intentions du roi.

Agacé par ce qu'il venait d'entendre, Nériglissar regagna ses appartements. Il aurait aimé croire que sa jeunesse en était la cause, et que la maturité le ferait revenir à la raison. Mais il ne pouvait plus se voiler la face. Son inconduite n'était plus tolérable. Le Grand Prêtre avait eu raison de lui en parler.

Repensant à sa dernière conversation avec Kassaia, il réalisa à quel point son épouse avait négligé son propre fils, livré à lui-même.

De son côté, grâce à ses informateurs, la reine apprit presque aussitôt les propos du Grand Prêtre. Elle exécrait cet homme hautain qui avait l'oreille du roi. Voilà de quoi Iddiyatum était capable, se dit-elle, salir la réputation de l'héritier ! Et ce n'était pas la première fois. Du reste, elle n'avait pas attendu ce jour pour entreprendre de l'écarter définitivement de sa fonction.

Sa décision prise, elle avait fait appel à Isme. Cet homme dévoué, qui avait servi son père jusqu'à la mort de celui-ci, était prêt à tout pour exécuter ses ordres quels qu'ils soient. Elle se souvint de ce qui lui avait été raconté à son sujet. Isme était un paysan des marais. Il avait sauvé un haut dignitaire de la noyade lors d'une chasse au sanglier, risquant sa vie en le tirant des sables mouvants. En récompense de son acte, Nabuchodonosor l'avait pris au palais dans sa garde personnelle. Puis il était passé à son propre service.

Kassaia avait réussi à cacher son existence, même aux espions du roi. Quiconque avait des intérêts importants à défendre possédait un réseau plus ou moins étendu d'informateurs en tous genres.

Le dénommé Isme avait gardé de sa vie rurale un physique rude. Ses pommettes et les ailes de son nez étaient marquées de taches écarlates, et sur l'une de ses joues de fines lignes rouges partaient d'un bouton comme une araignée dans sa toile. Il s'exprimait avec grande difficulté, n'ayant parlé jusqu'alors que le dialecte des hommes des marais.

D'une fidélité absolue, il se serait tué si elle le lui avait ordonné.

Un mois auparavant, la reine lui avait parlé du Grand Prêtre.

— Fais en sorte que cet indigne serviteur de Marduk ne puisse plus jamais nuire à mon fils.

Et elle lui avait donné carte blanche, persuadée qu'elle pouvait s'adresser à lui sans risque.

— 12 —

— À la nouvelle lune, je donnerai un dîner en l'honneur du général, déclara d'un ton cérémonieux le scribe à sa fille. Je compte sur toi pour veiller aux préparatifs.

Laliya acquiesça, le sourire aux lèvres. La perspective d'une soirée en compagnie de Nungal la réjouissait.

Dès le lendemain, elle ne tint plus en place. Le futile lui parut tout à coup indispensable. Passant en revue les onguents et les parfums qu'elle détenait, elle se mit à consacrer des heures à sa toilette, enduisant ses longs cheveux d'un mélange d'huile d'amande et de sésame, et sa figure de sa crème préférée, à la délicate senteur de rose. Son joli visage n'en avait nul besoin, mais le sentiment amoureux naissant lui faisait perdre toute mesure.

Elle n'en négligea pas pour autant le rôle que son père lui avait confié. Elle fit les commandes nécessaires et assigna sa tâche à chacun.

Le dîner arriva si vite que la jeune fille fut presque prise de court.

Concernant les préparatifs du repas, Laliya n'avait rien omis. Cependant elle ne savait toujours pas comment se vêtir pour faire honneur à son père, et en tout état de cause, pour plaire à Nungal. Elle passa un long moment dans la pièce qui lui servait de chambre et de petit salon pour essayer tous les vêtements que contenait son coffre. Soucieuse de se montrer à son avantage, elle s'efforça de se rappeler ce que les femmes portaient aux réceptions, quelles étoffes étaient les plus appréciées, et quels bijoux une jeune fille pouvait choisir sans paraître inconvenante. Elle n'avait assisté qu'à quelques dîners, mais se souvenait encore de l'élégance des convives.

Elle laissa son indécision de côté pour s'assurer une dernière fois que tout était en place pour la soirée.

Si la salle d'étude était encombrée et austère, le décor de la salle de réception était magnifique. Son père, grâce à sa haute fonction, avait pu acquérir quelques meubles précieux : les tabourets et les sièges en bois marqueté de nacre provenaient de Phénicie, le coffre en cèdre sculpté et les énormes coussins recouverts d'une étoffe de laine tissée avaient été fabriqués dans l'atelier de l'un des grands artisans royaux. Le scribe, tout homme d'étude qu'il était, appréciait une certaine opulence. Il songeait depuis quelque temps à acheter la maison voisine pour faire agrandir la sienne. La taille des pièces lui paraissait trop modeste. Et il n'aurait bientôt plus assez de place pour ranger ses tablettes.

Les abords de la maison avaient été soigneusement lavés et balayés. Les domestiques qui avaient œuvré pour rendre la demeure impeccable se tenaient à présent auprès des fours.

Laliya se rendit aux cuisines – un lieu à demi ouvert donnant sur la cour où se trouvaient deux fourneaux remplis de braises. Dans des *diqâru*[1] mitonnaient un potage de blé concassé et des févettes à la crème de sésame cuites avec des lentilles et de l'ail dont les effluves ouvraient l'appétit. Des nuages de vapeur épicée embrumaient le

1. Marmites ventrues en terre cuite.

lieu. À l'écart de la chaleur dégagée par la cuisson des aliments, des rangées de petits gâteaux aux dattes et aux amandes, et d'autres, en forme de dômes, fourrés aux fruits confits, avaient été placées sur une longue table en bois.

Dans la cour, des esclaves charriaient de l'eau pour laver les morceaux de viande fraîche, transportaient des fagots de bois pour alimenter les fours. La jarre d'argile qui contenait un cuissot de gazelle, mariné la veille dans de l'huile et des herbes, fut déposée dans l'un d'eux. Des légumes entiers relevés de poivre et de cumin fondaient dans la graisse d'un *ruqqu*[1] qui diffusait une chaleur uniforme. Une pile de galettes dorées à peine sorties du four dégageait une odeur douce que Laliya aimait particulièrement et qui lui rappelait le pain aux coings que sa mère lui confectionnait. Il lui arrivait de regretter la douceur de son enfance.

Les invités du scribe n'allaient plus tarder.

À côté de la salle agencée pour la réception, une longue table entourée de tabourets avait été dressée pour le repas. Laliya contempla avec fierté le service de bols en céramique évasés, décorés de motifs géométriques rouges et bruns, venant d'Uruk, qui voisinaient avec des assiettes et des coupes vernissées, d'un rouge profond.

Satisfaite de ce qu'elle avait sous les yeux, elle remonta dans sa chambre. Par la petite fenêtre qui donnait sur le jardin intérieur, elle put apprécier le jeu de lumière des torches qu'elle avait fait disposer. Les invités profiteraient d'une vue agréable depuis la salle de réception : l'ombre des branchages dessinait de fines arabesques sur les murs.

Peu après, une servante entra. Laliya avait choisi une longue tunique faite de trois plis dont les bords étaient brodés de rameaux blancs et un châle en lin finement tissé. Elle la pria de déposer les vêtements sur son lit et

---

1. Chaudron en métal.

de revenir peu après pour l'aider à s'habiller. Elle voulait être seule pour choisir ses parures.

Agenouillée sur une natte, elle ouvrit le coffret qui lui avait été transmis par sa mère, rangé près du sien. Il contenait quelques bijoux remarquables provenant de sa dot. Elle les sortit un à un. Cela faisait bien longtemps qu'elle ne les avait pas regardés. Que lui aurait-elle conseillé ? Ce lourd collier constitué de deux rangées de feuilles d'or ne convenait pas à son âge. Elle crut en attraper un autre : au lieu de cela, elle tenait à la main un bracelet. Elle arrêta son geste, stupéfaite. Ce bijou lui était familier mais ce n'était pas l'un des siens. Ce jonc en or ciselé appartenait à sa tante Hazalâ. Elle l'avait vu à son poignet à de nombreuses reprises, et elle se souvenait qu'elle y tenait beaucoup. Que faisait-il dans son coffret ?

Elle ne put s'interroger plus avant. Le temps pressait.

Elle se décida pour un tour du cou qui alternait des petits rouleaux de lapis-lazuli et d'or et y ajouta une paire de boucles d'oreilles auxquelles était suspendue une goutte en calcédoine d'un bleu translucide.

Quand elle fut prête, elle descendit rejoindre son père dans la salle de réception.

— 13 —

Les deux amis, que le scribe royal avait conviés, ne tardèrent pas à arriver. Accompagnés de leurs épouses, ils étaient précédés d'esclaves qui leur ouvraient le chemin avec des torches, car les rues des quartiers d'habitation de Kullab étaient plus sombres que celles des quartiers populaires où avaient lieu des marchés de nuit, parsemés de petits braseros. Fait inhabituel, un serviteur portant un poignard à la ceinture les escortait. Bien que la plupart des Babyloniens croyaient au déchaînement des démons et se couvraient d'amulettes pour s'en protéger, d'autres, en l'absence de certitude, avaient opté pour les armes.

Les invités saluèrent avec effusion leur hôte qui leur présenta fièrement sa fille.

Laliya s'inclina respectueusement devant chaque convive. Elle admira les tenues des épouses faites d'étoffes de lin brodées d'amarante et de voiles aux tons safran ; des bijoux splendides aux éclats ambrés complétaient leurs toilettes raffinées. Les hommes n'étaient pas en reste : le plus âgé, un érudit à la barbe lustrée, arborait un lourd bracelet en or avec une tête de buffle sculptée et un collier pectoral imposant, le plus jeune un médaillon d'or filigrané orné d'un lotus. Intimidée, elle pensait à l'arrivée prochaine de Nungal.

Les convives s'attardèrent dans la salle de réception et parlèrent d'une voix animée de la dernière traduction d'un texte qu'ils devaient communiquer au Grand Prêtre du temple de Marduk. Laliya les écouta avec un intérêt non dissimulé.

Nungal arriva un peu plus tard. Non qu'il eût voulu se faire désirer, mais l'entretien qu'il venait d'avoir avec Nériglissar s'était prolongé. Le roi lui avait demandé son opinion sur les meurtres dans la Cité sans toutefois s'attarder sur le sujet. Des nouvelles alarmantes lui étaient en effet parvenues de Cilicie. Leurs armées progressaient avec lenteur sur ces territoires situés entre les monts du Taurus et la mer, au nord-ouest de Babylone ; les intempéries avaient tué de nombreux soldats. Les premiers combats avaient été sanglants de part et d'autre. Le souverain lui avait alors confié qu'il attendait un nouveau messager avant de prendre la décision d'y envoyer d'autres troupes. Le roi n'allait-il pas le nommer bientôt à la tête des renforts ?

En voyant s'approcher le général, Laliya ne put contenir un large sourire : habillé d'une tunique bleu sombre et d'un gilet de cuir long, il avait plus de prestance qu'aucun des autres invités. La sobriété de sa tenue soulignait son allure martiale qui lui plaisait.

Les convives le saluèrent chaleureusement. Ils regardaient le général avec un mélange de curiosité et d'admiration. Sa jeunesse les étonnait. Malgré son visage encore juvénile, son autorité naturelle le rendait imposant. Ses yeux verts étaient vifs et scrutateurs. Il leur tardait de lui poser des questions sur sa récente victoire.

Le scribe ne leur en laissa pas le temps, et ce fut sans fausse modestie que le jeune général s'exécuta. Il leur raconta le dernier affrontement qui avait abouti à un accord entre les nomades sutéens et Babylone. Laliya l'écoutait avec admiration. Elle constata cependant que la confiance qu'il avait accordée à leur chef Habrum suscitait des remarques acerbes au sujet des nomades.

— ... Comment croire ces chiens du désert ! enchaîna le vieil érudit. Ils n'ont d'autres lois que le pillage. A-t-on jamais vu un de ces barbares bâtir une seule maison ?

Comme la plupart des Babyloniens, il considérait que toutes ces peuplades qui erraient aux confins du royaume sans construire de villes, et qui n'honoraient pas leurs dieux, n'étaient que des sauvages peu dignes d'intérêt.

— Des barbares qui ne respectent rien, renchérit le jeune scribe au médaillon, ils laissent leurs morts sécher dans le désert, et ne se soucient guère de leur descendance !

— J'ai assisté un jour à une attaque, dit le premier sur le ton de la confidence, ils tuent d'abord les enfants et les femmes... quand ils ne les emmènent pas pour se repaître de leur chair, ajouta-t-il en grimaçant.

— Je ne crois pas qu'ils se comportent ainsi, intervint Nungal, ce sont aussi de valeureux guerriers qui savent se battre jusqu'à leur dernier souffle. J'ai vu des mercenaires sutéens servir dans notre armée, leur force brute n'a d'égal que leur courage !

Sa remarque fut suivie d'un bref silence. Aucun d'eux ne voulait froisser ce jeune général que l'on fêtait aujourd'hui.

— Sans doute, sans doute..., intervint le vieil érudit, semblant faire amende honorable, je dois ajouter que certains d'entre eux nous sont parfois utiles. Ils n'hésitent pas à nous revendre nos *propres* tablettes...

— Le moment est venu de partager le repas, s'empressa d'annoncer le scribe royal, qui désirait éviter le moindre incident.

Le père de Laliya fit un signe aux serviteurs qui s'avancèrent avec des coupes remplies d'eau dans lesquelles chaque convive se lava les mains. Ils déposèrent ensuite sur la table de petites fioles d'huile parfumée qui leur permettraient de se rafraîchir. Laliya prit place près de son père face à Nungal.

Les mets savoureux défilaient, joyeusement arrosés de bière rouge d'épeautre.

— Il semblerait que Nériglissar ne soit plus l'homme qu'il était, attaqua sans préalable le plus âgé.

— Qui te permet d'avancer cela ? lui demanda Nungal, que le sujet impatientait.

— On en parle dans tout Babylone, répliqua le jeune scribe.

— De cela, et de bien d'autres choses, poursuivit le plus âgé, ironique. Comme des excentricités du prince... J'ai entendu dire qu'il avait tenté récemment de faire voler un renard du désert. Il lui a cousu des ailes et l'a jeté du haut des remparts...

— Des ragots, trancha Nungal.

Le vieil érudit en avala sa bouchée de travers.

— L'héritier se prête à bien des critiques infondées, continua le général, sans se soucier de l'incrédulité de son auditoire, le roi veille sur son fils. Il fera de lui son digne successeur.

Soucieux de ne pas laisser ses invités s'égarer dans des discussions brûlantes, le scribe royal changea brusquement de sujet :

— Buvons à nos armées qui combattent en Cilicie !

Il se tourna vers Nungal.

— Que le droit de Babylone triomphe partout et en tous lieux !

Sa déclaration, approuvée de tous, permit de couper court aux supputations sur la santé physique du roi et sur la santé mentale du prince. Elle fut suivie d'une nouvelle tournée de bière.

Comme personne n'adressait la parole à Laliya, elle en oublia les convives sauf un, Nungal, qu'elle observait avec passion. Immobile, sans manger ni boire, elle guettait le moindre de ses gestes.

Alors que les mets sucrés avaient été servis, elle ressentit un tiraillement de faim – ou peut-être la gourmandise fut-elle plus forte que sa paralysie – et tendit la main vers le plat. Ses doigts rencontrèrent ceux de Nungal. Elle fut parcourue par des ondes de bien-être et croisa son regard. Elle s'y serait peut-être noyée si le jeune officier ne s'était pas levé pour adresser quelques mots de remerciements à son hôte, dont il loua la bienveillance et l'érudition.

Le discours donna le signal du départ. Les invités saluèrent un à un son père et quittèrent la maison. Nungal resta le dernier. Debout dans la salle de réception, le général le félicita à son tour en termes choisis pour l'excellent dîner auquel il avait été convié.

Le scribe ne semblait pas se lasser des propos élogieux de Nungal sur la qualité de sa table et sur ses relations. Les échanges de politesses durèrent un long moment.

Pour sa part, Laliya apprécia ces instants qui retardaient le départ du séduisant général.

— 14 —

« Jour de joie ! » se disait Yasîm, veillant sur l'accostage de son deuxième bateau. Comme le précédent, il venait de Tuttul, au nord de l'Euphrate. Dans ce port, un inégalable constructeur naval fabriquait sur commande des bateaux résistants, mais coûteux. Pour une embarcation, il utilisait plus de mille outres gonflées qu'il recouvrait d'une plate-forme de poutres, de branches et de roseaux. L'armateur avait les moyens de se constituer une flotte remarquable chaque fois qu'il en avait besoin. Mais l'arrivée tant attendue de son bateau n'était pas l'unique raison de se réjouir : une fois la porte en cèdre offerte au temple, il imaginait que, comme tous les hauts dignitaires, il n'y aurait plus une seule grande réception royale à laquelle il ne serait pas convié.

Debout sur le quai, il patientait. Avant de pouvoir procéder au transbordement de la précieuse porte, ses marins devaient décharger les caisses d'agates et de cornalines destinées à plusieurs bijoutiers de la Cité. Une façon de rentabiliser ce transport.

Tout se déroulait avec ordre et méthode. L'armateur surveillait le travail des esclaves et des montagnards qu'il avait engagés afin de mettre à quai cette première cargaison. Sarrû lui avait fait remarquer un jour qu'il avait un regard d'aigle. Elle ne pouvait mieux dire. Il voyait tout ce qui se passait dans les moindres détails.

Observant la chaîne humaine, il constata que le rythme imposé par le chef de bord venait de ralentir. Il ne fut pas long à repérer un esclave aux gestes maladroits qui ne suivait pas la cadence.

— Amène-moi celui-ci ! cria-t-il à son contremaître en pointant vers le fautif un index accusateur.

Il fut obéi, et bientôt l'énergumène se tint devant lui. Son apparence le fit blêmir. L'individu était d'une laideur repoussante : des taches violettes lui mangeaient le visage. La peau de ses bras et de ses mains était couverte de plaques écailleuses. « Un tel monstre devrait se cacher des hommes et des dieux », pensa l'armateur qui, plus que n'importe quel Babylonien, avait les difformités physiques en horreur.

— Chasse-le ! éructa-t-il à l'intention du contremaître. Vite, vite...

En alerte, il redoubla d'attention, car la présence d'un être aussi abominable ne pouvait rien augurer de bon.

Le débarquement des marchandises dura plus longtemps qu'il ne l'avait prévu. Yasîm commença à sentir la faim le tirailler. Il imaginait déjà son prochain repas : de l'agneau tendre mijoté avec des citrons confits comme il l'appréciait. Mais, tel un capitaine sur le pont, il ne s'absenterait pas un seul instant avant que les derniers contenants ne fussent à terre. Et puis quand il était question d'argent, il ne faisait confiance à personne.

Une dizaine de caisses avaient été empilées sur le quai. Des enfants accoururent pour proposer leurs services, se bousculant dans l'espoir d'être choisis par l'armateur. Ils transporteraient ces dernières jusqu'aux ânes de bât.

— Oui, toi, toi, et puis toi ! dit Yasîm en désignant les plus costauds.

Seule restait à bord la lourde porte en cèdre. Il était temps de faire place au déchargement final. Une opération délicate.

Sur le pont, des marins venaient d'arrimer puis de hisser la porte à l'aide de cordages. La maintenant à la verticale du bateau, ils la propulsèrent vers le quai dans le but de la placer au-dessus du chariot plat fabriqué spécialement pour cette occasion. Mais, juste avant que la porte ne soit à l'aplomb du véhicule, les cordages cédèrent sous son poids. Un cri retentit. Un cri effroyable. La porte s'était abattue sur les enfants. Les marins se précipitèrent pour délivrer les victimes. Des rigoles de sang filaient sur le sol inégal. Certains hurlaient de douleur pendant que d'autres agonisaient. Il fallut attendre de pénibles instants avant que les hommes du port réussissent à déplacer la porte. Un premier enfant fut dégagé, son bras pendait en une masse informe. Puis un autre dont la tête avait littéralement explosé... La plupart des jeunes garçons, écrasés par le bloc sculpté, étaient morts.

Après les cris, ce fut le silence. Un silence terrible. Et puis des pleurs. L'armateur se détourna de la scène, consterné. Il ferait verser une ration supplémentaire d'avoine aux familles.

« Marduk refuse-t-il mon offrande ? » s'interrogea-t-il, alarmé. L'incident lui fit remonter en mémoire une autre victime. Il revoyait le visage sans yeux de ce gredin de charpentier. Que se passait-il dans la Cité ? Les dieux en colère allaient-ils laisser les démons s'acharner sur tous les Babyloniens ?

Plus affecté qu'il ne l'aurait voulu, Yasîm lança des directives précises aux hommes de peine afin que la précieuse porte fût enfin chargée sur le chariot destiné à la transporter.

Le bois était résistant. Malgré tout, l'impact avait abîmé un des angles de la porte.

L'armateur regagna sa demeure, perturbé.

Le calme bienfaisant de sa maison l'apaisa. Elle avait été construite selon son goût dès qu'il en avait eu les moyens.

Son repas lui fut servi dans la cour. L'eau d'une petite fontaine – dont il était très fier – jouait une paisible mélodie. Une rangée d'arbustes parfumés de laurier-tin offrait à son regard leurs boutons roses. Dans un bac vernissé, les « couronnes impériales » ouvriraient leurs corolles rouges pour la fête de l'Akîtu marquant le début de la belle saison.

Issu d'une famille de riches négociants originaires d'Assur, qui avaient établi des comptoirs jusqu'en Anatolie, Yasîm était un homme avisé. Ses clients appréciaient chez lui non seulement son efficacité en affaires, mais aussi sa faculté à découvrir de nouveaux matériaux ou des objets de qualité. Comme la porte sculptée, qui était un véritable chef-d'œuvre. Cette pensée le fit soupirer.

Repu, l'armateur avala une dernière bouchée de la tourte fondante aux amandes, et monta dans sa chambre où un lit garni de laine douce et de fourrure soyeuse l'attendait.

Écartant toute pensée déplaisante, il imagina la belle Sarrû assoupie de plaisir dans ses bras, et ne tarda pas à s'endormir.

— 15 —

« Où suis-je ? » s'interrogea Yasîm, désorienté.

Tournant la tête dans tous les sens, il découvrit avec stupéfaction qu'il se trouvait debout sur un char conduit par un serviteur qu'il n'avait jamais vu. La route semblait mener aux marais qu'il apercevait au loin. Les rayons aveuglants du soleil lui faisaient penser que la matinée s'était éloignée. Un paysage aride défilait sous ses yeux. Il éprouvait une sensation de vertige.

Impossible de se souvenir de son départ.

Le char continuait d'avancer à un bon rythme sur la piste cahoteuse. À l'instant précis où il se décida à apostropher le cocher, l'homme disparut. Comme s'il n'avait jamais existé. Yasîm s'empara des rênes, abasourdi. Les chevaux s'emballèrent. Il lutta contre les brinquebalements désordonnés de son char jusqu'au moment où ils stoppèrent brutalement. Il sauta à terre. Les chevaux s'effondrèrent subitement sous ses yeux. Ils gisaient à présent sur le sol, sans vie. Comme foudroyés. Venaient-ils d'être attaqués ? Aucun cavalier ne se montrait alentour. Il ne voyait ni flèches ni blessures sur le flanc des animaux.

Des hennissements attirèrent son attention. Ceux-ci provenaient d'un canal qu'il découvrit un peu plus loin, à l'écart de la route. Il s'en approcha.

En avançant, il se mit à distinguer un amoncellement de cadavres de chevaux. L'image insolite, dérangeante, de ces dizaines de corps recouvrant la terre rocailleuse le stupéfia.

Parvenu à la hauteur de la première carcasse à moitié dévorée, il aperçut des animaux qui grouillaient sur le sol. Les petites bêtes affamées couraient d'une charogne à l'autre. Atterré, Yasîm ne pouvait détacher ses yeux des crinières entachées de cervelle, des entrailles ruisselantes de sang et des boyaux où elles se glissaient. Les cadavres étaient agités de soubresauts macabres.

Des grognements d'agonie se faisaient entendre.

À ses pieds, les petits carnivores s'étaient multipliés. Les dépouilles chaudes, sanguinolentes, tressautaient, semblant reprendre vie. L'horreur le paralysa.

Hypnotisé par la sarabande de mort qui se déroulait devant lui, il ne vit pas surgir le petit animal qui le mordit cruellement à la cheville.

L'insupportable douleur le sortit de son atroce cauchemar.

Il lui fallut quelques instants pour calmer les palpitations désordonnées de son cœur et comprendre qu'il venait de se réveiller chez lui, en sécurité. Il jeta un regard soulagé vers le coffre sur lequel il avait posé ses vêtements de la veille, et sur ses objets familiers.

La tête encore embrumée par les terribles images du songe, il eut peur d'en comprendre la signification. Que devait-il redouter ?

Il lui fallait conjurer le sort sans attendre.

Yasîm appela un serviteur et se fit apporter un bol de vinaigre. Il en répandit le contenu sur le sol en s'adressant au plus puissant des dieux de Babylone :

— Ô Marduk, écarte et disperse la malédiction qui me menace ! Puisse le vent emporter au loin le mauvais sort promis par le rêve que j'ai fait !

Le rite accompli, il put enfin poser le pied par terre.

Apaisé, il réclama sa collation du matin. En voyant le serviteur déposer devant lui un pot de lait, du pain saupoudré de cumin blanc, du fromage de chèvre épicé et une coupe de fruits confits, il se sentit rasséréné. Il porta à sa bouche un quartier d'orange dont la chair onctueuse et acidulée le ravit. Il ne résista pas à l'envie de se lécher les doigts, savourant la douceur fruitée du miel.

Pour se rassurer un peu, il se dit que la porte, une fois réparée, ne pourrait qu'être agréée par le grand dieu de Babylone. Il voulait croire en son destin, celui d'un haut dignitaire à qui personne ne résisterait.

Il passa la matinée à faire ses comptes et se rendit au port dans l'après-midi comme de coutume en cette saison.

Plusieurs jours s'écoulèrent.

Aucun autre cadavre ne fut découvert, et l'armateur retrouva son allant.

Cependant la ville, elle, n'avait pas retrouvé sa sérénité.

On ne s'attardait plus dans les ruelles sombres, et les quartiers commerçants étaient sillonnés par des vigiles que les marchands avaient payés pour rassurer leurs clients. Mi-religieux, mi-commerçants, certains d'entre eux vendaient des figurines dont l'aura bénéfique devait écarter les démons.

Pas un seul habitant de Babylone qui n'ait une opinion sur les meurtres. On en parlait sans fin d'une maison à l'autre. C'était devenu l'un des sujets de conversation les plus répandus dans les tavernes. Quelle offense aux dieux pouvait justifier une telle punition ?

Une sourde inquiétude avait gagné tous les Babyloniens.

— 16 —

À travers la brume matinale qui enveloppait encore les rues de Babylone perçaient les rayons du soleil qui tardait à s'imposer.

Les premiers marchands commençaient à ouvrir leurs échoppes. Un calme trompeur régnait. Les plus optimistes voyaient s'éloigner la menace : les dieux n'avaient-ils pas satisfait leur colère ?

Pourtant, au nord-est de la Cité, près du temple de Belet-Eanna, un cadavre venait d'être découvert.

Les passants se bousculaient pour voir de près la victime : des exclamations horrifiées fusaient de toutes parts.

Un peu en retrait, le rougeaud attendit avant d'intervenir. Quand l'excitation lui parut à son comble, il fendit la foule, couvrant de sa voix sonore les interjections braillardes :

— Le visage, regardez le visage ! proféra-t-il en pointant du doigt les orbites ensanglantées de la victime.

La véhémence de son ton attira l'attention de ceux qui se pressaient là.

— Que veux-tu dire ? l'interpella l'un d'eux. Toutes les victimes ont eu les yeux arrachés, cela n'a pas de sens...

— Détrompe-toi, répliqua l'homme rougeaud, le message est là.

Ses mots, clamés avec conviction, firent taire les derniers bavards.

Certain d'être bien écouté, l'individu pérora :

— Ce ne peut être que l'œuvre d'un démon. Réfléchissez. Privés de leurs yeux, ces pauvres hères ne trouveront pas le chemin du royaume des morts pour y poursuivre paisiblement leur existence. Ils sont condamnés à errer comme des spectres dans les souterrains des enfers. À jamais !

La terrible explication fut suivie de murmures angoissés. L'imprécateur au visage veiné de rouge reprit la parole :

— Plus aucun habitant de Babylone n'est à l'abri de la fureur des démons. Vous, vos femmes, vos fils, vos filles, avez désormais tout à craindre. Leur déchaînement ne connaîtra bientôt plus de bornes, je le sens.

Ébranlés par son avertissement, les Babyloniens se mirent à chuchoter entre eux.

— Si les dieux ont laissé les démons s'échapper des enfers, reprit le rougeaud d'un ton sentencieux, c'est pour une bonne raison. Comment pourrions-nous réussir à calmer leur fureur si ce n'est en dénonçant l'offense ? Si nous châtions le coupable, les démons retourneront d'où ils viennent.

Des murmures d'approbation suivirent sa déclaration. Il était urgent d'arrêter le fautif, tous en convenaient. Cependant, les badauds restaient sur place, désemparés. La plupart d'entre eux regardaient dans sa direction avec un sentiment d'impuissance.

L'homme rougeaud n'avait pas seulement éveillé leur intérêt, il avait su aussi gagner leur confiance.

— Les dieux attendent beaucoup des hommes, affirma-t-il d'un ton docte. Beaucoup. Nous les honorons. Et les prêtres des temples les honorent en notre nom. Si un seul d'entre eux a failli gravement à sa tâche, cela ne peut que rejaillir sur nous. Rappelez-vous la dernière épidémie…

Les Babyloniens se souvinrent d'avoir perdu un proche durant ces sombres jours. Ils redoublèrent d'attention.

— Aujourd'hui nous comprenons que c'est bien vers un homme important du temple qu'il faut tourner nos regards, poursuivit le rougeaud. Des crimes aussi épouvantables ne peuvent être que le résultat d'une faute majeure envers les dieux, perpétrée par un initié chargé de les servir.

Il attendit que sa révélation fasse effet.

— Qui a cette responsabilité ? les harangua-t-il alors brutalement.

Dans la foule, hommes et femmes n'hésitèrent plus à prononcer à voix haute le nom d'Iddiyatum.

Et c'est ainsi que l'accusation se répandit dans Babylone.

— 17 —

Alors que se jouait le destin d'Iddiyatum, le scribe avait rejoint la bibliothèque du palais, laissant sa fille livrée à ses interrogations.

Le bracelet qu'elle avait découvert dans le coffret à bijoux demeurait une énigme. Aucune des servantes ne se souvenait de l'avoir déposé là. Laliya en venait à se demander si ce n'était pas Hazalâ elle-même qui l'y avait mis. Quelle serait la signification de ce geste ? Elle ne comprenait pas ce qui avait pu se passer. Le silence de son père concernant son départ n'en était que plus pesant. Et, depuis presque deux semaines, Nungal, retenu par ses obligations militaires, n'assistait plus aux séances de lecture.

Si tourmentée qu'elle fût, Laliya décida de ne pas négliger ses devoirs. Elle reprit le travail que son père lui avait confié.

Il s'agissait de traduire *La Descente d'Ishtar aux enfers*, gravée sur des tablettes en sumérien, une langue ancienne que seuls les lettrés comprenaient encore. Le scribe, qui avait veillé à son instruction depuis son plus jeune âge, n'avait pas hésité à la charger de cette tâche difficile.

Laliya prit place sur une natte, arrangeant deux coussins qu'elle tapota distraitement, puis, posant la tablette sur ses genoux, elle chercha du regard le passage où elle s'était arrêtée la dernière fois et le relut rapidement : « Un jour, Ishtar décida d'étendre son pouvoir sur la partie de l'humanité qui lui échappait encore, celle des morts. Elle se mit en route pour le "Pays sans retour". L'annonce de son arrivée mit en fureur la déesse des Enfers, sa sœur Ereskigal, qui exigea que l'on ferme la porte d'entrée devant elle. »

Laliya déchiffra les phrases qui suivaient :

« Si tu ne m'ouvres point, je frapperai la porte de l'Enfer jusqu'à en briser les verrous.

« Je ferai remonter les morts qui dévoreront les vivants. »

Une menace qui présageait un terrible affrontement, pensait-elle, quand Nungal l'interrompit dans ses réflexions. Il venait de faire irruption dans la salle d'étude. Souriant, en tenue de ville, il lui expliqua qu'il avait oublié de prendre une tablette la fois précédente.

Surprise par cette visite inopinée, la jeune fille ne le crut pas et s'imagina que le séduisant général se servait de ce prétexte pour la revoir, seule.

— M'offrirais-tu à boire ? lui demanda-t-il, confirmant sa supposition.

Elle l'invita à entrer avec empressement. Si elle était ravie de sa venue, cette situation inattendue l'intimidait.

Une servante ne tarda pas à leur apporter un pichet d'eau et une coupelle de dattes qu'elle déposa sur la table avant de se retirer.

Nungal et Laliya prirent place côte à côte, un peu cérémonieusement.

— Que fais-tu enfermée au milieu de ces tablettes ? l'interrogea Nungal, qui ne savait trop comment parler à la jeune fille.

— Enfermée ? Je ne suis pas... *enfermée*, j'étudie ! répliqua-t-elle, piquée au vif. C'est le dieu Nabû, le scribe de l'Univers, qui nous a permis de garder en mémoire les hauts faits des dieux et des hommes.

— Oui, je comprends..., dit-il, navré de sa maladresse mais amusé par la réponse indignée de Laliya.

Elle lui servit un verre d'eau et se rassit, muette.

— Quel endroit préfères-tu à Babylone ? hasarda-t-il pour lancer la conversation.

— Je sors rarement, répondit-elle d'une voix contrite. Mais, pendant la fête de l'Akîtu, je vais jusqu'au fleuve, près de la porte d'Urash. Et mon père m'a emmenée plusieurs fois avec lui au palais où j'ai rencontré la reine, car j'avais composé pour elle un poème à la gloire de Nabuchodonosor.

— Bien, dit Nungal, pensant sans ironie qu'elle était la digne fille du scribe.

Il y eut un nouveau silence.

— Ton père n'a-t-il jamais songé à se remarier ? l'interrogea-t-il.

La question lui était venue à l'esprit inopinément.

— Je ne crois pas, répondit-elle, traversée brusquement par le souvenir d'Hazalâ.

N'était-ce pas dans cette intention qu'elle les avait rejoints ? Et pourtant, elle avait quitté leur maison du jour au lendemain.

— Eh bien, non, je pense que mon père ne veut pas se remarier, soupira-t-elle.

Nungal se demanda quelle vie la jeune fille menait auprès du scribe, et sa vulnérabilité le toucha. Il ne se lassait pas de la regarder. Quelque chose dans son physique le captivait. Son port de tête gracieux, ses yeux pétillants et sa bouche charnue, un peu boudeuse, lui donnaient envie de l'embrasser, même si cela n'était pas raisonnable.

La pièce venait de s'assombrir, éclairée à présent par les lueurs rougeoyantes du couchant.

La servante entra pour allumer les braseros dans lesquels avait été versé un mélange d'huile et d'essences de plantes servant à repousser les nuées de moucherons qui envahissaient la demeure à cette heure. La senteur végétale créa un moment d'illusion. Laliya rêva qu'ils s'étaient transportés sur les rives vertes de l'Euphrate.

La présence de Nungal lui tournait la tête. Elle le désirait.

Sans réfléchir, elle se leva et approcha son visage du sien. Il embrassa les lèvres qu'elle lui tendait. Avec un mélange d'attirance et de mauvaise conscience, il se mit à caresser sa nuque douce comme de la soie.

Laliya se colla contre son torse, avec l'impudeur de son innocence. Il se prêta à son jeu, conscient du fait qu'il ne devrait pas tarder à la repousser. Le trouble le gagnait aussi. Il glissa les mains de sa taille jusqu'à sa poitrine et arrêta son geste.

— Non, Laliya, dit-il en l'écartant doucement de lui.

Elle en fut blessée. Il lui parla avec tendresse :

— Écoute-moi bien, Laliya. Je peux repartir au combat d'un jour à l'autre. Ma vie n'est pas à Babylone, ajouta-t-il d'un ton ferme.

Même si la jeune fille l'avait ému plus qu'il ne l'aurait voulu, Nungal ne souhaitait pas s'engager dans une relation durable. Il rêvait d'ordre et de triomphe, de combats sanglants, et de délassements érotiques, pas d'un foyer.

— 18 —

Nungal quitta la demeure du scribe comme un prisonnier fuit un pays qui n'est pas le sien. Il s'éloigna du quartier de Kullab en direction de Té-é quand une voix sonore l'interpella.

— Nungal !

Il se retourna. Bel-sar-usur, élégant et sûr de lui, venait à sa rencontre.

Nungal connaissait bien le fils de Nabonide. Bien que sa propre famille ne fût pas aussi prestigieuse que celle de Bel-sar-usur, elle s'était distinguée grâce au génie de son père qui dessinait des motifs originaux pour les orfèvres du palais. Leurs parents avaient été proches dans le passé.

Il constata que Bel-sar-usur, plus âgé que lui, avait toujours un visage d'homme jeune, malgré quelques rides d'expression plus prononcées que dans son souvenir.

— Je te salue, général, j'ai appris ta nomination, il faudra fêter cela.

— J'ai déjà commencé, lui répondit Nungal d'un ton badin, pensant plus à Laliya qu'à la réception du scribe.

— C'est bien. Mon père attend ta visite pour te féliciter de vive voix.

— Je n'y manquerai pas, répondit Nungal, qui ne voulait pas s'attarder.

— Je suppose que tu rentres chez toi... Sais-tu que les rues de Babylone ne sont plus sûres ?

— J'ai entendu parler, en effet, de ces meurtres... étranges...

— Étranges, oui. Tout indique que c'est l'œuvre de démons. Les dieux sont en colère. Tu sais à quel point ils sont susceptibles. Je me demande si le roi remplit bien tous ses devoirs envers Marduk, ajouta-t-il en prenant un ton soupçonneux.

— Nériglissar est un souverain attentif aux dieux comme à son peuple, répliqua Nungal à qui cette supposition déplut.

— Si tu l'affirmes, ironisa Bel-sar-usur, mais j'ai entendu dire que notre souverain a bien vieilli. Certains murmurent même qu'il serait malade.

— Les Babyloniens s'en soucient à tort. Le roi gouverne avec la même force que par le passé !

— Jusqu'au jour où il lui faudra mettre son fils au pouvoir, ajouta Bel-sar-usur d'un ton provocateur.

— Ce sera dans l'ordre des choses.

— Ou dans le désordre..., insista-t-il lourdement. Le roi son père ne peut cacher les excentricités auxquelles le prince se livre.

— Lâbâsi-Marduk est l'héritier désigné par le souverain, répliqua Nungal, sur la défensive, il n'y a rien à y redire.

— Est-ce qu'un général a le droit de penser par luimême ? l'attaqua Bel-sar-usur.

— Mettons les choses au point. J'ai commandé l'armée de Babylone. Je suis dévoué à l'empire et à Nériglissar aux côtés duquel j'ai combattu. Grâce à *notre* roi, nous vivons dans l'opulence et la paix...

— Tu parles de celui qui a fait assassiner le successeur de Nabuchodonosor ?

Il dévisagea Nungal avec insistance.

— Ma loyauté est sans faille. Cela répond-il à ta question ?

— Pas tout à fait. Vante-moi encore les mérites de l'héritier de Nériglissar.

— C'est le choix du roi.

— Sans doute. Mais cela justifie-t-il, cher général, le règne futur du *dégénéré* ?

— Modère tes paroles, Bel, l'amitié ne m'autorise pas à tout entendre…

— La franchise n'est pas un luxe entre proches, mais un devoir. Au revoir ! Je ne voudrais pas te retarder, nous nous reverrons bientôt, sans aucun doute.

Nungal le regarda s'éloigner, soulagé que cette conversation hasardeuse prenne fin.

Bel-sar-usur, agacé, prit son temps pour aller à son rendez-vous. Plus que ses propos, c'était l'attitude de Nungal qui lui avait déplu. « Pour qui se prend-il, ce jeune général ? »

Il parcourut sans hâte les rues qui le menèrent jusqu'à la porte d'Ishtar. Il n'éprouva nulle inquiétude en remontant le chemin obscur qui longeait les remparts jusqu'au port.

Dans sa belle maison, nichée derrière la taverne, Sarrû s'impatientait.

Elle s'était apprêtée avec un soin tout particulier, épilée à la perfection, enduit la peau d'une huile rare au parfum d'iris. Elle l'imaginait déjà en elle, le ventre noué de désir. Dans la force de l'âge, il était le plus captivant de ses amants.

Quand Bel-sar-usur arriva enfin, souriant, peu disert, il lui tendit des boucles d'oreilles en or, emballées dans un morceau de tissu. Elle se demanda s'il avait quelque chose à se faire pardonner, ne devinant pas l'exacte teneur de ses pensées

« Un petit cadeau de temps à autre facilite les relations... », pensait-il. Elle l'accepta, ravie.

Il la déshabilla aussitôt.

Nue, Sarrû lui offrit un sein qu'elle souleva d'une main pour approcher le bourgeon dressé de ses lèvres. C'était l'un des préliminaires qu'il appréciait. Il s'attarda un moment à sucer sa chair souple dont il savourait l'odeur à la fois animale et légèrement parfumée. Puis il glissa ses doigts pour ouvrir son sexe humide jusqu'à l'entrée de son intimité sans aller plus loin, l'excitant jusqu'au moment où elle s'offrait à toutes les pénétrations, gémissante, suppliant qu'il la prenne.

Bel-sar-usur retarda sa jouissance jusqu'à l'épuisement de la belle. Il la lâcha, tremblante de plaisir, presque brisée.

— Tu n'as pas soif ? lui murmura-t-il en s'étirant sans pudeur.

Elle lui sourit et se leva, un peu chancelante. Sûre de sa beauté, elle n'avait pas pris la peine de se vêtir. Elle revint avec un pichet de vin de palme, et une coupe qu'elle tendit à son amant. Puis elle but à son tour et se dirigea vers un coffre dans lequel elle rangeait ses objets de toilette et de nombreux onguents coûteux qu'Ustan lui vendait. Quand elle lui fit face à nouveau, elle tenait un petit pot en terre cuite dans la main.

— Que contient-il ? demanda Bel-sar-usur, intrigué.

Sarrû esquissa un étrange sourire.

— C'est pour moi ?

Elle l'ouvrit et enduisit ses mains de crème.

— Tu me prépares quelque chose d'un peu particulier ?

— C'est juste une pommade... qui fait des miracles...

Allongé sur le dos, Bel-sar-usur se laissa faire. Sarrû déposa un peu de cette pâte huileuse sur son sexe et l'étala délicatement.

Une sensation de chaleur raidit son membre qui devint plus sensible encore aux caresses de la belle, à la limite de la douleur, rendant son désir impérieux. Il lui attrapa les poignets sans douceur et la renversa sur le lit.

Quand elle eut retrouvé ses esprits, elle l'interrogea, songeuse :

— J'ai entendu parler d'un jeune général dont le roi fait l'éloge. À quoi peut-il ressembler ?

— Quelle curieuse question..., plaisanta Bel-sar-usur en pinçant l'un de ses seins.

— Que veux-tu dire ?

— Je le connais. Aucune femme ne lui résiste. Comme à moi...

Sarrû repoussa la main qui lui emprisonnait la poitrine.

— Tu l'as déjà rencontré ?

— En effet ! Un glorieux soldat, plus jeune que moi...

Elle fut surprise par l'intonation de sa voix. Serait-il possible que Bel-sar-usur, si sûr de lui, fût jaloux du nouveau général ?

— Le connais-tu depuis longtemps ? renchérit Sarrû.

— Nos familles ont été proches...

— Pourquoi ne m'as-tu jamais parlé de lui ?

— Tu es bien curieuse aujourd'hui, lui fit remarquer Bel-sar-usur qui n'avait jamais prisé l'« heure des confidences » chez ses maîtresses. Que te dirais-je ? Nous avons la même taille, la même allure, et Nungal excelle dans l'art de... chevaucher, ajouta-t-il d'une voix pleine de sous-entendus.

— Alors il te ressemble, dit-elle en riant.

— Oui, répondit Bel-sar-usur en quittant la couche pour se rhabiller.

Et il s'en alla.

Il savourait la sensation de délassement qu'il éprouvait après l'amour. Sarrû était une maîtresse habile.

Le paysage du petit matin qu'il ne voyait qu'en ces occasions lui parut magnifique. Les lueurs de l'aube caressaient le large canal sur lequel il porta son regard. Les nuages glissaient sur l'eau bleutée. Il s'attarda le long des bords herbeux où des bouquets de salicaires pourprées fleurissaient. Le quartier de Té-é était traversé par de jeunes palmiers qui disparaissaient sous leur chevelure fibreuse. En approchant de la porte de Marduk, Bel-sar-usur aperçut bientôt le haut des arbres du jardin de son père. La maison de Nabonide était bâtie sur deux étages ; c'était la plus vaste du quartier. Des esclaves en balayaient le seuil quand il entra.

À quelques lieues de là, un autre homme gisait, étendu, ensanglanté, son visage sans yeux tourné vers le ciel.

— 19 —

Sitbum se leva aux aurores. La gouvernante de la maison de Nungal était persuadée de pouvoir acheter les meilleures denrées pour son maître si elle arrivait la première au grand marché d'Urash.

Pendant qu'elle se dirigeait vers les lieux, les vendeurs affluaient en ordre dispersé. À coups de badine, un gros paysan à la barbe taillée en pointe s'efforçait de faire avancer son âne récalcitrant, arqué sur ses pattes tendues. Le tirant par l'encolure, il réussit malgré tout à atteindre l'endroit qu'il convoitait. Pour accaparer la place, il déroula plusieurs nattes en joncs sur le sol et disposa consciencieusement, sur chacun des bords, ses plus beaux légumes : des bottes de poireaux, des courges énormes, des choux aux feuilles géantes... Alors qu'il sortait les panais de son dernier sac, un marchand d'épices, qui l'avait repéré, s'installa à côté de lui. Il savait que la qualité de ses produits attirait toujours les serviteurs des maisons aisées. Il se mit donc à son tour à ordonner ses coupelles débordant d'épices. Ce n'était pas la première fois que le paysan observait son manège. Il les classait par couleur, avec un soin maniaque : du rouge sombre du sumac au rouge vif des piments ; du cumin jaune pâle aux graines de fenouil teintées de vert.

Sa tâche à peine terminée, un pêcheur, dont le pantalon et la tunique poisseux épousaient le corps maigre, fit irruption près de lui. Trop près. Il fourra ses mains dans un sac en toile et entassa ses poissons séchés sur des paniers plats. Ses piles, à l'odeur prenante, se mêlaient aux senteurs des épices. Son voisin lui fit signe de reculer, ne pouvant l'empêcher de se mettre là. Tout en l'ignorant, le pêcheur plaça une deuxième rangée à ras des premières coupelles. Les invectives du marchand d'épices se perdirent dans les cancans bruyants de canards attachés par les pattes que des hommes des marais avaient apportés de l'autre côté de l'étroite allée. D'autres avaient déposé avec précaution des œufs de cane et des grenouilles embrochées sur des tiges de jonc...

Peu à peu, l'endroit investi par les vendeurs devint une sorte de village.

Sitbum, satisfaite d'être arrivée, attaqua la première allée, accompagnée par deux esclaves. Elle avançait à pas comptés pour repérer les denrées de qualité.

Avec sa tunique mi-longue à manches courtes et son turban vert, elle était semblable à beaucoup d'autres servantes des maisons avoisinantes ; cependant, ses épaules carrées et ses jambes musclées rappelaient qu'elle était originaire des montagnes du Zagros. Elle avait en tête les prochains repas qu'elle ferait préparer et veillait à l'approvisionnement des cuisines.

Après avoir acheté une jarre d'huile, de l'ail et de la farine, elle choisit un assortiment de légumes pour les soupes, des morceaux d'agneaux et des poissons. Les esclaves les plaçaient dans une large hotte en osier qu'ils portaient sur leur dos.

— Non, celle-ci... et celle-ci ! disait-elle d'un ton impérieux en désignant du doigt les grenades les plus lisses et les plus brillantes.

Elle se laissa tenter par de grosses courges qui se conserveraient bien, et fit l'achat de prunes séchées qui adouciraient la sauce dans laquelle elle ferait mariner la viande.

La hotte des esclaves débordait de victuailles. Ils durent accrocher de larges sacs en toile à leurs épaules, mais ils commençaient à faiblir sous le poids.

Une lumière claire et puissante avait pris possession du ciel ; les rayons du soleil illuminaient à présent les enfilades d'étalages, rehaussant leurs couleurs. Les tons orangés des citrouilles dominaient le foisonnement des légumes verts ou jaunes.

Quand Sitbum se rendit compte que les esclaves avançaient avec difficulté, elle leur ordonna de regagner la demeure de Nungal sans tarder. Elle les rattraperait sans mal.

Elle avait décidé de faire un crochet pour acheter un gâteau aux figuettes des montagnes, confectionné par un seul boulanger dans la ville. Nungal l'apprécierait certainement.

Après avoir franchi de nouveau la porte d'Urash, Sitbum emprunta une série de ruelles qui traversaient le quartier pour ne pas faire un trop long détour.

La première lui parut anormalement longue et silencieuse. Un raclement inhabituel mit ses sens en éveil. Elle n'était plus seule. Elle se retourna d'un coup, prête à faire face à un éventuel agresseur. Au lieu de cela, un jeune homme à la stature frêle la rejoignit.

— J'ai senti une présence maléfique, lui dit-il en jetant un regard en arrière. Je n'ai pas peur mais il vaut mieux être prudent.

Comme elle ne lui répondait pas, il ajouta :

— J'ai acheté une amulette. La voilà !

Il brandit une statuette : surmonté par une tête aux yeux globuleux, le corps aux ailes doubles était pourvu de mains griffues. Sans doute une divinité protectrice, pensa Sitbum.

— Pouvons-nous faire le chemin ensemble ? l'implora-t-il.

Elle acquiesça. Pour sortir de ce dédale, il leur fallait encore parcourir plusieurs autres ruelles avant de déboucher enfin sur une voie plus passante. Ce quartier paraissait inhabité. Personne ne leur viendrait en aide si tant est que l'on crût possible de repousser l'attaque d'un démon furieux.

— Regarde là !

Le jeune homme désigna du doigt la façade d'une maison. Accrochés sur la porte close, il avait repéré les brins de laine : ce n'étaient pas de simples fils mais des sortes d'amulettes destinées à enchaîner les créatures démoniaques qui s'en approcheraient. Si Nergal, le dieu des Enfers, ne parvenait plus à les contrôler, les prêtres exorcistes avaient trouvé ce moyen pour les éloigner des habitations. Malheureusement, les démons étaient rusés et pouvaient surgir en tous lieux.

Alors qu'ils abordaient la dernière rue, un attroupement leur barra la route. Sitbum entendit des pleurs et des hurlements. Des hommes, et quelques femmes, regardaient tous dans la même direction.

Elle tenta d'interroger l'individu le plus proche. À sa mise raffinée et à sa barbe soignée, elle devina que c'était un notable du quartier. Son visage buriné était empreint de souffrance. Il ne lui répondit pas. Dans la foule, le ton montait. Elle entendit prononcer à plusieurs reprises le mot « démon ». Sitbum n'hésita pas à forcer le passage à coups d'épaules sous les protestations du groupe agité.

« Il a payé pour les fautes d'un autre, proclamait un homme dont elle ne voyait pas le visage. C'est intolérable ! »

À terre, elle aperçut le corps. L'individu avait dû défendre chèrement sa vie. Son buste avait été tailladé, et ses bras écorchés laissaient apparaître ses os à vif. Sa tête aux yeux arrachés ne tenait plus qu'à un fil.

Le notable était tombé à genoux, cachant son visage dans ses mains. Elle comprit que ce devait être un parent.

Pourquoi des forces hostiles s'en prenaient-elles aux Babyloniens ? se demanda Sitbum.

Renonçant à se rendre chez le boulanger pour revenir au plus vite chez son maître dans le quartier de Té-é, elle rassura son jeune compagnon et s'éloigna au pas de course.

Elle avait hâte de se retrouver au calme, *chez elle*. Car cette maison était aussi la sienne ; elle y vivait depuis sa prime jeunesse. Elle y avait servi les défunts parents de Nungal. Et se consacrait désormais à leur fils qu'elle avait vu grandir, s'affirmer, réussir tout ce qu'il entreprenait.

Mais le général n'était pas sous son toit. Elle l'attendit en préparant le repas.

Si la vision du cadavre ne l'avait pas émue – son enfance dans les montagnes avait été très rude –, elle s'efforçait de comprendre le sens de cette agression. Les Babyloniens auraient-ils oublié de donner à leurs dieux toutes les offrandes auxquelles ils s'attendaient ? Car toutes les divinités qu'elle connaissait étaient exigeantes et cruelles.

— 20 —

Cette soirée-là ne ressembla à aucune autre.

La découverte du dernier cadavre avait déclenché une réaction d'indignation violente entre les murs de la Cité. Les démons féroces et sanguinaires frapperaient-ils à nouveau ? Pourquoi les soldats royaux n'avaient-ils pas déjà arrêté le Grand Prêtre ? s'interrogeait le peuple. Que faisait le roi ?

Une vague d'angoisse parcourut les rues si agréables d'ordinaire à la nuit tombée.

On remettait au lendemain les invitations à dîner. On ne s'éloignait plus de sa demeure sans raison impérieuse. Les marchands avaient renoncé à tenir leurs étals de nuit, et seuls quelques petits vendeurs s'aventuraient encore dans les rues sans commerces, mal éclairées.

Si des tavernes implantées près du centre étaient encore fréquentées, les plus lointaines, comme celles du port, étaient désertes.

Un vent d'ouest s'était levé. Son souffle nocturne charriait des nuées de sable.

Devant le temple de Marduk, le jeune prêtre chargé de garder la porte secouait en vain sa tunique. Il y avait été affecté « le pire jour de la saison », pensait-il. La paresse dont Iddiyatum l'avait accusé l'avait conduit à faire la sentinelle, exposé aux intempéries. Il avait beau se tourner et se retourner, rien n'y faisait ; le sable s'incrustait sous ses vêtements.

S'enveloppant dans la cape qui lui couvrait les épaules, il tenta de faire passer le temps plus rapidement en fermant les yeux. Après un moment pénible, il réussit à sombrer dans un demi-sommeil vaseux quand des éclats de voix le sortirent de sa torpeur.

Il se redressa, jetant un coup d'œil pour comprendre la raison de ce brouhaha.

Non loin du temple, un attroupement s'était formé. Des hommes, surexcités, paraissaient prêts à s'écharper. Il apercevait par instants leurs visages grimaçants éclairés par les flammes mouvantes des torches. Quand l'un d'entre eux s'égosillait, un autre l'interrompait, recouvrant sa voix par des braillements aigus... Les vociférations semblaient ne pas vouloir se tarir.

Le jeune prêtre se désintéressa du tumulte. Il se sentait épuisé. Les yeux tournés vers le ciel, il implora le dieu Adad de lui accorder un peu de répit. Ses dents crissaient ; il avait avalé du sable et la soif le taraudait. Il se demanda naïvement si l'un des individus portait une gourde d'eau à sa ceinture.

Quand il braqua à nouveau son regard sur les hommes, ils ne formaient plus qu'un groupe compact.

« Quelle étrange scène ! »

Voilà à présent que quelques-uns se détachaient du lot, semblant haranguer les autres avec force gestes. Il voyait leur dos tressauter. Il pensa avec amusement à une représentation théâtrale comme celle qui se jouait lors de la fête de l'Akîtu.

Pour résister à l'inconfort, il voulut s'évader par la pensée et essaya d'imaginer combien il serait bon de se trouver dans la chambre qu'il partageait avec un autre prêtre. Bien à l'abri. Il en éprouva une brève sensation de soulagement.

Un éclat de voix le sortit de sa rêverie.

Le groupe s'était rapproché de lui. Dans la demi-pénombre, à la lueur vacillante d'une torche, il distingua le visage de deux d'entre eux. L'un, plutôt grand, avait une figure rougeâtre aux pommettes saillantes, et il roulait des yeux furibonds. L'autre, au teint clair, avec son vêtement ample soulevé par le vent, ressemblait à un spectre.

« Pour quelle raison des hommes sensés restent-ils à s'invectiver ici plutôt que d'aller boire une bière bien fraîche à la taverne la plus proche ? » s'étonna le jeune prêtre. Cette évocation lui fit prendre conscience qu'il avait du mal à déglutir.

Mal à l'aise, tapotant maladroitement sur sa tunique, il les quitta des yeux un instant.

Quand il releva les yeux, l'homme au visage rouge s'était détaché du groupe.

Tétanisé par la peur, le prêtre croisa son regard empreint de fureur.

— Lui !

Les têtes se tournèrent d'un bloc dans sa direction, comme si tous avaient attendu cet instant depuis le début.

Le rougeaud avança encore d'un pas.

— Montrons au roi que nous connaissons le responsable ! Mort à Iddiyatum !

Son bras se détendit, poing en avant, et atteignit le nez du jeune prêtre. Celui-ci tituba, portant la main à son visage où se mêlaient son sang et ses larmes de souffrance.

D'autres coups suivirent. Avec des grognements de bêtes, les individus frappèrent, et frappèrent encore le serviteur de Marduk qui perdit conscience.

Ils ne s'arrêtèrent qu'au moment où le corps sanguinolent ne bougea plus, et se dispersèrent en toute hâte, sans se retourner, en silence.

— 21 —

Le lendemain matin, les manifestations hostiles se multiplièrent aux abords des temples : des hommes jetaient des pierres en direction des portes, invectivaient ceux qui osaient en sortir, se montraient menaçants. Ils agissaient comme si tous les prêtres portaient le poids du manquement supposé du Grand Prêtre de Marduk.

En fin de matinée, la tension dans la Cité était à son comble lorsque les Babyloniens apprirent la mort du jeune prêtre. Si certains furent déstabilisés par cette violence, d'autres se réjouirent de cet assassinat qui ne manquerait pas d'alerter enfin le roi. Il devrait destituer, et condamner à mort, Iddiyatum pour apaiser les démons vengeurs.

« Le responsable doit expier ses fautes », répétait-on à l'envi. L'offense dont il était accusé – un rituel oublié ou négligé – ne pouvait qu'entraîner de terribles conséquences pour tous.

Au palais, Kassaia apprit, en même temps que le roi, la mort atroce du jeune prêtre. Elle se réjouit du cours des événements. Iddiyatum avait été mis en cause. Lui qui détestait le prince en paierait le prix. Les Babyloniens avaient désigné le coupable : Isme avait bien travaillé, pensa-t-elle.

Sa réflexion était toutefois teintée d'inquiétude. Jusqu'où était-il allé pour perdre le Grand Prêtre ? Impossible de le savoir, car la prudence leur faisait éviter tout contact.

À l'opposé des appartements royaux, un cavalier fourbu venait de se présenter devant la porte du palais. Il arrivait de Terqa. Cette ville, située sur la route de la Cilicie, servait de relais aux messagers babyloniens. Des hommes tels que lui jouaient un rôle précieux en temps de guerre, mais aussi en temps de paix, car ils assuraient la communication entre toutes les régions de la Babylonie.

Le messager avait laissé sa monture aux gardes royaux dans la première cour. Escorté par deux soldats, il parcourut les galeries extérieures, se hâtant d'accéder à la salle du trône. Il était porteur de nouvelles inquiétantes.

Le roi le reçut sans attendre. Il demanda à l'un des scribes – qui se trouvait toujours à ses côtés – de lui lire à haute voix le contenu de la tablette.

« *D'un commun effort, nous avons gravi la montagne. Affronté neige et intempéries. Les hommes sont passés là où ils devaient passer. Nous avons aiguisé nos armes. Les batailles ont été rudes. Mais l'ennemi était plus nombreux. Les hommes harassés ne connaissent plus le sommeil. Certains ont fui. Le terrain a été cédé. La situation est des plus mauvaises. L'armée n'a plus de chefs. L'ennemi a donné leurs restes à dévorer aux chiens et aux porcs… Nous avons besoin de renforts si nous voulons éviter que l'ennemi ne s'empare des routes du commerce…* »

Ainsi le message continuait-il à décrire les revers et les défaites funestes de l'armée au bord de la déroute.

Nériglissar regretta aussitôt de ne pouvoir partir à la tête des renforts qu'il allait envoyer en Cilicie. Il devait en tenir la raison secrète le plus longtemps possible. Il pensa alors au général Nungal. Voilà l'homme qu'il fallait pour reprendre la situation en main. Il avait montré quel chef d'armée il était.

La sécurité des territoires était une priorité pour l'empire de Babylone.

Alors que le souverain se levait pour prendre la tablette, il vacilla. Repoussant le serviteur qui se précipitait vers lui, il reprit place, en alerte. Cela n'était pas la première fois que la tête lui tournait. Son front devenait brûlant, sa vue se brouillait. Heureusement, les symptômes ne duraient pas. Il réussissait encore à maîtriser ses défaillances. Personne ne devait être mis au courant de ses crises, car il savait qu'un roi affaibli devient vite vulnérable.

Malgré tout, il avançait en âge, et cette pensée le ramena à son fils, son unique héritier. Le temps était venu de lui rappeler que le jour où il lui succéderait approchait. Il allait lui interdire de quitter le palais à sa guise et l'obliger à assister aux réunions sur la gestion de Babylone. Ce qu'il aurait dû faire bien plus tôt.

Lors du dernier conseil, certains administrateurs lui avaient reparlé des meurtres. Ils lui avaient affirmé que ceux-ci ne pouvaient être que l'œuvre de démons vengeurs en évoquant les carences qu'ils avaient constatées au temple de Marduk. Nériglissar hésitait. Il sentait de la médisance, ou de la jalousie, à l'égard du Grand Prêtre tout-puissant. Iddiyatum était irréprochable à ses yeux.

S'il s'agissait bien d'entités démoniaques échappées des Enfers pour punir les vivants, il était légitime de chercher qui avait pu susciter un tel courroux. Encore fallait-il que l'offense fût grave.

Nériglissar était déterminé à découvrir la vérité. Par qui les Babyloniens avaient-ils été assassinés ? Un homme ou un démon ?

« Je dois consulter les oracles du temple de Marduk, décida-t-il, eux seuls peuvent me guider. »

Il fit envoyer un message pour prévenir le Grand Prêtre.

Dans deux jours, il se rendrait au temple afin de consulter les oracles et obtenir des réponses sur cette série de meurtres ainsi que sur les décisions à prendre concernant la Cilicie.

Le soir venu, le roi, accompagné de ses serviteurs, gagna sa chambre. Il resta éveillé une grande partie de la nuit.

« ... *L'armée n'a plus de chefs* », disait le message venant de Cilicie. Jusqu'à quel point cette défaite était-elle réversible ? s'interrogeait-il.

Ce fut avec une impatience empreinte de ferveur qu'il attendit de s'adresser aux dieux.

— 22 —

Le jour de s'en remettre à ses guides divins était enfin arrivé. Le souverain, aidé par de nombreux serviteurs, revêtit une longue tunique brodée et un manteau drapé rouge à franges dorées, puis il fit poser sur sa tête sa tiare en or.

Quand il fut prêt, il quitta le palais avec sa suite. Accompagné par des gardes royaux et des serviteurs, suivi par des scribes attachés à son service, Nériglissar avançait, protégé par un dais de tissu que des esclaves maintenaient au-dessus de lui. Des soldats en armes leur ouvraient le chemin. Le trajet fut court. L'équipage longea la Voie processionnelle que le roi avait parcourue de si nombreuses fois en revenant victorieux de ses campagnes et parvint à la porte du temple de Marduk. Derrière les hauts murs se dressait l'impressionnante ziggurat. À l'intérieur de l'immense enceinte, comme un bijou dans son écrin, brillait le sanctuaire dédié au plus puissant des dieux, l'Esagil, où la cérémonie divinatoire allait se dérouler.

Kâpi, le devin, le *bârû*, attendait le roi entouré de prêtres et de scribes initiés. Comme chez tous les officiants, sa tête chauve, la parfaite symétrie de ses traits, son visage glabre, ses mains longues et fines marquaient sa qualité. Revêtu d'une longue tunique de couleur claire, il tendit les bras vers le souverain pour l'accueillir.

— Bienvenue à toi, grand souverain de l'empire, que Marduk le dieu suprême t'éclaire !

Il précéda Nériglissar, marchant à pas mesurés vers le temple. Le lieu sacré, éclairé par des lampes à huile, paraissait hors du temps. Il lui fit prendre place sur un siège garni d'étoffes soyeuses.

Les questions du roi avaient été gravées sur une tablette d'argile ; Kâpi les fit déposer sous la statue du dieu. Le moment était venu de consulter les oracles en son nom.

Dans une pièce attenante, la cérémonie allait commencer.

Les points lumineux formaient ici un cercle au centre duquel se tenait Kâpi, le maître de la divination. Les officiants, deux prêtres du temple, l'accompagnaient. Les flammes étaient immobiles : il n'y avait pas un souffle d'air.

Kâpi s'avança vers l'autel de pierre sans un mot.

Devant lui, un petit agneau, allongé sur le flanc, les pattes entravées, tremblait à peine. Il scruta l'animal. Satisfait, il s'attarda sur les proportions du torse et des pattes, examina sa toison. La corne des sabots ne présentait aucun défaut. La bête avait la tête allongée, le museau humide. Le sacrifice pouvait s'accomplir.

Le *bârû* rompit le silence en élevant ses deux bras lisses vers le ciel. « Que l'oracle soit vérité ! » L'officiant trancha, d'un geste sûr, la gorge de l'agneau. Il eut un dernier soubresaut alors qu'un flot de sang jaillissait par saccades et se répandait en suivant les rigoles creusées dans la pierre du sacrifice.

Kâpi plongea les doigts dans l'huile de la vasque qu'un prêtre lui tendit. Puis il approcha le poignard du ventre de l'animal. L'arme levée, Kâpi demanda aux dieux présents de lui pardonner l'imperfection du rituel. « Enzib... Enzib... Dieux que nous honorons, implora-t-il, ne tenez pas compte de nos maladresses. » Il fit pénétrer alors la lame dans le thorax de la bête et ouvrit délicatement ses entrailles. Une odeur forte s'en dégagea aussitôt.

Il enfonça ses mains plus avant et en sortit les viscères chauds. Il décrivit à voix haute leur aspect et leur couleur. Considéré comme le siège de la pensée et des sentiments, le « palais du foie » révélerait par ses altérations les présages qui répondraient aux questions du roi.

Nul autre devin que Kâpi ne savait mieux interpréter les signes envoyés par les divinités. L'un des prêtres nota les premières constatations sur une tablette. Kâpi parlait d'une voix lente et solennelle : « Le lieu du foie a un double chemin : celui de gauche croise celui de droite... Pas de protubérance sur le côté droit du lieu... Le "petit doigt" du foie est normal, mais la partie arrière est abîmée sur la droite... Sous le doigt, la base est inconsistante... » Chaque détail allait prendre une signification particulière.

Le devin posa le foie sur la paume de sa main gauche et l'éleva devant lui.

« Enzib... Enzib... », psalmodièrent les prêtres, veillant à ce que rien ne puisse empêcher les dieux de se manifester.

Le foie, siège de la vie de l'agneau, allait bientôt refléter l'âme des dieux qui les écoutaient.

Kâpi se retira de la pièce pour faire graver la divination par le scribe. Puis il alla s'incliner devant le roi et lui parla en ces termes : « Le chemin double... signifie que tu vas devoir prendre bientôt une décision difficile. Le lieu sans défaut..., que les dieux sont à tes côtés. La partie abîmée du foie... indique que de sombres desseins se préparent dans l'ombre. La base du foie conforte les signes... Le sang versé retombera sur la dynastie royale. »

Nériglissar écouta les présages avec gravité et se fit remettre la tablette qu'il confierait au scribe qui l'accompagnait.

Il lui fallait réfléchir plus avant aux termes de l'oracle.

Quittant l'enceinte du temple pour emprunter de nouveau la Voie processionnelle, le roi et sa suite attirèrent les regards curieux de quelques passants. Le souverain regagna ses appartements, et ordonna qu'on le laissât seul.

Il fit un douloureux retour sur lui-même, méditant longuement les termes de la prophétie.

C'était bien une « décision difficile » qu'il avait prise, en effet. Les Babyloniens seraient étonnés d'apprendre qu'il ne partait pas à la tête de ses armées pour la Cilicie comme tout souverain à sa place l'aurait fait. Il y ferait face. Son état de santé ne le lui permettait pas.

« Les dieux sont à ses côtés », avait affirmé l'oracle. Ce qui pouvait signifier deux choses importantes : la première laissait espérer la victoire en Cilicie. Son choix était fait : il nommerait Nungal à la tête des armées. Le jeune général avait toutes les qualités d'un chef, volontaire, courageux, téméraire sans être imprudent. La seconde lui donnait la certitude que ce n'étaient pas des démons qui tuaient les Babyloniens puisque Marduk leur offrait toujours sa protection ; il n'avait donc pas permis que fût entrouverte la porte des Enfers.

Si la bienveillance du dieu ne leur faisait pas défaut, tout péril n'était pas écarté pour autant.

À quels « sombres desseins » l'oracle faisait-il allusion ? Nériglissar pensa au prince, héritier légitime du trône, descendant en droite ligne du grand Nabuchodonosor. Serait-il en danger ?

« ... Le sang versé retombera sur la dynastie royale. » Des images de sa propre accession au trône lui revinrent en mémoire avec force : il avait fait assassiner le fils de Nabuchodonosor. Il revit le meurtre du jeune roi,

Amel-Marduk, le frère de Kassaia, dont il avait été l'instigateur. Non par ambition, se défendait-il encore aujourd'hui, mais parce que cet incapable avait mis l'empire en péril par son incompétence. Il était convaincu qu'il n'y avait eu aucune autre façon de protéger Babylone. Sans remords, il repoussa les images sanglantes, refusant d'y voir aucune similitude avec son propre fils. Lâbâsi-Marduk était bien jeune, et il apprendrait à tenir son rang. Personne ne s'attaquerait à lui, il y veillerait.

Puisque Nériglissar savait à présent que les dieux n'avaient pas libéré les démons, il convoqua Zâkir, le responsable de la sécurité afin qu'il diligente une enquête dans les plus brefs délais.

— 23 —

Chez le scribe, Nungal assistait à sa dernière séance de lecture. À la grande déception de Laliya, il ignorait sa présence.

Dépitée, elle résolut d'attirer son attention. Quelle qu'en soit la raison, elle voulait savoir ce qu'il en était. Il fallait pour cela qu'elle lui parle sans témoin.

Alors que la lecture du texte venait de se terminer, Laliya reposa bruyamment sa tablette. Nungal leva les yeux vers elle. Elle lui fit comprendre d'un geste de la retrouver en sortant.

Elle le rejoignit discrètement à l'extérieur de la maison peu après.

Il l'attendait.

Ne pouvant s'attarder, elle lui proposa de le voir le lendemain très tôt, dans le jardin, pour éviter de croiser son père.

Il n'eut pas l'air étonné de sa demande.

— Pardonne mon silence, Laliya, lui répondit-il d'une voix affable, je voulais aussi te parler…

Pour tromper son impatience, elle s'activa toute la journée. S'occuper de la tenue de la maison ou de la traduction qu'elle avait entreprise, rien n'y faisait. Le jeune général avait pris trop d'importance dans sa vie. Elle éprouvait pour lui de l'admiration et de l'attirance. Sa voix, ses gestes, sa démarche lui plaisaient. Elle revivait leur étreinte avec une vive émotion. Cependant, elle était consciente de son emballement. Peut-on vraiment aimer le premier homme qui vous attire ? se demandait-elle, désemparée. « Suis-je faible ou... idiote ? » s'interrogeait-elle en vain, car elle ne pouvait se confier à personne. Elle pensa de nouveau à la mort de sa mère ; à la disparition brutale de sa tante Hazalâ et au mutisme de son père. Dans ses moments de révolte, elle se demandait si les dieux voulaient la vouer à une vie de solitude.

Elle supplia la déesse Ishtar de l'éclairer.

La nuit qui suivit cette interminable journée fut épouvantable.

Chaque fois qu'elle s'assoupissait, une sorte de spectre noir surgissait devant elle. À mesure qu'il glissait dans sa direction, l'obscurité se faisait plus dense. Au point qu'elle avait l'impression d'être devenue aveugle. L'ombre cherchait à l'engloutir. Une substance noirâtre se colla à son visage comme de l'huile épaisse, s'infiltrant dans ses narines et dans sa bouche pour l'empêcher de respirer. Elle essaya de s'échapper, mais ses jambes étaient aussi lourdes que des colonnes d'airain. Elle eut un haut-le-cœur...

Elle s'éveilla, effrayée, ne voulant plus se rendormir de peur de replonger dans son terrible songe, mais elle finit par céder à la fatigue.

Le lendemain matin, elle n'avait gardé aucun souvenir de l'étrange rêve. Elle avait recouvré sa sérénité.

Après sa toilette, elle revêtit une longue tunique blanche sur laquelle s'enroulait une fine étoffe orangée, et agrafa à son cou un collier de cornaline. Elle voulait que Nungal la trouvât jolie, inconsciente du fait que sa beauté n'avait besoin d'aucun artifice.

Le jeune général arriva chez le scribe alors que les esclaves terminaient à peine les tâches domestiques matinales. Ils finissaient de laver les dalles de la cour. Une rigole évacuait les eaux usées vers un puisard.

Nungal connaissait le chemin. Il traversa le vestibule puis la pièce de réception qui s'ouvrait sur le jardin. Il ne s'avança pas tout de suite vers la jeune fille pour l'observer un moment. Elle lui parut encore plus belle sous la lumière du matin. Plus jeune aussi.

Elle s'était assise sous l'impressionnant figuier – deux troncs noueux surmontés d'un enchevêtrement de branches qui séparaient le sol de la voûte du ciel. Un tissu léger lui couvrait les épaules, retombant chastement sur sa tunique.

En le voyant s'approcher, elle se leva et fit quelques pas vers lui.

Elle fut étonnée de découvrir son expression grave et, jugea-t-elle, sévère.

— Qu'y a-t-il ? lui demanda-t-elle, anxieuse.

— Je viens te dire au revoir, Laliya, répondit aussitôt Nungal. Je vais quitter Babylone. Je partirai bientôt à la tête des armées qui combattent en Cilicie.

— En Cilicie, répéta-t-elle, essayant de se rappeler ce qu'elle avait entendu dire sur cette guerre.

— Oui.

Stupéfaite, elle ne l'interrogea pas plus avant. L'annonce de son départ, auquel elle aurait pu s'attendre, la bouleversait

Nungal poursuivit :

— Un certain roi nommé Appuashu s'est mis en tête de conquérir des contrées voisines, violant ses accords avec Babylone, lui expliqua-t-il. Le souverain m'a appelé en renfort. Mon départ est donc imminent.

Il avait prononcé ces quelques mots avec un enthousiasme qui fit mal à Laliya. Elle avait bien conscience qu'un officier de l'armée babylonienne était un défenseur de l'empire avant tout, mais elle craignait pour sa vie. Et il n'avait pas l'air de se soucier de ce qu'elle pouvait ressentir.

Impuissant, Nungal devina son désarroi.

— J'espère être rentré pour la fête de l'Akîtu, dit-il en croisant les yeux attristés de la jeune fille.

Elle avait changé d'attitude ; sa douceur avait fait place à une froide réserve.

— Nous nous reverrons à mon retour, ajouta-t-il, tiraillé entre l'envie de la retrouver et celle d'interrompre une relation qui ne pouvait être telle qu'elle la souhaitait pour le moment.

Elle évita son regard. Ni l'un ni l'autre ne reprit la parole. Laliya, parce que le chagrin la submergeait. Nungal, parce qu'il sentait la douleur qu'il avait provoquée sans le vouloir.

Ils se quittèrent sans un mot de plus.

Laliya était traversée par des sentiments contradictoires. N'avait-elle pas été naïve de croire que Nungal pourrait s'attacher à elle ? Elle ne connaisssait rien du monde qu'il fréquentait. Peut-être était-il attiré par des jeunes filles plus audacieuses ?

Mais alors qu'elle regrettait d'être ce qu'elle est, elle se souvenait de son tendre baiser. Ne devait-elle pas alors garder l'espoir de le revoir ?

Ne pouvant se résoudre à continuer la lecture de son texte, sagement assise dans la salle d'étude, elle s'agita bien inutilement dans la maison jusqu'au soir.

Elle n'assista pas au dîner en compagnie de son père, se prétendant souffrante. Ce qui n'était pas tout à fait un mensonge.

Au milieu de la nuit, alors que les rues étaient devenues silencieuses, et que même les animaux semblaient s'être endormis, Laliya s'éveilla.

Dans la pénombre, son regard glissa avec tristesse sur les meubles ayant appartenu à sa mère : la petite table qui lui servait de coiffeuse, le coffre à vêtements en cèdre, la chaise venue d'Égypte... Elle se souvenait des longs moments passés ensemble. Veillait-elle encore sur elle ? Laliya savait que les morts continuent à exister auprès des dieux, mais elle doutait qu'ils pussent communiquer avec les vivants. Elle se sentait plus seule que jamais.

Le sommeil ne revint pas.

Laliya se leva et descendit aux cuisines. Elle se servit un verre d'eau et grappilla quelques morceaux de gâteaux aux amandes. Puis elle alla dans la salle d'étude sans savoir vraiment ce qu'elle y ferait.

Du seuil, elle aperçut un amas de tablettes sur l'un des coffres. Elle entra pour les remettre en place.

Après avoir allumé une lampe à huile pour s'éclairer, elle les prit une à une, et les déposa dans leurs niches quand l'une d'elles l'intrigua. Elle l'approcha de la lumière.

La tablette faisait mention d'un projet d'adoption. Elle dut la relire plusieurs fois pour comprendre ce dont il était question : son père voulait adopter un garçon.

Elle s'assit et prit le temps de peser chaque mot. Il n'y avait plus de doute. Son père allait avoir un fils.

Elle reposa la tablette, et regagna sa chambre, tremblante d'émotion.

— 24 —

Le lendemain, le scribe passa la journée entière au palais. Il en repartit satisfait de constater que la bibliothèque royale s'était enrichie de ses récents textes historiques.

Il rentra sous son toit en fin d'après-midi, et fut étonné de trouver sa fille, assise, immobile, au milieu de la salle de réception. Elle ne le salua pas et se mit à le regarder fixement, sans baisser les yeux.

Il remarqua aussitôt la tablette qu'elle avait posée au milieu de la table. Il s'en approcha et reconnut celle sur laquelle il avait commencé à rédiger un acte d'adoption. Comment l'avait-elle trouvée sinon en fouillant dans ses affaires ? Son indiscrétion le révulsa.

— Tu as quelque chose à me dire ? lui demanda-t-il brutalement.

Laliya, qui avait passé sa journée à faire des suppositions, n'en avait trouvé aucune qui pût justifier la trahison de son père. Elle désigna la tablette de la main.

— Comptais-tu m'en parler bientôt ?

— C'est une décision que je devais prendre seul, lui répondit-il.

Elle serra les lèvres pour ne pas protester.

— À présent que tu es au courant, que veux-tu que je te dise de plus ? Ce n'est qu'un projet. Il n'y a rien d'autre à savoir, ajouta-t-il avec une certaine dureté.

Laliya ne voulait pas croire qu'il en resterait là. Elle espérait qu'il allait se reprendre et lui expliquer pourquoi il avait fait ce choix. Cette agressivité ne lui était pas coutumière.

Devant le visage défait de sa fille, il parut s'adoucir.

— Je ne me remarierai jamais, et je souhaitais un fils, lui expliqua-t-il. Je ne voulais pas perturber ta vie en t'en parlant trop tôt, le moment n'était pas encore venu. Mais sache que cet enfant a été élevé comme il se doit.

— Pourquoi ne m'en avoir rien dit ? répliqua-t-elle d'une voix altérée.

— Je crois avoir été clair, l'adoption est en cours. Cela ne regarde que moi. Parlons d'autre chose, trancha le scribe qui voulait clore définitivement le sujet. As-tu recopié la tablette que je t'avais confiée ?

Laliya ne répondit pas, se demandant comment un père pouvait rester si insensible à la détresse de sa fille.

Elle ne dit plus un mot.

Sans lui jeter un dernier regard, elle quitta la pièce pour monter dans sa chambre. Désormais, elle éviterait de lui adresser la parole autant que faire se pourrait.

Elle pensa à l'affection et à la douceur d'Hazalâ qui lui manquaient tant. S'était-elle lassée de l'irritabilité de son père ou lui avait-elle caché quelque chose de plus grave ?

Elle tenta de se souvenir des nombreuses confrontations auxquelles elle avait assisté. Un geste déplacé ? Elle n'osait formuler les soupçons qui se faisaient jour malgré elle.

Assise au bord de son lit, immobile, tourmentée, elle refusa de partager le repas du scribe.

La demeure devint silencieuse. Les petites fenêtres de sa chambre lui faisaient parvenir le brouhaha nocturne : des aboiements, des voix étouffées venant des maisons voisines… Soudain, un bruit la sortit de sa torpeur. Elle le reconnut : c'était celui de son père qui quittait la maison. Quelle raison pouvait le faire sortir sans se soucier du danger ?

Elle se leva d'un bond, attrapa un voile de lin épais pour se couvrir et gagna l'entrée. Elle était décidée à le suivre. Qui était-il si pressé de voir ?

Elle ne tarda pas à l'apercevoir au bout de la rue. Elle lui emboîta le pas, gardant ses distances. Il avançait rapidement.

Il bifurqua une première fois, traversant une longue ruelle qu'un croissant de lune peinait à éclairer. Puis il tourna brusquement. Laliya accéléra le pas pour le rejoindre. À l'approche du temple d'Ishara, une zone d'ombre masqua sa silhouette. Elle le perdit de vue.

Dissimulé dans les ténèbres, l'homme était aux aguets.

« Tuer… »

La poitrine serrée comme dans un étau, il retenait son souffle. Il jeta un regard suppliant vers le temple. Combien de sacrifices lui faudrait-il encore offrir aux dieux pour que ses prières soient exaucées ?

Il se reprit. Il ne devait pas douter de Marduk.

Une main posée sur son arme, il guettait sa proie.

Enfin elle apparut.

De loin, toutes les victimes se ressemblaient. À l'affût, il la regarda venir vers lui. Il n'entendait pas encore ses pas, mais sa silhouette se précisait.

Il se plaqua contre le mur, avalé par l'obscurité. Il la jaugea.

À mesure qu'elle approchait, il devina qu'il devait s'agir d'une femme. D'une jeune fille. Sa stature était frêle. Comme celle de son fils. Il l'observa.

Sa démarche était mal assurée. Que faisait-elle seule dans cette partie déserte du quartier ?

Il l'épia encore.

Sur le point de s'arrêter, elle eut un geste curieux : elle tendit les mains en avant comme une aveugle.

Il frémit. Les dieux ne venaient-ils pas de lui envoyer un signe ?

« Serait-elle les yeux de mon fils ? » Cette question lui fit mal.

Brandissant son arme, il hésita pourtant.

— 25 —

Laliya s'était arrêtée. Jusqu'ici, elle avait suivi son père sans réfléchir. À présent qu'il avait disparu dans l'obscurité, elle se retrouvait seule dans ce lieu inconnu. Elle eut soudain peur, très peur. Sans se douter de la présence de l'homme dissimulé, elle pressentait une menace. Un danger imminent. La raison aurait voulu qu'elle rebrousse chemin à la hâte. Mais elle n'osait plus ni avancer ni reculer.

Son immobilité était à l'image de son indécision.

Elle leva les bras dans un geste d'imploration envers les dieux.

Elle ne vit pas l'homme s'approcher d'elle.

Quand il lui toucha le dos, elle étouffa un cri et tourna brusquement la tête. Un individu massif, entre deux âges, élégamment vêtu, la regardait.

— Je peux vous aider...

C'était une affirmation, pas une question.

Elle remercia les dieux de lui avoir envoyé cet homme. Son allure respectable, le timbre chaleureux de sa voix lui inspirèrent immédiatement confiance.

— Oui.

Elle désigna de la main la direction de sa maison, l'invitant par là à l'y accompagner.

— Allons-y.

Le trajet de retour fut rapide, silencieux.

Arrivée au seuil de sa demeure, Laliya le salua respectueusement. Elle entra, refermant aussitôt la porte derrière elle. En sécurité.

Yasîm était soulagé d'avoir fait ce qu'il fallait. Il connaissait bien Babylone, et cette jeune personne lui avait semblé en détresse. Il avait ressenti une bouffée d'instinct paternel qui l'avait lui-même surpris.

Il n'y pensa pas plus avant, car il s'apprêtait à rejoindre une réception particulière.

Plus au sud, non loin de la porte d'Urash, Yasîm se présenta à l'entrée d'un grand bâtiment au mur aveugle. Là où il devait se rendre.

Dans la cour intérieure éclairée par des dizaines de petites lampes à huile, de jeunes esclaves fardés, à demi nus, se tenaient accroupis, attendant les invités pour les escorter dans le vestibule. Dans les vapeurs du lieu, ils leur enlevaient délicatement leurs vêtements puis rafraîchissaient leur corps grâce à une vasque remplie d'une eau tiède et parfumée.

L'armateur pénétra dans la vaste pièce aménagée pour les plaisirs.

Au fond, sur la droite, se trouvaient des tables basses qui regorgeaient de viandes fumées, de gâteaux au miel, de vin rouge de Syrie et de bières. Des bancs garnis d'étoffes aux couleurs vives et de coussins moelleux servaient d'assises aux convives.

Une esclave vêtue d'un pagne jaune vint à sa rencontre. Gracile, elle avait un visage qui faisait penser à une souris du désert avec ses yeux ronds et son nez en pointe. Ses cheveux, plus clairs que les siens, retombaient souples et brillants jusqu'à ses fesses dont il apprécia la rondeur en glissant une main sous sa tunique. Mais il n'était pas pressé...

Il se dirigeait vers le buffet pour croquer dans une galette au miel, balayant du regard la salle, quand il aperçut Bel-sar-usur. Allongé, nu, la tête calée dans un coussin, il était trop occupé pour remarquer sa présence. Deux esclaves à la longue chevelure noire l'escaladaient, offrant tour à tour à sa bouche leurs tétons bruns.

Non loin de là, il reconnut le capitaine d'un bateau de Sippar. Il caressait un esclave noir dont le corps musclé et lisse brillait comme un galet d'onyx. Semblant jauger le jeune Nubien, il n'eut qu'un bref instant d'hésitation. Il enduisit sa main d'un onguent gras et le courba, dos à lui.

Des coupelles d'huile qui éclairaient l'endroit s'échappaient des odeurs de cèdre. Il régnait une moiteur parfumée qui, mêlée aux odeurs animales des corps, devenait irrésistiblement sensuelle.

— *Capitaine* Yasîm ! l'appela ironiquement Bel-sar-usur qui venait de l'apercevoir.

L'armateur s'approcha de lui.

Bel-sar-usur se redressa, provoquant la chute d'une esclave allongée sur lui.

— Je vois que nous partageons le goût des bonnes choses... Tiens, prends celle-ci, dit-il en poussant vers Yasîm une esclave dont les yeux étirés étaient réduits à un trait de khôl, et dont la peau claire avait des reflets de miel.

— Quelle étrange beauté !

— Que ferait-on sans les guerres ? plaisanta le fils de Nabonide, provocateur. Tu la veux ?

Il glissa ses doigts entre les jambes de la petite esclave.

— C'est toi qui la rends déjà si humide ?

Yasîm la tira par le bras, hors de portée de Bel-sar-usur.

— Je vais vérifier moi-même, lança-t-il, grivois.

Et il l'entraîna un peu plus loin vers un large banc recouvert d'étoffes, trop excité pour différer sa satisfaction.

Il la fit basculer sur la couche et, la tenant par les hanches, il la pénétra sans attendre. Il ne fut pas long à éprouver une jouissance aiguë qui apaisa son désir, et la rage que provoquait en lui l'arrogance de Bel-sar-usur.

Après de longs moments de copulation et de râles, la salle était devenue plus calme. Les hommes se désaltéraient, sûrs, ou moins sûrs, de pouvoir continuer leurs ébats.

Bel-sar-usur rejoignit l'armateur qui s'était attablé.

— As-tu goûté ce mets ? dit-il en désignant une coupe vernissée sur laquelle étaient déposées de fines lamelles de champignons. Cette nourriture décuple notre virilité, ajouta-t-il avec sa détestable ironie. Prends-en, insista-t-il, ils ont été déterrés ce matin dans le désert. Ils sont très rares.

Yasîm en goûta un morceau. Cela avait une saveur douceâtre.

— Rares..., répéta Bel-sar-usur, perdu dans ses pensées, comme les perles d'ivoire dont rêve la belle Sarrû. Sais-tu que l'or et le lapis-lazuli ne lui suffisent plus ? s'exclama-t-il en le dévisageant. Elle devient une relation très coûteuse.

Il s'esclaffa. Il n'ignorait rien des désirs de l'armateur.

Pressé de rejoindre les jeunes femmes offertes à son appétit, il le salua avec grandiloquence.

— Nous nous reverrons dans d'autres circonstances, j'en suis certain. Profite bien de ta soirée, cher ami.

Yasîm jeta un regard désabusé sur le corps nu de Bel-sar-usur, aux proportions parfaites, et se fit resservir une coupe de vin dont le bouquet était remarquable, comme toutes les agapes proposées en ce lieu.

— 26 —

Un grand conseil se tint au palais.

Zâkir, l'officier chargé de l'enquête, entreprit d'exposer au roi le résultat de ses investigations. Durant les deux dernières semaines, des soldats avaient sillonné la ville pour recueillir des témoignages. Il en ressortait que les crimes avaient été commis devant des temples, et que quelques-unes des victimes travaillaient pour le port. Leur état laissait penser que le meurtrier était un homme robuste. La façon dont celui-ci s'était acharné sur les corps dénotait une rage peu commune. Et puis il y avait les yeux arrachés... un acte barbare dont le sens leur échappait. Nulle trace tangible cependant de l'assassin.

Le souverain n'était pas satisfait de ces piètres conclusions. Il l'admonesta :

— Une enquête bien maigre ! Qu'as-tu appris que je ne sache déjà ? Rien. Je te tiens pour responsable de l'incompétence de tes hommes. Il te faut trouver d'autres témoins.

— C'est ce que nous avons fait, mais... les gens ont toujours peur, les démons...

— De quoi parles-tu ? Personne n'a commis d'offense envers Marduk. Aucun démon ne s'est échappé des Enfers. Les oracles m'ont éclairé.

Zâkir s'empressa de manifester son approbation en s'inclinant bien bas et assura le roi de sa diligence à résoudre l'affaire.

Nériglissar fit appeler les soldats désignés pour les recherches et se chargea lui-même de l'organisation de la traque comme il l'aurait fait pour une campagne militaire. Il leur transmit ses ordres : ils devaient à nouveau quadriller tous les abords des temples, à la nuit tombée. Il allait de soi que prêtres et initiés eux-mêmes devaient participer à l'opération et redoubler de vigilance.

Puis, s'adressant à Zâkir, il ajouta, menaçant :

— Un homme ôte la vie aux Babyloniens, trouve-le !

La présence des enquêteurs du roi dans la Cité ne fit pas l'unanimité. Car, si le souverain cherchait un meurtrier, certains Babyloniens avaient toujours la certitude que les responsables de ces exactions étaient bien des démons punisseurs. Ils réclamaient l'arrestation du Grand Prêtre Iddiyatum. Son nom était prononcé de ruelles en rues avec indignation.

Quand on demandait à Yasîm ce qu'il en pensait, il éludait la question. Seul son avenir immédiat le préoccupait. Depuis que Bel-sar-usur lui avait parlé des nouveaux désirs de Sarrû, il n'avait plus en tête que la belle Égyptienne. Après tout, ne suffisait-il pas d'un collier d'ivoire pour la mettre dans son lit ?

Il s'était souvenu d'avoir fait acheter, il y a quelques années, de l'ivoire pour un orfèvre, mort depuis. Cette matière précieuse provenait d'un animal que l'on trouvait en Égypte d'où la cabaretière était originaire. Où l'avait-il rangé ?

Si Yasîm conservait la plus grande partie de ses livraisons dans un entrepôt au port, les pièces rares étaient stockées dans la réserve qui jouxtait sa cour. Il s'y rendit immédiatement.

Une dizaine de coffres se trouvaient là. Il savait d'après les motifs qui figuraient dessus ce qu'ils contenaient. Dans celui sur lequel était gravé un aurochs aux longues cornes se trouvaient des morceaux d'ivoire. Il les sortit un à un et les posa sur la table basse en se demandant s'ils suffiraient à faire céder Sarrû à ses avances. Plus il y pensait, et moins il en doutait. Cependant, pour lui faire ce somptueux cadeau, il devait d'abord se mettre en quête d'un joaillier.

Yasîm était prêt à payer une somme considérable pour que le bijou soit fabriqué dans les plus brefs délais.

Il n'y avait pas de temps à perdre. L'armateur s'empressa de rejoindre le quartier des artisans d'art. En chemin, des images de Sarrû lui revinrent.

Il pensa à la belle Égyptienne, à la femme fascinante qu'elle était. Faite prisonnière lors d'une victoire de Babylone sur l'Égypte, son affranchissement avait été le fait d'un vieil homme qui l'avait prise sous sa protection. Ambitieuse, elle s'était servie de sa beauté et des hommes qui la convoitaient pour réussir. Peu à peu, elle avait transformé la taverne qu'elle avait acquise en un lieu plus raffiné que la plupart des autres établissements. Astucieuse, elle avait appris à brasser la bière, et la qualité de sa production était connue de tous.

Cette femme l'attirait irrésistiblement. Ses yeux noirs, délicatement soulignés d'un fard vert, avaient un éclat d'onyx, et ses lèvres charnues donnaient envie de l'embrasser. Sa silhouette harmonieuse soulignait la finesse de sa taille et sa poitrine ferme et généreuse... Ses longs cheveux noirs et fluides glissaient jusqu'à ses hanches, et sa peau mate sans défaut invitait aux caresses.

Yasîm traversa le quartier des artisans du cuir, un dédale de ruelles dont certaines étaient répugnantes, comme celles qui longeaient les ateliers des tanneurs et autres vendeurs de peaux. Il évita les rigoles immondes qui stagnaient à ses pieds et déboucha dans le quartier des potiers.

Un petit canal dont les artisans avaient besoin pour travailler la glaise bruissait, invisible. Une odeur de terre humide avait remplacé les remugles des macérations animales. Parfois, entre deux habitations, une série de jarres d'argile avaient été installées sur des tréteaux ; elles finissaient de durcir au soleil. Malgré les auvents tendus d'une terrasse à l'autre, les murs réverbéraient les rayons éblouissants du soleil. Le vent s'était mis à souffler par à-coups, soulevant des nuages de poussière et de saletés.

Plus à l'est, les rues devinrent plus propres et plus larges. Il se dirigea droit vers la façade d'une maison au fronton ouvragé qui lui était familière. Il lui était souvent arrivé de fournir cet orfèvre en métaux précieux.

Il entra.

La vaste pièce, garnie de coffres et de tabourets, était agencée avec goût. Sur une table placée le long du mur du fond, des bijoux reposant sur des étoffes colorées étaient exposés.

— Bonjour, noble Yasîm, que me vaut l'honneur de ta visite ? dit l'orfèvre dont les boucles d'oreilles en or filigrané suscitèrent l'envie de l'armateur. Nous n'avions pas rendez-vous aujourd'hui, n'est-ce pas ?

— Tu as raison, mais j'ai besoin de toi.

Le ton pressant avec lequel il prononça ces derniers mots l'étonna.

— Prends place, je t'en prie, lui proposa-t-il avec sa courtoisie habituelle. Que puis-je faire pour toi ?

Yasîm sortit les morceaux d'ivoire de la besace qu'il avait à l'épaule et les exposa comme la promesse d'une félicité prochaine. L'orfèvre en apprécia la qualité.

— Il me faut un collier en perles d'ivoire.

L'artisan hocha la tête, évaluant le temps nécessaire pour fabriquer l'objet.

— Je pourrais le faire en moins de six jours, si je laisse de côté mes autres commandes.

— Ton prix sera le mien. Trois jours, pas un de plus, lui intima Yasîm. Je sais que tu peux compter sur tes ouvriers pour te seconder.

Sensible à la tension avec laquelle l'armateur lui avait répondu, il comprit qu'il n'était pas question de refuser. Ce bijou devait représenter un enjeu majeur pour lui. Une femme ?

— Fais-le-moi porter dès qu'il sera prêt.

L'artisan s'inclina, fataliste.

— Tu peux compter sur moi, noble Yasîm.

Et, malgré l'intérêt qu'il avait pour tout ce qu'il voyait exposé, dont un collier pectoral en or de toute beauté, il s'en alla sans s'attarder.

Pendant ce temps, des patrouilles de soldats aux aguets sillonnaient Babylone.

— 27 —

La nomination de Nungal à la tête des armées de Cilicie était officielle, et son départ imminent.

Ces quinze derniers jours avaient été consacrés à la mise au point du plan de bataille. Le général avait veillé à ce que l'équipement fût léger pour pouvoir rejoindre au plus vite l'armée en détresse. Peu de chariots lourds, beaucoup de fantassins et d'archers. Il prendrait la tête d'une troupe d'élite à cheval.

Encore quelques heures à passer sous son toit, et il s'en irait pour de longs mois.

Après une collation frugale, préparée par Sitbum – qui s'efforçait de ne rien laisser paraître de son inquiétude de le voir s'en aller au combat –, il s'installa dans le petit jardin, calme, plus lucide que jamais.

Il repensait au moment où il avait su quelle serait sa place dans la Cité. Non celle de son père – un orfèvre de talent qu'il avait tant admiré – mais celle d'un guerrier.

Ce jour-là, son père l'avait emmené au palais, porteur d'une pièce rare qu'il venait de créer pour un membre de la famille royale. Ne sachant trop quoi faire de lui pendant son rendez-vous, il l'avait laissé devant la salle des Victoires. Situé dans une aile du palais, non loin de la salle d'armes, ce lieu aux dimensions impressionnantes renfermait les objets les plus précieux arrachés aux vaincus de l'empire.

Un soldat, le voyant sagement attendre devant la porte close, l'avait fait entrer.

Aussi loin que son regard se portait, le jeune Nungal avait découvert les pièces les plus rares de leur butin de guerre : les taureaux ailés d'un bas-relief de Ninive, un vase en or du Temple de Jérusalem, des stèles gravées d'Assur, une statue du dieu Dagan de Mari...

Un jour prochain, d'autres trophées témoigneraient de ses propres conquêtes. Cette pensée ne l'avait plus quitté.

Sans attendre, il en avait fait part à son père qui l'avait félicité. « Pour faire de nouveaux bijoux, avait-il ajouté, il faut conquérir de nouvelles contrées. Ta décision est sage. » Et ils n'en avaient plus reparlé. Son père était mort trop tôt.

Investi d'une mission qui ne pouvait être que victorieuse, Nungal guettait l'heure du départ sans impatience ni angoisse.

Les armées en Cilicie, au bord de la déroute, revivraient grâce au sang neuf de ses troupes, aussi motivées que leurs chefs. Car il serait secondé par des généraux qu'il avait choisis et qui, à son image, ne doutaient pas de leurs prochaines victoires. Remettre à sa place un roi ambitieux qui n'avait pas hésité à trahir Babylone pour sa gloire personnelle, comme l'avait fait Appuashu, était un impératif majeur.

Nériglissar avait officiellement renoncé à prendre la tête des armées babyloniennes. Nungal ne se souvenait pas qu'aucun autre roi, avant lui, ait laissé sa place à un général en chef. Il se demanda si la santé du souverain ne s'était pas soudainement détériorée.

Cet insigne honneur faisait peser sur lui une responsabilité qui renforçait son sentiment de puissance.

Il était prêt.

Pour ses derniers instants dans la Cité, il ne put s'empêcher de penser à Laliya, à son regard empreint à la fois de tendresse et de colère.

Un soldat vint le chercher en fin de matinée.

Sitbum ramassa son paquetage comme si elle en était personnellement responsable. En s'emparant de son épée, Nungal eut une pensée pour Tahar qui la lui avait offerte. L'architecte en chef de Babylone, qui l'avait pris sous son aile à la mort de ses parents, avait toujours soutenu sa vocation. Cette arme à double tranchant avait été forgée par un artisan qui travaillait pour le palais. Le pommeau sculpté représentait la déesse Ishtar chevauchant un lion en laisse. Une arme redoutable qu'il brandirait, ne craignant ni la rigueur des combats ni la mort.

— 28 —

Les patrouilles du roi qui quadrillaient la Cité n'avaient pas calmé les esprits. L'enquête paraissait traîner en longueur. Les rues de Babylone étaient toujours agitées par les humeurs des uns et des autres. Il y avait ceux qui croyaient encore aux démons, considérant les incrédules comme des impies, et ceux qui soupçonnaient leurs voisins de cacher quelque chose ou même de protéger l'assassin.

Alu-Essu n'était pas épargné. Quand Yasîm traversa son quartier, il fut étonné de l'atmosphère de défiance qui y régnait. Les enquêteurs du roi, loin de rassurer les habitants, n'avaient fait qu'aviver leurs divergences et leurs craintes.

Il avait rendez-vous avec le menuisier, chez qui il arriva sans encombre. Avec empressement, celui-ci le mena directement dans sa cour extérieure où il avait entreposé la porte en cèdre, prête à être livrée.

Quand l'armateur la vit, adossée contre un mur, impeccable, une bouffée d'orgueil l'envahit. Nulle trace de la chute. Il avait sous les yeux un chef-d'œuvre. Bientôt son offrande irait remplacer l'ancienne porte de l'Esagil, dans le temple de Marduk. Le Grand Prêtre, le souverain et les dieux sauraient qu'il en était l'instigateur.

Il remit une substantielle gratification au menuisier et prit le chemin du retour.

Satisfait d'avoir réglé avec succès cette délicate et importante affaire, il pensa à une autre œuvre qui le concernait plus intimement, le collier en ivoire.

L'objet tant attendu lui fut livré le lendemain de bonne heure.

Derrière son bureau, Yasîm, absorbé par la vérification du montant de sa dernière cargaison, ne voulut pas le déballer tout de suite, car il craignait que sa réalisation ne fût pas à son goût. Mais la curiosité l'emporta. Quand il écarta le tissu qui protégeait le bijou, il ne put retenir un cri d'admiration. Celui-ci était parfait. Il le contempla en connaisseur. Le résultat dépassait ses espérances.

Il sortit dans sa cour pour l'observer sous la lumière du soleil. Pas un seul défaut. Chaque grosse perle laiteuse, arrondie, brillante, rivalisait de beauté pour mettre en valeur le collier somptueux que l'orfèvre avait créé.

Impatient d'apporter ce cadeau à la belle Sarrû, il s'apprêta pour la circonstance. Il se fit préparer une tenue qu'il affectionnait : une longue tunique grège en lin épais et en cuir, un manteau de laine marron, et un pectoral ouvragé, en or massif, qui compléterait l'élégance et la richesse de ses vêtements.

Le cœur confiant, il quitta sa maison pour se rendre au port.

Le trajet lui parut presque inhabituel. L'armateur se mit à détailler ces lieux familiers qu'il ne remarquait plus à force de les parcourir. Chaque monument de Babylone était une prouesse architecturale que tous leur enviaient, comme la porte d'Ishtar sous laquelle il passa. Quel étranger aurait pu imaginer un bleu aussi vibrant, aussi intense que celui des briques vernissées qui la recouvraient ?

Les gens du port s'installaient çà et là. Yasîm évita toute rencontre qui aurait pu le retarder. Après avoir longé les quais, l'armateur ralentit. Il hésitait. Ce qui ne lui ressemblait pas. Il était connu ici pour être un commerçant autoritaire et parfois cynique ; voilà qu'il doutait de lui-même. Il finit par s'arrêter, cherchant à se rassurer.

Il resta ainsi un long moment, regardant de loin la taverne.

Qu'aurait-il pensé s'il avait vu un autre homme que lui, planté là, passant d'un pied sur l'autre, n'osant pas affronter une femme séduisante mais somme toute légère ?

Il se ressaisit et gagna l'établissement d'un pas décidé.

La porte était entrouverte ; il entra. La taverne était déserte. Curieusement déserte.

Il inspecta les lieux, cherchant à comprendre la raison de l'absence de Sarrû, et s'enhardit. Il traversa la cour pour rejoindre sa maison.

Aucun bruit. Il l'appela doucement puis y pénétra. Les pièces étaient en ordre mais sur la table principale se trouvait un repas auquel elle n'avait pas touché.

Pourquoi s'était-elle brusquement absentée ? Il tourna inutilement en rond avant de quitter l'établissement.

Il ne savait où aller : retourner sur les quais ou s'enfoncer dans le quartier du port. Il lui parut plus probable qu'elle s'était rendue à l'entrepôt d'orge dont elle était propriétaire. Il prit la direction du temple d'Ea. Le quartier était si ordonné que rien ne semblait avoir bougé depuis qu'il y était venu la dernière fois : les caisses étaient soigneusement empilées, les rigoles d'où se dégageaient des odeurs de céréales fermentées avaient été nettoyées. Tout lui paraissait si rassurant, si paisible qu'il ne comprit pas tout de suite ce qu'il vit.

À terre, contre un des murs, gisait un cadavre de femme aux yeux arrachés. Il ne la reconnut pas tant il était peu préparé à un tel drame.

Quand enfin il dut se rendre à l'évidence, il en eut le cœur brisé.

Il s'accroupit et prit dans ses bras le corps inerte de Sarrû. Son visage supplicié était méconnaissable. Il effleura du doigt sa joue ensanglantée. Bouleversé.

— Halte !

Trois soldats royaux le surplombaient.

— Lève-toi lentement.

Sous le choc, Yasîm se redressa docilement.

— Tu es en état d'arrestation, dit Zâkir en ordonnant de l'attacher solidement.

Ils l'entraînèrent au bout d'une corde vers les geôles du palais.

L'armateur était trop abasourdi pour se défendre. Ou même pour dire quoi que ce soit. La soudaineté des événements l'empêchait de réfléchir.

Hagard, il se laissa conduire jusqu'au bâtiment où l'on retenait les voleurs, les déserteurs ou les esclaves fugitifs. Sans qu'il ait esquissé le moindre geste de révolte, il se retrouva enfermé dans un réduit sombre, où il était seul. Trop accablé pour réagir.

Zâkir exultait. Il imaginait déjà les félicitations du souverain même s'il le savait peu enclin aux compliments.

Yasîm ne contenait plus son chagrin. Sarrû était morte, et on l'avait pris pour le meurtrier qui hantait les rues de Babylone. C'était inconcevable. Comment pouvait-il être victime d'une telle injustice ?

Une réponse se forma dans sa tête. On l'avait trouvé sur le lieu du crime, les mains maculées de sang. Qui croirait à son innocence ?

Le songe qu'il avait fait était donc prémonitoire : la morsure du petit carnivore ne présageait-elle pas sa mort prochaine ?

Des larmes de désespoir lui montèrent aux yeux.

Il pensait à la disparition de Sarrû. Et à sa propre vie à présent en péril. S'il ne réussissait pas à être conduit devant le roi pour se défendre, il ne tarderait pas à être torturé puis exécuté.

— 29 —

Ceux qui furent témoins de l'arrestation de Yasîm ne se privèrent pas de le faire savoir autour d'eux. Soulagés, beaucoup voulurent croire que Marduk avait éclairé le roi, que leur dieu protégeait toujours Babylone contre les esprits maléfiques, et que Nériglissar avait fait arrêter le meurtrier. Nul démon échappé des Enfers ne les menaçait !

Si le peuple, versatile, ne se posait plus de questions, beaucoup de ceux avec qui l'armateur avait été en affaires s'étonnaient. C'était un marchand dont on appréciait les compétences. Ils se demandèrent s'ils pouvaient faire quelque chose en sa faveur.

Ce n'est qu'en fin de matinée que la nouvelle parvint au temple de Marduk. Que ces crimes soient le fait d'un homme rassura prêtres et initiés. L'accusation contre Yasîm les libéra de la tension de ces dernières semaines : le Grand Prêtre n'était plus mis en cause, et aucun d'entre eux n'avait jamais offensé les dieux.

Du temple de Ninurta à celui de Shamash, un sentiment de soulagement dominait.

L'information stupéfia Guzânu. Il voulut en avoir la confirmation.

Comment le roi s'était-il laissé persuader que ces morts étaient l'œuvre d'un humain et non de démons ? Ce retournement de situation était ahurissant. Il lui fallait en apprendre plus. Il envoya plusieurs serviteurs aux nouvelles et s'enferma dans son appartement, allant et venant comme une bête en cage.

Son plan aurait dû avoir raison d'Iddiyatum, ce fantoche animé de sa seule suffisance, car aucun de ses deux exécutants n'avait failli. Les yeux arrachés prouvaient le mécontentement des dieux. Et qui dit faute dit coupable. Tout désignait le Grand Prêtre.

À la nuit tombée, ses hommes revinrent avec la certitude que le souverain avait écarté toute possibilité que les démons puissent être responsables des meurtres. L'assassin avait été arrêté, et Iddiyatum hors de cause.

Une rage incontrôlable saisit Guzânu.

En proie à une folie vengeresse, il décida de prouver à tous que cet imposteur avait bien déchaîné les forces du mal par son indignité.

Il ne réfléchit pas plus avant. Poussé par une haine irrépressible, il s'empara d'une jarre d'huile et se dirigea sans être vu vers le pavillon des enfants.

« Je persuaderai tout le monde que ce sont les démons qui agissent à cause de l'inconduite d'Iddiyatum. Plus personne ne doit douter qu'il est l'unique responsable de ces crimes, que c'est lui qui a fait ouvrir la porte des Enfers ! »

Dans l'angle le plus à l'ouest du parc s'étendait un bâtiment imposant. Destiné à héberger les gamins abandonnés, réquisitionnés pour le service du temple, cet austère pavillon abritait leur dortoir. Les nattes en joncs s'alignaient sur le sol en rang serré. Les enfants y venaient se reposer une fois leurs tâches accomplies. Seul l'un d'entre eux ne quittait jamais ce lieu.

Ce jeune garçon chétif, grand pour son âge, aux longs cheveux noirs, y passait ses jours et ses nuits, dans une redoutable monotonie. Pour lui, les jours ressemblaient aux nuits. Il était devenu aveugle.

Depuis qu'il vivait au temple, son père, Raksu, le lui avait promis : il recouvrerait la vue. Il croyait en lui, mais le temps lui paraissait interminable.

Raksu, endetté, désorienté depuis la mort de sa femme, avait été accueilli comme simple serviteur au temple avec son fils unique. C'était un individu un peu simple, et naïf, prêt à croire toute parole d'encouragement ou d'espérance.

Guzânu avait eu l'occasion de l'observer : sa docilité avait attiré son attention. Il s'était demandé si cet homme ne serait pas à même de servir ses sombres desseins.

Les lamentations sans fin de Raksu le persuadèrent qu'il était la bonne personne pour mener à bien son plan : une machination que l'administrateur avait imaginée pour perdre définitivement le Grand Prêtre.

Cachant son véritable objectif, il commença par lui expliquer le rôle des yeux votifs dans les prières. Les Babyloniens avaient pour habitude de déposer au pied de la statue du dieu qu'ils honoraient un œil gravé avec leur supplique.

« Un œil humain n'est-il pas plus précieux qu'un œil de pierre ? lui avait alors suggéré Guzânu. Confie ton enfant à la bienveillance du dieu Marduk, il sera touché de recevoir ces dons précieux pour accéder à ta demande. Fais-lui confiance... Fais-moi confiance. »

Guzânu était persuasif ; Raksu le crut.

Les jours avaient passé. Tuer devenait plus facile chaque fois. Il ne doutait pas que ses victimes iraient rejoindre sans encombre le royaume des morts puisque les yeux qu'il leur arrachait étaient des offrandes au dieu de Babylone.

Chaque matin, Raksu guettait les progrès de son fils et lui demandait s'il commençait à voir la lumière. Voilà ce qu'il espérait de tout son être. C'était la promesse que lui avait faite Guzânu.

Ce soir-là, comme chaque soir, Raksu se dissimula entre les taillis touffus pour observer longuement son enfant par l'étroite fenêtre du dortoir. Il espérait que ce qui lui avait été promis arrivât bientôt : de nouveaux yeux pour son fils.

Ce fut alors qu'il vit, au fond de la pièce, la porte s'entrebâiller. Il entendit ensuite un choc sourd. L'endroit s'embrasa aussitôt. De l'huile avait été projetée sur les vasques enflammées ; une coulée de flammes dévora les nattes avec voracité. Des cris retentirent. La porte s'était refermée. D'épaisses volutes de fumée envahirent les lieux. Les garçons prisonniers du feu, suffoquant, poussaient des hurlements déchirants. Dans le pavillon régnait une grande confusion. Raksu, voulant sauver son fils, s'élança vers l'entrée du dortoir. Des prêtres et des serviteurs s'acharnaient déjà sur la porte sans voir qu'une lamelle de bois la coinçait par-dessous. Par les interstices, des filets de fumée noire s'échappaient de l'intérieur de la pièce. La porte céda enfin, vomissant des effluves de chair brûlée. L'air était irrespirable. La bousculade qui s'ensuivit profita aux plus grands : deux garçons sortirent les cheveux en feu. D'autres se roulaient par terre, espérant éteindre les flammes qui les avaient embrasés. Au fond de la salle des cadavres noircis jonchaient le sol. Raksu réalisa qu'il n'y avait plus rien à faire pour son fils. Il poussa un cri de désespoir.

Cette mort lui brisait le cœur. Il n'eut alors plus qu'une idée en tête, demander le soutien de la seule personne, ou à peu près, qui connaissait son existence : Guzânu.

Il se précipita vers le bâtiment où l'administrateur devait se trouver à cette heure. La porte était close. En proie à une infinie détresse, Raksu l'ouvrit sans s'annoncer.

Il ne vit qu'une chose, une seule : une trace d'huile sur le sol.

Il sut instinctivement que devant lui se tenait le responsable de la mort de son fils.

Il mit la main à sa ceinture, là où il dissimulait le poignard qui lui servait à égorger ses victimes, et s'empara de l'administrateur du temple. Sa force était bien supérieure à celle de Guzânu, et il le traîna à l'extérieur du pavillon en lui tordant le bras dont les os craquèrent.

— Dis-leur ! vociféra-t-il d'une voix tellement puissante que toutes les personnes dans les allées cherchèrent d'où venait ce hurlement.

« Dis-leur ! répéta-t-il en lui tranchant l'oreille. Tout !

Guzânu aurait voulu appeler à l'aide, se défendre, mais la souffrance était si atroce qu'il sentait ses forces l'abandonner.

Alertés, les prêtres accoururent. Iddiyatum s'approcha de la scène.

— … le feu. J'ai mis le feu, bafouillait l'administrateur.

Le poignard tailladait le haut de sa poitrine. Des lambeaux de chair pendaient, entremêlés avec ceux du tissu.

— … Je… suis responsable des… meurtres…

Ces derniers mots indignèrent Iddiyatum ; d'un geste, il empêcha les jeunes prêtres d'intervenir. Il voulait que tous entendent jusqu'au bout ses aveux.

Raksu, continuant à lacérer sa chair, soufflait à l'administrateur sa propre histoire.

Rendu fou par la douleur qui s'intensifiait, Guzânu raconta par bribes avoir manipulé l'homme fruste : le pousser à tuer pour guérir son fils.

Alors Raksu lui enfonça la lame dans l'œil, profondément, en la tournant pour en arracher le globe.

Le Grand Prêtre ressentit du dégoût à écouter cette confession ignoble. Voyant Guzânu, sanguinolent, défiguré par son supplice, il se dit qu'il y avait une justice divine. Ce qu'il avait commis était une trahison vis-à-vis des hommes et des dieux. Il se reprocha son manque de clairvoyance.

Quand il fut certain que tous les initiés présents avaient entendu les aveux, il leur ordonna de s'emparer de Raksu, ne doutant pas de l'issue fatale de la manœuvre.

À leur approche, l'homme trancha la gorge de Guzânu et retournant l'arme contre lui, il l'enfonça dans sa poitrine à plusieurs reprises, aussi vite qu'il le pouvait pendant qu'il en avait encore la force. Son corps alla rejoindre celui de l'administrateur dans la mare de sang qui s'agrandissait sur le sol.

Durant quelques instants, la scène figea l'assistance.

Une odeur de chair brûlée traînait encore dans l'air. Les deux cadavres témoignaient de l'incroyable source de violence que le temple avait dissimulée en son sein.

Tous les regards se tournèrent vers le Grand Prêtre dont l'expression hautaine ne laissait en rien deviner les pensées.

— Le drame auquel nous venons d'assister n'est pas seulement insensé, mais il est indigne de notre grand dieu. Afin de nous faire pardonner, organisons un banquet en l'honneur de Marduk, leur dit-il d'une voix sans timbre, dissimulant le mélange de soulagement et d'irritation qu'il ressentait.

Sa déclaration fut bien accueillie.

Obéissant aux ordres d'Iddiyatum, les servants du temple de Marduk se répartirent les tâches ; la fête en l'honneur du dieu se préparait déjà.

— Nul ne doit informer quiconque de ce qui vient de se passer ici, ordonna Iddiyatum. C'est à moi de le faire, et je me rendrai demain au palais.

— 30 —

Dans l'immensité bleue du ciel traînaient encore des filaments orangés ; la matinée se levait tout doucement.

Iddiyatum s'était fait annoncer, et l'un des soldats de garde l'avait accompagné jusqu'au seuil de la salle où se tiendrait un peu plus tard le premier conseil du matin.

Le Grand Prêtre entra, salua le souverain.

Le roi ne l'invita pas à s'asseoir. Il avait déjà eu des échos de la tragédie qui s'était jouée au temple et attendait de l'entendre de sa bouche. Il lui ordonna d'un geste de prendre la parole.

Iddiyatum se lança dans le récit de la terrible affaire. Il ne chercha à cacher aucun détail au roi, sachant que sa responsabilité était engagée. Il eut la fâcheuse impression que chacun de ses mots résonnait sinistrement dans la grande salle vide.

Nériglissar ne lui posa aucune question et demeura impassible jusqu'à ce qu'il ait terminé son histoire. Il lui fit alors signe de prendre place.

— La nomination de Guzânu a été une grave erreur, commença le roi. Comment un tel homme, descendant d'une lignée d'administrateurs et de gouverneurs pour laquelle nous avons une grande estime, a-t-il pu s'égarer ainsi ? Nous nous contenterons donc de faire savoir aux Babyloniens que nous avons trouvé le véritable responsable – seul le nom de Guzânu sera prononcé – et que celui-ci a été tué par les gardes royaux. Nous passerons sous silence l'existence de l'assassin, qui n'était rien d'autre que *l'arme* de l'administrateur. Il me paraît préférable de ne pas donner plus de retentissement à ce lamentable épisode. Cependant, pour nous, l'affaire n'est pas close. Et tu es en cause.

Iddiyatum, qui avait été soulagé de constater que le roi ne l'avait pas incriminé personnellement, fut désagréablement surpris par ces derniers mots.

— Ignores-tu que ton nom a été prononcé à chacun des meurtres ? ajouta-t-il. Le responsable des enquêtes ne va plus tarder. Nous l'écouterons ensemble.

Le long silence qui s'ensuivit sembla interminable à Iddiyatum. Il s'efforça de masquer la sourde inquiétude qui montait en lui.

Enfin un homme entra. Un soldat. Il était vêtu d'une tunique courte, faite de lin et de bandes de cuir qui lui protégeaient le torse et les jambes. Il s'agissait de Zâkir. Son visage fermé ne laissait pas transparaître ses craintes : le roi n'allait-il pas lui reprocher l'arrestation de l'armateur ? En découvrant la présence du Grand Prêtre, il se sentit rasséréné. Il voyait là l'occasion de se racheter sans attendre.

Après s'être incliné avec ostentation, il prit la parole :

— Comme vous le savez, Majesté, les enquêteurs ont parcouru Babylone. Huit meurtres ont été commis. Pour chacun d'entre eux, des témoins ont été retrouvés. Tous se souviennent d'un homme – toujours le même – qui portait des accusations, de plus en plus graves, envers le Grand Prêtre de Marduk.

Il se tourna vers Iddiyatum comme s'il découvrait sa présence.

— Continue, lui dit le roi.

— Sa mise était celle d'un homme du peuple. Plutôt grand, robuste. Son visage était brûlé par le soleil. Sa face était rouge comme la crête d'un coq.

— Que sais-tu d'autre ?

— Il parlait fort. Il accusait le Grand Prêtre de ne pas avoir honoré Marduk comme il aurait dû le faire.

— Des calomnies, donc, s'empressa d'ajouter Iddiyatum, qui n'en menait pas large.

Le roi le dévisagea un moment.

« Quel est ce regard étrange ? » s'affola-t-il aussitôt.

— Il s'agit à présent de retrouver l'homme au visage rouge, ton calomniateur, reprit le souverain, tout en se tournant alors vers Zâkir. Nous le ferons parler puis exécuter.

Iddiyatum ne put s'empêcher d'incliner la tête, montrant par ce geste sa reconnaissance.

— Il est temps de libérer ce Yasîm, ordonna-t-il à son officier. Je te charge de le raccompagner jusqu'à sa demeure. Tu lui remettras son coffret. Tu peux te retirer.

« Reste, Iddiyatum, je te prie.

Une fois que Zâkir fut sorti, l'expression du roi s'adoucit en regardant le Grand Prêtre.

— Sache que je ne te reproche pas le choix de Guzânu, commença-t-il. C'était un bon administrateur avant que la folie ne s'empare de lui. Nous devons à présent nommer un nouvel homme. Choisis-le et fais-m'en part.

Ces derniers mots rendirent toute sa joie et sa morgue à Iddiyatum, qui voyait son autorité renforcée.

Il s'éloigna du palais, d'un pas alerte, impatient de retrouver *son* temple et ses festivités.

Zâkir transmit les dernières informations à ses hommes. Puis, obéissant au roi, il fit route vers la prison.

La chasse au rougeaud était ouverte.

— 31 —

Pour la troisième fois, l'informateur répéta tout ce qu'il savait à la reine. Chaque mot, chaque détail avait son importance.

— Guzânu, à l'origine de ces horribles meurtres, et son exécutant, ont été tués, reformula Kassaia, c'est bien cela ?

— En effet, ma reine. Mais l'affaire n'est pas terminée... Des soldats du roi sont à la recherche de celui qui a répandu les rumeurs malveillantes sur Iddiyatum. Il s'agirait d'un homme dont la face est rouge. C'est ce que tous les témoins ont rapporté.

Kassaia fut saisie par la caractéristique de l'homme incriminé. Cet individu au visage rougi par le soleil pouvait-il être Isme ?

Elle ne put en apprendre plus, et congédia l'informateur.

Durant un long moment, elle réfléchit au déroulement des derniers événements. Elle ne pouvait rester dans cette dangereuse incertitude.

Quels choix s'offraient à elle ? Faire éliminer Isme puisque, si c'était lui que le roi faisait rechercher, on le torturerait pour qu'il avoue. Et elle n'avait aucune certitude qu'il ne finirait pas par prononcer son nom. Elle ne pouvait courir ce risque. Le faire fuir lui parut une meilleure solution. Il pourrait se cacher dans les marais, sa région natale. Mais comment l'avertir ?

Elle appela un jeune esclave, qu'elle savait agile et discret, et le chargea de prévenir Isme de fuir immédiatement Babylone. Elle lui remit une amulette, qui servirait de signe de reconnaissance.

Pendant ce temps, l'enquête avait progressé. Zâkir avait trouvé un nouveau témoin qu'il avait interrogé. L'individu, présent sur plusieurs scènes des meurtres, lui affirma qu'il avait repéré, dans son quartier, un homme rougeaud semblable à celui qu'il avait entendu répandre les accusations contre le Grand Prêtre.

Alors, avec son détachement, il s'y rendit aussitôt. Et fit encercler la zone où le suspect devait se trouver.

À l'instant même où l'esclave de la reine poussait la porte de la maison pour dire à Isme de s'enfuir, les soldats s'y engouffrèrent.

Isme, abasourdi, vit entrer simultanément l'esclave, l'amulette à la main, et les hommes armés.

Sans comprendre ce qui était en train de se dérouler sous ses yeux, il se saisit de l'arme qu'il portait à sa ceinture et la brandit, blessant le premier soldat qui tentait de le désarmer. Il repoussa les autres avec rage dans l'espoir de se dégager et de fuir par la terrasse.

Souple et robuste, Isme réussit à s'approcher de l'escalier qui lui permettrait de disparaître, et gravit la première marche. Un pas vers le salut. Mais l'un des soldats, sabre au clair, le toucha à l'avant-bras.

Isme défendait sa vie avec acharnement.

Il frappa son assaillant une première fois au cou, mais ne put éviter la lame qui l'atteignit à la poitrine, le faisant basculer. Rassemblant ses ultimes forces, il tenta de se redresser, mais fut transpercé par l'arme du soldat.

Accroupi, tremblant, dans un angle sombre de la pièce, l'esclave, tétanisé par la violence de la scène, s'était fait oublier.

Isme agonisait.

Étouffant dans son propre sang, il réussit à tourner la tête vers celui-ci et articula à plusieurs reprises le mot « vin » à son intention, avant de rendre son dernier souffle.

Zâkir fit ramasser son cadavre qu'ils traînèrent au palais, comme un trophée.

Dès que les soldats se furent éloignés, l'esclave courut en direction des appartements de la reine. Chaque soldat qu'il croisait lui parut hostile, et il parvint à destination, ruisselant de sueur, à bout de souffle.

Kassaia dut l'interroger plusieurs fois avant de bien comprendre ce qui s'était passé sous le toit d'Isme.

Elle en éprouva plus de douleur qu'elle ne l'aurait imaginé. Cet homme courageux lui rappelait ce qu'il y avait de meilleur dans ses souvenirs de jeunesse. Son père, Nabuchodonosor, avait été un souverain juste, qui savait récompenser le dévouement et la loyauté. Isme avait mérité son estime, et la sienne.

Bouleversée, elle était néanmoins soulagée.

L'esclave ne quittait pas la pièce et la fixait avec insistance. Elle le chassa d'un geste de la main. Il ne bougea pas.

— Pars ! Ta mission est terminée. Je ne veux plus te voir !

Il ne lui obéit pas et eut un geste de supplique.

— Que veux-tu ?

Encore sous le choc, il ne savait pas comment exprimer ce qu'il avait entendu.

— … vin.

— As-tu perdu l'esprit ?

— Isme a dit « vin » avant de mourir, Votre Altesse.

La reine le lui fit répéter. Était-ce son dernier souhait ? Cela ne lui ressemblait pas.

Elle se demanda ce qu'Isme avait bien voulu dire.

— 32 —

La lumière du jour aveugla Yasîm. Il venait à peine de sortir de la geôle infâme dans laquelle les soldats du roi l'avaient enfermé.

Faisant route vers sa demeure, il n'éprouvait pas encore le soulagement de se retrouver au-dehors. Il était trop épuisé, trop indigné aussi.

Sa tenue froissée, puante, gardait l'odeur tenace de la prison. Comment avait-on pu l'enfermer dans ce trou noir et humide, ce cloaque infâme réservé aux pires vauriens ?

Il ne laisserait pas impunie ce déshonneur.

Il accomplit le trajet machinalement, sans regarder autour de lui, l'esprit torturé. Mais ce n'était pas seulement l'injustice scandaleuse dont il avait été victime qui lui faisait le plus mal, la mort de Sarrû – qu'il idéalisait sans en avoir conscience – lui donnait le sentiment d'une perte irréparable.

Arrivé au seuil de sa maison, l'armateur fut agréablement surpris d'être accueilli par des serviteurs empressés. Yasîm était un maître exigeant mais généreux. Ils lui avaient préparé un bain parfumé, appelé un masseur, confectionné ses mets préférés.

L'armateur se dépouilla de ses vêtements et ordonna qu'on les brûle. Puis il se prélassa un long, un très long moment dans l'eau tiède pour tenter de soulager ses blessures. Les fers avaient marqué sa peau, tout comme ces piqûres qui le démangeaient encore. Les geôles n'étaient pas seulement sombres et malsaines, elles étaient aussi infestées d'insectes.

Le masseur fit merveille. Ses mains vigoureuses sur son corps nu l'apaisèrent. Il eut l'impression de redevenir lui-même.

Il ne différa pas plus longtemps l'heure de son repas et se rendit dans la salle de réception où une table avait été dressée en son honneur. Des assiettes en argent, des plats vernissés décorés de fleurs et des pichets d'or trônaient sur la nappe en lin pourpre.

L'odeur des galettes de pain se mêlait au fumet des ragoûts savamment épicés comme son cuisinier savait les préparer. Il but plusieurs verres de bière bien fraîche avant de goûter aux beignets de poisson qu'il appréciait. Tous les mets étaient remarquables, de l'agneau aux citrons confits, qu'il adorait, à la tourte garnie de la chair savoureuse de petits oiseaux. Un festin.

Yasîm faisait fondre longuement chaque bouchée sur sa langue avant de la mâcher ou de l'avaler.

L'amertume qu'il avait éprouvée le jour de son arrestation arbitraire avait fait ressurgir en lui des souvenirs d'enfance désagréables.

S'il mangeait avec tant d'appétit, ce n'était pas seulement par gourmandise. Il y avait dans son avidité une revanche. Le gruau qui le nourrissait autrefois était rarement accompagné de viandes ou de fruits. Son père, toujours en voyage, se souciait peu de ses proches. Comme beaucoup d'hommes qui quittaient leur point d'attache pour de longs mois, il avait pris une autre épouse, entretenu une autre famille. Il avait ignoré son propre fils.

Jeune, fougueux, Yasîm n'avait pu se résoudre à cette absence, cherchant par tous les moyens à s'en faire aimer. Mais chacune de ses actions n'avait été accueillie que par de l'indifférence. *Cet homme* l'avait renié, laissant à la famille de sa mère le soin de subvenir à leurs besoins.

Pour changer le cours du destin, Yasîm avait décidé de faire fortune. Dès qu'il avait été en âge de naviguer, il avait emprunté de quoi affréter un bateau et était parti à son bord. De sa première expédition, il avait rapporté des billes de bois et des rondins de cèdre qu'il avait convoyés des montagnes de l'Amanus jusqu'à leur point d'embarcation, puis acheminés jusqu'à Babylone. Le voyage avait été long et périlleux. Mais cette marchandise valait plus que de l'or. Le cèdre, ce bois imputrescible, était utilisé pour les charpentes des temples et des palais, mais aussi pour la construction navale. Très prisé, il servait également à fabriquer des meubles destinés à une élite qui était prête à débourser des sommes considérables pour en posséder.

De retour à Babylone, Yasîm avait vendu la totalité de sa cargaison à bon prix au palais. Le temps avait passé... Commerçant avisé, le nouvel armateur était toujours à l'affût de précieuses ressources, de métaux rares ou de nouveaux procédés de fabrication.

Son père était mort trop tôt pour voir sa réussite.

Aujourd'hui, il était l'un des plus importants fournisseurs de bois et de métaux de Babylone. Cependant ce privilège lui avait rapporté plus d'argent que d'honneurs. Seuls quelques grands importateurs étaient reçus directement par le roi ; l'armateur voulait être de ceux-là.

Son arrestation l'avait rendu amer. Aurait-on osé s'en prendre à lui si le souverain lui avait accordé plus de considération ?

Repu, il monta dans sa chambre.

Il avait ordonné que l'on dépose sur sa table le coffret que le serviteur du roi lui avait fait porter. Il l'ouvrit sans surprise, le cœur serré : le collier d'ivoire était bien là.

Les yeux rivés sur l'objet, il imaginait des scènes qui auraient pu exister mais ne se réaliseraient jamais. Il revit le corps nu de Sarrû baigné de lumière... À quoi bon penser à ce qui n'était plus, et ne serait jamais plus ?

Il s'allongea sur son lit et ferma les yeux, cherchant le repos, l'oubli peut-être.

Dans son demi-sommeil, ce fut le doux visage de la jeune fille dont il avait appris l'identité qui lui revint en mémoire.

— 33 —

Après le départ de son père pour le palais, Laliya s'installa dans la salle d'étude. Un mois s'était écoulé depuis qu'elle avait découvert la tablette. Le manque d'explications concernant l'adoption lui pesait.

Un texte était posé devant elle. Il s'agissait de l'histoire de la déesse Ishtar. Elle devait entreprendre la suite de la traduction qu'elle avait commencée, mais les tourments la déconcentraient. La maison était trop silencieuse, sinistre. Elle ne pouvait s'empêcher d'écouter les bruits provenant de l'extérieur : la voix forte d'un voisin, en colère peut-être, le rire d'une petite fille que rien ne semblait pouvoir tarir, les pleurs stridents d'un nouveau-né, des martèlements indistincts d'outils… Tous les signes de cette vie dont elle avait l'impression d'être privée.

La trahison de son père l'avait profondément affectée. Le départ de Nungal avait accentué la sensation de vide qu'elle éprouvait. Et même la douce Hazalâ l'avait abandonnée.

Que valait-elle ? Que valait sa vie, elle qui ne comptait pour personne ? Elle se recouvrit le visage des mains, au bord des larmes.

Dans la lumière tamisée de la salle d'étude, penchée studieusement sur son texte, Laliya fut surprise de voir entrer la servante une tablette et un coffret à la main.

— Maîtresse Laliya, un messager a apporté ceci pour toi, dit-elle en lui tendant les deux objets.

— Pose-les là.

Qui pouvait lui avoir envoyé un message, à elle qui vivait recluse dans cette triste demeure ? Et que contenait ce petit coffre ? Laliya laissa ses pensées vagabonder, mettant en scène ses rêves amoureux : de retour de la lointaine Cilicie, Nungal demandait à la voir. Il lui disait combien elle lui avait manqué. Il ajoutait qu'il désirait que plus rien ne les sépare. Elle revivait avec émotion la sensation de sa bouche sur la sienne. Elle ne pouvait imaginer qu'un autre homme lui plairait autant.

Elle posa son regard sur la tablette. Son père ne tarderait pas à rentrer. Elle décida d'en prendre connaissance. Les mots étaient tracés à la fois avec vigueur et une certaine maladresse. « *Je ne sais pas si vous vous souviendrez de moi ; je vous ai accompagnée l'autre soir chez vous. La sécurité des rues était devenue incertaine, et peu de temps après, une de mes amies très chère a péri sous les coups du meurtrier. Ce cadeau honorera la mémoire que je garderai d'elle.*

« *Je suis certain que les dieux bienveillants donneront à cet objet un pouvoir positif pour une vie que je vous souhaite accomplie et heureuse.* »

Le message était signé de Yasîm l'armateur, suivi de l'empreinte d'un sceau-cylindre montrant les contours d'un bateau et d'un poisson.

Émue, Laliya reposa doucement la tablette et ouvrit le coffret. Le collier de perles d'ivoire était étonnant, magnifique. Elle n'avait jamais rien vu de pareil. Déconcertée, elle le prit, se demandant qu'en faire. Le rendre ou l'accepter ? Car ce cadeau surprenant était aussi d'une grande valeur.

Elle relut le message, pesant chacun des mots. La volonté de cet homme inconnu de lui offrir un objet auquel il était sentimentalement attaché l'émut. Elle repensa à lui. Elle lui avait fait confiance ; elle ne s'était pas trompée. Et voilà qu'à présent, il lui manifestait à nouveau sa bienveillance. Elle ressentit cela comme la marque d'affection dont elle manquait singulièrement.

Un sentiment puissant s'empara d'elle.

« Qu'importe ce que sera demain, se dit-elle alors, j'y ferai face ; et j'accomplirai mes propres choix. » Elle poursuivrait son instruction et deviendrait scribe à son tour. Et, comme d'autres scribes l'avaient fait avant elle, elle offrirait à la bibliothèque royale la difficile traduction qu'elle avait entreprise ; celle-ci ferait honneur à la lignée de lettrés à laquelle elle appartenait.

Elle venait de reposer le coffret et la tablette sur le plus bas des coffres, à l'abri des regards, quand son père, de retour, la rejoignit dans la salle d'étude.

Il s'avança dans la pièce, satisfait de l'y trouver. Elle ne répondit pas à son salut, toute à sa rancœur.

— C'est bien, ma fille, je vois que tu poursuis ton travail. Je parlais avec le roi du Grand Prêtre Iddiyatum tout à l'heure. Il déplorait qu'on ait osé attenter à son honneur. Babylone vient de vivre des moments difficiles. Le roi a fait libérer l'armateur arrêté par erreur, et le calme est revenu.

Elle sursauta comme si elle avait reçu un coup.

— Que dis-tu ?

— Je croyais t'en avoir parlé. Les enquêteurs du roi ont cru un moment qu'un dénommé Yasîm pouvait être l'assassin. Heureusement Guzânu a révélé au grand jour ses sombres desseins. Il...

Laliya n'écouta plus ce que son père disait. « Comment un homme, si bon, avait-il pu subir une telle injustice ? » Elle en fut révoltée et peinée.

— … et quand la reine m'a fait savoir qu'elle voulait me rencontrer, j'en ai été satisfait. Quelle autorité et quelle élégance ! On retrouve chez la souveraine quelque chose de la majesté de son père. Je ne peux t'en dire plus pour le moment…

« Tant mieux ! » se dit la jeune fille, qui avait hâte de le voir quitter la pièce.

Elle se mit à ranger ostensiblement ses affaires, attendant qu'il s'éloigne un moment. Dès qu'il se fut absenté, elle attrapa le coffret et la tablette, et s'empressa de regagner sa chambre tout en songeant à l'armateur. Son message la toucha d'autant plus qu'elle voulait croire en un avenir qu'elle choisirait désormais.

Au même moment, avec un peu de retard, Yasîm se rendait au port. Il tenait à y passer la journée, ne voulant pas déroger à ses habitudes malgré sa fatigue. Capitaines de bateaux, marchands et marins se pressèrent pour l'accueillir avec plus ou moins de sincérité.

L'armateur apprécia l'estime dans laquelle on le tenait, bien qu'il sût quoi penser des uns et des autres. Mais il ne décolérait pas. Sa révoltante arrestation l'avait secoué. Il revivait sans cesse la scène : emmené comme un criminel, pourrissant dans cette prison sordide sans que le souverain daigne chercher des preuves.

La Cité continuerait-elle encore à être bien dirigée ? Un roi vieillissant, qui ne semblait plus rien contrôler. Et, à ce qu'on racontait, un prince débile. La situation serait bientôt intenable.

Il en conclut qu'il ne pouvait plus porter seul cette lourde interrogation.

— 34 —

Bel-sar-usur, d'humeur sombre, venait d'apprendre que les palmeraies que possédait sa famille couraient un grand péril. Il était même peut-être déjà trop tard pour agir. L'infestation des cochenilles était une catastrophe. Ces petits insectes qui se multipliaient dévoraient les jeunes pousses en pleine croissance. Il devait se rendre sur place pour évaluer l'étendue des dégâts et prendre les décisions qui s'imposeraient. Il se souvenait de ce qu'il avait vu dans sa jeunesse et espérait que l'on n'en arriverait pas à cette extrémité. En désespoir de cause, leurs jardiniers avaient été contraints de brûler une grande partie de la plantation pour stopper ce fléau. Il revoyait encore les hautes flammes qui avaient anéanti une année de récolte.

En franchissant la porte d'Ishtar, il ne s'y rendit pas directement. Il voulut aller d'abord jusqu'au port. Un peu plus loin même. Il s'arrêta en face de la taverne de Sarrû. Il resta un moment devant le bâtiment qu'il avait tant fréquenté. Une façon pour lui d'accepter son absence définitive en espérant que, là où elle était, ses dieux, ou les siens, lui accorderaient la paix.

— Bel !

Il tourna la tête. L'armateur se tenait à ses côtés.

— Mon cher Yasîm... Il est bon de te revoir parmi nous.

L'armateur le salua sans amertume. Il avait chassé toute rancœur et voulait se tourner vers l'avenir. D'un accord tacite, ils ne parlèrent pas de Sarrû.

— Je suis content de te rencontrer. Les luttes de pouvoir dans la Cité n'augurent rien de bon, proféra Yasîm, abruptement.

— En effet ! On peut s'interroger sur la conduite de Nériglissar : n'est-il pas étrange qu'un souverain comme lui, glorieux général des armées, ne soit pas parti à la tête des troupes qui se battent en Cilicie ? Est-il trop fatigué, ou malade, pour rester vissé sur son trône ?

— C'est ce que je me suis dit, approuva-t-il, le jour approche où l'héritier prendra sa place. Et cela ne doit pas avoir lieu !

— C'est un sujet de la plus haute importance. Nous pourrions en discuter plus avant. Mais pas ici. Pas maintenant.

L'armateur crut qu'il ne désirait pas poursuivre la conversation avec lui. Ravalant sa déception, il s'apprêtait à repartir quand Bel-sar-usur lui lança :

— Viendrais-tu dîner demain chez mon père ?

Un grand sourire éclaira le visage de Yasîm. Il était doublement satisfait. Parce qu'il allait passer à l'action, et parce qu'il allait être reçu chez Nabonide parmi de hauts dignitaires. Un pas de plus vers l'accomplissement de ses désirs, appartenir à l'élite de Babylone.

— Je serai des vôtres, dit-il en s'inclinant légèrement.

Ils se quittèrent ainsi, contents l'un de l'autre.

Et Bel-sar-usur prit cette fois le chemin de la palmeraie. La situation était telle qu'elle lui avait été décrite.

Il jeta un regard acéré sur le désastre qui l'entourait. Des amas cotonneux révélaient la présence des insectes qui s'étaient attaqués aux folioles. Le sol était couvert de palmes jaunes, desséchées.

La gestion de ces terres lui incombait, et il y avait placé des responsables compétents et vigilants. Comment expliquer cette catastrophe ? Il resta là pour s'enquérir de tout le personnel présent et des mesures à prendre : le plus urgent serait de délimiter les zones atteintes, puis de creuser des fossés autour des plantations et d'y mettre le feu.

S'il fallait sévir, il le ferait.

Deux jours plus tard, Yasîm, confortablement installé chez lui, repensait au dîner auquel il avait été convié. Les liens qui unissaient les grands de Babylone – dont il ne faisait pas encore partie – lui avaient d'abord pesé, mais leur courtoisie l'avait rassuré.

À sa grande satisfaction, les invités, évoquant les œuvres d'art qu'ils appréciaient, avaient mentionné la porte en cèdre sculptée pour le temple. Et ils louèrent la qualité du vin de Syrie qu'il leur avait fait porter.

Il fut présenté à un proche du roi, homme important et ami de longue date de son hôte : le Grand Échanson. Il apprécia sa conversation à laquelle il ne se mêla pas ; il ignorait bien des choses sur les arcanes du pouvoir.

Cette noble assemblée avait vivement regretté l'absence d'un dénommé Tahar, l'architecte en chef de la Cité, parti en voyage. Puis Bel-sar-usur avait abordé le véritable objet de leur réunion : la succession du roi.

C'est ainsi que Yasîm comprit qu'il s'agissait d'ourdir une conspiration visant à s'emparer du pouvoir. En aucun cas, le prince ne devait succéder à Nériglissar. C'est la raison pour laquelle ils s'employaient à réunir les forces stratégiques de Babylone autour de Nabonide, le père de Bel-sar-usur.

— Les dieux t'ont placé sur notre chemin, avait dit le Grand Échanson à leur hôte, notre loyauté t'est acquise.

— Nous porterons au pouvoir un homme sage, s'était exclamé un fonctionnaire du palais.

— Que Marduk nous éclaire ! avait-il renchéri ne voulant pas être en reste.

— 35 —

Au temple de Marduk, Iddiyatum triomphait. Ses ennemis avaient été éliminés : Guzânu, Raksu – son homme de main – et Isme, l'imprécateur au visage rouge. Plus d'obstacle à son pouvoir.

Depuis ce jour, il veillait avec une vigilance accrue aux tâches dévolues à chacun.

Le repas quotidien des dieux était prêt ; une partie serait redistribuée au palais et au temple lui-même.

Les cuisiniers avaient concocté des plats dont la présentation rivalisait de soin et d'originalité, comme ces poissons du fleuve qui paraissaient nager sur des flots de verdure.

Ces réjouissances profiteraient aussi au nouvel administrateur qu'il accueillait. Le Grand Prêtre avait été long à faire son choix. Il avait finalement pensé à un ami de jeunesse. Austère et pointilleux, celui-ci lui vouait une admiration sans réserve, ce qui était une bonne chose, estimait Iddiyatum.

Ils se tenaient tous deux depuis un moment dans ses appartements privés. Le mobilier qui les entourait était sobre mais coûteux : deux coffres en cèdre voisinaient avec une table recouverte d'un plateau d'albâtre et deux fauteuils imposants garnis de coussins jaunes.

Iddiyatum, après l'avoir interrogé, lui détailla par le menu l'étendue de ses fonctions.

— Tu constateras, mieux que quiconque, conclut-il, combien nous honorons Marduk. C'est ici que le roi viendra renouveler ses vœux lors des fêtes de l'Akîtu afin de régner en souverain éclairé sous l'égide des dieux.

Le nouvel administrateur n'avait nul besoin de ce rappel, mais il savoura ces instants qui soulignaient l'importance de sa fonction.

Par la fenêtre, on entendait les musiciens qui jouaient et chantaient. Des coups sonores de tambours résonnaient laissant place, par moments, au son harmonieux des lyres.

— Il est temps de fêter ton arrivée, dit enfin Iddiyatum, plaçant deux coupes sur la table qui les séparait.

Puis il ouvrit l'un des coffres pour en retirer la petite jarre de vin de Sâmum, un présent qui lui avait été envoyé en hommage, de nombreuses semaines auparavant.

— Que Marduk répande sa lumière sur l'empire !

Ils levèrent leur verre et burent tous deux.

Le nouvel administrateur recracha aussitôt sa gorgée.

— Arrête-toi ! Ce vin a un goût ignoble. Je ne me souviens pas d'avoir goûté un breuvage de cette sorte ; bien que je préfère de beaucoup la bière au vin...

Iddiyatum lâcha le verre dont il venait d'avaler le contenu. En proie à un terrible soupçon. « Comment avait-il pu boire un vin dont il ne connaissait pas la véritable provenance ? »

Il fut pris de nausées incontrôlables. Des flots de salive dégoulinèrent sur son menton. Il porta la main à son estomac secoué par de violents haut-le-cœur et ouvrit la bouche sans parvenir à vomir le poison.

Un spasme le courba en deux.

Nauséeux, l'administrateur réussit à se traîner hors du bâtiment pour appeler à l'aide.

Le personnel du temple accourut aussitôt.

Iddiyatum expulsait des flots de vomi qui lui arrachaient les entrailles. Appuyé d'une main à sa table, il était en proie à des secousses irrépressibles. Quand il vacilla, des prêtres le maintinrent debout pour éviter qu'il ne s'écroule et ne s'étouffe dans les reflux de son estomac.

Après avoir rendu la moindre parcelle de nourriture, des jets de bile acides remontèrent, brûlant son œsophage. Trempé de sueur, agité de convulsions, il peinait à respirer.

Dès qu'ils avaient constaté la gravité de la situation, d'autres prêtres étaient partis pour demander de l'aide aux médecins du roi.

Leur irruption au palais ne passa pas inaperçue. Ils traversèrent les cours jusqu'au bâtiment royal. Et quand les guérisseurs les rejoignirent, leurs éclats de voix se propagèrent jusqu'aux appartements de la reine à qui un scribe faisait la lecture.

Kassaia demanda aussitôt qu'on l'informe de ce qui se passait. Son époux aurait-il fait un malaise ?

Le serviteur revint peu après. Et fit son rapport.

— Ma reine, les prêtres de Marduk sont venus requérir les médecins du roi. Le Grand Prêtre a été empoisonné en buvant du vin, dit-on, son état inspire une vive inquiétude.

« Du vin ! » Elle se souvint alors du dernier mot d'Isme que l'esclave lui avait rapporté. Elle n'en demanda pas plus, saisie par une pensée à la fois terrible, et fort distrayante : le défunt Isme avait peut-être réussi à la débarrasser de l'intrigant, malgré tout.

La journée fut agitée par des nouvelles contradictoires. Mais, quand la nuit tomba, Iddiyatum, alité, livide, n'avait pas rendu l'âme. Les médecins assurèrent qu'il était sorti d'affaire, et que c'était une question de jours pour qu'il recouvre la santé.

Comme une nouvelle contrariante arrive rarement seule, le roi informa Kassaia qu'il avait prévu d'organiser une grande chasse au cours de laquelle il espérait que leur fils se distinguerait.

— 36 —

La chasse avait une grande importance pour le roi et ses nobles sujets. Quand les guerres ne les mobilisaient pas, les grands de Babylone aimaient se mesurer aux bêtes sauvages. Si le lion était une proie privilégiée, on débusquait aussi de redoutables sangliers dans les marais, au sud de Babylone. Les chasses permettaient de faire montre de son habileté et de son courage. C'est pourquoi Nériglissar avait pensé que ce serait là une bonne occasion de mettre en lumière son fils, Lâbâsi-Marduk.

Durant quinze jours, tout avait été organisé pour cet événement. C'est à cela qu'il songeait en entrant dans la salle des Victoires. Son regard s'arrêta sur le bouclier sculpté, orné de plaques d'or ajourées, rappelant la défaite des troupes égyptiennes à Karkemish. Ce triomphe leur avait permis d'étendre leur domination sur toute la Syrie du Nord.

Un brusque accès de nostalgie le replongea dans son glorieux passé. Comme Nungal, il avait été général en chef des armées aux côtés de Nabuchodonosor II. Seul le maintien de la paix pouvait permettre à Babylone de continuer à rayonner et à prospérer. Les routes fluviales et les voies du désert étaient vitales pour le royaume. C'est pourquoi les prochaines victoires du jeune général en Cilicie – dont il ne doutait pas – permettraient de pacifier les routes des caravanes qui acheminaient du fer, indispensable à la fabrication des armes et des outils.

Depuis le début de ses malaises, Nériglissar était tourmenté par un rêve obsédant, toujours le même. Celui d'un enfant qui aurait apprécié l'exaltation des combats. Et cet enfant aurait été son fils. Un enfant qui aurait été semblable à Nungal. Mais Lâbâsi-Marduk n'avait jamais montré aucune disposition pour les chevaux ou pour les armes. Il ne s'était jamais intéressé aux conquêtes. Et s'absentait du palais autant qu'il le pouvait. Le roi se reprocha une nouvelle fois de s'être si peu préoccupé de son héritier qu'il en avait presque oublié son existence. Quelle vaine cruauté que d'imaginer cet enfant qu'il n'avait pas eu et qu'il voyait si bien ! Que n'avait-il conçu un fils digne de la lignée de guerriers à laquelle il appartenait !

Depuis les oracles, aucun songe n'était venu le rassurer sur le destin de l'empire.

Cependant il refusa de se laisser envahir plus avant par ses doutes. Il voulait croire qu'il n'était pas trop tard. Il espérait que la chasse – à laquelle il faisait préparer le prince – permettrait de montrer à tous qu'il était son digne héritier.

La reine, qui craignait plus que jamais le comportement de Lâbâsi-Marduk à la chasse, avait décidé que c'était le bon moment pour le rappeler à l'ordre. Le prince, qu'elle avait fait appeler le matin même, fit irruption dans ses appartements en début d'après-midi.

Kassaia alla au-devant de lui.

— Où étais-tu ce matin ? attaqua-t-elle d'un ton peu accommodant. Je croyais t'avoir déjà dit de ne pas quitter le palais sans m'en avertir.

— J'avais une affaire urgente à régler.

— Plaît-il ?

— Je voulais savoir comment allaient les petits fennecs.

— Et pourquoi as-tu fait capturer ces animaux ?

— Pour les faire grandir. Des hyènes femelles devaient les élever.

La reine l'arrêta d'un geste. Elle ne voulait pas en entendre plus. Elle se souvint brusquement de l'horrible scène qui lui avait été racontée. Les carnassiers n'avaient fait qu'une bouchée des renards des sables.

— Je t'ai déjà demandé de cesser tes « expériences ». Un prince doit se consacrer aux affaires du palais.

— Je ne vois pas pourquoi tu t'inquiètes.

Maîtrisant sa colère, Kassaia reprit :

— Je t'ai fait venir pour te parler d'un autre sujet. Les souverains de Babylone ont toujours prisé les grandes chasses. Le roi, ton père, a souhaité que celle-ci soit particulière : une battue aux sangliers dans les marais. Ces bêtes sont imprévisibles et dangereuses. Sois prudent et montre-toi exemplaire. Tous les regards seront tournés vers toi. Ne l'oublie pas !

Le prince sembla acquiescer, mais ne put s'empêcher de penser : « On tue des hommes, pas des animaux. »

— 37 —

Nerveux, tournant en rond dans ses appartements, le prince n'avait pas fermé l'œil de la nuit. Le moment était venu de rejoindre son équipage. Il détestait la chasse. Non seulement il allait devoir faire bonne figure, mais tous les sujets zélés du roi scruteraient le moindre de ses gestes.

Lâbâsi-Marduk avait eu beau tenter d'imaginer toutes sortes de stratagèmes pour éviter cette épreuve, il n'avait rien trouvé qui fût susceptible de convaincre son père, bien que celui-ci, à son grand étonnement, lui eût fait savoir qu'il n'y participerait pas.

Irrité, il gagna la cour principale du palais où retentissaient des hennissements de chevaux. Il embrassa la scène d'un œil critique.

Les équipages, prêts à accueillir les chasseurs, rutilaient sous les lueurs de l'aube : les jeunes fils de dignitaires voyaient dans ces manifestations un moyen d'exalter leur courage, alors que d'autres hommes, plus aguerris, comme Bel-sar-usur, semblaient impatients d'en découdre...

L'aurore naissante baignait les murailles de la Cité quand le départ eut lieu.

Traversant le quartier sud de la ville, les équipages, formés de chars tirés par des chevaux, longèrent ensuite les rives brumeuses du fleuve.

Comme lors de toutes les chasses royales, des scribes les accompagnaient pour relater la vaillance des Babyloniens, et la faire connaître à tous.

Les jeunes hommes avaient été armés de simples pieux. Mais les sangliers n'étaient pas le plus à craindre, car l'étendue boueuse des marais recelait de pièges mortels.

Chaque fils de famille était accompagné d'un serviteur et d'un esclave, homme des marais, qui saurait intervenir si des périls trop grands menaçaient son maître. Kassaia avait choisi elle-même celui qui devait veiller sur Lâbâsi-Marduk.

Il leur fallut deux jours pour atteindre le delta de l'Euphrate. Le fleuve, dont le cours était bien canalisé aux abords de la ville, s'égarait là-bas pour finir en un sinueux marécage.

À la fin de la deuxième journée, les équipages se reposèrent dans un camp établi par des esclaves arrivés sur place la veille de leur départ. Sous les ordres de contremaîtres, ils avaient transporté, dans des chariots lourdement chargés, des jarres scellées contenant des légumes et du mouton cuit ainsi que des réserves d'eau. Dans le campement parfaitement aménagé, victuailles et boissons, stockées sous de grandes toiles, attendaient d'être consommées. Déjà des braises couvaient dans les fours en brique. Près des vastes tentes destinées aux notables et aux jeunes chasseurs, des scribes prirent place. Ils ne seraient pas les derniers à participer au festin qui se préparait.

Fatigués et affamés, les chasseurs firent honneur à l'abondante nourriture et à la bière, avant de s'installer pour une courte nuit sous leurs tentes.

Aux premiers rayons du soleil, les chasseurs firent à pied ce qu'il leur restait de chemin. La marche était encore longue pour parvenir aux marais.

Le sentier, mélange de sable raviné et de touffes d'herbes hautes, attirait les insectes, avides de sang chaud. Ils longèrent un champ détrempé où pâturaient quelques buffles.

Quand ils furent sur place, les chasseurs, répartis par groupes, se préparèrent à embarquer dans des barques à fond plat, les seules qui leur permettraient de franchir les étendues marécageuses.

Dès qu'ils auraient atteint les langues de terre ferme, ils quitteraient leurs embarcations afin de se positionner pour la battue. La prudence était de mise, car il était difficile de distinguer les sables mouvants des îlots de terre ferme.

Bel-sar-usur partit avec le premier groupe. Comme chacun, il monta dans sa barque, avec un esclave à bord. Sûr de lui, il tenait son arme avec un certain détachement. Il se demanda avec ironie quelle sorte de chasseur serait l'héritier.

Le prince Lâbâsi-Marduk embarqua en tête du deuxième groupe. Incommodé par les insectes piqueurs, il trépignait, invectivait son esclave qui agitait avec force une sorte d'éventail destiné à écarter moucherons noirs et moustiques. Sa voix aiguë dérangeait les autres chasseurs qui évitaient de jeter des regards agacés dans sa direction.

Le silence enfin revenu, les barges glissèrent le long des roselières avec des clapotis qui troublèrent à peine un gros pélican niché dans les herbes hautes. Quelques ibis s'envolèrent paresseusement.

Des traqueurs à pied avaient pris place sur d'étroites bandes de terre asséchées. Originaires de la lisière nord des marais, ils étaient les seuls à pouvoir se repérer dans ces lieux touffus et mouvants. Leur rôle consistait à rabattre le gibier en direction des chasseurs qui n'allaient pas tarder à arriver et à se positionner face à eux.

Quand l'agitation du départ retomba tout à fait, on put enfin entendre des bruissements d'insectes, et les craquètements un peu rauques de quelques grues cendrées.

L'embarcation de Bel-sar-usur traversa sans encombre les zones immergées. Son esclave enfonçait avec énergie sa perche dans l'eau saumâtre. Il voyait fuir par endroits de gros rats musqués. À l'approche de la berge envasée, deux foulques noires s'envolèrent au ras de l'eau et se cachèrent dans les roseaux.

Avec son esclave, il décida de débarquer prudemment sur la terre gluante du marécage pour prendre position.

L'odeur des végétaux décomposés saturait l'air. La touffeur des marais prenait déjà les hommes à la gorge. Le soleil était pourtant encore très bas. Bientôt l'humidité s'installerait, épaisse, aussi visqueuse que du naphte.

Il avançait sans effort malgré la vase qui lui collait aux pieds. Le soleil était masqué par de gros nuages. Aussi fut-il ébloui par un rayon de lumière que l'eau immobile lui renvoya. Sa jambe heurta un roseau desséché qui lui entailla la peau. Il grogna de fureur. Le sang allait attirer les sangsues et autres bestioles assoiffées des marais. Il se tourna vers son esclave : l'homme avait disparu. Ce n'était pas la première fois que cela arrivait : les esclaves originaires des régions inhospitalières n'hésitaient pas à fuir, profitant de l'occasion qui rendait toute poursuite extrêmement difficile. Il allait rebrousser chemin quand les sifflements des rabatteurs retentirent : le gibier arrivait dans sa direction. Il se cala tant bien que mal sur un enchevêtrement de racines et de végétaux. Ramassant son épieu, il le brandit à la hauteur de l'épaule, prêt à la détente.

Une harde de sangliers déboula en trombe, suivie de marcassins. Un animal plus massif que les autres avait dévié de sa route et fonçait droit sur lui. Une laie en furie. Elle le heurta de plein fouet. Bel-sar-usur projeta comme il put son arme sur la bête avant de s'étaler dans la boue. Elle lui avait transpercé la gorge. À demi morte, la laie tituba.

Se relevant, maculé de boue gluante, il l'acheva mais dut abandonner son cadavre sur place. Trop lourd pour lui seul. Il enverrait un esclave le rechercher plus tard. Il avait d'autres préoccupations que celles de briller à cette chasse.

Comme si les animaux avaient senti la mort, les chants d'oiseaux et les cris cessèrent. Bel-sar-usur se fraya un chemin vers sa barque en examinant le sol avec précaution pour repérer les endroits d'apparence plus solide. Sa cheville, recouverte d'un agrégat de sang coagulé, de boue et d'insectes, le brûlait comme un fer rougi contre sa peau.

Non loin de là, Lâbâsi-Marduk avait lui aussi mis pied à terre. Il marchait à pas précautionneux sur l'enclave boueuse, derrière son esclave. Dans un entrelacs de roseaux, aussi hauts que des arbustes, il progressait péniblement, pestant à chaque pas. « Quel dieu veut qu'un prince chasse ? » se disait-il avec aigreur. L'impression d'être englouti par la moiteur épaisse du marécage ne le quittait pas alors que des nuées de petits moucherons le piquaient au visage et au cou, se glissaient dans ses narines et dans ses oreilles. L'esclave ne faisait aucun geste pour le soulager bien qu'il tînt à la main un chasse-mouches. Il semblait ne rien comprendre à ses invectives. Lâbâsi-Marduk, excédé, se promit de le faire rouer de coups à leur retour.

Le jeune prince regarda autour de lui. De l'endroit où il était, il ne voyait plus trace de ses compagnons de chasse. Compagnons ? Un bien grand mot pour désigner ces fils de famille qui rivalisaient d'adresse, prêts à tout pour plaire au roi. Il se sentait perdu dans cette nature hostile peuplée d'herbes coupantes, de serpents et de taons. Par chance, le gibier ne se montrait pas. Soulagé, le prince scruta le ciel en espérant que cette épreuve finirait au plus tôt. La chasse cesserait dès que le soleil serait au zénith, car l'atmosphère des marais deviendrait irrespirable.

Comme il avançait à pas lents sur les bandes de terre gluante, les insectes s'immisçaient sous ses vêtements. À force de grands gestes pour s'en débarrasser, il perdit l'équilibre. Il hurla des insultes à l'adresse de son esclave. Le petit homme, musclé, à demi nu, se précipita vers lui, mais, trébuchant sur une racine, il le heurta de plein fouet en tombant.

Étourdi par le choc, Lâbâsi-Marduk crut qu'un mauvais esprit s'était emparé de l'esclave qui venait de l'attaquer. Pris d'une fureur incontrôlable qui décuplait ses forces, le prince se redressa d'un bond et brandit son épieu. Il ficha la pointe dans la poitrine de l'esclave, le clouant au sol. L'arme lui perfora les poumons ; des bulles de sang dégoulinèrent sur son menton. Il mourut sans un cri.

Lâbâsi-Marduk sortit le poignard qu'il avait caché dans un repli de son vêtement et prit son temps pour lui couper la tête. Il la planta sur son pieu comme un trophée. Fier de son exploit, éclaboussé par le sang giclant du cou de l'homme décapité, il regagna sa barque, envahi du sentiment grisant de sa victoire. Car, il en était persuadé, il venait de terrasser le dieu maléfique des marais ! Il fallait que tous apprennent que lui, le futur roi de Babylone, était l'élu des dieux.

Bel-sar-usur atteignit péniblement le campement un peu plus tard. Maculé de boue, épuisé, il passa presque inaperçu.

Entre les tentes, non loin du feu, des glapissements aigus retentissaient.

En s'approchant, il découvrit la scène ahurissante. Le prince sautillait en l'air tout en émettant des borborygmes ahurissants. Ses cheveux ensanglantés formant une sorte de couronne autour de sa tête, il brandissait vers le ciel son arme sur laquelle était fichée la face ruisselante de l'esclave. Brusquement, il s'arrêta net pour crier :

— Prosternez-vous devant le vainqueur du dieu des marais !

Les jeunes notables attirés par le vacarme avaient fini par former un cercle autour de lui. Sidérés, ils ne pouvaient détacher leur regard des simagrées du prince. Après un curieux soubresaut, celui-ci projeta la tête coupée au loin, désignant chacun de son épieu ensanglanté.

— Prosternez-vous ! hurla-t-il à nouveau avec une telle autorité qu'il fit plier l'assistance. Louez Marduk qui m'a fait triompher du mauvais dieu des marais. Bientôt je serai son élu !

« Agenouillez-vous ! répéta-t-il, d'une voix impérieuse.

Il ne cessa ses gesticulations furieuses que lorsque tous se furent mis à genoux devant lui.

Dès leur retour à Babylone, les chasseurs ne se privèrent pas de relater la comédie lamentable qui se mit ainsi à circuler dans leur entourage. Aucun détail ne fut oublié. Certains crurent même bon d'en rajouter, bien que le spectacle, grotesque, et somme toute tragique, n'eût aucunement besoin de fioritures.

« Comment imaginer qu'un tel individu gouverne un jour l'empire ? » se disait Bel-sar-usur.

— 38 —

L'affaire était d'une gravité sans précédent.

Kassaia n'ignorait plus rien de ce qui s'était passé à la chasse. Un de ses informateurs lui avait rapporté cette histoire insensée selon laquelle son fils avait affirmé que le dieu des marais s'était jeté sur lui pour le noyer. Kassaia écumait de rage. Le prince avait transformé un regrettable incident en une scène ridicule dont bientôt tout Babylone se gausserait. Le sentiment de colère, et de dépit, ne l'avait pas quittée quand un serviteur vint lui annoncer que le roi désirait la voir. Une invitation qui ressemblait à un ordre. Comment pouvait-il en être autrement ?

Nériglissar se tenait sur un divan, calé par de gros coussins de fourrure et de laine.

— Approche-toi, Kassaia. Je t'attendais...

Elle avança lentement vers lui. Élégante et sûre de son pouvoir, elle portait une tunique ajustée qui mettait en valeur sa silhouette. Le soin particulier qu'elle avait mis à choisir cette tenue seyante lui était destiné. Elle voulait lui rappeler qu'elle était de sang royal, et qu'il fallait compter avec elle, quelles que soient ses intentions.

Elle devinait ce que son époux s'apprêtait à lui dire.

— Tu as entendu, comme moi, ce qui se dit à propos de notre fils, n'est-ce pas, le récit de ses exploits... En connais-tu bien les détails ?

Kassaia hocha la tête, accablée, et retint un soupir. Que lui apprendrait-il qu'elle ne savait déjà ?

— Lâbâsi-Marduk est revenu au campement, couvert de sang, brandissant la tête d'un esclave au bout de sa lance et hurlant à qui voulait l'entendre qu'il avait chassé le mal des marais... qu'il était l'égal d'un dieu ! Il vociférait comme un bouc qu'on égorge et menaçait tous ceux qui ne s'agenouillaient pas devant lui !

Nériglissar s'arrêta, le souffle court, avant d'ajouter d'une voix altérée :

— Son exaltation était telle que tout le monde a dû s'exécuter...

Kassaia resta silencieuse. Que dire de plus ? Son fils avait sombré en pleine déraison. Et cela, devant tous les notables de Babylone.

— Je vais devoir prendre des décisions difficiles au sujet de Lâbâsi-Marduk, menaça le roi. Je n'ai que trop tardé.

— Qu'entends-tu par là ? demanda-t-elle, sur le qui-vive.

Il ne lui répondit pas immédiatement.

Les pensées se bousculaient dans l'esprit de la reine. Une plus que toutes : et si Nériglissar renonçait à faire de leur fils son héritier ? Cette idée la stupéfia.

— Désormais, reprit-il, je le ferai surveiller jour et nuit.

Kassaia ne manifestant pas son approbation, il la dévisagea durement. Rien ne permettait de déceler ce qu'elle pensait.

Nériglissar détourna son regard de son épouse et frappa alors dans ses mains pour qu'on leur apporte une collation. Des serviteurs arrivèrent, chargés de grands plateaux en argent : sur les uns, des boissons fraîches, de l'eau, des pichets de bière et du jus de raisin ; sur les autres, des figues séchées, de grosses dattes suintantes de sucre et des feuilletés garnis de lamelles d'agneau grillées. Ils les déposèrent sur de petites tables qu'ils venaient d'installer.

Le roi y fit honneur. Ces derniers temps, ses crises étaient si espacées qu'il en oubliait leur existence. Il sentait sa vigueur revenir. Hier encore n'avait-il pas passé un long moment avec l'une de ses favorites ?

La reine s'efforça de faire bonne figure quelques instants encore, malgré le violent ressentiment qu'elle éprouvait envers lui.

Elle s'apprêtait à partir quand Nériglissar s'adressa de nouveau à elle :

— Pendant que Lâbâsi-Marduk profère ses balivernes, lui déclara-t-il, irrité, nos soldats se battent pour l'empire ! Le général Nungal mènera bientôt nos troupes à la victoire. Voilà ce dont Babylone a besoin, un homme de sa trempe.

Ces paroles alarmèrent Kassaia. Même si elle n'ignorait pas que son époux portait aux nues ce jeune général dès qu'il en avait l'occasion, elle ressentit quelque chose de nouveau. Le roi semblait s'identifier à lui. Cette prise de conscience l'ébranla.

« Jusqu'où ira son admiration pour le général Nungal ? » s'interrogea-t-elle.

— 39 —

Les mois qui précédèrent l'arrivée de Nungal en Cilicie, les troupes, peu habituées au climat et à la configuration des lieux à franchir, furent décimées avant d'atteindre les plaines ciliciennes.

Gravir les étroits passages rocheux des montagnes avait été ardu. Des nuages bas et laiteux, qui se confondaient avec les coulées de neige, descendaient des sommets des monts du Taurus, soufflant leur haleine glacée. Un seul faux pas sur les pentes escarpées et glissantes, et c'était la mort assurée. Le piège des plaques givrées et les éboulements rendaient la progression périlleuse à chaque instant.

La rudesse du climat avait désagréablement surpris la plupart des hommes. Des gros flocons tourbillonnaient, fondant sur eux. Mal emmitouflés, ils luttaient avec peine contre ces bourrasques de pluie gelée, eux qui étaient habitués aux vents de sable du désert. Ils avaient protégé leurs épaules avec des morceaux de fourrure et enroulé des étoffes de laine autour de leurs pieds. Les mercenaires des monts Zagros, accoutumés au froid, avaient efficacement renforcé les rangs des piquiers, armés de javelots et de haches, qui marchaient en tête.

Quand elles débouchèrent enfin sur les zones planes et humides du territoire cilicien, les troupes affaiblies reprirent leur souffle et, attaquant par surprise la ville d'Ura, elles firent tomber les murailles et investirent victorieusement la cité. Mais le roi Appuashu réussit à s'enfuir. Une partie des unités resta dans la ville alors que deux escouades se lancèrent à sa recherche. Ce faisant, les généraux babyloniens ne mesurèrent pas le risque qu'ils prenaient en divisant les troupes. Ils sous-estimèrent la résistance du peuple qui soutenait Appuashu.

Le roi renégat avait de l'avance et connaissait bien ses terres. Il manœuvra habilement, attirant ses ennemis dans des batailles sans issue. Bientôt, les survivants de l'armée babylonienne durent rebrousser chemin pour retourner à Ura, leur dernier refuge. Traînant des soldats blessés, malades ou affamés, les officiers ne purent contenir les défections de plus en plus nombreuses. Beaucoup des déserteurs espéraient trouver des peuples plus accueillants sur les côtes qu'ils ne connaissaient pas.

Quand l'armée dirigée par Nungal et ses généraux arriva dans la cité d'Ura, le désordre y régnait. Il n'était pas rare de voir des soldats se battre entre eux pour une ration de nourriture. Les généraux ayant péri lors des expéditions précédentes, les quelques officiers encore en vie avaient renoncé à se faire entendre dans l'attente des renforts.

Nungal évalua la situation.

La faim avait rendu les soldats imprévisibles. L'absence de chefs avait aggravé le mal. Des groupuscules faisaient régner la peur en s'emparant des denrées restantes.

Il prit les décisions qui s'imposaient sans hésiter.

Faisant arrêter les fauteurs de troubles, il ordonna une exécution publique, menaçant les déserteurs du même sort.

L'avertissement était clair. Plus d'échappatoire. Mais il ne se contenta pas de punir les égarés, il parla aux troupes qui restaient :

— Soldats, vous êtes à présent blessés, mal nourris. Vous avez vaincu la cité d'Ura, et l'empire vous doit beaucoup. La vaillance que vous avez montrée est admirable. À présent, je veux vous conduire dans des plaines fertiles. Les grandes villes de Cilicie tomberont sous vos coups ; vous y trouverez honneur, gloire et richesses. Soldats, montrez votre courage. Je serai toujours à vos côtés. Je vous promets de nouvelles conquêtes !

Nungal réorganisa le campement, et les tours de garde. Il avait confiance en ces hommes, et ses convictions galvanisèrent les troupes à l'abandon.

Quand le soir du premier jour tomba, il parcourut les lieux, s'arrêtant pour parler à chaque groupe. Son second, qui l'accompagnait, les invita à aller chercher des vivres dans les chariots qui venaient d'arriver. En bon ordre.

Peu à peu, ses paroles de réconfort et la distribution de la nourriture provoquèrent un sursaut de fierté.

Sous une tente de fortune, Nungal passa une nuit inconfortable mais paisible. Et les soldats, pour la première fois depuis des semaines, trouvèrent le repos, prêts à repartir se battre.

Le lendemain, les nouveaux généraux reformèrent des unités de combat. Les jours qui suivirent furent consacrés à la révision des armes et des uniformes.

Nungal contrôla tous les préparatifs. Il ressentait avec acuité ce qu'éprouvaient ces hommes, qu'ils viennent de Babylone ou du Zagros. Depuis ses premières batailles, il en avait toujours été ainsi. Pour lui, l'armée devait former un tout indivisible, des cœurs battant à l'unisson.

Dès qu'ils furent prêts, Nungal ordonna le départ. Les armées babyloniennes s'élancèrent à l'assaut des villages et des cités de Cilicie dont ils s'emparèrent inexorablement.

La ville de Kirshu fut soumise et mise à sac. Fiers de leur victoire, les soldats se racontaient en marchant les pillages dans la bienfaisante chaleur des flammes. Ils avaient arraché aux ruines fumantes des villes le moindre objet précieux, et certains avaient pu se réchauffer d'autres façons. Des femmes leur avaient offert leur corps en échange de nourriture ou de petits cadeaux. Ils s'étaient emparés des plus farouches, les soumettant à leurs désirs.

Les combats avaient été rudes, et leurs épreuves étaient loin d'être terminées. Après avoir résisté aux rigueurs de l'hiver, l'armée de Babylone allait devoir affronter les flots d'une mer agitée ; et bien peu avaient le pied marin. Leur prochain objectif était l'île de Pitussu à deux journées de route.

Les pluies glacées avaient cessé peu à peu, et le climat devenait plus doux à mesure qu'ils s'approchaient de la mer.

La nuit tombant, l'armée installa son campement sans perdre de temps : les tentes furent montées, les chevaux parqués et les chariots placés de façon à protéger les troupes. Des sentinelles commencèrent leurs rondes.

De grands feux jaillirent. Les cuisiniers ne tardèrent pas à y déposer des moutons entiers et du gibier arrachés aux vaincus pour les faire rôtir.

Nungal, qui disposait d'une tente pour lui et son aide de camp, réunit les autres généraux pour préparer l'assaut de Pitussu. La forteresse se dressait sur la petite île rocailleuse, couverte de maquis. Les devins royaux qui accompagnaient l'expédition leur avaient prédit une nouvelle victoire.

Les officiers revoyaient leur stratégie et discutaient des dernières informations que des éclaireurs leur avaient transmises. Alors que Nungal était en train de leur annoncer que des messagers de Tyr les avertiraient dès que les bateaux seraient en position, un remue-ménage agita le camp. Des éclats de voix retentirent. Il sortit voir ce qui se passait. Deux soldats de garde surgirent devant lui, maintenant fermement un guerrier en fureur qui jurait dans sa langue. Il l'identifia instantanément.

— Lâchez-le ! ordonna-t-il. Il vient en paix. Je t'attendais, ajouta-t-il à l'intention du Tyrien sans savoir si celui-ci le comprenait ou non. Avance !

L'homme lui répondit sans hésitation en araméen. Nungal le tança alors vertement :

— Quelle imprudence d'être venu ici, seul, alors que la lune éclaire à peine les plaines...

— Je te salue, général Nungal, je t'apporte de bonnes nouvelles. La flotte tyrienne est prête, et tu constateras que nos bateaux de guerre sont les plus robustes que tu aies jamais vus.

Nungal sourit. Qu'importait l'arrogance de l'officier venu de Tyr ? Tout se déroulait selon leurs plans, et il se sentait d'une humeur conciliante.

— 40 —

Comme prévu, le surlendemain, l'armée de l'empire put embarquer à bord des vaisseaux alliés.

Les voiles carrées, tendues par le souffle régulier du vent, faisaient progresser sans heurt les bateaux. Les courants leur étaient favorables. Les flots sombres poussaient les embarcations tyriennes vers l'île de Pitussu.

En approche, les marins rangèrent les mâts et sortirent les rames. Malgré les nappes de brouillard, ils progressèrent en direction des pointes rocheuses accessibles, évitant habilement les récifs.

Bientôt ils furent en vue de la muraille arrière de la forteresse qui donnait sur la mer. Une partie des bateaux de guerre resta en position pour veiller à ce que nul ennemi ne s'échappe. L'autre partie de la flotte longea les bords rocheux et déposa les hommes de Nungal sur l'île. Les troupes débarquèrent en ordre de marche. Se déployant avec rapidité, elles cernèrent aussitôt les murailles.

La tactique fonctionna. Les chemins de ronde étaient peu gardés et, du haut des remparts, les sentinelles ennemies, équipées d'arcs, peinèrent à s'organiser. Elles tiraient sur les Babyloniens sans parvenir à les arrêter, car des soldats de Nungal, brandissant de larges boucliers, protégèrent leur avancée. Malgré les jets de flèches, les attaquants tenaient bon. Dans la mêlée des blessés et des morts qui s'abattaient à terre, ils progressaient sans faillir. En deux autres endroits, des combattants de l'empire tentaient de briser les soubassements des remparts les plus vulnérables à grands coups de bélier.

La soudaineté de l'attaque avait ébranlé la défense ennemie.

Quelques officiers, à cheval, allaient et venaient pour diriger les manœuvres sur ce territoire exigu. Nungal, la voix éraillée par les cris du combat, exhortait ses hommes à resserrer les rangs. Les défenses étaient sur le point de céder lorsqu'un pan du mur s'écroula dans des nuées de terre noire et de jets de cailloux. Le rempart venait d'être éventré. Le fracas de l'effondrement des murailles couvrit les hurlements des hommes de l'avant-garde babylonienne. Le moment était crucial. Les brèches laissaient passer les attaquants lancés en avant, protégés par une pluie de flèches tirées par des archers de Babylone. À leur suite, les piquiers commençaient à franchir les ouvertures. Pénétrer dans une forteresse adverse, c'était déjà vaincre.

Le jeune général s'apprêtait à s'élancer quand, tournant la tête alentour pour vérifier le bon ordre de cette phase de la bataille, il fut surpris d'apercevoir en contrebas un bataillon ennemi en embuscade derrière un massif de roches. Celui-ci allait se diriger vers la deuxième brèche. La manœuvre était claire : ils comptaient prendre ses troupes à revers et venir en aide aux défenses intérieures.

Nungal comprit qu'il n'y avait pas un instant à perdre pour éviter un massacre dans ses rangs. Il fit signe à son officier en second d'intercepter les adversaires avec ses soldats. Le détachement fondit sur les ennemis.

Sur sa monture, Nungal se fraya un chemin pour les rejoindre, se battant plus sauvagement que jamais. Il frappait, frappait encore. Son arme transperçait le corps des soldats de l'île mal équipés. Les armes des Babyloniens, maniées avec force, étaient assez puissantes pour transpercer leurs armures.

Le général, appuyé par un groupe de soldats, se rapprocha du commandement ennemi. Des lanciers en rangs serrés, protégés par de larges boucliers, leur barraient la route. Les hommes de sa troupe se ruèrent sur eux pour les déséquilibrer et, profitant du moindre interstice, ils leur plantaient un poignard entre les jambes alors que d'autres les achevaient. Nungal trouvait qu'en ces circonstances cette tactique, très prisée des mercenaires du Zagros, était très efficace. Il en profita pour fondre sur le chef du détachement ennemi : cet homme de haute stature hurlait des injonctions qui couvraient les râles des mourants et galvanisaient ses soldats. Il fallait le tuer. Sans lui, sa troupe serait plus facile à éliminer.

Nungal évita de justesse un coup violent qui l'aurait désarçonné et lança sa monture en avant quand il aperçut son officier en second, encerclé par des ennemis. Il dévia aussitôt de sa route pour lui porter secours. Mettant prestement pied à terre, gardant les rênes dans une main, il lança son épée à grands coups pour le dégager du piège. Le risque était grand, car ainsi il était plus vulnérable. Mais si seule la victoire comptait, le jeune général n'avait jamais exposé inutilement ses hommes pour vaincre à tout prix. Un comportement connu de tous qui enhardissait ses troupes d'assaut.

Les ennemis le repérèrent et se ruèrent sur lui. Réussissant à se mettre hors d'atteinte, Nungal remonta à cheval malgré sa blessure au bras et atteignit plusieurs assaillants au visage. Leurs yeux crevés pleuraient des larmes de sang. Conscient de l'imminence du danger, le général reprit son élan pour dégager son second ; il réussit à trancher la tête de l'ennemi le plus proche de son officier, le sortant enfin de cette situation périlleuse.

Appuyé par un groupe de mercenaires qui couraient devant lui, le général franchit la dernière défense. Cette soudaine avancée surprit le chef ennemi. Il brandit son épée avec fureur. Au même instant, Nungal, poussant sa monture vers l'avant d'un coup de talon, réussit à l'atteindre et lui enfonça son arme dans le torse. Le chef ennemi tenta de répliquer mais son épée traversa le vide.

Cet unique coup avait suffi. Le soldat s'abattit lourdement à terre, mort.

Dans les semaines qui suivirent, les échos de la victoire des armées se propagèrent de la Cilicie jusqu'aux confins de l'empire.

Il n'y eut plus une seule ville qui ignorât que l'armée de Nungal avait réduit en cendres la cité de Kirshu, et venait de faire plus de six mille prisonniers en prenant l'île de Pitussu.

— 41 —

Deux semaines s'étaient écoulées depuis que la chasse avait eu lieu.

Le navrant spectacle qu'avait donné le prince continuait à tourmenter la reine.

Le ressentiment qu'elle éprouvait envers son fils avait fait place peu à peu à l'humiliation. Ne pouvant se résoudre à lui parler tant que sa colère n'était pas retombée, elle resta cloîtrée dans ses appartements.

Enfin, ce matin-là, excédée d'apprendre qu'il n'assistait toujours pas aux conseils du palais, elle décida de le surprendre dans ses appartements.

Faisant irruption dans la vaste pièce où il se tenait habituellement, Kassaia fut agacée par le désordre qui y régnait : de nouveaux objets hétéroclites y avaient été entassés. À côté de harnais de toutes tailles étaient empilés des outils en bois et en métal dont elle ne voyait pas l'utilité. Lâbâsi-Marduk était introuvable.

La reine interrogea ses esclaves, qui ignoraient où le prince s'était rendu. Elle eut du mal à contenir son mécontentement.

Elle réfléchit. Où qu'il soit, il devait être accompagné de gardes que le roi avait placés à ses côtés.

Elle envoya un de ses esclaves jusqu'à la volière qu'il avait fait construire sur l'une des terrasses des jardins suspendus. Son lieu de prédilection. Il n'y était pas. C'est alors qu'elle se souvint d'un endroit reculé dont elle seule avait connaissance. Non loin de la volière, derrière une haie d'amandiers touffus, son fils avait réussi à dissimuler un enclos où il élevait quelques-uns de ses animaux préférés, près d'une sorte de remise. Le cabanon ! C'était certainement là qu'elle allait le surprendre. Il devait sans doute se livrer à de nouvelles expériences.

Accompagnée de trois soldats de sa garde personnelle, Kassaia traversa le verger à pas de charge pour se rendre un étage plus haut, là où se trouvait le lieu secret qu'il avait fait aménager. Comme si la volière en contrebas ne suffisait pas.

En s'approchant du cabanon, elle entendit des cris et des rugissements effroyables qui provenaient de l'intérieur. Elle fit ouvrir la porte par un de ses gardes.

Ce qu'elle vit l'horrifia.

Dans l'espace réduit qui dégageait une insupportable odeur d'excréments, Lâbâsi-Marduk avait fait attacher son tigre en rut derrière une esclave nue, à quatre pattes, maintenue jambes écartées par deux comparses. La scène ne prêtait pas à confusion. Ils tentaient d'accoupler le fauve avec la fille. Jusqu'à présent, le prince n'avait mené ses expériences les plus bizarres que sur des animaux. Voilà qu'il transgressait la loi des dieux en voulant mettre la semence de ce fauve dans cette femme. Accroupi à côté des lèvres ouvertes du sexe de l'esclave, il ne vit pas arriver sa mère.

Elle entra dans le cabanon. Écœurée, elle comprit que, désormais, il faudrait encore renforcer la surveillance de son fils.

— Dehors ! intima-t-elle, en faisant signe à ses gardes de se saisir des acolytes présents dans le cabanon.

Kassaia ajouta à voix basse : « Faites-les tous disparaître ».

Maîtrisant son dégoût, elle se retrouva face à Lâbâsi-Marduk qui semblait abasourdi par sa présence en ces lieux.

Il portait une tunique froissée à peine décente et avait laissé ses cheveux retomber sur son front sans bandeau.

— Approche, mon fils. Écoute-moi bien. C'est la dernière fois que tu viens… ici.

Il alla vers elle, la tête haute.

— Que connais-tu de mon véritable projet ? répliqua-t-il avec un air de défi dérisoire.

— Comment ?

Le ton cassant de la reine ne le fit pas changer d'attitude.

— Il se pourrait que la semence du tigre donne naissance à un esclave d'une force exceptionnelle, continua-t-il, sentencieux.

Kassaia fit un pas menaçant dans sa direction.

— Il n'est plus question d'aucune de tes expériences. Désormais, tu me diras où tu te trouves à chaque instant. Tu dois te comporter en digne fils du roi. Je te l'ai déjà dit, insista-t-elle. En héritier du royaume.

— Je le suis. Qu'ai-je d'autre à prouver ? osa-t-il répliquer sans se troubler.

Elle garda son calme et poursuivit, autoritaire :

— Je veux que tu te rendes auprès de ton père. C'est là qu'est ta place. Dis-lui que tu désires être à ses côtés pour gouverner. Dis-lui ce qu'il souhaite entendre… Tu me comprends ?

— Oui, répondit Lâbâsi-Marduk qui, bien que ne voulant pas céder aux injonctions de sa mère, jugea plus prudent de ne pas s'opposer frontalement à elle.

Il s'inclina bien malgré lui. Son heure viendrait. *On* ne l'avait jamais compris. Comme son père le roi, il cherchait un moyen de rendre les troupes de Babylone plus puissantes, invincibles ! Un jour prochain, il prendrait le pouvoir à son tour. Il irait se battre à la tête d'une armée composée d'hommes à tête de tigre. Et il régnerait en maître absolu sur l'empire.

Kassaia resta un moment face à son fils, lui barrant le passage, se demandant à quoi il pensait. Cette scène répugnante l'avait presque découragée. Mais elle se ressaisit. Une colère froide montait en elle :

— Nous en reparlerons, dit-elle en détachant chaque mot.

Elle regagna ses appartements où elle réclama de pouvoir prendre un bain. Une façon pour elle d'effacer la saleté de ces derniers instants.

— 42 —

Si, au palais, on ne parlait plus que du triomphe du jeune général, la Cité entière résonnait aussi des exploits de Nungal.

Ce fut avec soulagement, et grande joie, que Laliya apprit les victoires des armées babyloniennes.

Cette bonne nouvelle raviva une flamme qui ne s'était jamais éteinte. Nungal était l'homme qu'elle admirait et aimait de tout son cœur. Elle ne gardait de lui que le souvenir des instants les plus heureux. Il lui avait dit qu'ils se retrouveraient, et elle n'en doutait plus.

La matinée était sans nuages. La demeure du scribe venait d'être rangée et lavée. Dans le petit jardin, les feuilles du figuier commençaient à se déployer, annonçant le renouveau de la nature. Dans un sursaut d'optimisme, Laliya avait choisi avec soin une tunique légère en lin indigo et un voile translucide. L'envie d'étrenner le collier que lui avait offert l'armateur devint irrésistible. En attachant les magnifiques perles d'ivoire à son cou, elle eut une pensée émue pour lui.

Quand elle descendit prendre sa collation du matin, le scribe n'était pas encore parti pour la bibliothèque du palais.

— Bonjour ma fille. Je suis content de partager ce repas avec toi, dit-il en lui désignant la corbeille de galettes au miel.

Elle tendit la main sans un mot, et le voile qui couvrait ses épaules découvrit sa gorge.

— Que portes-tu là ? s'étonna son père.

Laliya se refusa à lui répondre.

— Je ne connais pas ce bijou. Dis-moi quelle en est la provenance, immédiatement, lui ordonna-t-il d'un ton cassant.

Il la dévisageait durement. Elle lui rendit son regard, les lèvres serrées.

— Une fille ne doit pas avoir de secret pour son père, ajouta-t-il.

Le mot « secret » la fit bondir. Comment osait-il, lui qui lui avait caché ce fils qu'il voulait adopter, et qui sortait la nuit vers une destination inconnue ?

Devant son mutisme, il reprit du même ton accusateur :

— Un homme te courtiserait-il sans que je le sache ?

Elle esquissa un sourire qui fut mal interprété.

— Serait-ce un cadeau de Nungal ?

Son visage s'empourpra. Elle secoua la tête en signe de dénégation.

— Que me caches-tu ?

Le scribe se leva, menaçant.

— Si tu ne me réponds pas, je vais te le confisquer, et tu resteras dans ta chambre jusqu'à nouvel ordre.

— Vraiment ? osa-t-elle répliquer.

Il la frappa au visage.

Atterrée, Laliya ne bougea pas. C'était la première fois que son père portait la main sur elle. Était-elle si naïve qu'elle n'ait jamais vu son père sous son vrai jour ? Elle se demanda ce qu'était devenue leur relation au fil du temps. Son visage avait perdu toute expression paternelle.

— Donne-moi ce collier.

— Jamais, murmura-t-elle.

— Que dis-tu ?

— Il m'appartient, répondit-elle sans faire un geste pour le lui remettre.

— Fille indigne !

« Cela va trop loin », pensa-t-elle, blessée.

— Qui cache quelque chose à l'autre ? lança-t-elle alors d'une voix altérée. Moi, je n'ai rien à me reprocher.

Le visage du scribe se crispa. Ces paroles le mirent hors de lui.

— Je ne saurais tolérer ton insolence plus longtemps. Tu me dois obéissance et respect. Monte dans ta chambre. Tu n'en descendras que lorsque tu m'auras tout expliqué.

Laliya quitta la pièce. Comment pourrait-elle un jour oublier les paroles insultantes de son père ? Une blessure si profonde ne cicatriserait jamais. Elle ne lui révélerait pas la provenance du collier. Elle avait ainsi l'impression d'affirmer un semblant de vie qui n'appartenait qu'à elle.

Que pouvait-elle faire, enfermée dans cette maison, sous l'autorité malveillante d'un père irascible ? Ne devrait-elle pas fuir cette demeure où elle étouffait ?

— 43 —

Pour Kassaia, le temps n'était plus aux hésitations. Encensé par le peuple, et le roi, le général n'allait-il pas marquer son retour par de nouvelles ambitions ?

La reine souhaita donc revoir le prince en tête à tête. Pour donner une certaine solennité à cet entretien, elle le reçut dans le grand salon de ses appartements. Quand il entra, elle se tenait assise dans un fauteuil qui ressemblait à un trône, comme un souverain reçoit un dignitaire qu'il veut réprimander.

— Pourquoi voulais-tu me voir, mère ? s'enquit le prince, méfiant.

Il refusa le siège qu'elle lui proposait, se tenant à distance.

— Assieds-toi, je te prie, mon fils, dit-elle d'un ton sec.

Lâbâsi-Marduk ne résista pas à l'ordre impérieux qu'elle venait de lui donner. Il prit place de mauvaise grâce.

— Je ne te reparlerai pas de la chasse. Souviens-toi seulement qu'aucun dieu ne veut de mal aux descendants de Nabuchodonosor qui les a servis et honorés par sa grandeur. Sache-le bien ! Quant au cabanon, j'ai ordonné sa destruction.

— Que dis-tu ? De quel droit ? la questionna Lâbâsi-Marduk, bondissant de son siège.

Le visage de Kassaia ne laissait aucun doute sur l'exécution de la sentence.

— Qu'as-tu fait de mon tigre ?

Elle ne répondit pas et le regarda bien en face.

— Plus de cabanon, plus d'animaux !

Lâbâsi-Marduk, d'abord stupéfait, se mit en colère.

— Tu n'as pas osé ?

Kassaia, malgré son irritation grandissante, eut pitié de lui.

— Mon fils, n'envisages-tu rien de plus terrible que la mort de ce fauve ?

— De quoi parles-tu ? dit-il, ébahi.

Elle marqua une pause avant de reprendre :

— ... de la tienne, mon fils.

— Que peut-il m'arriver ? protesta Lâbâsi-Marduk. Je suis l'héritier du trône. Qui oserait s'attaquer à moi ?

— Ton père vieillit, tu le sais, et tu dois lui succéder. Mais on m'a rapporté à ce sujet des propos séditieux qui doivent nous inquiéter. Souviens-toi que ton oncle, Amel-Marduk, a été assassiné...

— Pour quelle raison me rappelles-tu cela ?

— Parce que c'est ce qui se passera si tu continues à te comporter ainsi. Maintenant, plus tard, des hommes voudront t'éliminer.

Il perdit un peu de son assurance.

— Pourquoi voudrait-on m'assassiner ? lança-t-il, sceptique.

— Parce qu'on te croit indigne de succéder à ton père.

Il reçut la critique acerbe de sa mère de plein fouet.

— Que faut-il que je fasse ? demanda-t-il, défait.

— Ne te l'ai-je pas déjà dit ? Tu dois te comporter comme le futur roi. À présent, parlons d'un important projet que j'ai fait pour toi.

Elle marqua un temps d'arrêt, soucieuse de ménager ses effets. Le prince l'écoutait attentivement.

— Il est temps d'assurer la descendance du royaume, dit-elle alors d'un ton emphatique.

— De quoi parles-tu ? redit-il.

— ... de te marier.

— Comment ? s'exclama-t-il, interloqué.

Il s'attendait à bien des propos mais pas à cette soudaine révélation.

— Comme tous les princes l'ont fait avant toi, réponditelle sans la moindre ironie.

« J'ai choisi une jeune fille de la bonne société babylonienne qui te conviendra mieux qu'une lointaine princesse ignorant tout de Babylone.

Certaine du bien-fondé de son entreprise, la reine espérait que ce mariage pourrait l'occuper de meilleure façon.

— Cela ne m'intéresse pas.

Kassaia perdit aussitôt son calme.

— Qu'est-ce qui t'intéresse au juste ?

— Nous en avons déjà parlé, répondit-il sans même avoir conscience de son insolence.

— Je te mets en garde, mon fils, il n'est plus question pour toi d'aller et venir sans te préoccuper de tes devoirs d'héritier. Eh bien, oui nous en avons déjà parlé, mais je me rends compte que tu ne m'as pas écoutée.

— Si.

— Que dis-tu ? s'étrangla la reine.

— Je t'écoute, et je te remercie de ta sollicitude. Mais je ne veux...

— Ne perdons pas notre temps. Dès que j'aurai pris toutes les dispositions nécessaires, j'en informerai le roi.

Bien que le privilège de trouver une épouse pour leur fils revînt au souverain, celui-ci ne pourrait qu'approuver le choix qu'elle avait fait.

— En attendant ce jour, poursuivit-elle pour couper court à toute protestation inutile, je te demande d'accomplir ton devoir. Sous aucun prétexte, tu ne dois manquer d'assister à tous les conseils importants. Et surtout, désormais, tu ne décideras rien sans mon accord. Tu sais de quoi je suis capable, ajouta-t-elle, menaçante.

Il prit l'avertissement au sérieux, se demandant si sa mère irait jusqu'à faire disparaître sa volière. Cette éventualité désastreuse lui paraissait à présent plausible.

Lâbâsi-Marduk, hésitant sur la conduite à tenir, préféra ne pas le contrarier.

— J'y serai, lui répondit-il en se demandant à quoi cette réponse l'engageait vraiment.

— J'ai placé à ton service plusieurs personnes de confiance qui t'aideront dans tes tâches, ajouta la reine, le roi doit savoir qu'il peut compter sur toi maintenant.

« Est-ce que je disposerai encore du temps nécessaire pour prendre soin de mes animaux favoris ? » fut-il tenté d'ajouter. Mais, mis en garde par le ton glacial de sa mère, il comprit qu'il devait faire profil bas. Il la remercia et lui dit ce qu'elle voulait entendre :

— Je serai au service de Babylone, déclama-t-il d'un ton servile.

« Quoi qu'il m'en coûte ! » pensa-t-il aussitôt rageusement.

De nouveau seule, Kassaia rejoignit son petit salon. Sa servante lui apporta des rafraîchissements dont elle avait bien besoin. Son fils repris en main, elle imaginait son propre avenir avec un sentiment de revanche. À ses côtés, elle régnerait sur l'empire. Le moment de l'accomplissement approchait.

Jusqu'à présent, elle avait dû s'effacer devant des hommes, son père ou son mari. Épouse du plus haut personnage de l'empire, elle avait l'impression de détenir moins de pouvoir qu'une femme de la noblesse babylonienne qui pouvait diriger sa maison ou administrer en propre ses terres. C'en était fini.

Dans ses veines courait le sang du plus grand souverain de tous les temps. Les dieux lui seraient favorables.

Rien ni personne n'empêcherait son fils d'accéder au trône. Elle ferait en sorte qu'Iddiyatum perde la confiance du roi. Et ne puisse plus critiquer, avec sa langue de vipère, l'héritier légitime du trône.

Elle ne reproduirait pas les erreurs du passé. Elle serait vigilante. Son frère Amel-Marduk serait encore là si elle avait été plus attentive. Nériglissar, son meurtrier, n'allait pas tarder à disparaître, elle veillerait à ce qu'aucun autre ne puisse agir comme il l'avait fait. Un général trop ambitieux, par exemple.

— 44 —

L'armée triomphante du général s'apprêtait à regrouper les troupes victorieuses pour préparer le retour à Babylone.

Ayant traversé la Cilicie Trachée, elle se dirigeait vers la cité vaincue de Kirshu.

La progression vers la ville fortifiée fut harassante. Le convoi militaire était composé de cavaliers, mais aussi de fantassins, d'esclaves à leur service et de prisonniers. De nombreux blessés ralentissaient la marche. Les chars de guerre qui portaient des hommes en armes passaient mal sur l'étendue rocheuse ; les lourds chariots de matériel se brisaient fréquemment. Il fallait faire halte et mettre les esclaves au travail. Impossible de garder le rythme sans éparpiller le convoi. Nungal veillait sans relâche à toutes les opérations.

Chevauchant à la tête des troupes d'élite, le général aperçut enfin les clartés de la ville.

Les sentinelles babyloniennes poussèrent les lourdes portes en bois de la cité soumise pour leur ouvrir le passage. En y pénétrant, il fut frappé par le calme qui y régnait. À côté de ruines noircies par les flammes se dressaient de belles maisons intactes dont la façade était éclairée par des torches.

Sur sa monture, l'officier responsable de la place forte vint à sa rencontre.

— Je te salue, général ! Tu pourras constater que nous sommes prêts à réunir nos troupes. Suis-moi.

Pendant que l'armée de Nungal investissait la forteresse, ils firent le tour de la ville assiégée. Les vainqueurs de Kirshu avaient méthodiquement remis de l'ordre dans les lieux après la brutalité des combats et les pillages. Plusieurs zones de campement, bien gardées, avaient été délimitées à l'intérieur de la cité et au-delà. Les soldats blessés avaient été rassemblés, et des choix difficiles avaient dû être faits ; ne seraient soignés que ceux qui pourraient supporter le voyage du retour.

Chaque décision avait été prise pour que cette halte se déroule dans les meilleures conditions pour tous. C'était ce que constata le général avec satisfaction.

Les deux officiers mirent enfin pied à terre. Nungal avait un besoin impérieux de prendre du repos.

— Laisse ton cheval ici, général, lui proposa le chef du camp, mon second va s'en charger. J'ai fait préparer quelque chose pour toi.

Nungal lui jeta un regard interrogateur. Un sourire juvénile éclaira le visage de l'officier, strié d'anciennes cicatrices qui trahissaient son âge.

— Suis-moi, général.

Le responsable du camp l'entraîna vers l'une des plus belles bâtisses de la ville, à quelques enjambées de là. Il lui ouvrit la porte.

Nungal pénétra dans une vaste pièce, chauffée par un âtre rond en briques, dont la fumée captive s'échappait par le toit. Il fut agréablement surpris par la bonne chaleur qui y régnait. Sur des divans couverts de fourrure blanche, de jeunes femmes allongées, à peine vêtues, semblaient les attendre.

Avec un plaisir non dissimulé, il les détailla une à une. « Des lieux si enchanteurs sont faits pour l'agrément des dieux », pensa-t-il, anticipant les jouissances à venir.

L'officier s'était retiré ; Nungal s'avança dans la pièce. Une des beautés l'attirait.

Alanguie sur sa couche, sa peau sombre contrastait avec le ton lumineux de la fourrure soyeuse. Se sentant observée, elle se redressa, mettant ainsi en avant sa poitrine ronde et ferme dont on voyait poindre les tétons bruns. Il croisa son regard : elle avait des yeux étirés dont les iris clairs, larges, faisaient ressortir le ton doré de ses pupilles, des yeux semblables à ceux d'un léopard qu'il avait croisé à la chasse. Un trait de khôl noir les entourait. Elle se leva et s'avança vers lui, la main tendue.

Il suivit la jolie créature. Presque aussi grande que lui, elle avait un corps longiligne qui ondulait avec grâce devant lui.

Elle le fit pénétrer dans une salle où un bassin d'eau fumante dégageait une odeur florale. L'ayant dévêtu avec habileté et délicatesse, elle l'invita à prendre place dans le bain parfumé qui l'attendait.

Il s'y immergea avec délice.

Avec un linge mouillé, la jeune femme entreprit de le laver. Légers ou appuyés, ses gestes doux comme des caresses soulageaient son corps douloureux, en le rendant de plus en plus sensible à la sensualité de chacun de ses mouvements. Il laissa le désir l'envahir. Le membre raide, il l'attira à lui. Habile, elle le rejoignit, écartant les jambes à sa rencontre, et s'empala sur son sexe dressé. Il fut saisi par une onde violente de plaisir qu'il maîtrisa pour faire durer plus longtemps l'étreinte.

Bien plus tard, dans une maison qui lui avait été réservée, Nungal s'allongea sur son lit, apaisé et songeur. Il pensait que la déesse Ishtar donnait un peu de son pouvoir à certaines femmes, comme à sa maîtresse Ika. Elle savait, plus qu'aucune autre, provoquer et entretenir son désir. De ses lèvres fermes et douces, elle parcourait son corps, aspirant par moments sa chair pour la relâcher aussitôt. Parfois, il sentait la pointe de ses dents qui le faisait sursauter et préludait à une caresse plus intime...

Détendu et harassé, il s'assoupit.

Des coups sourds provenant des rues de la ville le sortirent à moitié de son sommeil. En entrouvrant les yeux, il imagina voir Laliya qui s'avançait vers lui, gracieuse, souriante, et nue. Elle le rejoignait sur sa couche et se lovait contre lui. Sa peau avait la douceur d'un voile de soie, et sa bouche, la saveur d'un fruit. Il goûtait avec délice sa chair tendre et fraîche. Le désir l'éveilla tout à fait. Mais la raison chassa aussitôt sa rêverie érotique. Il ne pouvait posséder la jeune fille sans la demander en mariage à son père. Ce qu'il n'avait pas prévu de faire. Dans ces conditions, ne devait-il pas l'écarter de sa vie ?

La situation l'embarrassait : ce mélange de charme, d'intelligence et de candeur l'attirait plus qu'il ne l'aurait voulu.

La lumière dorée du jour le rappela à l'ordre. Il n'était plus temps de s'interroger. Il se prépara rapidement et rejoignit le responsable du camp pour organiser le retour.

Villes et campagnes avaient rendu les armes et s'étaient soumises au grand roi de Babylone. Les vaincus, citadins et paysans, avaient payé le lourd tribut exigé par le souverain : des chars, des chevaux, des instruments en airain, des armes en grand nombre, des trônes et des coffres en ébène, des étoffes teintes de safran et de pourpre, des peaux de veaux marins, de l'argent et de l'or, de l'étain et du fer, et des troupeaux de bœufs, de moutons et de boucs aussi nombreux que les étoiles du ciel. La caravane, débordant de butin, avec des milliers de prisonniers, suivrait les troupes victorieuses.

Le chemin qui les attendait serait long, périlleux, car les dieux avaient fait la nature hostile aux hommes.

Les devins, et le roi, avaient eu raison : ils revenaient triomphants de Cilicie.

— 45 —

Malgré des nuits toujours froides, la température de la journée montait graduellement. La fonte des neiges des montagnes anatoliennes avait augmenté le débit du fleuve. L'Euphrate bruissait dans son lit sablonneux sous un ciel plus clément.

Ce fluide de vie participait au renouveau de la Cité. Une nouvelle saison avait commencé. La célébration de la fête de l'Akîtu qui durerait douze jours avait débuté.

Les prêtres avaient ouvert les portes de l'Esagil où trônait la statue du dieu Marduk. Dans les jours qui allaient suivre, rien d'autre ne compterait plus que la célébration du grand dieu qui renouvellerait sa protection sur la Cité.

Tous les Babyloniens attendaient ce moment avec fébrilité.

Se rendant sur les berges du fleuve, Iddiyatum, le Grand Prêtre, accomplit l'un des premiers rituels. Il s'approcha d'un endroit où la rive s'inclinait en pente douce et ôta un à un ses vêtements qu'il remit aux initiés qui le suivaient.

Il s'enfonça lentement dans l'onde.

Quand l'eau fut à portée de main, il en recueillit au creux de sa paume pour se laver soigneusement. Par cette action, il rendait à son corps la pureté qu'il devait avoir pour s'adresser de nouveau à Marduk. Bientôt, des rites de purification allaient avoir lieu dans les temples et les rues de Babylone pour honorer leurs dieux.

Le temps du renouveau était venu.

Le Grand Prêtre, et son cortège d'initiés, regagnèrent l'Eridu, le cœur religieux de la ville.

Où que l'on fût dans Babylone, le regard était irrésistiblement attiré par l'impressionnante ziggurat ; ses sept étages, constitués d'immenses escaliers, menaient au sanctuaire secret de Marduk. D'en bas, on avait l'impression que son sommet perçait les nuages. Le lieu, empreint de mystère, au plus près des dieux, créait un lien magique entre le ciel et la terre.

Après avoir franchi les portes de l'enceinte boisée du temple, Iddiyatum marqua un temps d'arrêt.

L'Esagil, dont la magnificence n'avait rien à envier à celle d'un palais, lui faisait face. La porte sculptée que l'armateur Yasîm leur avait offerte était surmontée d'un toit en cèdre du Liban, soutenu par des chevrons d'argent.

Seuls quelques initiés avaient le privilège d'y pénétrer.

Comme le jour précédent, le Grand Prêtre s'y installa pour adresser ses prières aux dieux.

À l'intérieur, l'immense statue de Marduk était entourée et gardée par celles des autres divinités à son service. Les murs, recouverts d'un voile d'albâtre, révélaient les ors des moulures. La lumière de centaines de petites vasques à huile projetait des reflets d'or sur les statues. L'éclat de leur flamme faisait scintiller leurs socles incrustés de pierres précieuses, dans une danse de couleurs, des tons orangés de nacarat aux tons rouge vermillon de cinabre.

Le jour qui suivit, Iddiyatum réunit devant lui l'assemblée des prêtres du temple pour leur rappeler leur devoir : préparer avec diligence la grande cérémonie de purification du sanctuaire afin de satisfaire pleinement le dieu Marduk.

Le Grand Prêtre n'élevait jamais la voix, et ses ordres – parfois à peine murmurés – étaient scrupuleusement suivis. La confiance renouvelée du roi l'avait rendu encore plus arrogant qu'il ne l'était déjà. De chacun de ses gestes émanait une force impérieuse. Nul officiant n'aurait songé à lui faire répéter ce qu'il disait.

Tout se déroula comme il l'avait ordonné. Les initiés remplirent leurs tâches avec zèle. Pas le plus petit élément du temple qui ne soit parfait.

Les Babyloniens participèrent à leur manière aux rites de purification. Les rues les plus modestes furent nettoyées avec un soin particulier : on avait jeté des récipients d'eau pour en chasser les détritus, puis vidé les rigoles immondes qui s'étaient formées. Les habitants avaient entrepris de réparer les briques de leur maison, fait parfois décorer leurs murs de motifs végétaux ou tendu de nouvelles toiles jaunes ou rouges d'une demeure à l'autre pour créer des zones d'ombre. Dans les quartiers les plus cossus, on sentait comme une atmosphère de compétition : les maisons que l'on avait rénovées se montraient sous leur plus beau jour, et les terrasses s'étaient couvertes de jeunes arbustes.

Quand le soleil rougeoyant illumina le temple de ses derniers rayons, Iddiyatum récita à voix haute l'*Enuma elish*, l'épopée de la Création, qui raconte comment Marduk vainquit les anciennes divinités, créa le monde et les hommes pour servir les dieux.

Au même moment, le peuple de Babylone en liesse s'égaillait dans les rues. Les places où se tenaient habituellement les marchés avaient été transformées en lieux de représentations théâtrales. On rejouait les combats qui avaient mené à la victoire le grand dieu guerrier contre Tiamat et les forces du Chaos.

Le lendemain, aux premiers rayons du soleil, trois hommes se présentèrent devant la porte du parc de Marduk. Ils étaient attendus pour accomplir un nouveau rite de purification.

Le premier, un boucher, ainsi que ses acolytes, portait une tunique recouverte d'un épais surplis en lin.

Il s'avança, suivi de ses deux serviteurs qui transportaient un bélier entravé.

Au bout de la première allée, l'animal fut déposé à terre devant lui. La bête gigotait en blatérant furieusement. Ils l'immobilisèrent. Le boucher brandit sa hachette affûtée d'une main sûre et décapita l'animal en deux coups rapides. La tête, inerte, se détacha du tronc alors que le corps s'agitait encore.

Le boucher s'empara de la dépouille, le premier serviteur ramassa la tête, pendant que le second veillait à ce qu'aucune trace ne souille le sol. Le cortège parcourut toutes les allées jusqu'au seuil du sanctuaire de Marduk. Les prêtres s'écartaient dès qu'ils les voyaient apparaître, car ils ne devaient prendre aucune part à ce rituel expiatoire.

Celui-ci accompli, les trois hommes firent demi-tour et se rendirent sur les bords de l'Euphrate. Le moment était venu de se débarrasser du bélier.

Les passants les observaient de loin, n'osant s'approcher de la dépouille impure du bélier. Ils guettaient ce qui allait se passer, car ce rituel – jeter son corps et sa tête dans l'eau – était le moyen de se débarrasser du mal dont il était devenu dépositaire. Une fois l'animal englouti par les flots purificateurs de l'Euphrate, les mauvaises actions du peuple de Babylone disparaîtraient avec lui. La violence – dont les meurtres faisaient partie – serait effacée.

Dès que le petit groupe s'éloigna des abords de l'Euphrate, les quais furent à nouveau envahis par les habitants de l'ouest de la Cité qui voulaient traverser à tout prix le fleuve les séparant des beaux quartiers. Tout ce qui pouvait voguer était pris d'assaut : couffes[1], radeaux, barques et barcasses... On se bousculait sans vergogne, s'invectivant sans méchanceté. Quand un hurlement angoissé se fit entendre.

Un cadavre flottait dans l'eau boueuse.

1. Bateaux ronds en forme de paniers.

— 46 —

Après une nuit bruyante, faite de musique, de chants et de libations, un étrange silence semblait planer sur la ville. On n'entendait plus que le pépiement des oiseaux venant des jardins des belles maisons. Chacun se préparait à vivre une nouvelle journée de fête.

Laliya s'apprêtait à sortir.

Aujourd'hui, Nabû, le dieu de la Sagesse et de l'Écriture, allait rejoindre Marduk, son père, dans son sanctuaire. Sa statue, transportée de la ville voisine de Borsippa par le fleuve, parviendrait à l'Esagil dès que le soleil atteindrait le haut du ciel. Le quai d'accostage avait été aménagé pour l'occasion. Celle-ci serait placée sur un char et escortée jusqu'au temple par la Voie processionnelle. À ce moment-là, la statue ne serait plus une simple effigie du dieu mais le dieu lui-même, présent parmi eux, acclamé par une foule pleine de ferveur.

Comme pour chaque nouveau cycle des saisons, Laliya allait descendre jusqu'au canal pour voir arriver en barque le dieu Nabû. Elle s'était préparée sans joie, revêtant pour l'occasion une sobre tunique de lin grège et un voile qui lui couvrait les épaules. Elle avait arrangé ses longs cheveux sous un turban assorti à l'étoffe. Elle ne portait aucun bijou.

D'ordinaire, le scribe l'accompagnait, mais pas aujourd'hui. C'était à un voisin que cette tâche incombait. Plus grand que la moyenne, un torse et des bras aux muscles saillants, son faciès de buffle n'incitait personne à lui chercher querelle. Son physique imposant écarterait les importuns.

Laliya ne partageait pas l'euphorie de la foule qui avait commencé à envahir à nouveau les rues de la Cité. Peu lui importaient les rires et les chants des enfants. La tristesse ne l'avait pas quittée depuis son départ. Si le chagrin ne ternissait pas la beauté de son jeune visage, des cernes bruns sous ses yeux altéraient son incarnat parfait.

En s'éloignant du quartier de Kullab, il devenait difficile de se frayer un chemin à travers Té-é, car les rues étaient encombrées par des grappes compactes de Babyloniens surexcités. L'homme, attentif à ce que personne n'importune Laliya, tournait constamment la tête pour veiller à ce qu'elle marche dans ses pas.

Ils longèrent ensuite un canal en direction du quartier de Su-an-na quand des voix aiguës attirèrent l'attention de Laliya. Elle se retourna. D'où elle était, elle ne vit d'abord qu'une large pièce de tissu s'envoler, puis une autre… Un groupe de femmes se chamaillaient devant une échoppe. Une scène distrayante. Laliya fit halte, intriguée. Elle avait envie de rester là un moment, ce qui n'était pas du goût de l'homme à tête de buffle qui lui fit signe de se dépêcher. Elle décida de l'ignorer.

Observant à nouveau la drôle de scène, elle aperçut une femme qui tirait en arrière son enfant pour les éviter. Stupéfaite, elle reconnut Hazalâ.

Son cœur se mit à battre à tout rompre.

Aucun doute possible. *Son* Hazalâ tenait un petit garçon par la main. Laliya voulut s'élancer vers elle. À peine avait-elle fait un pas en avant que l'homme la rappela à l'ordre en la retenant par le bras : elle ne devait en aucun cas s'écarter de lui. Elle vit la femme et l'enfant s'éloigner et disparaître de sa vue.

En proie à une violente émotion, elle prétexta un malaise pour demander à rentrer chez elle. Elle espérait que le dieu Nabû ne lui en tiendrait pas rigueur.

Le trajet de retour fut laborieux. Les Babyloniens allaient et venaient dans le plus grand désordre. Laliya aurait voulu s'écrouler sur place – qu'on la piétine – pour pouvoir hurler sa colère et sa douleur. Mais ses pas la ramenaient inexorablement chez elle.

Dans le calme et le silence de sa maison, qui contrastaient avec les bruyantes manifestations de joie environnantes, elle alla s'asseoir sur le banc du jardin pour calmer son émotion et réfléchir.

Elle devait trouver une explication non seulement au départ précipité d'Hazalâ, mais aussi au fait que celle-ci n'avait jamais cherché à la contacter. La raison d'un tel comportement devait être impérieuse.

« Se serait-elle enfuie parce qu'*il* l'avait agressée ? » Cette hypothèse lui parut brusquement plausible.

Entre dégoût et rage, elle eut soudain la certitude d'avoir tout compris : son père avait dû abuser d'Hazalâ, c'était la raison pour laquelle elle s'était enfuie, laissant le bracelet en guise de témoignage de son affection. L'enfant devait être son frère.

— 47 —

La procession du dieu Nabû avait traversé la ville en grande pompe et atteint l'Esagil.

Iddiyatum attendait, debout, au seuil du temple. Une forte odeur de cèdre émanait de la lourde porte, nettoyée et enduite pour l'occasion. Le Grand Prêtre était imposant dans sa tenue d'une sobriété toute relative : les surplis de son manteau, brodés ton sur ton, retombaient sur une tunique en fibre de lin finement tissée. Deux anneaux d'or encadraient une figure mate aux traits sculptés. La sévérité de son visage était adoucie par une bouche charnue. Il s'avança vers ceux qui portaient l'imposante statue. Un des rites majeurs allait se dérouler ici.

Iddiyatum ferait en sorte que cette cérémonie, celle de l'humiliation du roi, au cœur de la fête de l'Akîtu, se déroulât parfaitement. Ce rituel essentiel, immuable, devait rappeler aux hommes que les dieux seuls détenaient le pouvoir de vie et de mort sur les humains. Ce n'est qu'après avoir assisté à la mortification du plus puissant d'entre eux, le souverain de Babylone, que les dieux daigneraient lui redonner sa place et protéger son royaume.

Le rite qui allait suivre était violent.

Le roi devait rejoindre seul le Grand Prêtre à l'intérieur du sanctuaire de Marduk. Tout d'abord, il se dépouillerait de ses insignes royaux : son sceptre, sa tiare et sa masse d'armes[1]. Redevenu simple mortel, il serait alors prêt à se soumettre à son maître divin.

Le Grand Prêtre le giflerait en son nom, guettant les larmes de souffrance qui couleraient de ses yeux. C'est à ce prix que le roi donnerait la preuve de sa totale soumission. Il s'agenouillerait ensuite, se laissant tirer par l'oreille jusqu'à la statue. Puis il prierait à haute voix le grand dieu de lui accorder son pardon pour toutes ses imperfections : « Ô seigneur des terres de Babylone, je n'ai pas été négligent envers ta divinité. Je n'ai pas ébranlé l'Esagil par mes péchés ni oublié ses rituels. Je n'ai pas injustement humilié qui que ce soit. J'ai pris soin de Babylone... »

Ainsi, une fois de plus, la cérémonie se déroula, dans le strict respect de la tradition.

Par son attitude, par ses mots de repentir, Nériglissar obtint sa nouvelle légitimité, sous la protection bienveillante de Marduk.

Demain, sa statue et celle de Nabû quitteraient la demeure du dieu des dieux pour être conduites dans un autre temple bâti entre les deux murailles où une cérémonie de divination aurait lieu.

L'armateur qui avait assisté à l'arrivée du dieu Nabû n'avait pas le cœur à se réjouir. Il parcourait les rues sans se mêler aux débordements. Il ressassait ses mauvais souvenirs, repensant à la geôle où il avait croupi durant plusieurs jours. Mais il n'avait pas envie de rentrer chez lui.

Il s'arrêta pour boire.

En ces temps de fête, les tavernes étaient plus que jamais des lieux de réjouissance. On y parlait à voix forte, on se promettait des merveilles, on louait l'avenir qu'on imaginait radieux. La bière coulait à flots.

1. Arme contondante, symbole de son pouvoir.

L'établissement qu'il avait choisi était bondé. Il eut du mal à trouver une place qui lui convienne et dut mettre la main à la poche pour faire déplacer deux hommes ivres. Il s'assit sur la natte en raphia et, s'emparant d'un chalumeau filtrant – une longue paille de roseau –, il puisa la bière d'orge épaisse dans la jarre enfoncée dans le sol.

Le liquide ne le désaltérait pas mais embrumait peu à peu sa tête. L'alcool lui donna d'abord un sentiment d'exaltation : maintenant qu'il faisait partie d'une conspiration, Babylone devrait demain compter avec lui !

Il aspira de nouvelles gorgées de bière. Son esprit dériva. De sa tête à sa ceinture. Son regard s'attarda sur l'un des clients en pleine fornication, il eut envie d'en faire autant. La prostituée, ronde à souhait, continuait à boire tranquillement pendant que l'homme s'enfonçait dans sa croupe offerte, avec de grands ahanements.

Mais l'ivresse fut plus forte que son désir. Il continua à boire jusqu'à en avoir la nausée.

Au petit matin, Yasîm s'extirpa de l'endroit pour rentrer enfin chez lui.

Il se leva, chancelant, et se dirigea vers la sortie. Il heurta deux individus qui discutaient entre eux.

— Encore un drôle de meurtre, disait celui qui ressemblait à un marin.

— Tu parles de quoi ?

— Je te parle du cadavre sans yeux qu'on a repêché dans l'Euphrate.

Il haussa les épaules et le tira par le bras vers le fond de la taverne.

— Arrête de parler. Buvons !

Yasîm s'éloigna. Il ne crut pas un seul mot de ce qu'il venait d'entendre. L'affaire était close, et il voulait oublier tout ce qui pouvait se rattacher aux meurtres.

Il regagna sa demeure en prenant soin d'éviter la foule qui convergeait vers les voies où passerait bientôt l'équipage royal. La tête lui tournait. Il n'aspirait plus qu'à être tranquille.

— 48 —

Le jour s'était levé. Le soleil dardait ses rayons sur les murailles et les murs de Babylone, éclairant la ville comme des milliers de torches.

Une foule dense avait pris possession de la Voie processionnelle. Nombreux étaient les Babyloniens qui s'y étaient donné rendez-vous. Ils voulaient célébrer leur roi qui les avait rendus fiers d'appartenir à cette puissante cité.

Debout sur son char, Nériglissar, paré de sa tiare d'or, de son lourd manteau à basques et des insignes du pouvoir, traversait la ville sous les acclamations ferventes de son peuple. Le roi ne laissait aucune pensée néfaste ternir ce moment de plénitude. Des familles entières suivaient bruyamment la procession, criant des incantations et des prières. Beaucoup d'enfants couraient pour continuer à voir le char étincelant le plus longtemps possible.

Quand le souverain atteignit le temple entre les deux murailles, tout avait été préparé pour le recevoir. Iddiyatum, accompagné des prêtres initiés, avait fait déposer les deux statues de Marduk et de Nabû au centre de l'édifice, dans un sanctuaire éclatant de lumière ; la flamme des torches se reflétait sur le sol dallé.

Marduk, le dieu suprême, révélerait bientôt aux devins ce qu'il adviendrait de Babylone lors de ce nouveau cycle des saisons. Et Nabû, le scribe de l'Univers, permettrait aux scribes de transcrire la divination sur des tablettes.

Le roi prit place sur un trône recouvert d'étoffes pourpres. L'ombre bienfaisante du lieu lui permit de récupérer un peu de force. La journée avait été longue, éprouvante pour ce guerrier dont le corps ne répondait plus comme par le passé.

Il redoutait ce qu'il allait apprendre.

Lorsque les rayons mordorés frappèrent le centre de la vaste pièce, le Grand Prêtre s'avança vers le souverain pour lui remettre la tablette qui venait d'être gravée.

Le regard de Nériglissar glissa sur la dictée des dieux avec un sentiment d'impatience et de crainte.

Les signes anguleux, serrés, révélaient des périodes de révoltes et de paix, louaient les récoltes de grains à venir, annonçaient le déchaînement des vents de sable, promettaient la fertilité des palmeraies et des fruits si précieux qu'elles abritaient, et l'avertissaient d'une période de fureur et de sang comme Kâpi, le devin de Babylone, le lui avait déjà prédit. Les mots qui retinrent son attention étaient terribles : « *L'enfant qui tète le sang de sa mère souillera de ses viscères les fleurs de Médie.* »

Le roi reposa la tablette et médita.

Au palais, il la ferait relire à haute voix par le scribe royal. Si sombre que soit le message divin, il voulait se persuader qu'il saurait écarter les mauvais présages. N'était-ce pas la raison pour laquelle les dieux le mettaient en garde ? C'était ce qu'il voulait encore croire.

La fête de l'Akîtu se termina avec autant de ferveur qu'elle avait commencé.

La Cité avait déjà oublié les sombres jours.

Le Grand Prêtre se félicitait de ses excellentes relations avec le souverain. Les cérémonies s'étaient déroulées à la perfection.

La nouvelle saison laissait prévoir de belles réussites. Les pluies avaient empli les réserves d'eau. L'Euphrate gonflé dans son lit alimentait les canaux de son fluide vital. Les champs d'orge promettaient d'abondantes récoltes.

Tous attendaient le retour triomphant de leurs armées. La victoire en Cilicie augurait bien de la continuité du rayonnement de l'empire.

À une semaine du retour du général Nungal, chevauchant vers Babylone, le peuple chantait déjà ses louanges.

— 49 —

L'air avait gardé la fraîcheur de la nuit. La paisible maison du scribe sentait le pain chaud. Laliya qui venait de se lever n'aurait voulu penser qu'au prochain retour de Nungal, auréolé de gloire. Mais voir Hazalâ à la fois si proche et si loin d'elle l'avait perturbée. Il fallait qu'elle la retrouve à tout prix.

Guettant le départ de son père, elle descendit dans la salle d'étude pour y fouiller de nouveau l'impressionnante bibliothèque à la recherche d'informations. Les tablettes d'argile gravées, grandes ou petites, étaient parfaitement ordonnées.

Une par une, avec précaution, elle les attrapait, les regardait puis les remettait aussitôt en place. Elle cherchait un indice pour trouver le lieu où habitait Hazalâ. Elle savait que parmi les textes savants se trouvaient des tablettes consacrées à sa famille.

Absorbée par sa tâche, elle n'entendit pas son père approcher ; il était rentré plus tôt que prévu.

Sa voix déchira l'air :

— Qui t'a autorisée à consulter ces tablettes ?

Elle sursauta, interrompant maladroitement son dernier geste.

— Inutile de répondre. Je devine ce que tu es en train de faire. Sache que c'est vain.

Laliya se retourna et le regarda sans ciller.

— Qu'est devenue Hazalâ ? l'interrogea-t-elle d'un ton poignant.

— En quoi cela te concerne-t-il ? répliqua-t-il avec mauvaise foi.

— Parce qu'elle est ma tante, que je l'aime, et qu'elle m'aimait aussi.

— Quelle déclaration touchante, se gaussa le scribe. Ma belle-sœur n'avait plus rien à faire ici.

Sa réplique sarcastique heurta Laliya, mais ne l'arrêta pas.

— Je l'ai vue pendant l'Akîtu, accompagnée d'un enfant, près du canal principal, dit-elle en exhibant sous son nez la tablette de la demande d'adoption dont elle venait de s'emparer. Qu'est-ce que je dois comprendre ?

Il tenta d'esquiver le sujet :

— J'ai peu de temps, ma fille. Cette conversation est inutile.

Laliya chercha dans son visage l'ombre d'un remords. Il lui avait menti depuis tout ce temps.

— Que s'est-il passé ? ne put-elle s'empêcher de crier d'un ton accusateur.

Le scribe, qui ne jugeait pas le moment opportun pour lui donner une quelconque explication, lui répondit à contrecœur :

— La situation ne lui convenait plus. Elle a préféré s'en aller. Voilà l'histoire.

— Je ne te crois pas.

Son père blêmit.

— Tais-toi ! fulmina-t-il. Je ne veux plus t'entendre. La conversation est terminée. Sors de cette pièce !

— Tu dois me dire la vérité, insista-t-elle, véhémente.

Il prit un air outré. En observant le visage de sa fille, il avait compris qu'elle était persuadée de tout savoir.

— Comment as-tu osé ? T'en prendre à une femme sans défense ? lui lança-t-elle, la voix cassée.

L'accusation tomba comme un couperet. D'un geste irréfléchi, le scribe s'empara de la tablette de l'adoption que Laliya avait déposée sur la table, à côté de lui, et la jeta par terre où elle se fracassa.

— Voilà ma réponse. Je ne veux plus rien à voir avec cette *affaire*. Je te conseille d'en faire autant.

La violence de son père interloqua Laliya. C'était ainsi qu'il était vraiment.

— Le passé est le passé, ajouta-t-il, péremptoire. Pense à l'avenir qui s'ouvre devant toi ; cela seul compte. Quand tu seras calmée, tu viendras me présenter tes excuses.

Il avait un air intraitable qu'elle ne lui connaissait pas.

— Tu vis sous mon toit. Je te protège et te nourris. Tu me dois respect et obéissance. À présent, le cours des choses va changer. J'ai fait en sorte de préparer pour toi un destin exceptionnel. Nous en parlerons dès que tu seras revenue à la raison.

« Une fille doit obéissance à son père.

Laliya ravala ses larmes. À quoi faisait-il allusion ?

Elle n'avait pas envie de le savoir. Le mépris qu'elle éprouvait pour lui en cet instant dominait son cœur. Il ne lui inspirait pas seulement de la colère, mais une cruelle déception.

— 50 —

Babylone n'était plus qu'à une demi-journée de route. La nuit était tombée sur les grandes étendues caillouteuses de l'ouest de l'Euphrate. Sous un ciel piqueté d'étoiles, de grands feux crépitaient dans le campement de l'armée babylonienne. Non loin des tentes hâtivement montées pour la dernière fois, les soldats avaient parqué les chevaux et les esclaves au service de la troupe.

Nungal se tenait devant sa tente, laissant le désordre s'installer sans intervenir. Ses soldats fêtaient leur retour après de nombreux mois d'absence et de lutte. Avant de retrouver leur famille, c'était le fait d'être en vie qu'ils célébraient.

Dans une pagaille inhabituelle s'élevaient d'immenses feux de joie. Les soldats brûlaient à grandes brassées les précieuses réserves d'herbes sèches et de broussailles ramassées le long de l'Euphrate. Ils jetaient les boucliers en osier dans les flammes.

Un caravanier avait amené de la ville des prostituées, excitées à l'idée de voir les vainqueurs de la Cilicie, et leurs richesses – les pillages ne profitaient pas qu'aux rois. L'alcool coulait à flots. Les femmes buvaient de la bière que les soldats avaient déversée dans leurs casques en bronze. Elles dansaient nues autour du feu. L'une d'elles paradait, sanglée dans une cuirasse de cuir. Des cris et des rires fusaient de toutes parts. Le regard de Nungal glissa sur la poitrine dorée par les flammes d'une danseuse au corps gracile… La vue de ses seins délicats raviva en lui le désir inassouvi qu'il avait pour Laliya. Ne l'avait-il pas imaginée, offerte, cédant pour la première fois sous ses caresses ?

Il fit le tour du camp. Sa silhouette haute était connue de tous. Il avait la démarche rapide et fluide d'un félin. On murmurait qu'il possédait les qualités d'un lion : puissant dans ses attaques, prompt à la détente, c'était un guerrier redoutable.

Quelques soldats s'étaient endormis à même le sol, abrutis par leurs libations. Nullement dérangés par les hurlements des groupes qui les enjambaient, ils ronflaient lourdement.

Nungal s'assura que les hommes de garde patrouillaient bien.

Il regagna enfin sa tente, épuisé. Lui qui avait résisté aux épreuves de la guerre, à la soif, au terrible vent de sable se demandait quelle place il aurait demain, sédentaire, dans la Cité.

Dehors, le brouhaha s'était intensifié : des chants éraillés couvraient les éclats de rire et les gémissements des prostituées. Nungal, à l'écart de ces débordements, comprenait ce défoulement sauvage. Plus qu'une nuit, et il reprendrait le cours de son existence. Il avait ordonné à la troupe de réserve de veiller à ce que tout soit rentré dans l'ordre au petit matin.

Ces dernières semaines lui avaient paru aussi longues qu'une vie entière. Une vie qui lui convenait.

Malgré le vacarme qui s'amplifiait aux quatre coins du camp, il s'endormit.

Aux premières lueurs de l'aube, rien ne subsistait des excès de la nuit.

Alors que le convoi se remettait en ordre de marche, un messager transmit au général une tablette venant du roi. Le souverain le pressait de venir au palais pour le rencontrer. Nungal craignit qu'il ne fût au plus mal.

— 51 —

Alors que Nungal, à la tête des troupes d'élite, arrivait en vue des remparts de Babylone, un sentiment de puissance s'empara de lui. Les fortifications aussi inviolables que majestueuses proclamaient la domination de l'empire dont il était l'un des glorieux artisans.

Entre les remparts extérieurs et les murailles intérieures, les armées chevauchèrent à travers les magnifiques palmeraies pour atteindre la porte d'Ishtar. Des huit portes qui permettaient de pénétrer dans la Cité, celle d'Ishtar, dédiée à la déesse de l'Amour et de la Guerre, était incontestablement la plus somptueuse. Les dragons et les taureaux reprenaient vie sous la lumière du soleil montant. Les briques émaillées étaient d'une couleur bleue si intense, qu'on pouvait s'imaginer qu'elles avaient été recouvertes de lapis-lazuli. Les abords étaient envahis par une foule en liesse, massée là pour acclamer le retour des troupes victorieuses.

Après avoir franchi la porte d'Ishtar, l'armée de Nungal fut accueillie par une population encore plus dense et plus bruyante. Des ovations se mêlaient aux chants de victoire. Les soldats s'engagèrent dans la Voie processionnelle ; les Babyloniens s'écartèrent à regret pour laisser passer leurs héros.

Quand les troupes se divisèrent, Nungal confia sa monture à l'un de ses hommes et marcha seul, à grands pas, vers l'entrée principale du palais où le roi l'avait convié. Il se demanda encore une fois ce que signifiait l'urgence avec laquelle Nériglissar lui avait intimé de venir.

Les sentinelles le reconnurent et saluèrent son retour. Traversant la première cour sous leurs murmures élogieux, il rejoignit la grande galerie qui reliait les différents bâtiments du palais. Les galeries extérieures, telles des coursives, étaient rarement désertes. Serviteurs et fonctionnaires se croisaient là sans se regarder, préoccupés par les nombreuses tâches qui les attendaient. Nungal venait d'atteindre le long couloir décoré de frises d'arbres stylisés. À intervalles réguliers, des vasques posées sur des socles en bronze consumaient l'huile en projetant quelques flammèches rougeoyantes sur les murs. Une autre galerie plus vaste que la précédente le mena à la cour d'honneur.

Il contourna l'imposante fontaine d'où jaillissaient des gerbes d'eau dont il apprécia la fraîcheur bienfaisante. L'escalier monumental menant au bâtiment royal se trouvait devant lui.

Nungal gravit les marches comme on gravit une montagne. Vers le sommet ! Entre gardes royaux et statues des dieux, un couloir richement décoré conduisait à la salle du trône. Le bruit de ses pas résonnait sur le sol dallé. Les fresques peintes le long des murs paraissaient douées de vie : Tiamat, la déesse de la Mer, soulevant une armée de monstres contre Marduk, semblait plus menaçante que jamais. Mais le dieu guerrier l'avait vaincue, comme lui, Nungal, avait terrassé les ennemis de Babylone.

Le jeune général accéda enfin à la salle du trône. Une salle si vaste qu'elle aurait pu contenir un quartier de la Cité.

Les vasques d'où provenait la lumière paraissaient s'égrener le long de la travée centrale. Alors que les murs s'étiraient dans les zones d'ombre, leur clarté traçait un chemin aux contours nimbés d'or vers le trône. Le roi, vêtu d'une tunique longue recouverte d'un châle drapé aux pans arrondis bordés de longues franges, portait une coiffe ouvragée faite de cuir et de plaques d'or. Tout autour, on devinait à peine les tentures et les meubles précieux qui impressionnaient tant les visiteurs étrangers.

Nungal s'approcha du souverain et s'inclina très bas. En relevant la tête, il fut frappé par son expression de lassitude : deux sillons qui creusaient son visage de part et d'autre de sa bouche lui donnaient un air morne. Nériglissar lui sembla avoir brutalement vieilli.

— Bienvenue à toi, Nungal. Ta réputation a précédé ton retour. Nul n'ignore à Babylone que j'ai dans mon armée le plus vaillant des soldats. Prends place.

Lorsque le souverain lui désigna un siège qu'il avait fait déposer devant lui, le jeune général mesura l'honneur qui lui était réservé.

— J'ai de grands projets pour toi, Nungal, dit le roi en le dévisageant avec bonté. Pour assurer ta fortune, je t'ai réservé des terres dans les enceintes extérieures : la palmeraie du Tigre et des champs d'orge.

Nungal ne s'était pas préparé à un tel cadeau.

— Je connais ta valeur, ton aide me sera précieuse, dit-il en le fixant longuement.

Le jeune général avait fait ressurgir en lui son glorieux passé. N'avait-il pas été – *n'était-il pas* – l'un des bâtisseurs du plus grand des empires aux côtés de Nabuchodonosor II ? Il éprouva une irrésistible envie de partager quelques mémorables souvenirs avec lui.

— T'ai-je raconté le dernier jour de la prise de Jérusalem ? l'interrogea-t-il, impatient de lui relater sa victoire, trente ans plus tôt.

Sans attendre la réponse, Nériglissar se mit à évoquer à haute voix le siège qui avait eu raison de ce peuple insoumis.

— Le roi de Juda, Sédécias, s'était mis en tête de s'allier avec l'Égypte... Quelle arrogance !

La voix du souverain résonnait sous la voûte immense. Il avait repris la parole, empreint de la même fougue qu'autrefois.

— Sédécias croyait pouvoir nous menacer ! Il fallait mettre un terme à cette folie et montrer à tous ce qu'il en coûte de *nous* trahir. La ville a résisté huit mois...

Il se redressa, un peu haletant.

— Nous avons investi Jérusalem ; nous avons pillé, incendié chaque maison : ça crépitait de tous les côtés ! Le bruit des brasiers, les armes, les cris...

Il remua la tête. Les flammes des lampes à huile se reflétèrent fugacement dans ses yeux. Sans doute les confondit-il un bref instant avec la vision de l'incendie qu'il décrivait.

Nungal l'écoutait, attentif. Il connaissait bien le récit de cette remarquable victoire, mais en l'entendant de la bouche de Nériglissar, les faits de guerre prenaient une autre dimension.

— La reddition a suivi. Le Temple de Jérusalem a été réduit en cendres. C'est la dernière image que Sédécias a vue, après qu'on eut égorgé ses fils. Mais nous ne l'avons pas tué, nous lui avons crevé les yeux. Nous l'avons enchaîné, placé en tête des prisonniers du royaume de Juda. Il fallait qu'il vive pour montrer à tous le prix de la déloyauté.

Le général acquiesça. Il connaissait le tribut payé par les vaincus.

— J'ai donné l'ordre d'achever les blessés, poursuivit le roi, fier et impitoyable. Il ne servait à rien de laisser agoniser tous ces Judéens.

Il manifesta son approbation. Il admirait sans réserve le vieux souverain. Et ce glorieux roi avait voulu que lui, Nungal, dirige les armées de Babylone. S'il était conscient de sa valeur, il était loin de deviner que Nériglissar voyait en lui plus qu'un général remarquable, un fils comme il aurait aimé que fût Lâbâsi-Marduk.

— Le retour de Jérusalem a été aussi long et aussi pénible que celui de Cilicie, continua le souverain en regardant Nungal sans masquer son admiration. Les dieux savent ce qu'il faut savoir, conclut-il curieusement.

Nungal vit les traits du roi s'adoucir, puis perdre peu à peu toute expression. Ce qui provoqua en lui une funeste impression. La fortune que Nériglissar venait de lui octroyer ressemblait fort à un héritage avant l'heure.

— J'ai encore beaucoup de choses à te dire, murmura-t-il d'une voix plus faible.

Le souverain fit un signe, et aussitôt deux esclaves vinrent dresser une table à leurs côtés. Ils y déposèrent un plateau d'or couvert de gâteaux fourrés de dattes, de raisin, de figues et de pommes, et un pichet en céramique contenant de la bière parfumée au miel avec deux gobelets en terre vernissée, décorés de joncs.

Le roi ne toucha à rien, mais insista pour que le jeune général goûtât chacune des douceurs qui avaient toutes une forme et une saveur différentes.

— Assez de souvenirs. Parlons du présent ! Tu as appris l'art de la guerre, il te faut maintenant apprendre l'art de la politique...

Le dernier mot alerta Nungal. Il se demanda ce qui allait suivre. Mais il y eut un bref silence. Il vit le roi porter la main à sa poitrine, en proie à une violente douleur ; il inspira bruyamment avant de reprendre la parole :

— Voici ce que je voulais te dire. Je vais donner un grand banquet pour remercier les dieux de ton retour et fêter la victoire de Babylone. J'y convierai tous ceux qui ont vaillamment participé à la soumission de la Cilicie. J'ai décidé de montrer en quelle estime je te tiens...

« Je connais ta valeur, ton aide me sera précieuse, dit-il en le fixant longuement. Je veux que tu prennes d'autres charges à mes côtés.

— 52 —

Après avoir pris congé du roi, Nungal se dirigea vers la salle d'armes pour rencontrer son second, dont il demanderait bientôt la promotion. En longeant la galerie pour s'y rendre, il fut arrêté par une voix qu'il connaissait bien :

— Général Nungal, je te retrouve enfin ! Comptais-tu faire un détour par les appartements royaux ?

Il reconnut la silhouette d'Ika. Agréablement surpris, il alla à sa rencontre. Plus séduisante que jamais, la jeune femme portait une tunique grège bordée de rouge. Sa taille étroite mettait en valeur une poitrine haute et ferme.

Elle se serra contre lui sans aucune gêne.

— Tu peux m'embrasser, Nungal, nul ne nous verra, ici. Les gardes sont de l'autre côté de la porte.

Elle se mit sur la pointe des pieds et appuya ses lèvres sur les siennes.

— Un peu d'ardeur…, chuchota-t-elle, provocante.

Nungal profita de ce moment imprévu. Il savait combien le présent était précieux. Il l'étreignit sans réserve, glissant les mains sous sa tunique pour caresser ses seins nus, fermes et doux, parcourut de ses lèvres son cou et son visage. Puis il la repoussa avec douceur.

— Quand te verrai-je enfin ? demanda-t-elle d'un ton badin.

— Bientôt, répondit-il évasivement, malgré le désir qu'elle venait d'éveiller en lui.

— Ce n'est pas une réponse, ma bouche se languit de ton goût, murmura-t-elle en effleurant son membre durci de la main. Je pourrais te rendre visite demain...

— Demain, oui, chez moi, acquiesça-t-il, sans résister plus longtemps.

Lui adressant un sourire d'adieu, il s'éloigna rapidement en direction de la salle d'armes. L'entretien avec le roi n'avait pas été à son terme, et il était troublé par la rencontre avec sa maîtresse. Pensif, il ne vit pas l'homme qui avançait vers lui à grands pas.

Tahar, l'architecte en chef de Babylone, venait de quitter une réunion importante sur l'état des remparts. Quand il arriva à sa hauteur, il constata que le visage du jeune général s'était endurci. Il avait un regard grave et altier.

— Quelle joie de te revoir, Nungal ! Nous sommes tous fiers de compter à la tête de nos armées des hommes courageux et intrépides. La gloire de Babylone, et celle du dieu Marduk, se répandent aussi loin que nos montures peuvent aller.

Il ne s'était pas attendu à croiser si tôt cet homme pour qui il éprouvait de l'affection.

— Je te salue, Tahar. Je comptais aller te voir prochainement. Comment va ta famille ? s'enquit-il d'un ton chaleureux.

L'architecte dévisagea Nungal avec sollicitude.

— Ma fille attend un enfant, et mon fils est parti étudier la science des astres auprès d'un maître à Uruk, lui répondit-il d'une voix affable. J'y ai fait un bref séjour.

— Te voilà un père heureux, et fier !

— Oui, oui. Comme ton père le serait de toi...

— Je ne suis qu'un humble serviteur de l'empire, répondit-il sobrement.

L'architecte lui sourit franchement.

— Écoute, Nungal, de nombreux événements ont eu lieu pendant ton absence, il faut que je te révèle certaines choses.

— De quoi veux-tu me parler ?

— Accompagne-moi. Anya, mon épouse bien-aimée, sera enchantée de te voir. J'ai à te parler de l'avenir de Babylone et de la succession du roi, dit-il en baissant la voix.

— Je serais heureux d'aller chez toi, Tahar, mais le moment ne s'y prête pas. Je viens juste d'arriver...

L'architecte lui fit un signe d'assentiment, cependant il tenait à ce que le général n'apprenne pas par d'autres ce qu'il avait l'intention de lui révéler.

— Bien. Accorde-moi seulement quelques instants, suis-moi..., lui dit-il, désignant d'un geste un endroit situé entre les colonnes et une rangée de palmiers. Là où ils n'attireraient pas les regards.

S'étant assuré d'avoir toute l'attention de Nungal, il lui confia à mi-voix :

— Je sais, mon fils, que, tout comme moi, tu te préoccupes de l'avenir de la Cité. Le roi est malade, ce n'est plus un secret...

— Je viens de rencontrer le souverain. Son état de santé ne l'empêche pas de régner, répliqua-t-il. Comme il l'a toujours fait.

Tahar ne changea pas de sujet pour autant. Il devait l'informer de la situation politique délicate dans laquelle se trouverait Babylone à la mort de Nériglissar.

— Parlons sans détour. Lâbâsi-Marduk ne peut, ne doit pas succéder à son père. Nous devons y réfléchir. Dès maintenant.

Malgré sa réticence, Nungal le laissa continuer.

— Le prince, loin de se distinguer par de quelconques talents, s'illustre par des actions contraires au bon sens. Rien ne le prédestine à devenir roi.

« Ça, tu le sais ; nous le savons tous !

S'il cherchait son approbation, il fut déçu. Nungal ne dit rien.

— L'empire babylonien a besoin d'un homme fort et avisé à sa tête, reprit l'architecte, un homme qui sera à même de poursuivre l'œuvre de Nabuchodonosor.

Nungal se douta alors de qui il s'agissait, mais il voulut l'entendre dire par Tahar.

— De qui parles-tu ?

— De Nabonide, répondit-il sans hésitation.

Cela confirmait la supposition de Nungal. Il connaissait bien l'ambition de la famille de Bel-sar-usur.

Prenant son manque de réaction pour un assentiment, l'architecte lui en révéla davantage :

— Nous souhaiterions réunir ceux qui veulent protéger Babylone d'un règne qui la conduirait à sa perte : un haut dignitaire du palais, quelques marchands et négociants importants, et d'autres notables que je te présenterai. Ensemble, nous devons agir sans plus tarder...

« Seras-tu des nôtres ?

— Je ne pourrai m'y rendre, fut sa réponse.

Nungal avait compris ce que sa présence impliquait. « Voilà ce que Tahar veut savoir : dans quel *camp* vais-je être ? »

C'était une question à laquelle il ne pouvait répondre. Il soutenait le roi et ne croyait pas à l'urgence de s'intéresser à l'héritier, pour le moment. Il pensait aussi à son propre avenir.

— Garde en tête ce que je t'ai dit, et prends le temps d'y réfléchir plus avant, ajouta l'architecte. Mon cœur se réjouit de t'avoir rencontré dès ton arrivée.

Nungal remercia Tahar d'un signe de la tête et le quitta.

L'entretien avec le souverain, ses rencontres inattendues avec Ika puis Tahar le forçaient à des réflexions qu'il aurait voulu différer. Il ne s'était pas attendu à un tel retour dans la Cité.

Il n'aspirait plus qu'à rentrer chez lui pour prendre du repos et réfléchir au calme.

— 53 —

Nungal quitta le palais et marcha en direction de la porte de Zababa, plus au sud. Il traversa le quartier animé de Té-é. Dans les ruelles qui s'entrecroisaient, les commerces de bouche battaient leur plein. Des petits vendeurs ambulants vociféraient en vantant les mérites de leurs victuailles : des piments rouges langues de feu, des sauterelles séchées dans du sel ou de l'eau tout simplement. Malgré son uniforme de général, il passa presque inaperçu entre marchands et badauds qui se bousculaient dans les rues étroites.

Il n'était plus très loin de chez lui.

Quand il poussa enfin la porte, Sitbum, son intendante, courut vers lui en levant les bras au ciel.

— Bienvenue, maître Nungal, que les dieux soient remerciés de ton retour !

Elle s'inclina devant lui.

— J'ai pris soin de ta maison. Tout est prêt pour toi. Regarde là... j'ai fait déposer les coffres. Et puis là... j'ai trié les paquets que ton aide de camp a fait convoyer jusqu'ici, dit-elle en désignant de gros ballots bien ficelés, rangés par taille. J'espère qu'il n'y a plus d'autres paquetages à recevoir ! ne put-elle s'empêcher d'ajouter.

Nungal la remercia, tentant d'endiguer le flot de ses paroles. Derrière son apparence abrupte se cachait une femme bienveillante. Mais bavarde.

— Tu as bien travaillé.

— ... la place manquerait s'il fallait encore en placer d'autres, s'obstina-t-elle à poursuivre.

Elle s'interrompit et éclata de rire en voyant Nungal qui tentait de dissimuler son impatience.

— Je dois te dire quelque chose d'important, reprit-elle d'un air grave. L'affaire des meurtres a été résolue. C'était l'administrateur du temple, le coupable. Il voulait la place du Grand Prêtre. Il a fait tuer tous ces gens et leur a fait arracher les yeux pour faire croire aux démons. On pensait en avoir fini...

— Parce que ce n'est pas le cas ? répondit Nungal, mi-amusé, mi-intrigué.

— Hier même, on a retrouvé un cadavre dans le quartier d'Alu-Essu.

— Un mort de plus.

— Oui, mais celui-ci avait les yeux arrachés. Comme les autres.

— Comment l'as-tu appris ?

— Les gens en parlaient au marché.

Cette nouvelle ne retint pas l'attention de Nungal, qui avait vu tant de morts en Cilicie.

— Fais monter mon paquetage, à présent, demanda-t-il sans brusquerie à Sitbum.

Puis il gagna l'étage, épuisé.

Le palier circulaire distribuait les quatre pièces qui s'y trouvaient. Il foula l'épais tapis de laine tissée que son père avait rapporté de Borsippa – il se souvenait encore de ce jour où il l'avait déroulé : un serpent s'en était échappé.

Il entra dans sa chambre. La lumière provenait d'un étroit balcon donnant sur la cour intérieure.

Nungal déposa sa charge. Il ne voulait pas dîner et préféra grimper jusqu'à la terrasse pour y être tranquille.

L'étendue lui parut plus accueillante que jamais. Il s'assit sur la natte, protégé de la rue par un lattis de roseaux. Il ne tarda pas à être envahi par de bons, et de mauvais, souvenirs.

La mort de ses parents avait été soudaine, douloureuse. Il y pensait le moins possible. C'était toujours le visage de sa mère agonisante qui lui revenait en mémoire. Il revoyait ses traits, creusés par la souffrance, que toute expression humaine avait quittés. Il passa machinalement la main sur sa blessure de guerre. Pourquoi avait-il survécu ?

Durant la période de deuil, et les années qui suivirent, Tahar avait pris soin de lui. Il était trop jeune pour gouverner seul sa maison. L'architecte l'avait protégé et aidé à trouver sa voie. Toujours présent quand il avait besoin de lui.

Nungal, qui connaissait déjà l'ami de son père, un homme sévère et attentionné, avait éprouvé pour lui de la reconnaissance puis de l'affection.

Lors de leur rencontre à la sortie du palais, il avait tout de suite compris ce dont Tahar voulait l'entretenir : une conspiration contre le prince s'organisait. Quoi qu'il puisse en penser, il ne pouvait en aucune façon s'engager sur cette voie. Si Nériglissar avait décidé de mettre son fils sur le trône, il le soutiendrait jusqu'à sa mort. Comment concevoir que lui, général en chef des armées de l'empire, puisse trahir la confiance de son roi ?

La contrariété, la fatigue de son long périple de retour eurent bientôt raison de lui. Il regagna sa chambre et sombra dans un sommeil réparateur.

— 54 —

Puisque Tahar, rentré de son voyage, avait repris le cours de sa vie à Babylone, Yasîm prit la décision de s'entretenir avec lui. Il se réjouissait de faire la connaissance de cet homme dont on lui avait vanté les mérites. Issu de l'une des plus grandes familles de la Cité, son nom avait été évoqué à de nombreuses reprises lors du dîner chez Nabonide. Il voulait se présenter et montrer à Tahar que lui, Yasîm, aurait sa place dans le futur royaume.

L'architecte habitait le quartier de Ka-dingir-ra, non loin du centre religieux. Pour arriver au seuil de sa demeure, Yasîm dut longer un haut mur qui avait la longueur de la rue. Sur deux étages, la maison avec ses terrasses et son parc était imposante.

Un serviteur fit entrer l'armateur et l'accompagna dans une pièce qui jouxtait le vaste jardin. Deux des murs creusés de niches de différentes tailles abritaient une bibliothèque ; des papyrus et des instruments de mesure recouvraient une longue table derrière laquelle se tenait Tahar.

Le dignitaire n'avait pas pris la peine de venir à sa rencontre, ce qui froissa Yasîm ; il avait imaginé un autre accueil.

— Je te salue, Tahar. Que le dieu Marduk veille sur ta maison !

— Sois-en remercié, Yasîm. Bel-sar-usur m'a parlé de toi. Qu'est-ce qui t'amène ici ?

La familiarité avec laquelle il posa la question heurta l'armateur. Il tenta un compliment pour amadouer cet homme dont l'abord lui parut un peu abrupt.

— J'ai dîné chez Nabonide l'autre jour, et nous avons beaucoup parlé de toi. Tous ont exprimé leur estime et leur admiration. Moi-même je sais combien les travaux que tu as dirigés ont embelli notre Cité. Je voulais te faire savoir que vous pouviez désormais compter sur mon soutien.

— Tu m'en vois ravi. Souhaitais-tu m'entretenir d'autre chose ?

Yasîm lui tendit une tablette sur laquelle figuraient cinq noms.

— De quoi s'agit-il ? demanda Tahar en la reposant brusquement devant lui.

— J'ai réfléchi au moyen de vous aider, répondit-il.

— Et alors ?

Il continua sans méfiance :

— Ce sont des relations qui pourraient nous être bien utiles pour soutenir Nabonide et contrer le choix du roi pour sa succession.

— Tais-toi ! Crois-tu pouvoir parler librement de cette entreprise qui doit demeurer secrète jusqu'au dernier moment ? Comment oses-tu inscrire des noms en négligeant toute prudence !

Yasîm reçut la remarque comme un coup.

— Nous sommes sous ton toit, et...

— Tu n'as à prendre aucune initiative sans que l'on t'ait sollicité. Bel-sar-usur t'a invité parmi nous, c'est un fait, bien que tu n'appartiennes pas aux proches du palais. Sache que je ne l'approuve pas.

Humilié, Yasîm soutint malgré tout son regard. Voilà comment les hauts dignitaires croyaient pouvoir se comporter avec des hommes comme lui, pensait-il. Suffisants, persuadés d'être supérieurs. Or c'était d'hommes *comme lui* dont on ne pouvait pas se passer : des importateurs de denrées et de métaux précieux. Son savoir-faire était aussi utile à Babylone que celui de ce bâtisseur. Quelle serait la situation de ce grand architecte si ses bateaux ne lui rapportaient pas le bois et les matériaux dont il avait besoin ?

— Je ne te ferai pas perdre ton temps plus longtemps, assena l'armateur d'une voix glaciale, j'ai des affaires importantes à régler pour approvisionner le palais.

Yasîm ne précisa pas qu'il s'agissait d'une cargaison de tissus coûteux, commandés et payés à prix d'or – en toute discrétion – par le prince. Il devait accepter certains à-côtés pour investir et augmenter la puissance de sa flotte.

Il reprit sa tablette et se retira, soulagé de mettre de la distance entre lui et cet architecte arrogant. En colère d'avoir été si mal traité. Il avait été naïf de se croire accepté par cette bande de prétentieux. Croyaient-ils déjà gouverner Babylone ? Le destin n'était pas encore tracé, et qui sait si le dieu guerrier Marduk n'avait pas posé son regard sur le glorieux général ?

— 55 —

Debout au lever du soleil, Nungal décida de rendre visite au scribe, ou plutôt à sa fille, qui n'avait pas quitté ses pensées durant la campagne de Cilicie. Il désirait la revoir sans savoir vraiment ce qu'il attendait de cette nouvelle rencontre.

Il parcourut les rues encore fraîches de Té-é pour rejoindre le quartier de Kullab.

Toujours aussi impeccable, la demeure du scribe lui parut agréablement familière. Sa façade vernissée et ombrée par des pignons faisait d'elle la plus élégante du quartier.

Il descendit quelques marches avant de pousser la lourde porte en bois. Une servante vint aussitôt à sa rencontre. En le reconnaissant, son visage ridé s'illumina. Avant son départ pour la Cilicie, ne venait-il pas ici presque tous les jours ? Elle le mena jusqu'à la salle où travaillait le père de Laliya.

Nungal retrouva sans déplaisir ce lieu austère où il avait passé tant d'heures. Les nombreuses tablettes d'argile, soigneusement rangées, lui rappelaient ses échanges avec le scribe.

Assis sur un tabouret, absorbé par sa tâche, l'érudit gravait un texte quand Nungal s'avança. Surpris de le voir, le père de Laliya laissa échapper son calame.

— Nungal, te voilà de retour ! Je n'avais pas espéré te voir si rapidement.

Il déposa délicatement la tablette d'argile près d'un panier et tourna son visage vers lui. Paraissant moins âgé qu'il n'était, le scribe avait une peau sans rides, des yeux sombres dont on distinguait à peine l'iris. Il jeta sur Nungal un regard inquisiteur.

— Les dieux ont veillé sur toi : j'ai eu l'écho de ta bravoure et de ta gloire. Que me vaut l'honneur de la visite d'un si valeureux général ?

Nungal le trouva bien cérémonieux et lui répondit sobrement avant d'aborder sans plus de manière le but de sa visite :

— Ta fille est-elle là ?

— Toujours aussi impétueux ! s'exclama-t-il. Tu oublierais presque de me demander de mes nouvelles. Mais je te pardonne. Tu es comme un fils pour moi...

Ses dernières paroles sonnèrent faux. Un silence inhabituel s'instaura entre eux. Nungal se sentit mal à l'aise.

— J'aimerais, reprit le scribe, que tu me racontes la Cilicie. Les batailles ont été rudes, je le sais.

Nungal obtempéra. Il lui conta la prise de la forteresse de l'île de Pitussu, sans omettre le moindre détail. « Mais pourquoi Laliya ne vient-elle pas nous rejoindre ? » se demandait-il.

— À quoi ressemble la Cilicie, ce pays bordé par la mer ? enchaîna l'érudit comme s'il s'agissait pour lui d'une information vitale.

Il lui répondit poliment malgré son impatience de revoir Laliya. Il lui décrivit les couleurs changeantes de la Méditerranée, le goût et la force du vent salé, l'incroyable arc de lumière qui enjambe la terre après les pluies.

Le scribe se montra enchanté du récit. Mais il ne sembla pas s'en contenter.

— Des messagers m'ont rapporté que les combats avaient été très meurtriers..., reprit-il pour inciter le général à poursuivre.

Ces paroles replongèrent Nungal dans ce qui avait été sa vie : il décrivit avec émotion les batailles sanglantes, la soif, la mort des hommes sur le chemin du retour.

— Beaucoup de vaillants soldats ont péri... Par les armes, mais aussi à cause des fièvres malignes. Le désert a eu raison des plus faibles...

Le scribe semblait insatiable. Chaque réponse suscitait une autre question.

N'y tenant plus, Nungal l'interrogea de nouveau :

— Laliya est-elle ici ?

— Elle doit rentrer d'un moment à l'autre, répondit-il, le regard fuyant.

— Est-ce qu'elle va bien ?

— Rassure-toi. Elle va bien. Mais...

Il hésitait à poursuivre.

— Qu'y a-t-il ? insista Nungal d'une voix pressante.

Au moment où le scribe s'apprêtait à lui répondre, Laliya fit irruption dans la pièce. Elle portait une robe drapée en lin bleu dont les replis laissaient à découvert l'une de ses épaules. Son visage s'empourpra sous l'effet de l'émotion.

Attendri, Nungal fut tenté de la prendre dans ses bras, mais il croisa les yeux noirs du scribe.

Il le vit faire un signe menaçant à sa fille avant de s'éclipser.

— 56 —

— Quelle joie de te revoir, Laliya, tu es encore plus belle que dans mes rêves ! dit Nungal en s'approchant d'elle.

Les joues en feu, elle scruta son visage. Il n'avait pas vraiment changé. Sans doute ses traits avaient-ils perdu leur insouciance, mais il avait toujours un regard profond et tendre. Et la petite ride qu'elle découvrait au coin de sa bouche rendait son sourire émouvant. Elle ne put retenir ses larmes.

— Ne pleure pas, Laliya, nous sommes de nouveau réunis, n'est-ce pas ?

Au moment même où il prononçait ces mots, le visage de la jeune fille se ferma.

— Que se passe-t-il ?

Elle ne lui répondit pas, baissant la tête.

— Regarde-moi, Laliya... Que s'est-il passé en mon absence ?

Quand elle parla enfin, sa voix était devenue atone :

— Je t'attendais, Nungal, mais les dieux en ont décidé autrement. Mon père a pris la décision de me marier.

— Que dis-tu ?

— Je suis promise au prince.

Incrédule, il la dévisagea.

— La reine a fait appeler mon père. Elle lui a parlé du mariage qu'elle projetait pour son fils. Elle a pensé à moi. Il a accepté. Sans m'en parler, bien sûr. Mon père ne se soucie guère de moi, ou de mes sentiments !

Malgré son ton véhément, Nungal ne pouvait deviner la véritable nature du ressentiment qu'elle éprouvait à l'égard du scribe.

— Quand le roi a-t-il pris cette décision ? l'interrogea-t-il, surpris par la soudaineté du projet.

— Ce n'est pas encore officiel. Mais le souverain ne contrariera pas la reine dans son choix. Nul doute qu'il veuille établir son fils avant de quitter le royaume. La reine m'a fait appeler au palais. Je crois qu'elle voulait me voir de près, ajouta Laliya avec une certaine candeur. Je suis destinée à son fils, à Lâbâsi-Marduk. Ainsi en a-t-elle décidé.

— Mais c'est impossible ! s'exclama Nungal, pris de court.

Elle était à nouveau au bord des larmes.

— Ce n'est qu'une proposition, ajouta-t-il d'un ton consolateur, pas un ordre...

— Nungal... crois-tu qu'il soit possible de s'opposer à la famille royale ?

Le visage de Nungal se durcit. Avec une mauvaise foi inconsciente, il l'accusa d'avoir cédé trop facilement devant la perspective de ce mariage prestigieux.

— Suis-je parti trop longtemps ? As-tu douté de moi ?

— Douté de toi ? Que veux-tu dire ? Aurais-je oublié un serment que tu m'aurais fait ? s'emporta-t-elle.

Nungal ne répondit pas. Elle reprit :

— Tu m'as laissée seule, sans savoir quels étaient tes sentiments pour moi. Et tu me demandes si j'ai douté de toi ?

— Et pourquoi t'avoir choisie ? lança-t-il d'un ton blessant.

Laliya lui répliqua, piquée au vif :

— La reine voulait une jeune fille belle et instruite. Le roi, comme tu le sais, a une très grande estime pour mon père. Notre famille appartient à une lignée de lettrés proche du Palais. N'est-ce pas suffisant à tes yeux ? Je ne...

— Nous ne devons plus nous revoir, l'interrompit Nungal, sous le coup de la colère.

Elle leva vers lui un visage défait.

Il regretta aussitôt ses paroles. L'intensité de ce qu'il venait de ressentir le perturba. Il regarda Laliya longuement, ne pouvant deviner toutes les raisons de sa souffrance. Elle avait l'allure d'une princesse. Il aimait sa peau claire et ses magnifiques cheveux. Son corps souple et mince. Sa taille fine qui mettait en valeur son buste orné d'un collier en ivoire qu'il ne lui connaissait pas... Laliya promise au prince, c'était insensé. L'amertume le disputait à la frustration. Comment imaginer qu'un tel individu ferait l'amour à la belle Laliya ?

Nungal ne redoutait ni les combats ni la souffrance. Quand le poignard de l'ennemi lui avait transpercé le bras, il avait continué à se battre. Il refusait qu'elle appartienne au prince. Pour ne pas s'avouer qu'il ne voulait pas qu'elle appartienne à un autre.

— Ce n'est qu'un projet, dit-il en la quittant à contrecœur.

Laliya resta dans la pièce, interdite. Ce n'était pas ainsi qu'elle avait imaginé le retour de Nungal.

Le scribe, furieux de cette entrevue qu'il n'avait pu empêcher, s'empressa de rejoindre sa fille.

— As-tu tenu parole ? Nungal a-t-il compris qu'il ne devait plus jamais revenir te voir ? lui dit-il durement.

Laliya resta muette. Son père poursuivit :

— Tu es promise au prince, et rien d'autre ne doit plus compter pour toi. Il n'y a pas lieu de pleurer. Entrer dans la famille royale est un insigne honneur.

Elle ne put s'empêcher de lui répondre :

— Nungal n'est-il pas un homme de grande valeur ?

— Sans doute. Mais puisque les dieux t'ont choisie pour régner sur la Cité, tu dois t'en montrer digne. Ne crois-tu pas que ta mère aurait été fière de toi ?

La remarque la toucha plus qu'elle ne l'aurait voulu. Sa mère l'avait élevée pour tenir une place dans la Cité. C'était une femme instruite et une mère attentive. Que lui aurait-elle dit ?

— Tu m'écoutes, Laliya ?

Elle détourna les yeux.

— Je ne connais rien du prince ! protesta-t-elle.

— Lâbâsi-Marduk est le petit-fils de Nabuchodonosor. As-tu conscience du prestige de la famille dans laquelle tu entreras ?

— Je ne serai qu'une étrangère dans la famille royale.

— Tu appartiens à une illustre lignée de scribes. Tes qualités sauront faire merveille.

Il avait caché à Laliya que cette promesse de mariage lui vaudrait un poste prestigieux au palais.

Laliya ne se laissa pas ébranler.

— Le prince pourrait prendre pour épouse une autre jeune fille qui serait aussi... instruite que moi, et heureuse de faire son bonheur, hasarda-t-elle.

— La reine ne reviendra pas sur sa décision. Réjouis-toi, tu seras reine, ma fille !

— Père, ce n'est qu'un projet ! protesta-t-elle vivement, se raccrochant aux derniers mots de Nungal.

— Je ne perdrai pas mon temps à poursuivre cette conversation.

Il prit à témoin la vieille servante qui venait d'entrer.

— Le général n'a plus aucune raison de revenir ici. Il n'est pas le bienvenu.

Et le scribe quitta la salle d'étude.

À la merci de son père, Laliya était partagée entre désespoir et colère.

Comment s'opposer à un projet de mariage que tout père était en droit d'imposer à sa fille ? Mais elle ne voulait pas renoncer à ses rêves. Elle ne pouvait s'empêcher d'espérer que Nungal trouverait un moyen pour la sauver de cette désastreuse promesse et qu'il tomberait amoureux d'elle comme elle l'était de lui.

— 57 —

Après sa conversation avec Laliya, Nungal regagna sa demeure, mécontent.

Quand il parvint au seuil de sa maison sans avoir retrouvé son calme, il n'y pénétra pas tout de suite. Il passa en revue la façade d'un œil critique. La moindre irrégularité, la plus petite fissure lui parut annoncer un effritement prochain de l'argile. Ce qui n'améliora pas son humeur.

Il entra.

Sitbum l'accueillit, transformant chacune de ses arrivées en un événement d'importance.

— Prendras-tu ton repas dans la cour ? lui demanda-t-elle, impatiente de lui servir ce qu'elle avait cuisiné en son honneur.

— Oui, oui. Laisse-moi encore un moment.

Elle s'inclina et disparut, respectant son envie d'être seul.

Nungal alla s'asseoir dans la cour, détaillant le décor familier sans indulgence : les quelques arbres que son père avait fait planter lui parurent mal élagués, rabougris. Il se demanda s'il garderait encore longtemps cette demeure malgré ses souvenirs ; la donation du roi faisait de lui un homme riche. Il eut une pensée pour sa famille défunte, espérant que ses parents avaient été bien accueillis par les dieux.

Droit sur le banc, les mains serrées entre ses genoux, il se remémorait sa conversation avec Laliya. Ce projet de mariage lui paraissait insensé. Le prince n'était-il pas fantasque et presque idiot ? Ce qui le contraignit à un examen de conscience. Il se reprochait d'avoir été brutal alors même qu'il avait compris qu'elle ne voulait pas de cette union. Il la revoyait telle qu'elle lui était apparue, si émouvante. Dans quelle disposition d'esprit était-elle à présent ?

Il devait trouver un plan pour lui éviter d'épouser ce prince débile. Cette décision sans appel s'imposa à lui.

N'y tenant plus, Sitbum surgit dans la cour, les bras chargés d'un plateau débordant de victuailles. Il ne put s'empêcher de lui sourire.

— Combien sommes-nous ? lui demanda-t-il d'une voix sérieuse.

Elle déposa bruyamment le plateau sur la petite table basse et arrangea les plats devant lui, le regardant bien en face.

— C'est à peine assez pour toi, général, tu n'as pas dû bien manger depuis des mois, répliqua-t-elle avec fermeté. Je t'apporterai les gâteaux tout à l'heure.

Et elle disparut comme elle était venue.

Nungal fit honneur au festin, et monta prendre du repos à l'ombre sur sa terrasse.

Les nuages rendaient l'air plus doux. Il s'assoupit en contemplant le ciel.

Le reste de sa journée fut consacré à remettre de l'ordre dans ses affaires.

En rangeant son épée, il pensa à la guerre, aux hommes qu'il avait conduits se battre et vaincre, à ceux qui avaient donné leur vie pour Babylone, aux décisions qu'il avait prises et qu'il saurait encore prendre pour la continuité de l'empire.

Il fit préparer sa tenue pour le banquet qui allait avoir lieu le lendemain.

Quand les lueurs orangées du ciel perdirent leurs couleurs et furent remplacées par la clarté vive de la pleine lune, on frappa à sa porte.

Drapée dans un voile de lin qui masquait sa silhouette, Ika se tenait devant lui. Sa maîtresse se jeta dans ses bras en murmurant son nom.

Il sentit son ardeur sans la partager tout à fait.

La pièce de réception était prête à accueillir leurs ébats ; Sitbum, avant de partir chez une voisine, avait rendu les lieux plus confortables pour leur rendez-vous. Des tissus épais recouvraient les coffres. Sur les nattes, de nombreux coussins avaient été disposés. Une collation et des rafraîchissements les attendaient sur la table.

— Laisse-moi te dévêtir, murmura Ika.

Nungal s'abandonna à ses mains habiles. Elle parcourut son corps de caresses puis sa bouche glissa sur sa chair dénudée. Ses doigts, sa langue, ses dents électrisaient le corps du général. Il s'empara d'elle sans plus attendre, et leur étreinte dura une partie de la nuit.

Satisfait, éreinté, il n'avait pas envie de parler de quoi que ce soit. Mais Ika s'épancha, vantant les *bontés* de la reine. Nungal l'écoutait distraitement ; elle voulut attirer son attention.

— Regarde ! dit-elle en exhibant le collier en or qui brillait sur son corps nu.

— Et d'où vient ce bijou magnifique ? lui demanda-t-il, se prêtant à son jeu.

— De la reine.

— Elle est bien généreuse.

— Généreuse, et intéressée..., répliqua Ika avec un petit sourire provocateur.

La confidence le laissa songeur.

Il l'attira à lui mais elle se déroba. La jeune femme voulait qu'il reste sur sa faim.

— Je dois rentrer, murmura-t-elle, son visage contre celui de son amant.

Il n'essaya pas de la retenir.

— Quand nous revoyons-nous ? demanda-t-elle d'une voix qu'elle voulait légère.

Nungal, qui appréciait ses ébats avec la jolie servante, ne souhaitait pas qu'elle entre plus dans sa vie. Cette relation épisodique était agréable telle qu'elle était.

Il ignora la question.

— Nous pourrions nous retrouver avant le banquet, lui proposa-t-elle d'une voix suave.

— Ce ne sera pas possible.

— Le lendemain, alors…

— Je te ferai signe dès que je le peux, répondit-il, courtoisement mais fermement.

Elle promena ses doigts sur le bas de son corps en murmurant :

— J'espère que ce ne sera pas trop long.

Et se releva pour se rhabiller.

Il la laissa partir sans un mot de plus.

— 58 —

Dans l'enceinte du palais, c'était l'effervescence.

À ce banquet qu'il voulait mémorable, le roi avait convié les grands de Babylone ainsi que des soldats de l'armée victorieuse de Cilicie, et quelques marchands importants.

Les préparatifs avaient duré plusieurs jours. Ora, l'intendante du Palais, ne savait plus où donner de la tête.

Dans les cuisines royales et dans les cours s'activaient une foule d'esclaves et de serviteurs.

Le grand jour était arrivé.

Dans la première cour où cuisaient les pains, les gâteaux et les tourtes, Ora vit avec satisfaction que les galettes dorées s'empilaient dans les paniers de joncs. D'énormes gâteaux aux fruits macérés avaient été déposés sur de grands plats émaillés aux couleurs vives. Elle veilla particulièrement sur la confection d'un nouveau mets à la table du roi : des tourtes parfumées. Elle souleva le couvercle d'une marmite pour examiner la préparation avec laquelle on allait les garnir. Rien ne manquait. De petits oiseaux mijotaient à feu très doux dans une fondue d'échalotes parsemée d'herbes aromatiques, avant d'être désossés. Elle vérifia ensuite que, dans la salle attenante, reposaient bien les mille et une rangées de petits fours aux dattes, aux amandes et à la pistache préparés les jours précédents, avec du miel rapporté spécialement d'Anatolie.

Elle traversa la plus grande des cours d'où se dégageaient des nuages de fumée qui montaient vers le ciel, à l'abri du vent.

Les viandes marinées rôtissaient sur des grilles, placées sur des tapis de braise, ou cuisaient à la broche pour les plus tendres, la chair enduite d'huile et de condiments. Il y avait là des veaux provenant de l'élevage royal, des agneaux de printemps, des centaines de volailles et du gibier – des canards des marais et des biches que les chasseurs avaient apportés pour le roi. Les meilleurs morceaux de gazelle avaient macéré dans de l'huile et des épices avant d'être rôtis à leur tour. Un feu plus doux était réservé aux brochettes de petits batraciens et aux criquets.

Les poissons, enduits d'huile parfumée à l'ail sur un lit de fenouil, ou fourrés de ciboulette et arrosés de jus de citron, s'alignaient sur d'autres grilles. Leur cuisson plus délicate demandait une attention de tous les instants. Tout se déroulait comme prévu.

Ora regagna à nouveau l'intérieur où, dans de vastes pièces surchauffées, on laissait mitonner les soupes de potiron au cumin, les potages de blé concassé, les févettes à la crème de sésame mijotées avec des lentilles et de l'ail, les ragoûts de mouton aux pois chiches, saupoudrés de poivre, de cannelle et de cumin… L'intendante surveilla la préparation du gruau dont la recette était l'une de ses réussites. Ce plat, composé principalement d'avoine – dont tout Babylonien se régalait –, était relevé d'épices rares qu'elle seule connaissait. La chaleur était intenable.

Les odeurs de bois, de graisse et de viandes grillées se mélangeaient loin des cours où les festivités allaient avoir lieu.

Le roi, en personne, avait contrôlé, avec le Grand Panetier, que chacun fût à la bonne place. Ce haut dignitaire, qui veillait sur la sécurité du souverain, était chargé de l'approvisionnement en céréales et autres denrées alimentaires pour la table du roi. Il désignait aussi les goûteurs des mets du souverain. Il avait la confiance absolue de Nériglissar ; cette charge faisait de lui un homme puissant. Le Grand Échanson avait, quant à lui, choisi ceux qui auraient le privilège de ravitailler le banquet en bière et en vin.

D'immenses tables avaient été dressées dans la cour d'honneur. Des centaines de convives, invités à partager cette fête pour célébrer l'armée de Babylone, et son général en chef, étaient arrivés et avaient pris place dans une joyeuse bousculade.

Les soldats des troupes d'élite s'interpellaient bruyamment. Aux tables voisines, les grands marchands n'étaient toutefois pas en reste. La bière d'orge coulait à flots comme les eaux du fleuve après la fonte des neiges.

Seuls les plus hauts dignitaires, admis à la table du roi, s'entretenaient sans éclats de voix. Nungal y occupait une place d'honneur.

Quand le souverain se leva, un silence impressionnant se fit dans toute l'assistance.

Il loua longuement la vaillance et le courage de ses armées en Cilicie.

— À la tête de nos troupes, Nungal a montré quel grand général il était. Babylone a besoin d'un homme comme lui pour veiller, à mes côtés, sur l'empire. Soucieux de la gloire de Marduk, il deviendra *zazakku*, conseiller du prince…

La nouvelle fut accueillie par des manifestations d'approbation.

Nungal fut surpris et fier de sa nomination. Cette fonction lui convenait. N'était-il pas le mieux à même de soutenir la politique de Babylone ?

Il se leva pour saluer les convives dont les regards convergèrent vers la table royale. Certains remarquèrent alors que le visage du roi s'était rembruni. Si quelques notables attribuèrent les ombres qui marquaient son visage à son état de santé dont ils avaient eu l'écho, d'autres avaient deviné que c'était l'attitude de son fils Lâbâsi-Marduk qui le mettait dans cet état.

Depuis un moment, le prince, paré de lourds bijoux en or en forme d'animaux et vêtu d'une robe dont les plis étaient doublés par une étoffe de brocart pourpre et or, parlait fort et faisait de grands gestes incongrus. Assis à la droite du roi, ce n'était pas à ses nobles voisins qu'il s'adressait, mais à un gros oiseau gris au bec crochu, avec des petits yeux ronds et une queue de plumes rouge vif, attaché devant lui. La scène, cocasse, avait plongé son père dans un profond désarroi.

Nungal s'efforçait d'ignorer les extravagances du prince pour résister à l'envie d'imaginer son meurtre.

Comment pourrait-il abandonner Laliya à ce triste prince ?

À la table voisine, des officiers discutaient avec fougue. La conversation portait sur l'assaut maritime de Pitussu : affronter les flots n'était pas une expérience familière pour la plupart des soldats babyloniens. Ils revivaient fièrement leur victoire.

— Général, je te salue.

Nungal fut heureux de revoir son second.

— Je tenais à te donner cette amulette afin qu'elle t'apporte sa protection, dit-il en lui tendant un petit objet finement sculpté. Sois encore remercié.

— J'apprécie ton geste. Sache que je n'ai pas oublié quel remarquable combattant tu es ! Attends-toi à de nouvelles fonctions.

L'officier s'inclina, satisfait de ce qu'il venait d'apprendre mais, par discrétion, il se retira sans attendre.

Nungal fit tourner l'objet entre ses doigts : la figurine en jade représentait un lion. Une amulette qui devait écarter les mauvais esprits. « En ai-je besoin ? » se demanda-t-il avec un certain fatalisme.

Ce présent l'avait infiniment touché, lui rappelant le courage de ses hommes en Cilicie. Il prit une résolution, celle de conduire sa nouvelle vie comme il avait mené les combats !

Quand un orchestre se mit à jouer, son regard se porta avec intérêt vers la jeune chanteuse à la grâce étonnante. Menue et légère, ses pieds semblaient à peine posés sur le sol. Pourtant il sortait de sa bouche et de sa poitrine un chant ample qui saisissait chacun par sa justesse et sa force. Il se laissa emporter par la musique. Il avait déjà bu plus que d'ordinaire. Passé et présent se mêlaient. En observant l'assistance, il songeait à ce qu'il était devenu.

Les mets se succédaient. L'alcool coulait à flots. Les esprits s'échauffaient. Par instants, le brouhaha des voix couvrait la musique et les chants.

Nungal se laissa porter par l'ambiance festive. Ce banquet n'était-il pas donné en son honneur ?

Les nombreux regards qu'il avait croisés ce soir étaient admiratifs. Il fut pris d'un bref instant d'allégresse : n'est-ce pas lui qui tracerait demain le destin de Babylone ?

Lorsqu'un des nombreux esclaves s'approcha de sa table avec un pichet, il se laissa resservir du vin de Syrie. Il tendit la main vers sa coupe, puis la reposa. Que dirait-on d'un général qui s'enivre à la table du roi ?

Il ne but plus de vin de tout le reste du banquet.

« Décidément, on honore Nungal comme un dieu », ne put s'empêcher de penser Bel-sar-usur qui l'observait depuis un moment.

Voilà que le général s'était élevé au rang des proches du roi en bien peu de temps. Que ferait-il demain, grisé par le pouvoir ?

Bel-sar-usur chassa cette pensée inopportune. « Chaque chose en son temps. » Le banquet était fort réussi, et il comptait continuer à en profiter.

Son attention fut attirée par une chanteuse dont la voix semblait être portée par les instruments jusqu'aux plus hautes notes, s'envolant parfois pour les surpasser. Mais ce fut une des musiciennes qui retint son attention : la joueuse de lyre. Elle était ravissante. Avec des gestes gracieux, elle semblait caresser les cordes de son instrument. La mélodie était maintenant accompagnée de danses. Le corps jeune et gracile des danseuses le captiva. Il les imaginait nues. Chaque mets a sa saveur. S'il préférait les femmes mûres, il ne dédaignait pas ces jeunes corps naturellement lisses.

Yasîm regardait dans la même direction, détaillant avec concupiscence les croupes arrondies des plus hardies. Il était attablé avec d'autres armateurs qui, entre deux libations, appréciaient tout autant le spectacle en faisant des plaisanteries grasses sur leurs dernières conquêtes. Lui-même n'aurait pas dédaigné d'en ajouter quelques-unes si ses préoccupations n'avaient pas pris le pas sur toute autre considération.

En observant Nungal, devenu l'un des plus hauts personnages du royaume, il se dit qu'il était l'homme qu'il voulait rencontrer.

— 59 —

Kassaia ne contenait pas sa rage.

Quelle aberration d'avoir nommé ce jeune général conseiller du prince ! Cet officier ne lui inspirait aucune confiance. Jusqu'où irait son ambition ?

L'annonce du roi au banquet lui avait ouvert les yeux. En quelques mois seulement, Nungal était devenu le favori du souverain.

Elle savait combien son époux se sentait guerrier avant tout. Il considérait la victoire du jeune général en Cilicie comme la sienne. Il l'avait vécue par procuration. Ne voyait-il pas en Nungal l'officier qu'il avait été dans le passé ? La même fougue, la même ardeur à se lancer dans les conquêtes pour l'empire. Le même orgueil aussi. Elle ferait en sorte de le maintenir à sa *vraie* place. Il serait toujours temps de prendre des mesures plus radicales…

L'attitude scandaleuse de son fils lors du banquet lui avait montré une fois de plus qu'il était incapable de tenir ses engagements. Chaque faux pas lui aliénait un peu plus les dignitaires du palais. La scène insensée qu'il avait jouée n'avait pu échapper à aucun des convives qui l'entouraient. Quelles autres dispositions lui faudrait-il prendre pour le contraindre à cesser ses agissements déraisonnables ?

En proie à ses tourments, la reine tournait en rond dans ses appartements. Après avoir sorti d'un coffre les étoffes en soie bleu-pourpre pour sa nouvelle robe, elle chercha un châle qui s'y assortirait. Aucun ne lui convenait. Elle finit par s'asseoir près de sa table, triturant les objets qui s'y trouvaient. Elle plongea machinalement la main dans une coupe ciselée et en retira un collier sur lequel étaient suspendues des gouttes en or. Elle lâcha le bijou comme s'il lui brûlait les mains. Le roi lui avait offert ce cadeau pour la naissance de sa fille. Son premier enfant. La fille d'un homme qu'elle détestait. Elle l'avait confiée à des gouvernantes sans jamais se soucier de son sort. Aussi, dès que Nériglissar eut conclu pour elle un contrat de mariage profitable à Babylone, et qu'elle fut en âge de partir, elle quitta le palais pour Borsippa et ne revint jamais. Elle s'était choisi une nouvelle famille, et renia tout lien avec ses géniteurs, si prestigieux qu'ils fussent. Kassaia en avait oublié jusqu'à son visage.

« À quoi bon penser à cela ? se disait-elle avec amertume. Mon présent et mon avenir, c'est mon fils, Lâbâsi-Marduk. » En constatant ce qu'il était devenu, elle se posa cette question avec une douloureuse lucidité : « À qui d'autre puis-je m'en prendre sinon à moi-même ? »

Elle eut brusquement peur que le général – face à l'incompétence de son fils – ne soit tenté d'agir comme son époux.

Dès le début du règne d'Amel-Marduk, son frère, Nériglissar n'avait pas hésité à le critiquer à voix haute ; elle eut la candeur de croire qu'il voulait seulement le destituer sans se douter un seul instant du sinistre complot qu'il ourdissait dans l'ombre. Or, tous ceux qui comptaient dans Babylone – dignitaires du palais, importateurs et noblesse babylonienne – soutinrent le sombre dessein qu'il avait formé. Le meurtre fut prémédité, préparé, exécuté. Le jour tragique de la mort de son frère, son époux n'eut pas une parole de compassion à son égard, pas une seule. Il s'était glissé dans son lit le soir même de l'assassinat… Ce dernier souvenir la fit frémir. Son cœur explosait de haine. Elle ne laisserait personne priver son fils, de sang royal, de ce qui lui revenait de droit.

Kassaia alla dans sa chambre où elle appela ses servantes pour changer de vêtements et se fit recoiffer avec un soin tout particulier.

Les circonstances la conduisaient à mettre en place la première étape de son plan plus rapidement que prévu. Il était temps de faire accepter à son époux le projet de mariage qu'elle avait conçu pour leur fils.

Elle se dirigea vers la salle de réception.

— 60 —

— Belle journée, Altesse ! dit la reine, d'un ton exagérément enjoué.

En voyant son épouse s'approcher de lui, le roi renvoya le scribe et redressa son corps fatigué. Il avait fait aménager cette pièce de réception en un lieu confortable pour s'y tenir après avoir siégé dans la salle du trône.

— Je ne t'ai pas entendue entrer, Kassaia. Mais je suis content de te voir.

Sa voix était un peu rauque.

Elle s'approcha de lui et, d'un geste inattendu, lui passa la main sur la joue. Il sentit son parfum et la douceur de sa peau. Elle était toujours aussi belle, presque comme au premier jour, lorsqu'elle était devenue sa femme. L'âge avait épargné sa silhouette, longue et fine sans être sèche. Elle avait l'allure des gens de sa lignée : grande, des épaules dégagées, un port de tête fier. Un voile de soie tissé d'or recouvrait sa chevelure noire qu'elle libérait dans l'intimité.

— Allons sur la terrasse, nous serons mieux pour parler, dit Nériglissar.

Il se leva avec précaution et l'entraîna doucement vers le lieu ombragé par trois rangées de palmiers. Des arbustes, plantés dans des pots vernissés bleus et verts, exhalaient un parfum suave de miel et de jasmin. À cet endroit, il était certain que personne ne les entendrait.

Il s'assit sur un siège, garni d'épais coussins, et l'invita à faire de même. La reine prit son temps, arrangeant son voile, et lui fit face.

— Voici ce que je voulais te dire. La maladie me ronge... Inutile de protester, Kassaia. Je crains que mes jours ne soient comptés. Je ne veux pas quitter cette terre sans avoir prévu ma succession.

Elle observa le souverain. Son visage avait des ombres qu'elle n'avait jamais remarquées. Des stigmates de souffrance.

— Lâbâsi-Marduk, notre fils, doit se préparer à régner. Il faut désormais mieux le protéger.

— Tu as raison, mon roi. Sa garde proche a été doublée, répliqua-t-elle promptement, on ne peut approcher de ses appartements sans...

— Il ne suffit pas de le préserver contre les dangers extérieurs, l'interrompit Nériglissar, il faut aussi le protéger de lui-même !

Comme elle restait muette, il poursuivit sans l'ombre d'un remords :

— Nous devons voir la vérité en face. Notre fils est un incapable, comme l'était son oncle... Que le puissant Marduk me pardonne cette pensée, mais Babylone ne peut pas être laissée entre ses seules mains.

En entendant ces derniers mots, la reine sentit le sang battre violemment dans ses tempes. Comment osait-il évoquer ce meurtre odieux devant elle ?

— Qu'entends-tu par là ? répliqua-t-elle, maîtrisant la colère qui altérait sa voix. Le prince saura, j'en suis sûre, se montrer digne de cette fonction... Je le guiderai, ajouta-t-elle d'un ton plus mesuré.

Le roi ignora ses paroles.

— J'ai été trop faible avec lui, martela-t-il.

Le visage de Kassaia se ferma.

Exaspéré par son manque de réaction, le souverain haussa le ton :

— Finies, ses lubies ! On appelait le roi d'Ur « le Faucon » ; ton fils est surnommé « l'Oiseleur ». Nous sommes une lignée de conquérants, pas de dresseurs d'animaux !

Kassaia reçut ces paroles comme une gifle. Elle seule était de lignée royale ! Elle, et le fils qu'elle avait engendré. Nériglissar ne devait son titre de roi qu'au sang qu'il avait sur les mains. Cette fois-ci, c'en était trop. La fureur fut plus forte que sa prudence.

— Comment oses-tu critiquer l'héritier du trône, et de quel droit ? se récria-t-elle âprement.

Le roi ignora sa flambée de colère et la dévisagea avec dédain. La légitimité du pouvoir ne venait pas uniquement du sang royal, mais aussi du mérite.

Dominant son courroux, Kassaia décida que le moment était venu de lui parler du mariage. Ne serait-ce pas pour elle une habile façon de reprendre en main les événements ?

— J'ai pensé à ce que nous pouvions envisager pour l'avenir de notre fils, susurra-t-elle. Lâbâsi-Marduk est en âge de se marier. Une femme saura lui faire retrouver...

Elle évita de prononcer le mot « raison » qui lui venait aux lèvres et dit à la place :

— ... son envie de gouverner avec sagesse.

Elle ajouta :

— Nous n'avons que trop tardé à lui trouver une épouse.

— Sans doute...

— J'ai rencontré la jeune fille qui comblera tes vœux, continua-t-elle avec assurance. Elle...

— Assez, Kassaia ! l'interrompit le roi, nous en parlerons plus tard. Désormais c'est Nungal qui guidera notre fils. Il saura le conseiller pour le bien de l'empire.

La reine frémit. Son époux allait faire de Lâbâsi-Marduk une marionnette entre les mains du puissant général. La situation allait lui échapper.

Le roi se détourna d'elle. L'entretien était clos.

Kassaia le salua brièvement et s'en fut. Une « lignée de conquérants », lui avait dit Nériglissar. Croyait-il que le jeune général fût plus légitime pour régner que son fils ? Après les largesses que le roi avait eues à son égard, il ne faisait plus de doute que cet officier se verrait bientôt à la tête du royaume. Il ressemblait de plus en plus à Nériglissar. Arrogant. Plus elle y pensait et plus cela lui rappelait les événements qui avaient conduit à l'assassinat d'Amel-Marduk. Nungal serait-il capable de tuer le prince ?

La situation avait changé. Elle ne laisserait pas ce jeune présomptueux écraser son fils comme son époux l'avait fait auparavant avec son frère.

— 61 —

Bel-sar-usur s'était levé dans des dispositions d'esprit proches de celles de la reine, pour des raisons bien différentes. Au banquet, le prince s'était montré irresponsable, confirmant – s'il en était besoin – son incapacité à être un digne héritier. Or le roi, semblant ignorer son fils, avait chanté les louanges de Nungal à qui il avait confié une fonction majeure. Une fonction qui, s'il l'exerçait pleinement, ferait de lui le véritable maître de Babylone.

L'ascension de Nungal ne devait pas se mettre en travers de leurs projets. Le futur de Babylone se ferait avec lui, ou contre lui.

Haut dignitaire apprécié de tous, son père représentait l'espoir de voir Babylone continuer à prospérer. Le prince ne régnerait jamais.

Des hommes importants s'étaient rapprochés de Nabonide, qui, s'il briguait brutalement le pouvoir, le soutiendraient sans faille. Car un coup d'État ne pouvait avoir lieu qu'en s'appuyant sur tous ceux qui comptaient dans la Cité.

Aujourd'hui, comme les jours précédents, Bel-sar-usur s'était rendu chez plusieurs dignitaires. Ses pas le menèrent bientôt à Alu-Essu. Un quartier presque aussi agréable que le sien. Il fut agacé de voir qu'un attroupement d'habitants du quartier encombrait la rue. Il l'évita en faisant un bref détour.

Il ne vit pas le cadavre ni n'entendit les exclamations effarées : la victime avait eu les yeux arrachés.

En fin de journée, il s'attarda chez le Grand Échanson dont il appréciait la sagesse. Puis il gagna les quais pour faire une tout autre visite.

Bel-sar-usur savait concilier politique et amour.

La belle musicienne qu'il avait abordée à la fin du banquet habitait le quartier ouest de la ville. Pour la rejoindre, il devait traverser l'Euphrate. À cette heure, les rives, bondées et bruyantes, dégageaient des odeurs fétides de vase qui lui soulevèrent le cœur. Le fleuve était encombré par de petites embarcations. Il chercha du regard un moyen de traverser. Des *keleks*[1] surchargés transbordaient des paniers et des ballots de chiffons entassés par les marchands d'étoffes. Des couffes, qui tournoyaient entre les voiliers des pêcheurs, emportaient des moutons dont les têtes bêlantes dépassaient. Les radeaux servant de bacs avaient été pris d'assaut par des vendeurs ; leur ligne de flottaison paraissait dangereusement se confondre avec l'eau. Aucun n'acceptait de prendre un passager supplémentaire.

Bel-sar-usur, exaspéré, chercha en vain un passeur. Aucune des embarcations ne semblait se soucier des badauds qui attendaient de pouvoir traverser. Il s'approcha du bord, n'hésitant pas à écarter brutalement de son chemin ceux qui le précédaient. Il regretta de ne pas être accompagné par un serviteur qui lui aurait épargné cette lutte indigne.

Enfin, il aperçut le bateau d'un paysan qui longeait la rive, à vide. Il lui fit signe. La modeste embarcation en roseaux s'approcha de lui. Il y prit place non sans

1. Bateaux plats constitués d'outres assemblées et recouvertes de roseaux.

remarquer que le calfatage était défectueux. Il n'avait pas le choix. Ils traversèrent le fleuve, les pieds dans l'eau.

Quand Bel-sar-usur put enfin débarquer, il résista à l'envie de rosser le passeur et refusa de payer la traversée.

Il s'éloigna rapidement des quais et se dirigea vers la demeure de la séduisante jeune femme.

Au sud-ouest, les petites rues du quartier de Tuba étaient bien entretenues. Le sol argileux avait été balayé, et l'on sentait des odeurs de poussière mêlées à des fumets de gruau. Les maisons sans étages étaient toutes semblables, et Nungal reconnut celle de sa conquête à la fleur blanche qu'elle avait accrochée à sa porte.

Quand elle l'accueillit chez elle, il eut l'impression de pénétrer dans un havre de paix. Un brûle-parfum diffusait une discrète senteur de néroli. Sa lyre était posée à côté d'un coffre ouvragé et de deux sofas, garnis de coussins de laine douce.

La jeune femme lui servit à boire un alcool de fruits qu'il trouva délicieux et se dévêtit sans façon. La tunique à ses pieds, elle exhiba les courbes de son corps nu, lisse, enduit d'une fine pellicule d'huile parfumée. Bel-sar-usur la trouva plus excitante qu'il ne l'avait supposé.

Elle tendit ses mains vers lui et lui enleva ses vêtements, accompagnant chacun de ses gestes de lentes caresses. Quand il fut nu à son tour, elle continua à le frôler avec son corps, ondulant, sa peau contre la sienne.

Elle ne le laissa agir qu'au moment où il fut tendu, presque au bord de l'explosion. Elle se colla dos à lui et, se penchant en avant, lui offrit sa croupe sans défaut.

Bel-sar-usur resta jusqu'à la tombée du jour avec la joueuse de lyre qui n'était pas seulement savante en musique.

— 62 —

L'armateur, que ce début de saison enchantait, avait repris le fil de sa vie. Il déjeunait dans sa cour lorsqu'une voisine vint troubler sa quiétude.

— Yasîm !

Sa voix discordante s'accordait avec son physique : vêtue d'une tunique jaune vif et d'un voile grenat, elle avait une coiffure extravagante faite d'un entrelacs de rubans de soie de toutes les couleurs d'où s'échappaient des mèches rebelles.

— Bonjour chère amie, que me vaut le plaisir de ta visite ? tempéra-t-il.

— Les démons.

La réponse lui rappela un passé qu'il aurait voulu purement et simplement effacer.

— De quoi parles-tu ?

— Nous nous sommes trompés, le roi s'est trompé, des démons rôdent toujours dans Babylone.

Dubitatif, Yasîm ne sut que répondre.

— Deux cadavres ont été trouvés dans notre quartier. Et sais-tu dans quel état ils étaient ?

Elle n'attendit pas sa réponse.

— Ils avaient les yeux arrachés.

Elle le dévisagea avec insistance. Ce qui fit réagir Yasîm.

— Tu veux dire que les meurtres ont recommencé comme avant l'Akîtu ?

— Oui.

— Il y en a eu plusieurs ?

— Un encore hier même, répondit-elle d'un ton dramatique, comme si tout Babylone avait été attaqué.

Cette conversation raviva chez lui de bien mauvais souvenirs. S'il ne l'avait pas tout de suite prise au sérieux, la nouvelle lui fit un fâcheux effet.

Elle s'approcha de lui d'un pas déterminé et le tira par la manche de sa tunique.

— Je suis venue te chercher. Suis-moi !

Yasîm se dégagea. Il n'était pas décidé à obtempérer bien qu'il fût intrigué.

— Alu-Essu tremble ! déclama-t-elle avec emphase. Tu ne peux rester à l'écart de ces événements. Accompagne-moi. Viens voir ce qui se passe au seuil même de ta maison.

Il se leva de mauvaise grâce, abandonnant son repas inachevé.

À peine sortis, des plaintes et des mugissements leur parvinrent aux oreilles.

— Nous sommes attaqués, il est temps de réagir ! criait une femme qui les dépassa en courant.

L'armateur la suivit du regard et aperçut au bout de la rue une table couverte de mets encore fumants. Il s'en approcha.

Un exorciste à la tunique rouge se tenait devant le banquet que les habitants avaient préparé pour apaiser les forces malfaisantes. Il avait levé les bras vers le ciel en geste de supplique.

— Enki, Enki, dieu de la Sagesse et du Savoir, accorde-nous ta bienveillance, psalmodiait-il en sollicitant l'appui de son dieu protecteur.

Puis il s'adressa à l'entité maléfique :

— Détourne de nous ta colère, démon ténébreux. Accepte toutes ces offrandes pour ta route.

Il se lança dans une série d'incantations qu'il avait apprises et finit par ces paroles : « Si nous t'avons contrarié, oublie nos offenses... »

Des Babyloniens, respectueusement regroupés à quelques pas du prêtre, reprenaient à voix basse ses suppliques. Une jarre de miel fut déposée par de nouveaux arrivants.

— Nous t'avons préparé tout ce qu'il te faut pour reprendre ton chemin vers les enfers..., reprit l'exorciste alors que son assistant se plaçait près de lui.

Il tenait une lourde plaque de cuivre incurvée qui renvoyait les rayons du soleil. D'un coup énergique, il frappa sur l'objet qui vibra dans l'air. Bruit et éclats de lumière. Tous se figèrent. Le son puissant fut suivi de quelques instants de silence.

Le démon ne pouvait qu'être pris de crainte en l'entendant retentir.

Ce dernier rituel rassura grandement les habitants qui espérèrent en avoir fini avec ces meurtres étranges et dérangeants.

Yasîm était rassuré par ce qu'il avait vu mais resta sur ses gardes.

— 63 —

L'impétuosité du fleuve avait redonné de la vigueur à la végétation environnante. Mais si les crues de l'Euphrate avaient profité aux cultures d'orge et de blé, les débordements avaient aussi endommagé les murailles de la Cité.

Le premier conseil, depuis la nomination de Nungal, se tenait au palais en présence du roi. L'ordre du jour portait sur les travaux de réfection de Babylone.

Lâbâsi-Marduk, Tahar, l'architecte en chef, et deux ingénieurs de la Cité y assistaient ainsi que Nungal en raison de sa nouvelle fonction. La plus grande des salles de réunion permettait d'étaler les documents indispensables aux exposés : tablettes et papyrus. Des scribes rédigeaient méticuleusement chacune des décisions prises.

Le premier ingénieur commença par exposer les faits : des pans entiers de la muraille intérieure entre la porte d'Urash et la porte de Shamash menaçaient de s'effondrer sur des quartiers d'habitation. De plus, une partie des remparts qui protégeaient la zone ouest de la ville avait été fragilisée à certains endroits. Il était urgent de consolider les fondations.

Tahar fit un brillant exposé au cours duquel il passa en revue chaque détail : du nombre de galettes de bitume qu'il faudrait importer d'Hît pour améliorer l'étanchéité des murailles jusqu'à celui des briques nécessaires pour reconstruire certains pans de mur.

Satisfait du déroulement de la séance, le roi fit un geste d'approbation.

— Malheureusement, ajouta l'architecte d'un ton critique, j'ai constaté certaines imperfections dans les matériaux employés. Les briquetiers doivent être rappelés à l'ordre.

Le second ingénieur, se sentant mis en cause, intervint immédiatement :

— Parlerais-tu des briques carrées du mur du sud ?

— Tout à fait. L'argile ne contenait pas assez de paille, ce qui explique les fentes anormales à cet endroit.

— Je ne manquerai pas d'y veiller, répondit le fautif en jetant un œil inquiet au souverain.

— Tu as intérêt ! glapit Lâbâsi-Marduk, brusquement en éveil, en le pointant d'un doigt accusateur.

Nungal s'apprêtait à intervenir quand Tahar, soucieux d'éviter tout autre éclat intempestif, fit aussitôt mention de l'avancement des travaux du palais :

— J'ai engagé plusieurs artisans pour réparer la frise aux lions, abîmée en deux endroits, sur l'encadrement de la porte de la salle du trône. Ils ont déjà remplacé les pierres vernissées vertes de deux arbres stylisés à droite.

— C'est vrai, commenta le prince, paraissant vivement intéressé par le sujet, j'aime beaucoup ces arbres, on dirait ceux du jardin…

— L'artiste a montré sa valeur, continua l'architecte sans le regarder. Je lui confierai le rafraîchissement de la fresque murale en mosaïque, celle qui orne la galerie du bas.

— À ce sujet, reprit le second ingénieur, voyant là une occasion de se racheter, je me suis occupé de l'escalier qui conduit au premier niveau. Chacune des marches a été réparée avec soin.

— Bien, répondit Tahar, magnanime, il faut à présent aborder le problème de la terrasse de l'appartement de la reine. Il serait nécessaire de fabriquer plus de briques rectangulaires si on veut la refaire et...

Malgré leurs divergences politiques, Nungal appréciait les compétences de l'architecte. Il l'écoutait avec grand intérêt.

Bientôt, le roi, épuisé, mit un terme au conseil. Nungal quitta prestement la salle pour éviter de se retrouver seul avec Tahar et affronter de nouveau un sujet dont il ne voulait pas parler. Les interruptions du prince l'avaient agacé sans l'inquiéter. Lâbâsi-Marduk était puéril, et il s'imaginait pouvoir le guider sans mal. Tant que Nériglissar continuait de régner, il ne pouvait que soutenir le pouvoir en place.

Au détour de la galerie principale, il se heurta à la séduisante Ika. Sans doute le guettait-elle.

— Bonjour général, dit-elle en lui tendant ses lèvres, feras-tu bientôt un détour par mes appartements ? Il me tarde de te... surprendre.

Son irruption n'eut pas l'effet souhaité. En la voyant si sûre d'elle, Nungal pensa qu'elle n'avait guère besoin de sa compagnie. Il eut une pensée pour Laliya, pâle, défaite, abandonnée à elle-même.

— Chère Ika, répondit-il un peu trop froidement, mes nouvelles fonctions accaparent tout mon temps, remettons cela à plus tard...

Elle ne le crut pas et s'efforça de sonder son visage. Ne lui cachait-il pas quelque chose, une autre femme peut-être ?

— Comme tu voudras, Nungal, nous nous rencontrerons sans doute bientôt. Peut-être seras-tu plus... disponible ?

Il ignora le sous-entendu et la quitta sans regret.

Imaginer l'alliance du prince et de Laliya lui donnait la nausée.

— 64 —

« À quel espoir se raccrocher ? »

Laliya déposa la tablette sur le coffre de la salle d'étude, découragée. Elle ne parvenait plus à se concentrer sur la traduction de *La Descente d'Ishtar aux enfers* qu'elle avait entreprise. Les mots en sumérien ne lui paraissaient plus avoir aucun sens.

Sa vie avait pris un tournant inattendu. La décision de son père qui engageait son avenir était sans appel. Avait-elle d'autre choix que de s'y conformer ? Si méprisable qu'il fût, il était le chef de famille, et elle ne pouvait s'opposer à sa volonté. Elle était révoltée par tant d'injustice. Comment croire que les dieux désapprouvent l'amour qu'elle portait à Nungal, elle qui avait toujours été d'une piété sincère ? Elle refusait l'idée qu'elle serait contrainte de vivre sans amour. « Ce ne serait ni logique ni légitime », se répétait-elle, malheureuse.

Même si Nungal lui avait paru plus distant qu'elle ne l'aurait voulu, elle voulait se raccrocher au moindre espoir : ne lui avait-il pas dit en parlant de son mariage avec le prince : « ... ce n'est qu'un projet » ? L'idée de lui parler à nouveau fit son chemin. Pourquoi ne pas lui envoyer un message ?

Les mots se bousculaient dans sa tête tant elle aurait désiré lui exprimer ce qu'elle ressentait. Mais, chaque fois qu'elle s'apprêtait à en graver un, elle se rendait compte à quel point il était déraisonnable de lui dévoiler si crûment ses sentiments.

Elle réfléchit à ce qu'elle voulait lui dire, pesant chaque mot avec soin.

Au bout d'un long moment d'hésitation et de revirements, elle écrivit cette unique phrase : « *Que puis-je faire ?* » Elle décida de la lui faire porter au plus tôt.

Dès que la tablette fut sèche, elle alla voir la vieille servante et lui expliqua longuement comment faire parvenir son message :

— Nungal est un homme important, un général connu de tous, lui dit-elle d'un ton exalté. Une fois arrivée à la porte du palais, tu pourras demander à l'un des soldats de lui remettre cette tablette. Si l'un refuse, un autre acceptera certainement, insista-t-elle. N'hésite pas à renouveler ta demande. Elle doit être remise sans faute à son destinataire.

Après une brève hésitation, la servante prit la missive que sa jeune maîtresse lui tendait. Laliya l'observait, ne sachant comment interpréter sa réserve.

— M'as-tu bien comprise ?

Mal à l'aise, elle acquiesça et se dirigea vers la sortie de la demeure.

Une fois dans la rue, elle se demanda que faire, car son maître avait interdit toute relation entre Nungal et sa fille. Trahir le scribe était inconcevable, et dangereux.

Elle marcha un moment, soucieuse de ne pas être remarquée par des voisins. Elle regardait à droite et à gauche comme si sa personne, frêle et banale, pouvait attirer l'attention.

Après s'être éloignée à une distance qui lui parut suffisante, elle chercha entre deux rues une ruelle abandonnée. Dans cet étroit goulet en terre battue, le sol était jonché d'épluchures et de déjections ; des porcs noirs et des canards y couraient en liberté. Des flaques de boue graisseuse formaient un cloaque immonde.

Elle y jeta la tablette. L'argile n'y résisterait pas.

— 65 —

Installé sur son trône, entouré de serviteurs empressés qui guettaient le moindre de ses besoins, le souverain de Babylone s'apprêtait à recevoir dignement le conseiller du prince.

Il parcourut du regard la salle somptueuse. « Pour la dernière fois ? » se demanda-t-il sans cependant s'attendrir sur son sort. Il en connaissait le moindre recoin : les plafonds lambrissés de cèdre, les colonnes ouvragées, les fresques... Il s'attarda sur l'une d'elles qui relatait la création du monde : la puissante déesse Tiamat sortait des flots ; de ses yeux jaillissait l'eau qui donnait naissance au Tigre et à l'Euphrate, ces fleuves qui leur apportaient la vie.

Il vit Nungal s'avancer avec satisfaction. La haute stature du général, sa démarche assurée lui faisaient revivre sa jeunesse enfuie.

— Approche, Nungal ! lui dit-il avec un geste familier, comme il l'aurait fait pour un compagnon d'armes. Venons-en au fait. Il est temps de notifier ta nomination de conseiller. Je suis satisfait de ta présence aux conseils. Les dieux savent que mon choix est juste. J'ai tout prévu pour toi. La fille du Grand Panetier est en âge de se marier, sa dot sera considérable... Le moment est venu de t'établir.

Il s'inclina respectueusement.

« Si je voulais me marier, se dit-il avec autodérision, je n'aurais que l'embarras du choix. »

Le roi le fixait intensément sans dissimuler le sentiment d'affection qu'il lui portait.

Nungal scruta le visage amaigri du vieux souverain avec compassion. Des rides barraient son front et creusaient des plis d'amertume autour de sa bouche. Il ne pouvait plus cacher les stigmates de sa maladie.

— J'ai fait appeler Agum, et un scribe, pour inscrire ta charge de conseiller comme il se doit, lui annonça-t-il, le moment est venu...

Nériglissar avait à peine fini de parler que déjà le Grand Intendant s'avançait vers eux. Nungal pensa que, si l'on disait d'un guerrier, surgissant ainsi, qu'il avait la souplesse d'un félin, celle d'Agum lui évoquait un serpent. Cet homme, dont la sévérité des traits était accentuée par une bouche fine et une curieuse absence de sourcils, avait des pupilles noires et rondes.

Chargé de l'administration du palais, Agum avait la réputation d'être brutal et intransigeant. En croisant brièvement son regard, le nouveau conseiller eut la certitude que ce haut fonctionnaire le détestait. Son hostilité était palpable. Sans doute avait-il espéré que cette fonction lui reviendrait. Mais Agum changea d'expression dès qu'il fut près du roi. Nungal admira sa duplicité. Il comprit qu'en acceptant ce rôle important il aurait presque autant d'ennemis que le prince.

La nomination de *zazakku* fut gravée par le scribe, et Nériglissar apposa son sceau-cylindre sur la tablette, authentifiant l'ordre royal.

Invité par le roi à se retirer, le Grand Intendant tourna les talons, ignorant le nouveau conseiller.

Nungal se retrouva de nouveau seul avec le roi, qui ne le libéra pas pour autant. Il fit appeler un esclave pour installer un siège auprès de lui.

— Prends place, Nungal. Il y a des choses que tu dois savoir.

Nériglissar lui murmura alors quelques confidences sur l'administration du Palais. Il prit le temps de lui parler des hommes qu'il appréciait, de ceux dont il fallait se méfier, des royaumes alliés les plus turbulents. Nungal constata que le roi, malgré ses instants de faiblesse, continuait d'exercer le pouvoir avec lucidité.

Quand le souverain lui signifia qu'il pouvait se retirer, le nouveau conseiller traversa le palais, salué par le personnel et la plupart des soldats. Il se sentit alors pris d'une ivresse de vainqueur. Des terres fertiles et une palmeraie, une haute fonction : voilà qu'il était riche aujourd'hui, et que demain il serait puissant.

Il prit conscience de l'étendue du pouvoir qui venait de lui être confié.

Nériglissar ne tarda pas à regagner ses appartements. Accompagné jusqu'à son divan par les serviteurs que les médecins avaient choisis pour lui, il s'adossa aux coussins qu'il y avait fait placer. Il ne se tenait jamais couché mais assis, comme si s'allonger préfigurait avec trop d'évidence sa mort prochaine.

Autour de lui des prêtres exorcistes du temple de Gula veillaient sur sa santé en faisant appel aux dieux. Des scribes avaient confié aux médecins toutes les tablettes médicinales sur les fièvres qu'ils avaient trouvées. Au cours des dernières semaines, les herboristes lui avaient fait boire de nombreuses potions, les infirmiers l'avaient enduit d'huiles qui chauffaient la peau, et avaient appliqué des cataplasmes de plantes broyées.

Le roi avait surmonté vaillamment ses crises jusqu'à ce jour.

Cependant de fréquentes montées de fièvre le clouaient au lit, et quand il se relevait, il souffrait d'intenses douleurs musculaires.

Il espérait toujours une rémission, peut-être même une guérison, si la déesse Gula lui était favorable.

L'entrevue l'avait rassuré. L'avenir était tracé. Avec Nungal, son fils serait en de bonnes mains.

— 66 —

Pour assurer la continuité du pouvoir, les conseils du palais se tenaient avec régularité, même en l'absence du roi. Ses crises ne lui permettaient plus de siéger à toutes les réunions. Le jour qui suivit la notification, le prince sollicita Nungal pour un conseil. Un conseil restreint d'après ce qu'il avait compris. Tellement restreint qu'il était seul dans cette salle immense et mal ventilée, pensa-t-il avec dérision.

Assis sur une chaise en bois au dossier bas, il prenait son mal en patience quand des bruits de pas résonnèrent dans le vestibule. Il se leva, espérant voir apparaître Lâbâsi-Marduk ; au lieu de cela, deux esclaves entrèrent. Il s'efforça de contenir son irritation qui ne cessait de croître. Les hommes transportaient une armure qu'ils déposèrent sur le sol et quittèrent la salle du conseil sans un mot. Nungal reconnut l'armure de Nériglissar, constituée d'écailles de bronze. Que signifiait cette mise en scène ? Quelle idée saugrenue avait germé dans l'esprit dérangé de Lâbâsi-Marduk ?

— Général Nungal !

Le prince venait de faire irruption dans la pièce. Il rutilait, vêtu de pourpre et d'or, de la tunique aux chaussures. Nungal s'inclina devant lui.

— Tu peux t'asseoir, Nungal !

Il fut frappé par le ton autoritaire que le prince avait cru bon de prendre. Ils s'installèrent face à face.

— Puisque Nériglissar t'a nommé *zazakku*, j'aimerais que nous évoquions ton rôle au palais, attaqua Lâbâsi-Marduk en évitant le regard scrutateur de son conseiller.

« Parlons d'abord des jardins. Il faudrait prévoir de nouvelles plantations. Je pense que l'on manque de grenadiers. J'ai remarqué également que les néfliers avaient pris trop d'expansion ; ils n'ont pas été taillés comme il faut. J'ai entendu parler de nouvelles plantes aromatiques, il faudrait convoquer le jardinier en chef...

« Le prince pensait-il qu'un conseiller n'a rien d'autre à faire que de *jardiner* ? » se demanda Nungal, accablé.

Nullement troublé par les manifestations d'impatience de son conseiller, le prince continua sur sa lancée :

— Les armateurs du Nord ont-ils été convoqués ?

Le général haussa les sourcils.

— Parce que j'attends leurs tissus pour mes nouvelles tenues royales, ils tardent et...

Il cessa de l'écouter. Pendant que Lâbâsi-Marduk expliquait confusément tout ce qu'il attendait pour sa petite personne, il pensa qu'il y avait des meurtres salutaires.

Le flot de paroles du prince se tarit brusquement. Il eut l'air de se souvenir d'avoir omis une chose importante.

— Il est temps de rassembler toutes les armures fabriquées pour la guerre, afin de récupérer le métal inutile.

Cette pratique était courante au retour des batailles. Mais que venait faire ici l'armure royale destinée à être exposée dans la salle des Victoires ? s'étonna Nungal.

— ... comme celle-ci, dit alors le prince en la désignant.

Il n'eut pas le temps de le questionner. Lâbâsi-Marduk se leva d'un bond et déclara, le doigt pointé vers cet objet remarquable :

— Cette armure témoignera bientôt d'une époque *révolue* !

La façon ridicule dont il insista sur ce dernier mot alerta Nungal.

— Nous le savons à présent, proclama le prince d'un ton sentencieux, les armures n'ont jamais permis de protéger la vie de ceux qui les portent. Bien au contraire, elles les gênent dans leurs mouvements. Prenons les animaux, le lion par exemple… A-t-il besoin d'une armure pour se défendre ? Non, non. Ou le sanglier ? Non plus. Le seul animal qui possède une armure est la tortue. Et elle n'a rien d'un animal rapide !

« J'ai donc décidé d'abandonner définitivement la fabrication des armures, pérora le jeune héritier.

Avait-il totalement perdu l'esprit ?

Nungal se prêta au jeu.

— Je vais donc m'informer sur les dispositions à prendre, dit-il sans avoir aucunement l'intention d'exécuter cet ordre. Tu peux compter sur moi, ajouta-t-il avec autorité, mettant un terme à ce simulacre de conseil.

Il quitta Lâbâsi-Marduk, déterminé à contrer toutes ses décisions ridicules, ou dangereuses. Ne disait-on pas du prince que les animaux avaient plus d'importance à ses yeux que les hommes, et qu'il aurait défendu sa volière si la ville avait été attaquée ?

— 67 —

Alu-Essu, qui était d'ordinaire un quartier calme, où les agressions étaient rares, semblait ne plus être le même. Un autre cadavre mutilé, découvert dans une ruelle entre deux rues passantes, avait suscité des réactions violentes. Les habitants inquiets ne se protégeaient plus seulement contre les démons – une partie d'entre eux étaient persuadés qu'ils étaient revenus en force –, mais aussi contre tout voisin louche ou nouvel arrivant. Cette ambiance de suspicion pesait lourd sur la vie de chacun, et sur le commerce.

Yasîm, qui n'avait voulu prendre part à rien et qui, à présent, lorsqu'il allait au port, rasait presque les murs pour ne pas être hélé par l'un de ses voisins, commençait à trouver la situation pénible.

Ce matin-là, il faisait et refaisait ses comptes sans parvenir à se concentrer. Il jeta un regard aux amulettes dont il avait cru bon de faire l'achat, comme tout le monde, et se dit qu'il lui faudrait peut-être enquêter sur les assassinats qui mettaient son quartier en émoi.

Il avait remarqué que les récents meurtres ne semblaient pas avoir dépassé le périmètre d'Alu-Essu, ce dont il avait eu la confirmation par son réseau de relations.

Seuls les résidents étaient donc concernés. À la différence des morts retrouvés devant les temples, ceux-là ne constituaient pas une affaire d'État. Mais il n'était pas question de laisser l'atmosphère s'envenimer. Le quartier avait tout à perdre en laissant l'hystérie s'installer.

Yasîm pouvait se vanter qu'il n'existât pas un seul recoin, une seule ruelle qu'il ne connût pas. Fort de cette certitude, il conçut un plan pour quadriller les rues en fonction des cadavres trouvés.

L'hypothèse la plus probable était que l'assassin habitait le quartier. Cependant ses mobiles restaient incompréhensibles : les morts n'avaient aucun lien entre eux.

Avant de se lancer, il décida de se rendre dans l'unique taverne du quartier. La bière déliait les langues ; il y récolterait peut-être des informations utiles.

Assis dans un angle de la salle d'où il pouvait voir et entendre les buveurs, Yasîm ne bougea plus, s'efforçant de capter toutes les conversations sur le sujet qui l'intéressait.

— Comment peux-tu affirmer qu'un démon était à l'œuvre, as-tu oublié l'exorciste ? Ne l'a-t-il pas chassé ? demanda un homme à la tunique bleue.

— Tu es bien naïf de croire qu'ils sont tous repartis, répliqua celui qui avait lancé le sujet – un homme au visage poupon qui portait une dizaine de colliers-amulettes autour du cou.

— Pourquoi ça ?

— Quatre cadavres sans yeux, à ce qu'on dit, peut-être plus, c'est beaucoup, tu ne trouves pas ?

— Si... Mais je ne vois pas en quoi nous aurions contrarié les dieux. Nous les honorons comme il se doit, et nous ne lésinons pas quand il s'agit de faire des offrandes aux temples.

— C'est bien vrai, ajouta un troisième buveur qui portait ses amulettes au poignet, ce ne sont peut-être pas des démons qui rôdent...

Entre deux gorgées de bière, voulant prendre part au débat, la plupart des clients l'approuvèrent.

— Moi, je vous dis qu'il faut chercher un homme, reprit l'individu à la tunique bleue. Est-on vraiment certains d'avoir bien résolu l'affaire du tueur du temple ?

La question réveilla l'attention des autres buveurs.

— C'est vrai. Que sait-on au juste ? reprirent en écho plusieurs d'entre eux.

— Écoutez-moi bien, déclara-t-il alors. J'y ai réfléchi...

Les têtes se tournèrent vers lui.

— On a déjà arrêté un suspect, puis on l'a relâché bien vite, vous vous en souvenez ?

— Pas vraiment..., rétorqua l'homme au visage poupon, une main posée sur ses amulettes.

— Il s'agissait d'un dénommé Yasîm, un armateur. Je viens d'apprendre qu'il habitait ici. Peut-être a-t-il recommencé à tuer...

— Il faudrait aller l'interroger, alors.

— Oui, mais attention, ce n'est pas si simple. Il est peut-être dangereux ! s'exclama l'un des buveurs d'une voix pâteuse.

— Cherchons sa maison..., déclara l'homme à la tunique bleue.

Yasîm se tassa dans son coin, n'en croyant pas ses oreilles. L'enquête qu'il avait projetée de faire était devenue une priorité.

Le mauvais sort s'acharnait sur lui. Être soupçonné à nouveau de meurtre alors qu'il menait une vie paisible au service de Babylone, c'était inique, révoltant ! Il n'allait pas se laisser faire, conscient cependant qu'il ne pouvait compter que sur lui-même.

Alors, quand il eut quitté la taverne en toute sécurité, il jura de consacrer désormais la plus grande partie de son temps à ses investigations.

— 68 —

Depuis la tentative d'empoisonnement dont il avait été victime, Iddiyatum, le Grand Prêtre, avait retrouvé sa sérénité. Il veillait avec une diligence excessive à l'accomplissement des rituels dévolus au culte de Marduk.

Comme il avait été impossible d'identifier l'auteur – ou même de déterminer la provenance de cette *attaque*, il évitait d'y penser.

Ce matin-là, après avoir contrôlé le bon déroulement des cérémonies de purification, il se rendit dans les jardins suspendus pour y retrouver l'un des responsables. Il devait choisir de nouvelles boutures. Il aimait à croire que sa passion pour la botanique contribuait à honorer le grand dieu.

Une fois l'affaire conclue, il s'accorda le loisir d'une promenade. Il s'attarda dans l'arboretum à l'affût de nouvelles essences.

De faibles ondées avaient arrosé les arbres en fleur, et les allées avaient conservé une humidité agréable alors que la température commençait à monter.

Attiré par un brouhaha provenant de la volière, il s'en approcha discrètement. Le prince interrogeait un homme. Iddiyatum aurait reconnu sa voix entre mille. Sa tonalité grave était émaillée d'aigus dès qu'il élevait le ton.

Un individu portant un pantalon long et drapé d'un lourd vêtement en coton froissé, sans doute un caravanier, se tenait devant Lâbâsi-Marduk. Il avait déroulé devant lui un tissu sur lequel avait été déposé un œuf énorme.

— Le moment est venu, clama le prince. Allez ! Nous te regardons faire…

L'homme s'accroupit et tapa avec un caillou sur le haut de la coquille, très résistante, afin d'y faire un trou. Pour l'agrandir, le caravanier tira sur un fragment blanchâtre qui se détacha non sans mal. Adhérant à la coquille, une membrane rendait l'opération difficile. Dès que le morceau fut arraché, ils virent alors apparaître des plumettes emmêlées et gluantes. Le caravanier enfonça son pouce à l'intérieur et réussit à enlever deux autres fragments sur le devant. On put bientôt distinguer dans le prolongement du corps recroquevillé la forme d'une tête avec un bec, et un œil rond, dont, le moins que l'on puisse dire, était qu'il n'était pas vif.

Iddiyatum avait identifié l'œuf, celui d'une d'autruche, que seuls quelques temples avaient le privilège de posséder.

— Alors ? s'impatienta le prince en tapant du pied sur le sol.

— Le voilà ! répondit l'homme du désert en désignant ce que l'on apercevait de l'oiseau englué.

Il marqua un temps d'arrêt.

— Il ne bouge pas…, remarqua-t-il, affecté par sa constatation.

L'animal ne montrait aucun signe de vie.

— Que dis-tu ? demanda Lâbâsi-Marduk, dont la rage l'emportait sur la déception.

Le caravanier ne répondit rien. Il tendit ses mains vers le prince dans un geste de supplication.

— Ce n'est rien… Je t'en apporterai un autre. Très bientôt, je t'assure !

— Gardes ! hurla le prince, d'une voix suraiguë.

L'un des soldats en armes accourut.

— Donne à cet homme le même regard que celui de cet... oiseau, lui intima-t-il en désignant le volatile aux yeux vitreux...

Iddiyatum hésita à intervenir.

Le soldat se pencha sur l'œuf à moitié ouvert, cherchant à comprendre ce que le prince attendait de lui.

— Veux-tu subir le même sort ? dit le prince en trépignant de colère.

— Il est aveugle..., hasarda le soldat.

— Aveugle ? Mort aussi. Que préfères-tu ? demanda Lâbâsi-Marduk au caravanier tremblant de peur.

Ce dernier, qui avait traversé bien des périls au cours de ses expéditions, ne voulait pas croire que le prince le condamnait sans appel.

— Altesse, je te ferai cadeau de deux œufs magnifiques...

— Quelle était ta mission ? reprit Lâbâsi-Marduk, implacable.

— Je l'ai accomplie, Votre Majesté, mais l'oisillon – comme le nouveau-né – est fragile, très, très fragile et...

— Tu étais responsable de cet oiseau, et tu as failli à ta tâche, n'est-ce pas ? Tu dois être châtié, cela est juste.

— Pitié, Votre Altesse ! l'implora le caravanier. Pitié !

— Crevez-lui les yeux. Tout de suite ! hurla le prince d'une voix hystérique.

Le soldat ceintura le caravanier et attendit que les autres gardes lui prêtent main-forte pour exécuter la sentence. Ils lui tinrent fermement la tête et enfoncèrent la pointe de leur lance dans ses orbites. L'homme poussa des hurlements effroyables et se débattit, tentant de fuir son supplice. Ce qui ne fit qu'aggraver son état. Des entailles sanglantes barraient son visage torturé. Quand enfin il s'effondra, Lâbâsi-Marduk tourna les talons.

— Allons-nous-en, dit-il, abandonnant derrière lui le théâtre de ce massacre inutile.

Iddiyatum ne retourna pas dans son temple. Son *devoir* était d'informer le roi de la scène lamentable à laquelle il venait d'assister.

Il ne tarda pas à obtenir audience.

Il fit part au souverain de son indignation en lui racontant ce qu'il venait de voir, sans omettre le moindre détail.

Nériglissar s'abstint de tout commentaire et l'invita à regagner son domaine. Cette affaire était privée, et il le lui fit comprendre sans ambiguïté.

Surpris par la froideur du souverain, Iddiyatum se sentit déstabilisé.

En rejoignant l'enceinte sacrée de Marduk, un doute s'insinua en lui. Avait-il eu raison ou bien tort de critiquer à nouveau l'héritier légitime du trône ?

Son inquiétude augmenta au cours de la journée.

Après son départ, le roi fit appeler Kassaia. La reine fut désagréablement surprise d'apprendre qu'il était déjà au courant de *l'incident*. Elle sut aussi que c'était le Grand Prêtre en personne qui s'était empressé de lui raconter le triste spectacle. Il avait de nouveau craché son venin. Mais avec ou sans lui, l'attitude déraisonnable de son fils ne pouvait que susciter l'indignation.

Elle ne fit pas attendre le roi, non par esprit de soumission, mais parce qu'elle pourrait lui parler sans détour de son projet de mariage.

Résolue à s'imposer, elle le rejoignit dans la salle du trône.

Nériglissar, tout à sa colère, vit s'approcher la reine. Il se leva, la laissant debout devant lui, en contrebas, comme un simple fonctionnaire du palais.

— Est-ce ainsi que tu prétends *guider* ton fils – comme tu me l'as assuré lors de notre dernier entretien ? lui reprocha-t-il avec mépris. Il continue à agir comme bon lui semble, sans se soucier de ses devoirs. Je te rendrai personnellement responsable de ses prochains écarts.

— Vraiment ? C'est à moi que tu dis cela ? N'a-t-il pas un *conseiller* ?

Il s'était préparé à cette attaque.

— J'ai chargé Nungal de guider le prince dans la conduite du royaume, c'est le rôle qu'il remplit avec diligence. C'est à toi de faire en sorte qu'il ne se livre plus à aucune de ses... extravagances. Me suis-je bien fait comprendre ?

La reine revint à la charge :

— Il me semble que la présence d'un *zazakku* devrait lui éviter tout faux pas. Est-ce le cas ?

— Chacun doit accomplir ses fonctions. C'est ce que je viens de te dire.

Ignorant la brutalité de la réplique, Kassaia reprit la parole d'un ton qu'elle s'efforça de rendre aimable :

— Je comprends, mon roi, dit-elle, feignant une humilité qu'elle n'avait jamais éprouvée ni en sa présence, ni devant quiconque. J'ai en tête un important dessein concernant Lâbâsi-Marduk dont il faut instamment que je te parle.

— Je t'écoute, lâcha-t-il, déjà épuisé par leur affrontement.

— Le prince doit se marier. Le mariage est la meilleure chose qui puisse le détourner de ses autres *occupations*. Comme je te l'ai dit, j'ai trouvé la jeune personne qui nous conviendra. Son père est l'un de tes dignes sujets. C'est un lettré de haut rang : il s'agit du scribe royal. Voilà qui distraira notre fils de meilleure façon.

Le roi réfléchit un bref instant et hocha la tête, approbateur.

— Cette décision me paraît sage, lui concéda-t-il. Je t'en laisse la charge. Prends toutes les dispositions nécessaires pour la réalisation des noces. Je ne veux plus rien entendre concernant l'inconduite du prince.

« Tu me feras part de l'avancement de ce projet.

Kassaia s'inclina, satisfaite de la tournure de leur conversation. Elle était sûre d'avoir trouvé le bon moyen pour reprendre son fils en main. Et le pouvoir.

Ne devrait-elle pas faire venir la promise au palais dans les meilleurs délais ?

Elle regagna ses appartements avec une impression d'accomplissement.

En cette fin de journée, Iddiyatum n'avait pu se résoudre à se consacrer pleinement à ses obligations. Son arrogance avait fait place à un sentiment d'incertitude. Il décida de s'adonner à un rite de purification en espérant chasser ses doutes, car il n'était plus sûr d'avoir agi comme il fallait. Ce prince, aussi fantasque soit-il, allait devenir le nouveau roi, *son* roi.

Il s'immergea dans une vasque qu'il avait fait remplir d'eau du fleuve et frotta vigoureusement chaque partie de son corps, avant d'en sortir, apaisé. Mais, en se rhabillant, il fut gêné par une sorte de picotement. En y regardant de près, il constata deux nouvelles taches sur sa hanche droite : aucune piqûre d'insecte ne ressemblait à ces petites boursouflures. Cela le contraria vivement. Pas une seule imperfection ne devait souiller la peau d'un initié. C'est pourquoi il avait commencé en secret un nouveau traitement à base de plantes rares. Il espérait encore qu'elles ne tarderaient pas à disparaître.

— 69 —

Dès le lendemain, une rumeur au sujet des noces royales se répandit des galeries du palais aux demeures des notables. Un tel événement ne pouvait rester confidentiel. Cependant l'identité de la promise était encore secrète.

Cette perspective rassura une partie des Babyloniens qui y voyaient la garantie de la continuité du pouvoir. Sans doute même une forme de stabilité. Lâbâsi-Marduk – malgré ce que l'on disait de lui – était le petit-fils de Nabuchodonosor. Il assurerait la bonne marche du puissant royaume de Babylone.

Quand Nungal eut vent de la nouvelle, il accusa le coup. Ce mariage devenait une réalité menaçante.

Quels que soient les obstacles, il devait songer au moyen d'empêcher cette union et de parler à Laliya.

Comme il savait que le scribe s'y opposerait, il rédigea un court message à l'intention de la jeune fille et chargea Sitbum de lui remettre la tablette en main propre.

« *Très chère Laliya,*

Demain, au lever du soleil, un des frères de Sitbum t'attendra à la porte de Zababa pour te conduire à moi. Viens seule. Sois sans crainte. Nous devons parler de l'avenir. »

Sitbum, imprégnée de l'importance de sa mission, se rendit peu après chez l'érudit. En traversant le quartier de Té-é, elle regarda autour d'elle avec satisfaction. Elle aimait cette cité qui était devenue la sienne, ne regrettant jamais son village dans les montagnes bien que l'air y fût plus respirable. Le brouhaha familier des rues où s'entremêlaient des voix sonores, des rires et des cris d'animaux lui paraissait joyeux. Elle longea une enfilade de maisons aux tons ocre, séparées les unes des autres par de petits jardins. Des volutes de fumée s'élevaient des cours intérieures. Elle reniflait avec délectation les odeurs de légumes, de bois brûlé et de graisse frite… Sa vie au service de Nungal était plus que ce qu'elle avait jamais espéré faire de son existence.

Quand Sitbum arriva à la porte du scribe, la vieille servante lui ouvrit. Cette dernière la reconnut et comprit aussitôt qu'elle venait de la part du général. Elle porta son regard sur la tablette qu'elle tenait fermement à la main.

— Je te salue. Puis-je voir Laliya, je te prie ?

— C'est impossible. Elle se repose dans sa chambre…

— Préviens-la. Je dois lui remettre un message, en main propre.

— Inutile de la déranger. Je le lui porterai.

— Non. Comme je viens de te le dire, je le lui donnerai moi-même, ainsi que j'en ai reçu l'ordre.

— Je comprends, mais Laliya n'est pas encore prête. Je m'en chargerai donc.

— J'attendrai, dans ce cas.

La vieille servante ne s'attendait pas à une telle résistance.

— Je te répète que tu ne peux pas la voir ! dit-elle en haussant le ton.

Attirée par les éclats de voix, Laliya descendit pour comprendre ce qui se passait.

Sitbum, la voyant apparaître, écarta sans façon la vieille servante de son chemin.

— Laliya, ce message est pour toi, dit-elle en faisant barrage de son corps.

Elle lui tendit l'objet avec une mimique bienveillante.

— Prends ton temps pour le lire. Je ne partirai qu'après avoir eu ta réponse.

Sitbum resta devant la jeune fille, postée comme une sentinelle.

Laliya lut chaque mot, très émue. Était-ce la réponse à son message ? Elle voulait le croire. La demande était osée et, pour tout dire, surprenante. Elle la relut plusieurs fois, chassant ses derniers doutes. Elle ne pouvait résister à l'envie de revoir Nungal. Ces premiers instants de joie firent place à un sentiment d'inquiétude. Elle réfléchit, déconcertée. Comment s'éclipser sans que personne de la maisonnée l'en empêche ? se demanda-t-elle, avant de se rendre compte qu'elle devrait aussi rejoindre un lieu qu'elle ne connaissait pas.

Elle aurait voulu que Nungal soit là, maintenant, auprès d'elle. Elle avait tant rêvé de lui.

— C'est oui, dit-elle sans hésiter mais avec une vive émotion en rendant la tablette à Sitbum. Que les dieux veillent sur toi.

La gouvernante, satisfaite, tourna les talons et sortit, un petit air triomphal affiché sur son visage.

Laliya avait bien pris conscience de l'implication de sa réponse. Elle devait se préparer dès maintenant à ce rendez-vous qu'elle venait d'accepter.

Troublée par cet événement inattendu, elle gagna aussitôt la bibliothèque de son père pour y chercher un plan de Babylone. Elle en découvrit plusieurs.

Parmi les tablettes consacrées à l'architecture, certaines décrivaient la porte de Zababa qui, comme celle d'Ishtar, était l'un des chefs-d'œuvre de la Cité. Le plan qui l'accompagnait lui permit de situer le lieu par rapport à sa maison. Le trajet lui parut simple mais périlleux, car il lui faudrait traverser le quartier de Té-é pour se diriger vers les remparts au sud. Le bruit courait que certaines des rues y étaient dangereuses : des chiens féroces y erraient, et des individus louches y attaquaient les passants. Elle repoussa cette pensée qui la faisait frémir, et ne pensa plus qu'au bonheur de revoir son aimé.

Avait-elle eu raison d'accepter ce rendez-vous ? Plus que le trajet, c'était l'idée de se retrouver dans ce lieu isolé, seule avec Nungal, qui l'agitait.

Bouleversée, elle alla s'asseoir dans le jardin, laissant libre cours à ses rêveries.

Elle n'abandonna pas son travail pour autant et regagna la salle d'étude où elle passa le reste de la journée.

Elle rejoignit à regret son père pour partager le repas du soir dans un silence hostile.

Quand elle s'éclipsa, ce ne fut pas pour dormir mais pour se consacrer à sa toilette. Elle voulait être belle, plus belle que toutes les autres jeunes filles que Nungal n'avait pas manqué de rencontrer. Elle demanda à son esclave de vérifier que son corps était parfaitement épilé. Puis elle se fit masser avec de l'huile parfumée au jasmin pour rendre sa peau encore plus douce, et fit enduire ses longs cheveux d'huile d'olive.

La nuit fut longue.

Les moments de veille et d'endormissement alternèrent, créant l'illusion d'une nuit interminable : elle crut voir le matin arriver alors que le soleil venait à peine de se coucher. Elle prit l'aurore pour le soleil couchant, et s'endormit quand les premiers rayons du soleil chassèrent la nuit.

— 70 —

En ce jour particulier, Laliya avait revêtu une longue tunique ocre clair, retenue à l'épaule par une fibule en or. C'était l'unique bijou qu'elle voulait porter.

Elle se glissa hors de sa chambre en guettant les bruits familiers de la maison. Les esclaves finissaient de nettoyer la cour à grande eau, et son père faisait ses ablutions. Le scribe était un homme d'ordre ; il suivait un rituel immuable. Après sa toilette, il déjeunait seul, car depuis leur affrontement elle ne le rejoignait plus à cette heure. Puis il partait pour le palais.

Elle tendit l'oreille.

« Pourquoi est-il encore là ? » se demandait-elle, impatiente, partagée entre attente fébrile et mauvaise conscience.

Quand il eut enfin quitté la demeure, elle attrapa le voile épais posé sur son coffre et s'en enveloppa de la tête aux pieds.

Elle implora Ishtar la Céleste de se montrer bienveillante à son égard, et sortit de chez elle, le cœur battant.

La traversée du quartier de Kullab la rassura. Le décor lui était familier. Des maisons en briques séchées, semblables à la sienne, s'alignaient dans un ordre parfait, séparées par les murs des jardins dont les ramures verdissaient les rues. Des auvents de toile tendue les protégeaient à l'heure où le soleil commençait son implacable ascension. Tout y respirait la quiétude.

Ce qui ne dura pas. Si les rues de son quartier étaient bien entretenues – les ordures ramassées et brûlées chaque jour –, d'autres plus au sud étaient encombrées de détritus dégageant des odeurs infectes. Elle eut un instant de panique. Toutes les rues se ressemblaient. Elle se trompa à plusieurs reprises, aboutissant dans des impasses qui l'obligeaient à rebrousser chemin, mais la course du soleil lui permettait de ne pas dévier de sa route.

Elle s'efforçait de ne penser à rien d'autre qu'atteindre la porte de Zababa.

Quand elle arriva aux abords du petit canal qui amenait l'eau dans les maisons du quartier de Té-é, elle le suivit. Tout du long pointaient des fleurs jaunes et blanches envahies par des herbes folles bien vivaces.

En approchant du but, elle découvrit une rue bien différente des autres. La plupart des portes étaient encadrées de pilastres de bois sculpté, rompant la géométrie austère des maisons d'argile. Une singulière et agréable découverte au cours d'un trajet qui lui paraissait plus long qu'elle ne l'avait pensé. Elle cessa de regarder autour d'elle, absorbée par ses rêveries. Elle imaginait en boucle comment seraient les premiers instants de leurs retrouvailles. Elle ne remarqua pas l'animal qui courait vers elle. Levant la tête, le chien, la langue pendante, surgit à sa hauteur. Saisie de peur, elle s'immobilisa et tendit un bras devant elle, dans un geste dérisoire de défense. L'animal, nullement agressif, bien nourri, lui lécha la main avant de changer d'itinéraire.

Laliya demeura sur le qui-vive. Elle avançait, épiant chaque recoin, jusqu'au moment où elle déboucha sur une large voie d'où elle aperçut, au loin, la porte de Zababa. Sa structure monumentale dominait l'espace. Les palmiers rangés de part et d'autre paraissaient de taille bien modeste en comparaison. S'en approchant, elle croisa un marchand, la tête et les épaules enroulées d'une étoffe en coton, qui tirait un dromadaire lourdement chargé. Il n'y avait personne d'autre à l'horizon si ce n'étaient les soldats qui gardaient la porte. Elle en fut désappointée. Elle avait pensé apercevoir le frère de Sitbum. Peut-être était-elle en avance.

Elle chercha un coin d'ombre pour s'y réfugier.

Elle s'accroupit contre le tronc d'un palmier, arrangeant le voile qui la protégeait et dissimulait son visage. Une précaution inutile : qui aurait voulu se promener à cette heure où le soleil commençait à chauffer à blanc les toits des maisons et les rues ?

Le souffle court, la bouche sèche, elle patienta, angoissée. Elle avait agi sans trop réfléchir mais, à cet instant, des doutes l'assaillaient. « Les dieux pouvaient-ils approuver qu'une enfant déserte ainsi sa maison ? En avait-elle le droit ? Avait-elle raison de faire confiance à Nungal ? »

Elle s'efforça de chasser ses appréhensions. Imaginer qu'il serait bientôt à ses côtés lui rendit courage.

Le temps passait...

Le bruissement de l'eau qui courait dans le petit canal sous les tamaris en fleur lui faisait ressentir avec plus d'acuité combien l'air sec la consumait.

Elle se releva en chancelant. La tête lui tournait. Elle passa une main sur son cou ; des mèches de cheveux collaient à sa nuque. En regardant l'imposante porte, elle eut l'impression que celle-ci se dressait entre elle et Nungal : le long des pilastres sculptés, des échassiers déployaient leurs ailes majestueuses avec un réalisme étonnant qui l'impressionna. À force de les observer, elle les trouva menaçants. Elle les imaginait à la recherche d'une proie, leur bec pointu brandi comme une arme mortelle.

Laliya prit peur. Y aurait-il eu un fâcheux contretemps ? Et si le frère de Sitbum ne venait pas ?

L'angoisse la faisait suffoquer. Elle ferma les paupières ; ses yeux étaient irrités par la lumière du soleil et par la poussière. Elle avait du mal à dominer les sentiments contradictoires qui l'agitaient. Elle était à la fois une amoureuse impatiente de se jeter dans les bras de son aimé, et une enfant perdue qui avait désobéi à son père.

Elle ne vit pas l'homme arriver.

— 71 —

— Laliya !

Elle entendit son nom alors que l'homme le répétait pour la troisième fois. Vêtu d'une tunique courte en cuir, il était petit et trapu comme Sitbum. Levant vers elle son visage buriné, il lui tendit une outre emplie d'eau. Elle l'accepta, ne doutant pas un seul instant qu'il fût le messager envoyé par son bien-aimé. Personne d'autre ne savait qu'elle se trouvait ici. Elle but l'eau fraîche à petites gorgées. Le frère de Sitbum lui expliqua le trajet en quelques phrases maladroites, et ils se mirent en route.

Ils marchèrent en direction de l'Euphrate pour atteindre l'embarcation dont l'homme lui avait parlé.

Après avoir cheminé sous le soleil brûlant, ils longèrent les abords du fleuve sur lesquels alternaient des herbes hautes et des rangées de palmiers à l'ombre bienfaisante. Ils s'arrêtèrent à la hauteur d'une rive dégagée : le bateau, de taille modeste, avait été aménagé pour que sa passagère soit bien calée sur un coussin plat en laine.

Ils embarquèrent et Laliya, très émue, regarda Babylone s'éloigner. Elle quittait les rives familières pour un territoire inconnu : elle n'avait plus d'autre choix que s'en remettre à Nungal.

Ils glissèrent le long du fleuve étincelant de lumière. Le bruissement de l'onde, le bercement de la barque apaisèrent Laliya. De petits échassiers voletaient de la rive à leur embarcation en lâchant une succession de petits cris. Elle découvrait le paysage changeant qui défilait lentement sous ses yeux. Si les abords de la ville étaient plantés de palmeraies rectilignes à l'ombre desquelles poussaient des grenadiers et des figuiers, plus loin, des touffes d'herbes rousses rappelaient que le désert était proche. Par endroits, elle voyait encore de petits groupes de palmiers qui semblaient se serrer les uns contre les autres, comme pour se protéger mutuellement.

La barque se dirigea vers une rive herbeuse, semblable aux autres. Ils y accostèrent. L'endroit était verdoyant. Les débordements de l'Euphrate avaient donné vie à l'enchevêtrement de végétaux.

Dans la touffeur des grèves envahies de joncs retentissaient des coassements bruyants mêlés aux piaillements des oiseaux. Des nuées de moucherons tournoyaient au-dessus des massifs de roseaux dans lesquels les fauvettes des marais les guettaient. Le chemin était boueux. L'homme ouvrait la route à Laliya ; il veillait à lui éviter de trébucher.

Ils atteignirent enfin une sorte de clairière qui émergeait au milieu d'un espace limoneux cerné par la végétation. La hutte du frère de Sitbum, bien entretenue, se dressait sur une langue de terre ferme.

L'homme salua respectueusement Laliya et s'éclipsa aussitôt.

Elle fit seule ses derniers pas vers la maison.

Nungal, qui les avait entendus arriver, se précipita à sa rencontre. Elle se jeta dans ses bras. Ces premiers instants furent d'une extrême intensité, hors du temps.

Il la prit par la main et l'entraîna à l'intérieur de la maisonnette éclairée par quelques petites vasques d'huile, posées sur le sol. L'endroit était plus spacieux qu'elle l'eût cru. Des coussins plats recouvraient les épaisses nattes en roseaux.

Ils s'enlacèrent un moment, silencieux : leur trouble était plus fort que les mots.

Nungal écarta délicatement le voile qui la dissimulait et le fit glisser à terre. Il approcha de ses lèvres une gourde d'eau fraîche pour qu'elle en boive une gorgée puis la serra contre lui. Une sensation de bien-être effaça la fatigue du voyage. Ils respiraient d'un même souffle. Elle sentait son odeur chaude et boisée ; il goûta à la chair parfumée de son cou. Ses lèvres se posèrent sur les siennes. Elle lui rendait chaque baiser avec la même intensité. Leur bouche parcourait le visage de l'autre comme pour retenir à jamais le moindre trait de l'être aimé. Puis ils s'embrassaient à nouveau, respirant le souffle de vie de l'autre.

Laliya répondait aux caresses de Nungal par celles qu'elle avait imaginées quand elle rêvait de lui. Il s'était débarrassé de sa tunique, et elle sentait sa peau ferme et douce sous ses doigts. Les gestes tendres et mesurés du jeune homme contrastaient avec ceux, impatients, de Laliya.

Il défit délicatement sa tunique. Nue devant lui, elle ne bougea pas, laissant le regard du jeune général prendre possession de son corps. Il posa les yeux sur elle avec autant d'émotion que de désir. Elle était si belle. Si troublante. Il parcourut de ses mains ses seins à la courbe délicate, sa taille fine. Ses longues jambes étaient plus douces que la soie. Il effleura son sexe, provoquant chez elle un frémissement de plaisir. Nungal s'enhardit, enivré par l'éclat de sa peau et son odeur de jasmin qu'il aimait tant. Il mit un genou à terre, glissant sa bouche au creux de son aine. Laliya se mit à gémir doucement, posant la main dans ses cheveux. Elle ne le repoussait pas, prête à se donner à lui au moment où il le voudrait. Mais Nungal, faisant durer le plaisir de goûter à sa chair, hésitait malgré la violence douloureuse de ce qu'il éprouvait. Il ne voulait pas ravir la virginité de Laliya. Son attirance allait bien au-delà.

Il se releva et s'écarta d'elle. Il s'apprêtait à lui parler quand une voix pressante venant de l'extérieur l'en empêcha :

— Maître Nungal !

Il reconnut celle de Sitbum.

— Maître Nungal ! répéta la gouvernante.

Nungal enfila sa tunique et aida Laliya à remettre en place le drapé de sa robe.

— Je dois lui répondre, murmura-t-il, elle ne vient pas ici sans raison, ce doit être grave...

La jeune fille éprouva un sentiment de panique qui lui coupa le souffle.

— Reste ici. Je vais lui parler, dit Nungal d'une voix rassurante.

Il sortit.

— Maître, j'ai fait ce que tu m'as dit. J'ai surveillé le scribe. Il a quitté le palais.

— Il allait chez lui ?

— Je ne peux pas te répondre. Je voulais te prévenir aussitôt. Le risque est grand. Ne devrais-tu pas rentrer ?

— Tu as raison. Raccompagne Laliya immédiatement. On ne doit absolument pas nous voir ensemble.

Laliya, qui avait tout entendu, apparut sur le seuil. Elle était prête pour le départ. Elle se mit à avoir peur de la réaction de son père s'il découvrait son escapade.

Nungal la prit tendrement dans ses bras et lui murmura à l'oreille :

— Tu devras fuir Babylone. Je te protégerai...

— Je t'aime, murmura Laliya, le cœur débordant d'amour.

Une forme de pudeur empêcha Nungal de répondre en présence de Sitbum.

L'instant d'après, elles s'éloignaient déjà toutes deux hors de sa portée.

— 72 —

Le retour ressembla à une course. Après avoir franchi la porte de Zababa, Laliya et la gouvernante traversèrent l'esplanade bordée de palmiers avant de s'enfoncer dans les rues avoisinantes, faisant route vers la maison du scribe.

Une chaleur de plomb les faisait suffoquer.

Les rues défilaient sans que la jeune fille en reconnaisse aucune. Une interrogation dominait sa pensée. « Que se passera-t-il si mon père est déjà rentré ? » Son angoisse augmentait à chaque pas.

Sitbum la quitta quand elles approchèrent de sa demeure.

Laliya arriva seule à destination, haletante, plus essoufflée par l'angoisse que par sa course folle.

Elle poussa doucement la porte et pénétra dans l'entrée sans faire de bruit. Il y régnait un silence total. La maison semblait déserte, ce qui la rassura.

Elle jeta d'abord un regard dans la plus grande pièce, s'avançant jusque dans la cour propre et calme. Puis elle revint sur ses pas, s'apprêtant à rejoindre la salle d'étude qu'elle n'était pas censée avoir quittée.

Le scribe l'y attendait.

Laliya laissa échapper un cri.

Son père se dressa devant elle, menaçant.

— J'ai appris ton escapade, ma fille. Ta conduite est scandaleuse. Mais le temps de parler est révolu. Heureusement j'ai eu un long entretien avec la reine, dit-il en se rengorgeant, des gardes viendront te chercher demain. Ils te conduiront au palais où tu résideras jusqu'à tes noces prochaines.

— Je suis ici chez moi, protesta-t-elle d'une voix faible, je désire y rester.

— Comme aujourd'hui ?

Elle ne sut que répondre.

— Tu n'as plus qu'une seule chose à faire à présent : préparer tes affaires.

Laliya se résigna à rejoindre sa chambre, anéantie. Elle avait l'impression que sa vie lui échappait. Que tout était fini.

Elle enleva le voile qui la recouvrait et déposa sur son coffre le roseau coupé qu'elle avait dissimulé. Il lui évoquait l'espoir. Celui d'être réunie pour toujours avec son aimé.

Nungal avait regagné sa demeure plus tendu que jamais. Il espérait que le scribe n'était pas directement rentré chez lui. Cette pensée ne l'avait plus quitté dès l'instant où il avait dû se séparer de Laliya.

Il pensa au plan qu'il avait conçu pour elle, mais dont il n'avait pas eu le temps de lui parler.

Un cousin de sa mère, qui habitait Opis, accepterait probablement de la cacher. Il avait gardé le souvenir d'un homme droit et bon, pour lequel la famille comptait avant tout. Aussi, malgré les risques du voyage, malgré la gravité de l'acte de rébellion contre la reine, Laliya serait plus en sécurité chez lui qu'en restant dans la Cité.

« Bien sûr, se disait-il, si la conspiration dont Tahar m'a parlé à mots couverts se met en place, je pourrai la soutenir et tuer Lâbâsi-Marduk de mes propres mains ! »

Mais un général, un conseiller, ne pouvait que rester fidèle à son souverain quelles que soient les circonstances. Ce qui impliquait une loyauté totale envers la royauté, et donc envers le prince.

— 73 —

Le lendemain, Laliya fit le trajet, les yeux brouillés de larmes. Ce n'était pas seulement d'être conduite au palais qui lui déchirait le cœur, mais de se sentir, en quelque sorte, chassée de la maison par son père.

Les soldats de la reine la menèrent à grands pas de la cour d'honneur aux appartements royaux. Là, la dernière porte de l'édifice royal se referma sur elle. L'appartement qu'elle découvrait la retiendrait désormais prisonnière. À la merci de la reine. Son mariage avec le prince lui paraissait un sort pire que la mort. Elle aurait préféré qu'un scorpion du désert la piquât plutôt que d'appartenir à cet homme.

Elle se demandait si elle trouverait un moyen de s'enfuir, mais les murs de la pièce qui l'enserraient à présent la privaient de tout espoir.

Elle se mit à s'agiter comme un oiseau qui, entré par mégarde par une fenêtre, se heurte à tous les obstacles. Perdu, sans plus aucun repère, il se jette contre les parois qui se dressent entre le ciel et lui, entre la vie et lui, croyant pouvoir trouver la sortie. Jusqu'au moment où, après un dernier choc, il comprend que la seule issue est la mort.

Laliya alla jusqu'au couloir d'entrée. Les gardes ne la quittaient pas des yeux. Elle revint vers la chambre. La pièce, décorée de grandes fresques florales, n'avait qu'une étroite fenêtre. Elle apercevait la cime des arbres d'une terrasse des jardins suspendus. En regardant cette sorte de forêt dans le ciel, elle fut saisie d'un violent désespoir. Elle ne reverrait la beauté de Babylone qu'une fois mariée. Non, c'était impossible ! Elle ferma les yeux, appelant silencieusement Nungal à son secours.

Peu de temps après, Sitbum informa son maître de ce qui s'était passé. De la trahison de la vieille servante. Et de toutes les conséquences.

Dans le quartier voisin, l'armateur était sur le point de sortir de chez lui. Sa colère montait avec la chaleur de la journée.

« C'est quoi cette histoire ? » fulminait-il. Être à nouveau accusé de meurtre, ça n'avait pas de sens. Si le roi ne l'avait pas fait injustement arrêter, il n'en serait pas là.

Le temps pressait : la rumeur ne devait pas s'étendre.

Il se fit préparer une tenue de caravanier qu'il revêtit pour dissimuler son identité, et partit avec un plan qu'il avait tracé sur un papyrus.

Il avait prévu de quadriller Alu-Essu afin de repérer tout incident notable. Il recouperait aussitôt ses informations avec celles obtenues par ses serviteurs. Si un occupant d'une seule des maisons paraissait inconnu de tous, ou suspect, il en prendrait note et y retournerait nuitamment.

Yasîm sortit, déterminé à débusquer le coupable. Il marchait comme un soldat en mission, lui qui n'avait jamais été dans l'armée. Mais il avait gardé de sa jeunesse aventureuse à bord des bateaux une fougue intacte lorsqu'il s'agissait de défendre ses droits.

Quand le soleil fut au plus haut, il avait parcouru la moitié de son quartier. Il s'arrêta alors pour boire. Il dut écarter un pan de sa tenue, qu'il trouvait lourde et encombrante, afin de sortir sa gourde.

— Lui !

Il n'avait pas avalé sa première gorgée qu'un passant la lui avait arrachée des mains.

— C'est lui ! vociféra-t-il comme si l'armateur venait de l'agresser.

Son hurlement attira l'attention d'un autre passant qui s'élança à sa rescousse le croyant en danger.

Yasîm, bien campé sur ses jambes, s'était mis en garde. Il ne put éviter le premier coup, qui lui fit éclater la pommette. C'était douloureux. Il se reprocha son manque d'esquive. Mais, avant que le deuxième homme ne l'atteignît à son tour, il réussit à frapper les deux individus, l'un au menton, l'autre entre les deux yeux, freinant leur ardeur au combat. Heureusement, les badauds ne semblaient pas vouloir s'en mêler. Profitant de son avantage, Yasîm déséquilibra l'agresseur le plus proche et abattit son poing sur la tempe du second, qui s'écroula, sonné.

Stimulé par sa fureur, l'armateur s'éloigna au pas de charge, bien décidé à résoudre cette scandaleuse affaire. Il adressa une prière aux dieux, leur demandant de le guider et de lui accorder leur protection.

— 74 —

Depuis qu'Ika avait pris possession du nouvel appartement que la reine avait fait libérer pour elle, elle exultait. Les pièces étaient plus spacieuses, et l'une des fenêtres donnait sur le jardin aux épices. Elle devait sa nouvelle condition autant à sa science des plantes qu'à ses talents de séductrice.

Elle s'y prélassait un peu, songeant avec reconnaissance aux siens. D'une famille de guérisseurs originaires de la ville de Tyr, Ika avait hérité de sa mère un savoir sur les décoctions et les potions. Si elle n'avait été au service de la reine, elle aimait à penser qu'elle aurait pu faire fortune comme Ustan, le grand parfumeur. Chaque découverte était pour elle une source d'émerveillement, et Kassaia appréciait autant ses connaissances que sa présence.

Elle n'avait pu résister bien longtemps aux avances de la souveraine. Elle se souvenait du jour où la reine lui avait demandé de la masser avec cette pommade dont elle avait suggéré la composition au parfumeur. Sous ses mains habiles, la crème onctueuse glissait sur la peau de Kassaia, dégageant une légère senteur d'iris. La reine s'était alors emparée de sa main pour la guider dans ses premières caresses. Troublée, maladroite, elle avait peu à peu cédé à son désir impérieux. La poitrine de Kassaia était aussi ferme que celle d'une jeune fille et sa peau, parfaitement lisse, soyeuse au toucher.

Quand la souveraine la fit se dénuder et l'attira sur son corps brûlant, Ika ne lui résista plus. Elle enfouit ses doigts entre les lèvres humides de son sexe, éprouvant à son tour un violent désir. Ses initiatives provoquèrent les gémissements de Kassaia. Après d'habiles caresses, elles partagèrent un bain parfumé, dans une grande vasque où la reine, insatiable, lui offrit son corps.

Ces rêveries la ramenèrent au présent. La reine venait de l'appeler.

Dévêtue, ayant libéré ses magnifiques cheveux noirs qui descendaient jusqu'à sa taille, Kassaia se montra impatiente. Soulevant la tunique d'Ika, elle savoura l'odeur de sa peau. Ses frémissements de plaisir et son abandon furent absolus.

Alanguie, la reine voulut prolonger ce moment de bien-être. Elle retint la jeune femme auprès d'elle, ne résistant pas à l'envie de lui parler du prochain mariage de son fils.

Elle lui brossa un portrait flatteur du prince, très éloigné de la douloureuse réalité, lui apprenant que ses noces n'allaient pas tarder.

— J'ai choisi pour lui une jeune fille instruite et sage, lui confia-t-elle. Elle réside désormais dans l'appartement qui surplombe les fruitiers. Je fais en sorte de la préparer à son mariage...

Elle regarda pensivement sa servante.

— Elle aurait besoin d'une huile pour adoucir sa peau. D'un fard pour ses joues trop pâles aussi...

Les demandes de la reine étaient des ordres, et Ika songea déjà à quelques ingrédients qu'Ustan avait reçus récemment d'Égypte.

Elle s'en alla, le cœur léger, sachant combien la souveraine n'hésitait pas à offrir des présents coûteux à ceux qui, comme elle, satisfaisaient ses désirs.

Ces agréables pensées ne lui firent pas oublier pour autant ses devoirs. Il lui fallait vérifier qu'une de ses commandes était bien arrivée.

En quittant ses appartements pour les réserves royales, Ika songea à Nungal. Elle était contrariée ; il tardait à se manifester.

Elle s'avisa alors qu'elle n'était plus très loin des salles du conseil. Comment résister à l'envie de le guetter à la sortie de sa réunion matinale ? Peut-être obtiendrait-elle un rendez-vous, car sa relation avec la reine n'avait fait qu'attiser le désir qu'elle avait de lui.

Près de la salle principale, elle croisa d'abord l'architecte en chef, puis l'un des responsables des provisions de grains qu'elle connaissait de vue, et enfin Nungal à qui elle fit un geste discret de la main.

Répondant par un signe de la tête, il la suivit jusqu'à un petit couloir de traverse.

— Tu m'as tellement manqué, dit-elle en se serrant contre lui.

— Tu me sembles bien radieuse pour une jeune femme abandonnée, répondit-il, moqueur.

— Je connais bien des secrets, lui rétorqua-t-elle, espérant suciter sa curiosité.

— Surtout, ne me dis rien, répliqua-t-il, plus amusé qu'intrigué.

— Tu as tort. *On* me fait des confidences. Et bientôt, rien de ce qui se passe au palais ne me sera étranger.

— Comme quoi par exemple ?

— La reine a fait venir au palais la promise du prince. Elle vit désormais dans les appartements près du sien.

Nungal serra les mâchoires. « C'est donc là que se trouve Laliya. » Il ne pouvait poser de questions précises à Ika sans éveiller sa méfiance. Il ne fit donc aucun commentaire mais décida d'en apprendre plus sans attendre. Des soldats qui le connaissaient lui parleraient sans peine.

— Cher Nungal, serais-tu en train de réfléchir à notre prochain rendez-vous ? l'interrogea-t-elle provocante.

Il réussit à lui sourire gentiment.

— Il me faut plus de temps, répondit-il en s'éloignant déjà de la jeune femme, vexée.

Nungal n'avait plus en tête que la fuite de Laliya. La réponse du cousin de sa mère n'allait pas tarder à lui parvenir. Il devait la mettre au courant de son plan. Accepterait-elle de tout quitter le temps qu'il faudrait pour éviter ce mariage ?

— 75 —

Depuis le début de sa captivité, Laliya, privée de ce qu'elle aimait faire, regrettait l'austère salle d'étude. Entre les murs du palais, le temps lui paraissait bien long.

L'inactivité lui pesait. Elle se remémorait en boucle les précieux instants passés dans la maison dans les roseaux lorsque les gardes du couloir ouvrirent la porte et s'écartèrent pour laisser entrer la reine.

— Que les dieux soient avec toi, chère enfant !

Laliya fut saisie par son apparition. D'une élégance recherchée, Kassaia portait une tunique de soie carminée, brodée, et un voile diaphane posé sur ses cheveux. Le ton brutal de sa salutation démentait ses paroles. Que signifiait sa visite ?

— Je constate que tu es bien installée ici.

Elle examina la jeune fille d'un œil critique.

— Qui ne voudrait pas être à ta place en ce moment ? L'appartement que j'ai choisi pour toi surplombe l'orangeraie. Quelle agréable senteur, n'est-ce pas ?

Laliya, mal à l'aise, inclina la tête.

— Je venais te parler des étoffes que je t'ai fait porter car tu ne possèdes rien de ce que la promise d'un prince doit avoir, commenta-t-elle sèchement. Les as-tu bien reçues ?

Laliya acquiesça. Il s'agissait de magnifiques tissus en lin, savamment brodés, qui étaient destinés à confectionner les robes qu'elle porterait désormais.

— En as-tu choisi ?

Elle les avait à peine regardés, ne se souciant de rien d'autre qu'une éventuelle évasion, mais elle ne devait pas mécontenter inutilement la reine.

— Oui, j'en ai choisi, répondit-elle un peu vite. Je vous en remercie.

— Eh bien, montre-moi les étoffes que tu préfères.

Hésitante, elle se dirigea vers un coffre ouvert sur lequel elles avaient été déposées. Elle en désigna deux au hasard : l'une bleu indigo, et l'autre en lin grège avec des motifs végétaux formés par un entrelacs de fils d'or.

La souveraine ne parut pas satisfaite.

— Peut-être, nous verrons... Je ne sais pas si cette couleur te siéra vraiment. Elle te brouillera un peu plus le teint.

Kassaia s'approcha tout près d'elle.

— Il faudra te couvrir les cheveux, ajouta-t-elle en lui touchant presque le haut du visage. Je ne sais comment on pourrait réussir à les coiffer avec grâce...

Laliya vit une étincelle de cruauté dans son regard. Elle comprit qu'elle devait agir avec prudence.

— Mais laissons cela, dit alors la reine d'une voix faussement enjouée. Tu seras heureuse d'apprendre que Lâbâsi-Marduk est impatient de se marier. Les préparatifs ont commencé. J'annoncerai bientôt vos noces à tout le royaume.

Kassaia guetta la réaction de la jeune fille. Celle-ci réussit à esquisser un sourire, la gorge serrée.

— J'espère que tu prends conscience de l'honneur qui t'est fait, ma chère enfant...

Laliya ne pouvait rester muette, elle s'efforça de répondre ce que la reine voulait entendre.

— Je remercie les dieux de cette noble destinée, je suis prête, répondit-elle d'une voix empressée, en pensant : « Plutôt mourir que d'appartenir au prince... »

Mais, alors qu'elle prononçait ces paroles, une certaine raideur dans son attitude la trahit. La reine, qui ne la quittait pas des yeux, douta de sa sincérité. Laliya ne réussissait pas à dissimuler à quel point elle était tendue.

— Non, tu n'es pas prête, rétorqua Kassaia en la toisant. Tu as encore tant de choses à apprendre. J'ai chargé une de mes vieilles parentes de t'enseigner ce que tu dois savoir pour bien te conduire au palais... (elle marqua un temps d'arrêt)... et pour devenir une bonne épouse. Pour combler le mari qui partagera ta couche.

Laliya frémit, ne voulant même pas imaginer cet instant.

La reine la détailla de la tête aux pieds, s'attardant sur son ventre. « C'est un bon choix, pensa-t-elle, elle n'est pas vilaine, cette jeune fille, un peu petite, mais un port de princesse. » Peu importait ce que celle-ci pouvait penser. Ses états d'âme ne l'intéressaient pas. Après tout, ce qu'elle exigeait d'elle, c'était d'enfanter et d'élever ses enfants pour assurer l'avenir de Babylone. Sous sa tutelle.

D'une voix timide, Laliya reprit la parole.

— Je vous remercie de toutes vos bontés, mais ne pourrais-je profiter des jardins du palais ? dit-elle avec une lueur d'espoir. L'arboretum est en pleine floraison.

Kassaia sembla l'approuver d'un mouvement de tête.

— Tu as bien raison, jeune fille, ce jardin est un havre de paix. Quand tu seras mariée, tu auras tout le loisir de goûter à la beauté et au charme des lieux. Ton époux saura t'en faire apprécier toute la richesse.

— Ne puis-je donc pas sortir ? insista-t-elle.

— Il serait fâcheux que le soleil te gâte le teint..., répondit la reine avec une ironie blessante.

Laliya eut la sensation que la porte de sa prison se refermait définitivement sur elle.

— 76 —

Deux jours après avoir appris où se trouvait Laliya, Nungal traversa les galeries du palais à vive allure, redoutant de croiser quelqu'un de sa connaissance. Il avait réussi sans trop de mal à convaincre l'un de ses soldats d'user de ses bonnes relations avec un garde qui surveillait la porte des appartements de Laliya. Il voulait lui parler à tout prix.

Dès qu'il arriva, le garde le fit pénétrer dans le vestibule sans qu'une seule parole soit échangée. Un autre se chargea d'aller chercher la jeune fille dans le petit salon où elle était assise.

— Tu dois me suivre, lui dit-il en fonçant droit sur elle. Tout de suite !

Laliya se leva, indécise. Était-ce un ordre de la reine ? Qu'avait-elle encore imaginé pour elle ?

— Viens-tu ?

La curiosité l'emporta ; elle lui emboîta le pas jusqu'au vestibule où Nungal se tenait.

Défaillant de surprise, elle retint un cri.

— Ma chère Laliya… que c'est bon de te revoir, dit-il en la regardant avec tendresse. Sache que nous avons peu de temps…

Il effaça la larme qui perlait au coin de ses yeux.

— Je voulais te rassurer. Je vais te sortir des griffes de la reine.

— Bientôt ? murmura-t-elle, pleine d'espoir.

— Prends patience. Je prépare ton départ…

Il ne pouvait pas se lancer dans de longues explications.

— Je… te protégerai.

Elle tendit son visage vers lui. Ses lèvres s'ouvrirent sous la pression des siennes.

Nungal aurait dû partir au plus vite pour ne pas accroître les risques que leur faisait courir cette entrevue secrète. Mais il ne parvenait pas à s'arracher à la tendre étreinte de Laliya, comme il aurait été plus sage de le faire.

Au même moment, arrivée devant la porte, Ika s'étonna de trouver tous les gardes à l'extérieur des appartements.

— Je viens porter ces huiles précieuses de la part de la reine, écartez-vous ! leur dit-elle d'un ton autoritaire.

Elle poussa le battant avant qu'un garde n'arrêtât prestement son geste, pas assez vite cependant pour qu'elle ne doutât pas de ce qu'elle voyait : Nungal embrassait la promise du prince.

Une rage folle s'empara d'elle.

— 77 —

Dans un dédale de rues, le quartier des artisans s'étendait jusqu'au grand canal. L'imposante demeure d'Ustan, le maître parfumeur, se faisait remarquer par son décor en argile vernissée. Sa maison possédait un étage et une large terrasse recouverte de plantations. Dans la cour intérieure qui communiquait avec son atelier de plain-pied, il cultivait lui-même des herbes aromatiques, protégées en partie du soleil par de larges toiles. Son commerce était très lucratif.

Ustan s'y affairait jour et nuit.

La matinée venait à peine de commencer, il finissait de ranger les produits qu'il avait reçus. Il prit les copeaux de myrte pour les mettre dans des pots en argile, puis il les déposa sur les étagères du fond de sa boutique. Il plaça ensuite la poudre de cyprès à côté des gommes d'acacia et des résines de pin. Puis il recouvrit d'huile les lamelles de cèdre déposées dans une vasque. Il procédait lui-même à l'extraction à froid des essences en faisant macérer les bois odoriférants dans des grands bacs d'huile. Il avait renoncé à faire les huiles de marmites, beaucoup plus contraignantes à préparer. En effet, l'extraction à chaud nécessitait main-d'œuvre et matériel.

Ustan ne confiait à personne le soin de fabriquer ses parfums. L'esclave, penché sur un bac rempli d'eau claire, lavait les pots et les fioles qu'il y avait déposés. Pieds nus, vêtu d'un pagne, le très jeune homme, acheté en Médie, avait le corps mince et nerveux des habitants d'Ecbatane. Ustan ne put résister à l'envie de toucher sa peau, glissant ses doigts sur le bas de son torse. Il appréciait la fermeté de sa chair. Il s'en détacha avec regret. Il le posséderait plus tard… Penser qu'il était habile de ses mains l'amusa. Il avait des désirs coûteux. Il achetait à certains caravaniers des copeaux de genévrier des monts du Zagros, de la poudre de myrte de Syrie, mais aussi des esclaves, des garçons imberbes à la peau douce.

Il vérifia sur sa tablette que tout avait bien été livré.

Il ne lui restait plus que les précieuses jarres d'huile à rentrer, et il en aurait fini. Le jeune esclave ne lui en laissa pas le temps. Croyant bien faire, il s'était emparé de l'une d'elles sans précaution. Le récipient heurta violemment le mur et se fendit, répandant un filet visqueux sur le sol.

Fou de rage, Ustan s'empara d'un bâton et le frappa à petits coups méchants, l'attrapant par les cheveux lorsqu'il cherchait à se dérober. Le corps du garçon se couvrit de traces brunes puis le sang se mit à couler. Plus il le tapait, plus il se sentait excité comme une hyène.

Il ne cessa de le battre qu'à l'instant où il aperçut la servante de la reine au seuil de son atelier. Il s'avança, inquiet. Ce n'était pas le jour prévu pour lui remettre les onguents que Kassaia lui avait commandés. La reine aurait-elle quelque chose à lui reprocher ?

Sans un mot, Ika lui tendit une petite tablette sur laquelle était gravée une courte liste. Ustan eut un bref instant d'arrêt en la parcourant avant d'aller chercher un sac pour y mettre des bouquets d'herbes sèches. Puis il se dirigea vers le fond de son atelier d'où il extirpa un pot soigneusement dissimulé. Il manipula avec précaution l'essence vénéneuse de genévrier pour en remplir une petite fiole. Il lui arrivait certes d'honorer des commandes *spéciales*…

Quel usage pouvait-on faire de cette essence toxique si ce n'était...

Il observa la servante à la dérobée. Elle paraissait mal à l'aise, et la liste qu'elle lui avait présentée ne ressemblait en rien à celle que la reine faisait rédiger habituellement.

Un large sourire éclaira la face ronde du parfumeur, tannée comme un vieux morceau de cuir. Il décida d'en aviser Agum. Le Grand Intendant savait récompenser ses informateurs.

— 78 —

Dès qu'Agum fut alerté par Ustan, il rejoignit la reine pour lui faire part du curieux achat que venait de faire sa servante favorite.

La reine, lovée dans un fauteuil du petit salon, ne lui sembla pas suffisamment inquiète. Il dut insister pour la convaincre du péril :

— Le parfumeur m'a informé qu'elle s'était procuré un redoutable poison !

— Je connais Ika depuis longtemps. À qui pourrait-elle en vouloir ?

— Comment continuer à accorder ta confiance à une personne qui achète, et détient, un poison mortel ? renchérit Agum, qui n'ignorait pas de quelles faveurs jouissait la séduisante Ika auprès de Kassaia. Au point même que la reine lui avait refusé une fois sa couche.

— Me croirais-tu en danger ?

— Il ne faut rien écarter. Que sait-on des projets de cette servante ?

— Que comptes-tu faire ?

— J'ai chargé deux hommes de la suivre. Dès que je connaîtrai ses intentions, je ferai en sorte de préserver la sécurité du palais, ma reine.

— Bien. Fais ce que tu jugeras bon, et viens m'en avertir.

Agum quitta Kassaia pour retrouver son premier espion qui lui fit son rapport :

— Elle a rejoint les cuisines du palais. J'ai tout vu : elle s'est emparée de trois pichets de jus de fruits fraîchement pressés ainsi que d'un gobelet. Elle a fait plusieurs mélanges. Elle en a retenu un auquel elle a ajouté le contenu d'une fiole.

Ce détail essentiel ne laissait plus de doutes sur les mauvaises intentions de la servante.

Ika, ignorant qu'elle était suivie, marchait à présent en direction des appartements de Laliya. Elle imaginait avec délectation l'horrible mort de la jeune fille, et la détresse de Nungal lorsqu'il l'apprendrait.

Elle frappa à la porte. Un des gardes la reconnut et lui ouvrit aussitôt.

Sans hésiter, elle s'avança vers Laliya qui paraissait lire une tablette, et lui proposa, avec de savantes explications, de profiter de ce breuvage que la reine avait fait préparer à son intention.

Mais alors que la jeune fille tendait la main pour porter le gobelet à ses lèvres, Agum fit irruption dans la pièce. Ika, stupéfaite, reconnut le Grand Intendant.

— Repose ce gobelet, ordonna-t-il à Laliya, faisant barrage de son bras, et toi, reprends le plateau immédiatement et suis-moi !

Ika était trop abasourdie pour répliquer quoi que ce soit.

— Pardonne-nous le dérangement, dit-il rapidement à Laliya en s'inclinant, cette servante s'est... égarée !

Et ils sortirent tous deux sans qu'elle réalisât ce qui venait de se dérouler sous ses yeux.

Sous le choc, elle comprit peu à peu la signification de la scène. On avait voulu l'empoisonner. C'était presque impensable. Qui pouvait vouloir sa mort ?

Enfermée dans ses appartements, elle ne pouvait pas communiquer avec l'extérieur. Nungal referait-il bientôt une tentative pour la joindre ? Et la faire fuir, loin de ce cauchemar ?

L'incident accrut son sentiment d'angoisse et de vulnérabilité.

Agum entraîna aussitôt la servante vers un lieu désert à cette heure. Sa haute stature, l'arme qu'il portait à sa ceinture, terrifiaient Ika.

Ils longèrent d'abord un couloir sur lequel courait une frise végétale tentaculaire pour atteindre les grandes réserves du palais, loin des appartements de la reine. Il fit entrer Ika dans une salle imposante où étaient entreposés des jarres et des coffres de toutes tailles. Ils avancèrent vers le fond.

— Pose le plateau.

Elle obéit, les mains tremblantes.

— Je t'écoute.

— Je vais tout t'expliquer, s'empressa de répondre Ika dans l'espoir de garder la vie en trahissant Nungal. Épargne-moi ! Ce que je m'apprête à te révéler est de la première importance.

— Ton temps est compté.

— Nungal…

Le Grand Intendant eut un sursaut en entendant le nom de l'intrigant qu'il haïssait.

— Quoi « Nungal » ?

— Je l'ai vu. Il est entré dans les appartements de Laliya et l'a embrassée.

— Tu en es certaine ?

— Que les dieux m'en soient témoins ! J'ai assisté à la trahison, dit-elle en insistant sur le dernier mot.

Le visage d'Agum resta impassible.

— Je pourrais encore t'être très utile. Avec ma fonction, je suis au courant de beaucoup d'intrigues, susurra Ika dans l'espoir de le convaincre.

Il la fixa avec un regard malveillant. Osait-elle faire allusion à sa relation avec la reine ? Il en conclut qu'elle était impudente, et dangereuse. Cependant elle venait de lui révéler une information plus utile encore qu'elle ne l'imaginait : Nungal allait se trouver à la merci de la reine. Mais c'était un secret qu'une servante ne pouvait posséder, ce dont Kassaia conviendrait certainement.

— Bois le verre que tu as préparé, et tout le contenu du pichet.

— Non, non. Je quitterai le palais, je te le jure. Aujourd'hui même.

— Bois !

— Non, je t'en supplie. Épargne-moi. Je ferai tout ce que tu veux.

— Bois, répéta-t-il sans l'ombre d'une hésitation.

Ika se souvint d'un homme qu'elle avait vu mourir après l'ingestion d'un poison, de l'horrible scène : il vomissait du sang en se tordant de douleur. Elle projeta un bras en avant, expédiant violemment le plateau par terre.

Agum sortit son poignard. Elle tenta de s'échapper dans un ultime moment d'espoir. Il l'attrapa par les épaules et, la maintenant dos à lui, lui trancha la gorge.

Avant de rejoindre la reine, le Grand Intendant ordonna à ses esclaves de brûler le corps d'Ika avec les détritus du palais.

— 79 —

Une semaine venait de s'écouler.

Yasîm touchait au but. Les témoignages concordaient : les voisins du suspect lui avaient assuré qu'ils ne le rencontraient jamais dans la journée. Les rares fois où ils le croisaient, c'était qu'il venait de sortir furtivement de sa maison, le soir venu.

L'armateur avait donc attendu que la nuit tombât pour se poster face à la rue qui lui avait été indiquée. Il se faufila dans un étroit goulet entre deux maisons. De là, à l'abri des regards, il voyait bien l'entrée de sa demeure. Dès qu'il y eut un mouvement, il se mit en alerte.

Quelles solutions s'offraient à lui ? Si l'homme sortait de son repaire pour assassiner quelqu'un – ce qu'il souhaitait –, il le prendrait sur le fait. Sinon... il improviserait.

Dans l'immédiat, il devait le suivre sans se faire repérer. Il attendit qu'il ait tourné une première fois pour courir à sa suite. L'individu avançait tête baissée. Vêtu d'une ample cape de laine, il pouvait dissimuler une arme.

À certains moments, il marchait vite, et Yasîm avait peur de le perdre ; à d'autres, il s'arrêtait et marmonnait en secouant les épaules.

L'armateur dut assister un long moment à ce curieux spectacle sans en apprendre plus. Peut-être ne faisait-il que se promener sans but. Serait-il obligé de le suivre jusqu'au lever du jour ?

L'homme fit une halte.

Yasîm, éreinté, évita de penser à l'endroit douillet qui n'attendait que lui : son lit en laine douce et en fourrure.

C'était reparti ! L'individu s'était remis en route, l'armateur à ses trousses. Après de nombreux détours, il regagna son point de départ, marquant un temps d'arrêt devant sa porte.

Yasîm accusa le coup, les nerfs à vif.

La marche reprit son cours. L'attention de l'armateur commença à faiblir. Son espoir de découvrir la vérité aussi.

S'il n'avait pas été mis aussi scandaleusement en cause, il ne se serait pas acharné à suivre cet individu un peu dérangé, qui le faisait tourner en rond.

Alors que, pour la quatrième fois, l'homme repartait du seuil de sa maison – sans doute pour y revenir –, Yasîm eut envie de le voir de plus près.

Connaissant par cœur son trajet, il se posta à l'angle d'une rue d'où il pourrait le voir déboucher de face.

Après quelques instants fébriles, l'armateur le vit s'approcher, tête baissée. Décidant de passer à l'action, il donna un coup de pied dans un morceau de poterie qui se fracassa contre le mur.

L'individu releva la tête.

Yasîm bondit sur lui, et l'immobilisa. Il aurait reconnu sa face écarlate entre mille : c'était l'imprécateur qu'il avait repéré lors du meurtre devant le temple d'Ishtar. Qu'est-ce qu'il avait à voir avec les nouveaux cadavres ?

— Est-ce bien toi qui as tué ces malheureux dont les yeux ont été arrachés ?

Il relâcha la pression pour le laisser répondre.

— Iddiyatum !

— Ce que tu dis n'a aucun sens.

— Iddiyatum ! Iddiyatum ! hurla l'homme en essayant de se dégager.

Yasîm le secoua un peu jusqu'à ce qu'il retrouve son calme.

— Explique-toi.

Au lieu de lui répondre, il se mit à agiter sa tête de gauche à droite à toute vitesse.

Yasîm n'eut plus qu'une solution, le frapper un grand coup.

Un peu sonné, il parut s'amadouer.

— C'est bien toi qui as commis ces meurtres ?

— Oui et non. C'est Iddiyatum...

— Attention à ce que tu dis ! le menaça Yasîm, le poing levé.

— Iddiyatum..., redit-il encore à voix basse, ce vaniteux, ce fourbe, ce sournois, ce malhonnête, ... c'est de sa faute.

— Que s'est-il passé ?

— ... m'a expulsé du temple alors que j'administrais une partie des vivres destinés aux offrandes... m'a accusé de vol. Moi un voleur ? hurla-t-il en se redressant. Il m'a chassé comme un misérable, comme un esclave pris en faute, comme un nomade, comme...

— Qu'est-ce que cela a à voir avec ces pauvres gens que tu as tués ?

— Iddiyatum a attiré les démons sur Babylone. C'est un mauvais homme, cracha-t-il avec haine. Les dieux ne l'aiment pas.

Yasîm scruta son expression. Il remarqua les mouvements anormaux de ses yeux qui semblaient ne rien pouvoir fixer.

— Pourquoi ces meurtres ?

— Pour que tous sachent que c'est la faute d'Iddiyatum ! beugla-t-il en se tortillant avec violence pour se dégager.

Mort à Iddiyatum ! hurla-t-il comme la nuit où il avait porté le premier coup au jeune prêtre, sauvagement tué.

Yasîm renonça à obtenir une réponse sensée.

L'assommant à moitié, il décida de le traîner jusqu'aux gardes les plus proches.

Il se sentait soulagé. Plus d'ombre sur sa vie. Le médisant était le dernier maillon de cette affaire insensée. Cependant il avait encore quelques comptes à régler... Il n'avait pas digéré l'humiliation que l'architecte lui avait fait subir. Pour l'heure, l'urgence était de conduire le criminel au palais.

Dans la première cour, il dut parlementer avec plusieurs soldats qui ne semblaient pas comprendre son affaire. Puis il fut enfin amené devant Zâkir.

L'armateur lui expliqua de qui il s'agissait.

L'officier le félicita, et l'armateur tourna les talons, sans plus se soucier de rien.

Zâkir n'en croyait pas ses yeux. À n'en pas douter cet homme au visage écarlate correspondait en tout point à la description du rougeaud, alors... il dut se rendre à l'évidence, il n'avait pas fait tuer le bon individu. Cela n'avait plus d'importance. Personne ne le saurait.

Mais comme cet homme agité était devenu à son tour un meurtrier, il allait le faire torturer avant son exécution. Peut-être apprendrait-il quelque chose qui pourrait lui servir.

— 80 —

La reine s'apprêtait à rendre visite à son époux. Elle avait transformé ce moment pénible en une sorte de parade. Alors que le roi luttait pour rester en vie, elle se pavanait devant lui, plus rayonnante que jamais.

« Quelle malencontreuse histoire ! » se répétait-elle en pensant à Ika. Agum n'avait pas eu d'autre choix que de la supprimer. Quelle folie avait donc déchaînée cet intrigant général !

En attendant sa maquilleuse, elle détailla, sans complaisance, son reflet dans le miroir. Des cernes mauves soulignaient ses yeux jaspe brun. Les petites rides qui marquaient sa peau délicate au coin de sa bouche, et entre ses sourcils, s'étaient multipliées. Mais les années avaient préservé sa beauté, même si l'éclat de sa chair n'était plus celui d'une jeune femme. Elle prenait soin d'elle, n'hésitant pas à passer, chaque jour, des heures à sa toilette. Et l'esclave qui allait la farder lui ferait retrouver un air de jeunesse.

Une jeune Égyptienne à la peau sombre entra. Elle portait un plateau sur lequel étaient rangées une série de pinceaux et des petites soucoupes contenant des pigments et des crèmes. Elle le déposa sur la table et s'approcha de la souveraine. Avec des gestes délicats, l'esclave enduisit son visage d'un onguent qui fondait sur la peau et en effaçait les imperfections. Puis elle traça un trait de khôl autour de ses yeux et ombra ses paupières d'un bleu lumineux. Elle rehaussa l'éclat de ses joues d'un soupçon de poudre ocre. Elle plongea enfin l'un de ses pinceaux dans un petit vase, long et étroit. Elle saupoudra les pommettes de la reine d'un voile d'or. Ce fard coûteux et rare avait été acheté par cette malheureuse Ika.

Kassaia congédia d'un geste la maquilleuse.

Son visage harmonieux avait retrouvé un peu de sa lumière ; il ne la trahirait pas. Le résultat était parfait.

Il lui fallait à présent ajuster sa tenue, ce qu'elle faisait sans aide. Elle savait comment mettre en valeur ses atouts. Mince et élancée, elle portait avec élégance chaque vêtement qu'elle avait fait confectionner. Elle choisit une robe pourpre dont la couleur rehaussait le velouté de sa peau. Elle prit ensuite parmi ses bijoux un bracelet incrusté de cornaline et de longues boucles d'oreilles en or. Elle se contempla avec satisfaction.

Elle était prête à faire face à son époux qui n'était plus à ses yeux qu'un vieillard obstiné.

La reine fit une entrée superbe dans la salle de réception où se trouvait Nériglissar, fière de montrer que l'âge n'avait pas altéré sa beauté, ou son allure. Elle décela une lueur d'admiration dans le regard du roi. Elle ne pouvait deviner l'amertume qu'il ressentit aussitôt après. Elle n'avait été ni une épouse aimante ni une mère attentive.

Le souverain, adossé à d'épais coussins, se redressa.

Kassaia esquissa le sourire de façade qui lui servait à masquer ses véritables sentiments.

— Je souhaite que les dieux aient apaisé tes douleurs, mon roi, dit-elle d'une voix doucereuse. Je venais te saluer.

« Qui reconnaîtrait le grand conquérant dans ce vieil homme au visage émacié, couleur de cire ? » se demandait-elle sans compassion.

— Je t'en remercie. Je ne verrai sans doute pas la prochaine lune..., lui dit-il en espérant qu'elle allait le contredire.

— Marduk veille sur toi. Je viens de croiser l'herboriste. Il t'a fait préparer un nouveau remède qui te mettra sur la voie de la guérison, rétorqua Kassaia sans prendre la peine de bien mentir.

— Je ne pourrais même pas l'avaler, ne put-il s'empêcher de répondre, laissant échapper un aveu de faiblesse, bien qu'il voulût croire encore que les dieux lui prêteraient vie. Mais laissons cela. Où est passé ton fils ? Il n'assiste plus à la plupart des conseils. Ou pis, il y fait de brèves apparitions, part avant la fin. Est-ce là mon digne successeur ?

Il était en colère, et ses yeux avaient encore une flamme qui montrait qu'il n'avait pas renoncé à se battre.

— Je n'ai pas entendu dire qu'il manquait aucun conseil qui soit digne d'intérêt, répliqua-t-elle, de mauvaise foi.

Les traits du roi se crispèrent. Kassaia n'hésitait plus à remettre en cause ce qu'il lui disait.

— Comment oses-tu me contredire ?

Saisie par l'agressivité de sa question, Kassaia se figea. Elle allait répliquer quand Agum, le Grand Intendant, entra dans la pièce. Il échangea avec elle un bref regard de connivence et s'adressa au roi :

— Votre Altesse, pardonnez-moi de vous déranger, mais le fils du Grand Échanson demande audience, dit-il en s'inclinant. Il insiste pour que vous le receviez personnellement. Il affirme que l'affaire est grave et sollicite un arbitrage qui ne peut être différé.

— De quoi s'agit-il ?

— Il conteste le jugement rendu dans l'affaire qui l'a opposé à son père.

— Je m'en souviens. Il prétendait que le Grand Échanson lui avait volé sa promise. Qu'est-ce qui lui permet de remettre en question ce jugement ?

— Le jeune homme affirme qu'une preuve n'a pas été prise en compte.

Bien que cette requête fût inhabituelle, le roi y réfléchit, car il portait une grande estime à ce dignitaire.

Le jugement avait été rendu, le Grand Échanson avait réparé sa faute. Il ne lui paraissait pas de bon augure que son fils insistât pour être entendu seul. Aussi Nériglissar décida-t-il d'accepter de le recevoir, espérant ainsi mettre un terme à cette histoire. De surcroît, il était soulagé d'abréger sa discussion avec la reine.

— Fais-le patienter dans la salle du conseil. Je vais le recevoir moi-même, à titre exceptionnel, dit-il, décidé à trancher le différend au plus vite.

Il se tourna vers l'un des trois serviteurs qui restaient à ses côtés en permanence.

— Demande au scribe d'apporter la tablette qui contient le jugement. Va trouver le conseiller Nungal dans la salle des officiers, je l'attends…

« Que mon fils nous rejoigne immédiatement, ordonna-t-il en se tournant vers la reine. Je ne supporterai pas qu'il nous fasse attendre.

Kassaia rejoignit en toute hâte les appartements de Lâbâsi-Marduk, au grand étonnement des serviteurs qui la virent presque courir dans les couloirs.

Elle allait lui donner l'occasion de se comporter en futur roi. Elle lui expliquerait ce qu'elle attendait de lui.

— 81 —

La reine et son fils arrivèrent ensemble dans la salle du conseil. Le roi se tenait dans un large fauteuil dont l'assise et les accoudoirs étaient garnis d'étoffes en laine épaisse. Lâbâsi-Marduk prit place près de son père, Nungal à ses côtés. Kassaia s'installa en retrait.

Le plaignant, d'allure noble, vint se présenter devant eux. Il portait une tunique en lin ocre sur laquelle retombait un lourd tissu drapé bleu, agrémenté de feuilles couleur or. Ses bijoux ciselés rappelaient qu'il appartenait à une riche famille.

Il s'inclina devant le vieux roi.

— Je suppose que tu viens me parler du jugement concernant le Grand Échanson, dit Nériglissar, car il s'agit bien de ton père, n'est-ce pas ? Ce litige a déjà été tranché. Que veux-tu m'apprendre de nouveau ?

— Altesse, répondit-il sans baisser les yeux, les juges ont donné raison à mon père. Les dieux me sont témoins que cela ne peut être le cas. Je veux qu'on me rende justice.

Son ton acerbe déplut au souverain.

Nungal le regardait avec mépris. Ce jeune homme, de haute taille, bien charpenté, était un lâche. Il savait que sa famille avait payé très cher pour lui éviter d'être enrôlé dans l'armée.

— Nous t'écoutons, dit Nériglissar en se tournant vers le scribe qui, d'une voix neutre, lut lentement la tablette relatant l'affaire :

« Le Grand Échanson s'est couché sur le sein de la fiancée qu'il destinait à son fils. En conséquence de quoi, comme le fils n'avait encore eu aucun commerce avec elle, le Grand Échanson a été condamné à verser à la fiancée de son fils une compensation financière, à lui rendre sa dot et à la laisser librement rentrer sous le toit de son père. »

Le roi toisa le plaignant et dit :

— Tu as entendu le jugement. Cette affaire est claire. Que contestes-tu ?

— Ce qui est relaté est vrai, Altesse. Mon père a connu ma promise. Mais...

Le souverain l'interrompit :

— Le Grand Échanson lui a rendu sa liberté en lui versant une somme importante, comme il se doit. Ce que sa famille a accepté. Il a ensuite proposé de la prendre pour seconde épouse. Qu'y a-t-il à redire à cela ?

Nériglissar regrettait de l'avoir reçu. Cependant, ayant de l'estime pour le père, il comptait remettre le fils à sa place, quand soudain une douleur lui broya l'estomac. Il avait surestimé ses forces.

Ce moment de faiblesse n'échappa pas à la reine. Tout se déroulait comme elle l'avait espéré.

— Je veux qu'on me rende justice ! se récria le jeune homme d'une voix plaintive. Mon père dit être le premier à avoir eu commerce avec ma fiancée. Mais le premier, c'est moi.

— Comment oses-tu proférer de telles paroles ? rétorqua le roi. Ton père a témoigné. Il a dit ce qu'il en était. C'est un homme d'honneur ; il a dit la vérité. Il ne s'est jamais rien passé entre vous.

— C'est faux !

— Je ne saurais tolérer ton insolence plus longtemps...

— Je vous prie de pardonner mon emportement, Altesse, mais j'ai beaucoup souffert de cette situation. Je veux protéger ma promise. La vérité est plus importante que tout...

Son ton suffisant démentait ses paroles.

— En effet, dit le roi, reprenant son souffle, je ne comprends toujours pas la raison de ta présence ici. Je n'ai pas de temps à perdre ! ajouta-t-il d'une voix tranchante.

Le jeune homme inclina légèrement la tête comme en signe de soumission puis affirma avec impudence :

— Mon père ment.

Il lança un regard de défi à la ronde pour appuyer les effets de sa déclaration.

Nériglissar, indigné, lui répondit d'une voix altérée par la souffrance :

— C'est un acte grave que d'accuser son propre père. N'oublie pas que c'est un homme important, apprécié autant à la Cour qu'à la Ville.

— J'en ai bien conscience, susurra le plaignant avec une fausse humilité.

« Quelle arrogance ! » pensa Kassaia, admirant son cynisme. Elle observa son fils qui, suivant ses conseils, semblait écouter avec intérêt les propos. Elle espérait qu'il agirait comme ils en étaient convenus. Donner raison au fils du Grand Échanson contre le roi montrerait à tous sur qui il fallait s'appuyer, désormais. Quand elle prendrait la parole, ce serait pour suggérer au prince ce qu'il devait dire.

— Cette femme a été mienne, je l'affirme, reprit le jeune homme d'un ton mélodramatique. C'est à moi qu'elle est destinée.

— Quelle preuve as-tu de ce que tu avances ? l'interrogea de nouveau le roi, avec un mélange de fatigue et d'irritation.

— Ma fiancée a partagé ma couche, elle était vierge. Ma gouvernante a témoigné en ce sens, c'est elle qui a lavé notre couverture. Les juges n'ont pas voulu l'entendre. Mon père a suborné sa propre belle-fille.

Il prononça ces derniers mots d'une voix brisée, presque enrouée, qui en disait long sur ses talents de comédien, car ce fait n'avait jamais été mentionné auparavant malgré une instruction très approfondie de l'affaire.

Kassaia observa son époux à la dérobée. Le tremblement de ses mains et le voile qui passa devant ses yeux ne lui échappèrent pas. C'était le bon moment pour mettre son plan à exécution. Nungal vit aussi la faiblesse du roi, et voulut intervenir. Mais, alors qu'il s'apprêtait à prendre la parole, Kassaia s'adressa au plaignant :

— Nous t'avons entendu. Ce que tu dis est très grave. Ainsi, ton père aurait abusé de la femme qui t'était promise, dit-elle d'une voix solennelle, l'invitant à répéter ses accusations.

— Oui, je l'affirme. Les dieux savent ce qui s'est passé.

— Sais-tu bien ce qu'il risque si tu t'obstines dans cette voie ? lui demanda la reine, faussement désolée.

Le fils du Grand Échanson baissa la tête, se prêtant au jeu. Comme s'il demandait justice malgré lui, malgré les sentiments filiaux qu'il portait à son père.

Elle se tourna vers le scribe.

— Peux-tu nous lire l'article du Code de Hammurabi en question ?

— « Si un homme promet une fille en mariage à son fils, et que son fils consomme l'union avec elle, puis que le père couche ensuite avec la fille et est découvert, il sera lié et jeté à l'eau. »

Le jeune homme poussa un soupir étouffé.

« L'hypocrite hésite même à s'effondrer », se dit Nungal, furieux d'assister à une telle comédie. Il chercha du regard l'approbation du roi afin d'intervenir, mais le souverain, trop occupé à lutter contre son malaise, s'en remit au prince dont il espérait le soutien. D'un signe de tête, il l'invita à prendre la parole.

Lâbâsi-Marduk laissa parler sa mère avant de s'exprimer.

— Nous t'écoutons, prince, dit-elle avec solennité, ce jeune homme a donc été trahi par son père...

Elle s'interrompit lui ayant suggéré sa réplique.

— Trahi, en effet... La gravité de l'acte ne saurait être effacée sans une juste condamnation, poursuivit Lâbâsi-Marduk d'un ton déclamatoire.

— Voilà ce qu'il en est, reprit la reine, semblant faire allégeance au prince, le père a commis envers son fils une faute qu'aucun dieu ne saurait pardonner.

— Il faut lui rendre justice ! glapit Lâbâsi-Marduk, renchérissant après sa mère.

Nungal renonça à intervenir. Il avait compris que Nériglissar ne s'opposerait jamais publiquement à son héritier.

La reine se tourna vers le scribe pour lui énoncer les conclusions, en prenant soin de demander à chaque phrase l'aval du prince. Le Grand Échanson était donc accusé d'adultère puisque la promise avait appartenu à son fils. Il serait exécuté dans quelques jours.

À l'énoncé du verdict, Kassaia retint un sourire triomphal. Éliminer le Grand Échanson montrerait que personne n'était à l'abri de son pouvoir. Cet homme mourrait pour l'exemple. Le prince avait bien rempli son rôle en donnant cette décision pour sienne. Les hauts dignitaires et les notables comprendraient à qui ils devaient se soumettre s'ils ne voulaient pas connaître l'exil ou la mort.

Le jeune plaignant lança un regard conquérant à la ronde. Il aurait prolongé cet instant si la reine n'avait pas fait signe à un serviteur de le conduire fermement vers la sortie. Quant à son fils, il affichait une moue dédaigneuse. Il voulait garder l'illusion qu'il régnerait un jour en maître.

Nungal, navré par cette pénible parodie de justice, préféra quitter les lieux à son tour sans attendre. La scène l'avait consterné. La santé du roi déclinait irrémédiablement, et la reine ne se cachait plus pour agir à la place de son fils.

— 82 —

Dès le lendemain, l'écho de la sentence fit le tour de la Cité. Nouvelles ou rumeurs circulaient à Babylone aussi vite que l'éclair. Le Grand Échanson, qui avait consacré sa vie au roi, était estimé de tous. Sa condamnation libéra la colère de ceux qui voyaient l'héritier mener le royaume à sa perte.

À l'intérieur des geôles royales, sombres et exiguës, où croupissaient les fripouilles et les assassins de toute espèce, un homme allait bientôt être exécuté, non par l'eau mais par le feu : le rougeaud. Torturé pour qu'il avoue ses crimes, celui-ci se répandait en confessions plus fantaisistes les unes que les autres. Si, au début, les soldats qui le tourmentaient s'empressaient de vérifier ses dires, ils finirent par y renoncer, ne pouvant plus arrêter le flot de ses aveux.

Zâkir supervisait l'interrogatoire. Doutant à présent d'apprendre quelque chose qui lui soit utile, il donna l'ordre d'exécuter la sentence.

Les soldats conduisirent le rougeaud au bûcher.

— Je sais tout du temple et des dieux..., criait-il en secouant ses liens. Je pourrais vous révéler des secrets que même les initiés ne connaissent pas.

Il leva la tête vers le ciel.

— Les dieux ne veulent pas mon malheur, non, non, non... mais celui d'Iddiyatum, et de tous ceux qui croient en lui, tous !

Il refusa d'avancer, se cabrant de toutes ses forces, scandant sa diatribe :

— Sa mère était stérile, elle a copulé avec un démon pour qu'il voie le jour... Il est possédé. C'est à lui qu'il donne une partie des offrandes. Je le sais, j'en suis sûr. Je le suivais partout où il allait. Il évitait les allées fréquentées du parc. Il gavait son démon de victuailles volées. Dans le plus grand secret.

Les soldats lui assenèrent des coups dans le dos pour le faire avancer. Il toussa et n'en continua pas moins à parler :

— Un jour puis un autre, encore un autre, je l'ai observé quand il faisait ses ablutions. Qui était-il vraiment, ainsi dépouillé des habits de sa fonction ? Plus rien du tout ! Un pauvre humain, indigne, le tronc taché de boursouflures immondes.

« Il vole Marduk pour goinfrer son démon des mets les plus raffinés...

Faisant un bond, le rougeaud se prit les pieds dans les cordes qui enserraient ses chevilles et s'étala.

Alors que les soldats le redressaient durement, Zâkir fut saisi par une idée qui ne le quitta plus. Si le rougeaud disait vrai sur la nudité du Grand Prêtre, il y avait là matière à se faire une fortune. Aucun homme qui consacrait sa vie aux dieux ne devait être souillé par des traces impures. Son titre exigeait d'avoir un physique sans défaut.

Sous le toit de Nabonide d'importants personnages du royaume s'étaient réunis dans la plus grande fébrilité pour parler du scandale du Grand Échanson.

Debout, en demi-cercle autour de lui, chacun voulait prendre la parole. Cette décision scandaleuse avait révélé l'influence grandissante de la reine. Tous se demandaient jusqu'où elle irait. Depuis que l'état du souverain s'était aggravé, elle dévoilait son ambition sans réserve.

Les échanges devenaient houleux.

— Le roi ne gouverne plus comme par le passé. La reine se mêle du pouvoir. À qui s'en prendra-t-elle la prochaine fois ? s'emporta l'un des dignitaires du palais.

— Parler de l'influence de la reine est une perte de temps, objecta le fournisseur de bois.

— Ne régnera-t-elle pas à la place de son fils ? s'exclama un autre dignitaire.

Tous approuvèrent.

— Encore faudrait-il pour cela qu'il vive, répliqua le premier.

— Que sera la reine à la mort de son fils ? insista le fournisseur de bois. Une mère éplorée qui a perdu l'instrument de son pouvoir.

Ils en convinrent.

— Éliminons l'héritier ! reprirent ceux qui avaient déjà marqué leur approbation.

— Sommes-nous trop faibles pour agir ? ajouta un autre dont la voix dominait la cacophonie.

Un brouhaha furieux retentissait.

Nabonide fit un geste d'apaisement puis il s'adressa à tous. Le silence se fit.

— Ne nous précipitons pas dans une action impulsive, trancha-t-il d'une voix déterminée. Nous ne réglons pas de comptes, seul l'intérêt supérieur de Babylone guide notre lutte.

Ils ne purent qu'approuver la sagesse dont faisait preuve Nabonide. Il n'avait jamais été question de tuer le prince du vivant de son père.

— Attendons, approuva Tahar. D'autant que nous ne savons pas si toute l'armée marchera à nos côtés. Rien ne peut avoir lieu sans sa neutralité. Nous n'allons pas nous battre contre nos propres soldats.

Bel-sar-usur approuva leur décision.

— L'échéance approche. Je m'occupe personnellement de contacter tous les généraux, déclara-t-il.

— 83 —

En quittant le conseil, le lendemain matin, Nungal éprouva un sentiment de découragement. Il avait compris qu'il lui était impossible de sauver le Grand Échanson. La situation dans laquelle il se trouvait depuis plusieurs jours devenait intenable.

Ce fut dans ces dispositions d'esprit qu'il quitta le palais pour rentrer chez lui

En traversant Ka-dingir-ra en direction d'Alu-Essu, Nungal balaya du regard le quartier des orfèvres où il s'était souvent rendu en compagnie de son père dans son enfance. Rien n'avait changé. Il se revoyait, marchant à ses côtés. Son père portait un sac de pierres précieuses qu'il s'apprêtait à transformer en un étonnant et somptueux bijou. Il lui en avait montré le dessin ; un entrelacs de rameaux d'or faisait ressortir la profondeur du lapis-lazuli. Nungal admirait ses créations, inventives et raffinées.

Un tourbillon de poussière le frappa soudain au visage, ravivant d'autres images qu'il ne pouvait oublier : celles des tempêtes de sable et des steppes à l'infini. Les grands espaces lui manquaient. Il chassa la nostalgie pour revenir au présent.

Tant que le souverain tiendrait sa place, si malade fût-il, il n'aurait pas les coudées franches. Mais il se jura de ne plus jamais laisser la reine manipuler le prince. Il devait agir avec encore plus de fermeté.

Il avait atteint les larges rues d'Alu-Essu lorsqu'il se souvint qu'un artisan, proche de son père, lui avait parlé d'un certain Yasîm qui souhaitait le rencontrer.

Pourquoi ne pas s'y arrêter ?

La maison était bien telle qu'elle lui avait été décrite. Son fronton émaillé de flots bleus ne ressemblait pas aux autres. Il se fit annoncer.

L'armateur, vêtu d'une élégante tenue comme à l'accoutumée, alla à sa rencontre, ravi de sa visite et impressionné de recevoir ce glorieux général chez lui.

Nungal accepta son hospitalité et prit place dans un fauteuil sculpté garni de coussins moelleux. Il jeta un œil au somptueux décor de la salle de réception, appréciant les meubles en cèdre, les étoffes tissées savamment, l'œuvre peinte sur l'un des murs.

Un esclave ne tarda pas à leur apporter une collation dont le cuisinier de Yasîm avait le secret : des mets délicats, des épices rares, et de la bière fraîche.

— J'ai apprécié ton discours lors du banquet..., commença l'armateur. Le roi sait choisir des hommes de valeur pour veiller sur Babylone.

— Je te remercie.

— Je n'ignore pas qu'avec tes fonctions tu es tenu à une grande réserve. Mais je sais que tu as rencontré Tahar...

Nungal ne s'attendait pas à entendre le nom de l'architecte.

— Je ne vais pas te parler de la même chose que lui, s'empressa d'ajouter Yasîm, évitant de prononcer le mot « complot ». Ce n'est pas mon propos.

Il se demanda où il voulait en venir.

— Ma décision de te rencontrer m'a été dictée par le souci que j'ai de la destinée de l'empire.

Nungal attendit ce qui allait suivre.

— Je ne suis pas le seul à apprécier ton autorité, ta personnalité – à sa juste valeur. C'est d'un homme comme toi, un héros, que nous voulons !

La franchise de l'armateur le fit sourire.

— Ta fonction de conseiller te permet de guider le prince, je n'en doute pas. Mais *nous* ne voulons pas du prince. S'il succède au roi, l'empire sera fragilisé.

— Que dois-je comprendre ?

— Si tu faisais le projet de prendre le pouvoir, beaucoup de Babyloniens te soutiendraient. Des gens du peuple, comme moi.

— Combien d'autres s'y opposeraient ? rétorqua Nungal.

— À la vérité, beaucoup moins que tu ne pourrais le croire. Tu as des soutiens plus qu'il n'en faut ! L'armée te suivra, déclara Yasîm, révélant à voix haute ce que Nungal n'avait osé s'avouer.

— Je suis sensible à tout ce que tu m'as dit, mais le roi règne encore. Le moment des choix n'est pas arrivé.

— Aie confiance dans le peuple de Babylone. Il est sage et déterminé. Il se souvient que Nabuchodonosor, le plus grand des rois, était un guerrier comme toi. Buvons à l'avenir radieux de l'empire ! dit Yasîm en levant son verre.

— Nous serons appelés à nous revoir, conclut Nungal avant de saluer l'armateur.

La suite des événements lui dicterait sa conduite.

— 84 —

Plus les jours passaient, plus l'état du roi s'aggravait.

La reine savait que son heure approchait.

S'emparer du pouvoir n'était plus qu'une affaire de patience. Et Lâbâsi-Marduk semblait disposé à faire désormais ce qu'elle lui ordonnerait.

Cette perspective la mettait en joie.

Ce fut dans ces dispositions d'esprit qu'elle se rendit au chevet de son époux. Il ne quitterait pas ce royaume sans qu'elle lui dise ses vérités.

À proximité de la chambre du roi, elle croisa des guérisseurs et de nombreux serviteurs empressés qui portaient des fioles et des linges aux odeurs résineuses de myrte.

Dans la pièce, plongée dans la pénombre, les conversations ressemblaient à des bourdonnements. Kassaia observa le roi avant de s'avancer. Il reposait sur un lit, soutenu par un empilement de coussins de laine. La statuette d'un chien en or avait été placée sur l'un des coffres par des serviteurs de Gula, la déesse de la Guérison.

Des médecins et des prêtres du temple de Marduk allaient et venaient à son chevet. Kassaia leur fit signe de s'écarter et prit place à côté de son époux. Elle se tenait si proche de lui qu'elle sentait son odeur aigre mêlée aux senteurs corrompues de plantes.

De loin, sa silhouette inclinée aurait pu faire croire qu'elle veillait tendrement sur le roi. Il n'en était rien. Plus aucune décence ne la retenait de cracher sa haine. Elle le savait mourant et lui parla à l'oreille, tout bas. L'écho étouffé de sa voix ressemblait à une mélopée :

— C'est moi qui guiderai ton fils, susurrait-elle, je détiendrai le pouvoir que tu as volé à mon frère. Moi seule...

Nériglissar allait répliquer quand un nouveau spasme lui tordit le ventre. Il se roula en boule, les mains crispées sur l'estomac. Il avait l'impression qu'un ennemi, se jouant de sa faiblesse, lui enfonçait son épée dans l'abdomen, lui déchirant les entrailles. Un médecin se précipita à son chevet pour lui faire boire quelques gorgées de décoction de pavot.

Kassaia lui jeta un dernier regard. Les dieux avaient fixé le cours du destin, le souverain agonisait. Lâbâsi-Marduk succéderait bientôt à son père ; ainsi, elle régnerait, grâce à son fils, sans entraves, pensa-t-elle avec jubilation en quittant la pièce.

Dès que la douleur se fut estompée, un infirmier massa le roi avec une lotion faite d'huile, de manne et de sommités de ronces broyées. Apaisé, Nériglissar s'assoupit pour un bref moment de répit.

Quand il s'éveilla, la fièvre agitait son corps de frissons douloureux et de sueurs froides. Les courtes rémissions ne lui donnaient plus l'illusion de pouvoir vaincre sa maladie. Dans les yeux des médecins du corps et de l'âme, le roi lisait leur désolante impuissance. Chaque crise l'épuisait un peu plus.

Après de longues heures de souffrance et de tourments, il fit face à sa mort prochaine, sans une seule plainte. Il s'éteignit à l'instant même où la nuit cède la place aux premières lueurs du jour, s'en remettant aux dieux.

La nouvelle se propagea dans les rues de Babylone.

Leur souverain n'avait pas démérité, et les Babyloniens étaient nombreux à déplorer sa disparition. Au sentiment de tristesse se mêlait l'inquiétude. Comment allait se comporter le jeune roi ? Seraient-ils toujours aussi bien protégés ? L'empire allait-il continuer sa politique de conquêtes ?

Le lendemain, alors que les rites funèbres avait commencé dans le temple de Marduk, la Cité s'était éteinte. Aux abords du palais, la Voie processionnelle qui menait de la porte d'Ishtar à la ziggurat n'était plus empruntée que par quelques rares personnes. Les pavés ne résonnaient plus du bruit des cohortes de chariots apportant à Babylone des céréales et des fruits. À l'est, le quartier où vivaient les hauts fonctionnaires paraissait plus froid et solennel que jamais. On ne croisait plus dans les rues les riches femmes de Kullab sous leurs voiles colorés. Même le quartier populaire de Té-é, proche de la porte de Zababa, paraissait inhabité. Plus aucun enfant ne jouait dans les ruelles. Les échoppes étaient fermées. Les rares passants n'auraient pu y trouver une taverne ouverte. Babylone pleurait son roi.

Tous les dignitaires chargés d'administrer le palais se demandaient si Lâbâsi-Marduk écouterait son conseiller plutôt que la reine. Car c'était lui qui allait détenir, en titre tout du moins, le pouvoir. La présence de Nungal leur paraissait de bon augure.

Pour les partisans de Nabonide, la tristesse due à la disparition du roi avait fait place à l'impatience de passer à l'action. Mais, n'ayant pas tous les soutiens nécessaires, ils ne pouvaient pas encore investir le palais. Il était hors de question de tuer sans nécessité les soldats royaux. Le ralliement de leurs chefs éviterait un bain de sang inutile, comme le leur avait rappelé Nabonide.

Nungal, qui s'était préparé à la mort de Nériglissar pour lequel il éprouvait une grande considération, fut attristé par la nouvelle. Pourtant, en ce moment de deuil, il ne pouvait s'attarder à des sentiments qui l'auraient affaibli. Il ne céderait en rien au prince, encore moins à la reine. Il pensa à l'armée qu'il avait su diriger. Et se remémora sa conversation avec Yasîm. Si Lâbâsi-Marduk venait à mourir, ne serait-il pas mieux à même de gouverner Babylone que l'ambitieux Nabonide ?

— 85 —

Le rituel funéraire se déroula selon la tradition. Le cadavre du roi devait être préparé au plus vite pour être exposé aux yeux de ses proches.

Dans le temple qui se situait non loin du palais, les prêtres procédèrent aux rites de purification : ils lavèrent son corps et l'oignirent d'huile de myrte. Puis ils le revêtirent de ses vêtements d'apparat : un châle à franges rouges et or, une tunique brodée et une ceinture constituée de plusieurs rangs de perles en lazulite. Ses pieds avaient été chaussés de sandales en cuir fermées par une boucle en or. Sa barbe et ses cheveux avaient été tressés et huilés. La reine avait choisi ses bijoux : un collier pectoral dont la pièce centrale était un dragon, de nombreux bracelets en or ciselé et des boucles d'oreilles assorties. Une tiare conique avait été placée sur sa tête.

C'est ainsi que Nériglissar fut exposé dans la salle des lamentations du temple où son entourage vint lui rendre un dernier hommage.

Le lendemain, la dépouille royale fut enveloppée dans un linceul immaculé, et déposée, selon la volonté du défunt, dans un cercueil en argile, un choix fait aussi par d'autres rois. Des esclaves placèrent près de lui ses armes, ses bijoux et le sceau-cylindre gravé dont il s'était servi pour certifier la nomination de Nungal. Par ces dispositions, le mort gardait ses attributs. Tous ces objets allaient l'accompagner dans l'au-delà. Car, lorsque son corps redeviendrait poussière, son esprit se dirigerait vers le royaume des morts, où il perdurerait.

Sous les ordres des initiés du temple de Marduk, des serviteurs et des prêtres du temple installèrent le cercueil du roi dans un char préparé pour la dernière cérémonie. Des chevaux harnachés – brides, pendeloques, ailes de mors recouvertes de feuilles d'or et d'étain – le tireraient le long de la Voie processionnelle.

Les Babyloniens avaient déserté leur maison et se pressaient pour apercevoir le cortège. La vague humaine ondulait au gré des mouvements de ceux qui voulaient aller jusqu'aux abords du temple. Cris, lamentations, pleurs retentissaient. Corps contre corps, serrés à en étouffer, tous manifestaient leur tristesse. Au moment où le char du souverain allait emprunter la Voie processionnelle, une terrible bousculade eut lieu. Les gardes repoussèrent violemment ceux qui tentaient de sortir des rangs, provoquant un mouvement de panique. Luttant pour ne pas chuter, certains s'agrippèrent à leurs voisins, en renversèrent d'autres. Ne pouvant s'écarter, les plus faibles trébuchèrent et furent piétinés.

Le long cortège royal arrivait. En tête marchaient les pleureuses dont les cris déchirants retentissaient jusqu'aux rives de l'Euphrate. Vêtues de tuniques en lambeaux, agitant leurs bras vers le ciel ou labourant leur visage de leurs ongles, elles criaient la douleur de la séparation. Venaient ensuite Kassaia, le prince, et les autres membres de la famille royale. Comme tous ceux qui pleuraient le souverain, ils avaient le front souillé de terre. Nungal, le Grand Intendant et les hauts dignitaires de Babylone avançaient à leur suite. Nabonide était entouré par son fils et son ami Tahar.

Le cortège atteignit enfin le lieu où Nériglissar avait choisi de se faire ensevelir, proche de l'endroit où se trouvait déjà le corps de Nabuchodonosor II, sous l'un des murs du palais. En cela, comme tout Babylonien, le roi faisait enfouir sa sépulture en dessous de sa maison.

Les lamentations des pleureuses redoublèrent d'intensité. Leur clameur aiguë s'élevait vers les dieux. Tous manifestaient ostensiblement leur peine par des soupirs ou des larmes ainsi que l'exigeait la coutume.

Lorsque le cercueil arriva près du caveau, la famille royale et les hauts dignitaires du palais se placèrent de chaque côté, faisant face au reste du cortège. Nungal, balayant l'assemblée du regard, aperçut Laliya. Frêle silhouette noyée dans la foule, la jeune fille était encadrée par des gardes. Il devina sa détresse. Croyait-elle toujours en lui ?

Il allait devoir trouver un moyen pour lui annoncer la bonne nouvelle : le cousin de sa mère s'était engagé à la cacher et à prendre soin d'elle.

L'ensevelissement commençait. En tournant la tête vers le lieu de sépulture, Nungal croisa le regard indéchiffrable de la reine. Tous les yeux s'étaient arrêtés sur l'énorme dalle qui obstruait l'accès à la tombe. Deux esclaves du temple, choisis pour leur force physique, la déplacèrent. Il en fallut deux autres pour l'enlever. L'ouverture révélait un escalier qui disparaissait dans le noir profond de la cavité. Des serviteurs soulevèrent le cercueil et, avec précaution, ils descendirent une à une les marches qui semblaient s'enfoncer dans les profondeurs de la terre. Ils disparurent à la vue de tous.

À l'intérieur de la tombe voûtée, ils posèrent le cercueil à même le sol. Tout autour, les murs étaient creusés de petites niches destinées à accueillir des jarres contenant de l'eau, de la vaisselle d'or et des victuailles préparées spécialement pour le défunt : de la viande séchée, des dattes, des galettes de pain au sésame et des gâteaux au miel. Le roi ne devait manquer de rien dans le monde des morts. Des cadeaux destinés aux dieux des Enfers avaient été disposés sur le sol.

Désormais, ce serait au fils de Nériglissar de continuer à faire des offrandes funéraires : un conduit avait été creusé pour relier la tombe à la surface, ce qui lui permettrait plus tard de verser de l'eau pure à l'intention du défunt. En accomplissant ce rite, il prononcerait le nom de son père pour que le lien entre le mort et les vivants ne soit jamais rompu.

Les esclaves remirent en place la dalle. L'enterrement touchait à sa fin. Le roi inhumé reposait en paix. Il n'errerait pas parmi les vivants. Son esprit allait partir vers le pays sans retour. Il aurait à parcourir une longue route sinueuse. Il descendrait d'abord dans un souterrain accidenté qu'il suivrait avant de franchir une vaste steppe herbeuse puis il traverserait une rivière profonde avant d'atteindre la cité des morts. C'est là que son esprit continuerait à exister, y menant à jamais une vie morne et répétitive.

Nungal observait l'attitude étrange de Lâbâsi-Marduk. Le prince paraissait frappé de stupeur. Alors que ses proches reprenaient le chemin du palais, il restait là à fixer le tombeau du roi. Il ne semblait pas s'apercevoir que les regards s'étaient tournés vers lui. Nungal se demanda ce qu'il éprouvait : du chagrin ? du soulagement ? Comment allait-il se comporter désormais ?

Le général chercha des yeux la reine et la vit non loin de là. Elle attendait son fils. Son visage affligé masquait mal un air de triomphe. Qui pouvait croire que, demain, elle le laisserait gouverner à sa guise ?

Devenu le plus puissant dignitaire du royaume, Nungal était aussi en proie à de terribles interrogations. Un amoureux à qui on avait ravi sa promise. Un conseiller dont le destin de Babylone dépendrait.

Les prochains jours allaient être décisifs.

Iddiyatum qui s'était tenu auprès de l'aréopage royal, avec une réserve inhabituelle, ruminait de sombres pensées.

Après la période de deuil viendrait le couronnement de Lâbâsi-Marduk. Ce prince dont il avait dit le plus grand mal. Les dieux ne lui tiendraient-ils pas rigueur d'avoir mis en doute leur choix ?

— 86 —

Les trois journées qui suivirent, Lâbâsi-Marduk resta seul dans la salle des lamentations du temple ainsi que le voulait la tradition. Le prince devait jeûner, ne pas changer de vêtements. Et parler de son père aux dieux.

Dans ce lieu imposant, aux proportions gigantesques, des fresques murales rappelant les exploits du dieu Marduk contre les forces du Chaos l'entouraient.

Le premier jour, Lâbâsi-Marduk récita d'une voix monocorde tout ce qu'il savait sur Nériglissar. Il parla de ses victoires pour l'empire. Il loua sa politique d'embellissement de la Cité poursuivant ainsi l'œuvre de Nabuchodonosor. Mais bientôt ses paroles se tarirent. Il ne savait pas vraiment qui était ce guerrier lointain qui l'avait engendré. Que dire de plus ?

Il essaya alors d'imaginer ce qu'allait être sa vie de roi. Par où commencer ? Tous les dignitaires le salueraient et lui demanderaient son avis, comme ils le faisaient avec son père. Nul doute que ce conseiller nouvellement nommé – le général Nungal – saurait quoi répondre, à moins que sa mère ne s'en mêle. Pourrait-il encore s'absenter sans rien demander à personne puisqu'il était le nouveau souverain ? Probablement pas. Kassaia l'obligerait à assister à tous les conseils. Que pourrait-il faire d'autre pour se libérer de ses fastidieuses obligations ? Ces pensées commencèrent à le fatiguer.

Il fit un effort pour parler à nouveau de son père aux dieux, sans conviction, répétant ce qu'il avait dit précédemment en d'autres termes.

La faim commençait à le tenailler, et il se sentait déjà épuisé.

Il fit une longue nuit.

Quand il s'éveilla – était-ce le deuxième jour ? – il s'efforça de marmonner encore quelques anecdotes sur le défunt roi, puis finit par raconter par le menu les rares conseils auxquels il avait assisté. N'était-il pas lui-même en train de devenir aussi ennuyeux que Tahar, le vieil architecte ? Il était à court d'inspiration. Pourquoi n'expliquerait-il pas aux dieux comment il allait créer, pour leur gloire, une armée d'hommes-lions ? Cette idée lui plut.

Il commença par un éloge de la faune dont les dieux avaient « parsemé » la terre pour venir en aide aux humains. « Dans le désert, commença-t-il, alors qu'aucun homme ne peut survivre seul, les hyènes font des festins. Mais rien n'est comparable au lion quand il chasse… »

Le mot *chasse* entraîna son esprit ailleurs, et il se souvint qu'il avait vaincu un dieu maléfique dans les marais.

« La force ne suffit pas, ajouta-t-il sentencieusement, il faut aussi la ruse. Le renard du désert, s'il ne réussit pas à voler, pourra s'accoupler à une jeune lionne. Elle mettra bas un nouvel animal qui saura déjouer les guet-apens des hyènes. »

Il s'arrêta sur cette pensée. Les paysans ne copulaient-ils pas avec leurs animaux ? Il se demanda si le coït avec leurs chèvres leur faisait avoir de meilleurs troupeaux… Ne pourrait-il pas lui-même ensemencer une jeune lionne ? Son histoire se perdit dans les méandres de digressions où il évoqua pêle-mêle le vol des rapaces, l'accouplement des hyènes, la semence du lion, avant de s'endormir.

Quand il s'éveilla à nouveau, son regard croisa les fresques et les bas-reliefs qui l'entouraient. L'un montrait des lions à tête d'homme ; un autre des taureaux ailés. Puis sa vue se brouilla. Nauséeux, affamé, le jeune prince ne distingua plus le réel du songe éveillé. Les animaux prirent vie sous ses yeux. Il admira la force musculeuse du fauve terrassant des ennemis aux cornes de bélier. Ce fut une révélation. Il avait donc raison. Ses entreprises seraient couronnées de succès. Bientôt, les rangs des piquiers de l'armée babylonienne seraient renforcés par des hommes à tête de lion, et des dragons à figure humaine. Il exultait. Il imaginait comment les soldats de Babylone se lanceraient à l'assaut de forteresses avec des chevaux ailés, pourvus d'une longue corne.

Des serviteurs entrèrent à l'instant où il admirait l'une de ces puissantes bêtes, embrochant d'un coup les corps de trois soldats ennemis.

Le troisième jour avait pris fin.

Le futur roi fut conduit dans une salle d'eau pour accomplir le dernier rite. Baigné, lavé, purifié, il put apparaître enfin sur le seuil du temple, vêtu d'habits blancs, devant les prêtres de Marduk et les soldats qui le ramenèrent au palais.

La période de deuil était terminée.

La cérémonie d'intronisation de l'héritier pouvait avoir lieu.

— 87 —

La salle du trône rayonnait, étincelante de lumières et d'objets précieux. La reine y avait fait placer les plus belles pièces de l'art babylonien et certains chefs-d'œuvre conservés dans la salle du butin : des statues en albâtre provenant de Mari, des coupes en or égyptiennes et des stèles hittites.

Après avoir passé de longues heures à sa toilette, Kassaia fit enduire son corps d'une huile au parfum de rose qu'Ustan avait créée pour elle. De nouvelles senteurs lui manquaient. Elle se demanda avec cynisme qui, après la mort d'Ika, s'occuperait aussi bien de choisir ses produits de beauté.

La reine s'apprêtait comme s'il s'agissait de son propre couronnement.

Deux servantes lui apportèrent sa tenue. Elles l'aidèrent à revêtir une robe faite d'une longue tunique en lin grège sur laquelle était drapée une étoffe de soie ocre entièrement brodée de perles et de fils d'or, formant de longs plis parfaitement alignés. Kassaia mit à son cou un lourd collier en or incrusté de petites étoiles en diamant venant de son père. Puis, après avoir fait ajuster sa coiffure, elle choisit une paire de boucles d'oreilles taillées dans du cristal de roche qui réfléchissaient la lumière. Elle enfila elle-même à ses poignets des dizaines de joncs en or ciselés qui bruissaient à chacun de ses gestes. La reine voulait montrer que le pouvoir du souverain babylonien continuerait à être exercé avec la même superbe que lors du règne de Nabuchodonosor II. Elle savait combien l'autorité royale pourrait être fragilisée par le moindre signe de faiblesse.

Kassaia se réjouissait de cette revanche : reprendre un trône qui lui revenait de droit. Elle ne doutait plus de la protection du grand dieu Marduk. Il veillerait sur sa destinée comme il l'avait fait pour son père.

Son fils tiendrait son rang et, dès que possible, elle se débarrasserait de Nungal et ferait nommer Agum à sa place. Puis viendrait le temps du mariage. Si Lâbâsi-Marduk n'était pas destiné à exercer son pouvoir de roi, il lui donnerait au moins un héritier ! Ainsi la pérennité de la dynastie de Nabuchodonosor serait assurée.

Elle se regarda une dernière fois dans le miroir et quitta la pièce, prête à savourer ce grand moment.

La traversée de la cour d'honneur par le prince marqua le début de la cérémonie. Paradant jusqu'à la salle du trône, donnant l'image qu'on attendait de lui, le nouveau roi remonta l'allée qui menait à son trône.

La reine l'observait, satisfaite.

Les gouverneurs des provinces de l'empire furent les premiers à être reçus. Ils déposèrent symboliquement leur titre aux pieds du nouveau souverain, espérant qu'il les confirmerait dans leur poste.

Lâbâsi-Marduk s'en remettait à Nungal pour agir. Bien que fort silencieux, le jeune roi jouait son rôle à merveille, donnant l'impression de contrôler le bon déroulement du protocole. En fait, il commençait à trouver le temps long et observait avec intérêt les tenues des uns et des autres, repérant des tissus ou des bijoux dont il ferait l'acquisition dès que possible. Son manège ne tarda pas à être remarqué par Kassaia.

Chaque gouverneur de cité réinvesti dans sa fonction vint s'incliner devant Lâbâsi-Marduk, n'oubliant pas de jeter un regard respectueux à son conseiller. Ce faisant, ils espéraient que le nouveau souverain n'aurait guère plus qu'une fonction honorifique. La réputation de Nungal s'était répandue dans les cités alentour.

Puis ce fut au tour des grands dignitaires de se présenter devant le roi : chacun d'eux récita un bref discours, ne voulant pas manquer de se faire valoir en rendant un hommage appuyé au nouveau souverain.

Lâbâsi-Marduk n'omettait pas d'appuyer toute intervention de Nungal d'un hochement de tête ou d'un geste d'assentiment. Son visage aux traits indécis, souriant, ne laissait aucunement deviner son unique préoccupation du moment. Il ne s'agissait ni de la conduite du royaume ni d'une quelconque pensée politique, mais du sort d'une lionne qui allait mettre bas. Combien de lionceaux allait-elle avoir ?

Vinrent enfin les marchands et les armateurs les plus importants, dont Yasîm faisait partie. Celui-ci avait revêtu sa tenue de parade, une tunique blanche et un manteau bleu aux franges d'or qui le drapait fort élégamment. Il prononça quelques phrases ampoulées, regardant tour à tour le jeune roi et Nungal. Il s'éloigna satisfait de lui-même, songeant que, quoi qu'il advienne, il saurait apparaître dans le camp des vainqueurs.

Aucun homme influent ne fut oublié.

Le Grand Prêtre avait observé la reine. Perplexe. Il ne pouvait ignorer l'aversion qu'elle nourrissait à son égard. Cependant le temple n'était pas assujetti au palais. Et elle aurait bien d'autres priorités que de s'en prendre à lui. Guider son fils absorberait toute son énergie. Cette pensée le réjouit brusquement.

En retrait, avec quelques-uns de ses hommes, Zâkir avait suivi la cérémonie patiemment. Le prince devenait roi à son tour, c'était dans l'ordre des choses. L'officier avait épié le Grand Prêtre et s'était étonné de le voir changer d'expression : celui-ci venait de sourire. Il pensa qu'il ne tarderait pas à déchanter. Il guettait le moment opportun pour l'aborder.

La reine avait été attentive aux hommages que la cérémonie imposait à tous ceux qui administraient la Cité et l'empire. Elle ne se faisait aucune illusion, c'était bien Nungal que l'on saluait. Il s'agissait avant tout de tranquilliser les administrateurs impériaux, et cet intrigant jouait son rôle avec l'autorité qu'il fallait. Les alliés de l'empire seraient rassurés de constater que Babylone continuerait à veiller sur ses territoires, cela seul importait. « Bientôt, se rassurait-elle, je le ferai éliminer. Il n'y aura plus aucun obstacle à mon pouvoir. »

Les apparences étaient sauves. Ce couronnement réussi serait inoubliable pour tous. « Le roi est mort, vive le *nouveau* roi ! » Mais les dignitaires s'éloignaient du palais, le visage fermé. Combien, parmi eux, souhaitaient la mort de ce prince fantoche, manipulé par une reine ambitieuse ?

Nungal, resté aux côtés de Lâbâsi-Marduk, n'était pas dupe de ce qui se jouait. Dans les regards que les grands de Babylone lui avaient adressés, il y avait autant d'admiration que de défiance. Ce qui ne le troublait pas. Il ne tenait qu'à lui de leur prouver qu'il saurait bien gouverner la Cité et l'empire.

Alors qu'une partie de l'assistance se dirigeait vers le banquet du couronnement, la foule se désagrégea en ordre dispersé.

Ce que Zâkir espérait arriva enfin : le Grand Prêtre venait de traverser la Voie processionnelle, seul.

Il fonça droit sur lui.

Iddiyatum marqua son étonnement par une moue dédaigneuse. Qu'était venu faire cet officier planté devant lui ?

— Que veux-tu ? lui lança-t-il.

— J'irai droit au but, lui répondit Zâkir. À combien estimes-tu ton secret ? Trois lingots d'argent ? Quatre ?

— Je n'ai pas de temps à perdre.

— Quel roi ne serait pas intéressé de savoir que le grand serviteur de Marduk est indigne de sa fonction ?

— Écarte-toi de mon chemin.

— Jusqu'à quand penses-tu pouvoir dissimuler les taches infâmes sur ton torse ? Si je pars les mains vides, j'irai voir aussitôt le roi, et la reine mère.

L'évocation de Kassaia perturba Iddiyatum.

— En te donnant ce que tu réclames, répliqua-t-il alors, comment saurais-je que mon secret sera bien gardé ? Te faire tuer me paraît plus sûr.

— Tu n'en auras pas le temps.

Iddiyatum afficha un air menaçant. Zâkir porta la main à son arme.

— Je ne suis pas n'importe qui. Je suis un soldat.

— Crois-tu me faire peur ?

— J'en suis sûr.

Iddiyatum songea un bref instant à le faire tuer : en criant au voleur, il le ferait ceinturer et en profiterait pour lui assener un coup du poignard à la lame effilée qu'il cachait sous son habit. Mais s'il n'était pas assez prompt, le sale individu parlerait.

— Donne-moi ce que je veux, reprit celui-ci. Je ne te demande rien de plus que quelques-unes de ces offrandes que tu reçois en abondance, et je... déguerpirai.

— Bonne idée. Va-t'en !

— Si tu ne cèdes pas, ton sort sera pire que la mort.

La tentative d'intimidation fit flamber de colère le Grand Prêtre.

— Je parlerai à tes supérieurs bien avant que tu n'exécutes ton minable chantage. Sache-le. Je leur dirai combien tu es incompétent et lâche. Un simulacre de soldat, juste bon pour les parades. Un guerrier qui a peur de son ombre et se pisse dessus à la moindre alerte.

Zâkir eut un geste menaçant.

— Calme-toi, souffla Iddiyatum avec une légèreté blessante.

Sur le point de perdre toute mesure, Zâkir se saisit de son arme mais parvint de justesse à se maîtriser.

— Les dieux sont de mon côté. Tout ce que j'ai dit est vrai, martela-t-il sans élever la voix.

Iddiyatum lui tourna brusquement le dos, provocateur, méprisant.

« Je viens de perdre une bataille, pas la guerre », se dit Zâkir, mettant ses pas dans les siens.

N'ignorant rien des filatures réussies, il le suivit. Le Grand Prêtre se dirigeait droit vers son temple.

Il avait un plan.

Dès qu'Iddiyatum eut franchi la porte de son domaine, Zâkir s'y présenta.

— J'ai une mission de la plus haute importance à remplir pour notre nouveau roi. Je dois vous transmettre son message de toute urgence.

Les battants s'ouvrirent.

Son entrée attira l'attention de quelques initiés qui bavardaient avec le Grand Prêtre. Avant que celui-ci n'eût le temps de réagir, Zâkir prit la parole d'une voix sonore :

— Sa Majesté, roi de Babylone, déclare : « En ce premier jour de règne, toute malédiction, toute impureté doit être écartée de la Cité. Aucun être indigne – dont la présence pourrait contrarier les dieux – ne doit rester parmi nous.

Le Grand Prêtre doit accomplir à nouveau le rite de purification et baigner son corps sans défaut dans l'Euphrate sous le regard des initiés et de Marduk. »

« Voilà le message.

Et, sans laisser le temps à quiconque de réagir, Zâkir quitta les lieux.

En remontant la Voie processionnelle envahie par une foule en liesse, il jubilait. Le ver était dans le fruit. Il n'y avait plus qu'à attendre. La vengeance le soulagerait presque de son échec.

La nuit du banquet fut longue, et le couronnement s'acheva dans les vapeurs d'alcool. Certains fêtaient le triomphe de la dynastie de Nabuchodonosor en oubliant que son petit-fils était loin de lui ressembler.

— 88 —

Seul, assis dans son grand bureau, Tahar rangeait ses affaires : des plans des murailles jonchaient la table. De nouveaux calames, taillés sur mesure, traînaient sur un coffre déjà encombré de tablettes. Mais, à vrai dire, c'était dans sa vie qu'il devait remettre de l'ordre.

Préoccupé, l'architecte ressassait les derniers événements : l'exécution du Grand Échanson, la morgue dont avait fait preuve Nungal lors du couronnement. Pourtant il se refusait à le considérer comme un ennemi. S'il avait pu lui parler en cet instant, voilà ce qu'il lui aurait dit : « Nungal, tu sais l'affection que je te porte. Je te connais mieux que personne. Tu as toujours été droit et volontaire. Je ne pouvais qu'approuver ta loyauté envers Nériglissar. Mais depuis sa mort, la situation a changé. Son indigne héritier va mener le royaume à sa perte. Tu ne peux t'obstiner à défendre cet incapable, qui n'a pas toute sa raison. Tu le sais, tout le monde le sait... »

Son plaidoyer fut interrompu par l'arrivée imprévue de Bel-sar-usur.

— Je te salue, Tahar, dit-il un peu cérémonieusement. Nabonide m'envoie. J'ai pris des premiers contacts avec des généraux dont certains se sont révélés favorables à notre cause. Mais Nungal est devenu dangereux pour tous les partisans de mon père, ajouta-t-il.

— Je ne le crois pas, protesta Tahar. Il ne fera rien contre nous.

— Vraiment ? Le pouvoir en a grisé plus d'un. Rien ne se décidera plus au palais sans son aval. Être le conseiller du jeune roi, c'est régner. Tout indique qu'il n'y renoncera pas, Lâbâsi-Marduk ou non.

— Tu t'emportes, mon jeune ami. Ce n'est pas l'ambition qui anime Nungal.

— Qu'est-ce qui te permet d'en être si sûr ?

— C'est un général, pas un homme politique.

— Que faisait-il alors chez Yasîm qu'il connaît à peine ?

— Tu le fais surveiller ? Et en quoi ce misérable armateur pourrait-il jouer un rôle quelconque dans ce qui se prépare ? rétorqua Tahar.

Bel-sar-usur décela un doute dans sa voix.

— Yasîm est au courant de tout. Il a dû en informer Nungal.

— Le complot n'est pas contre lui, objecta Tahar.

— Il faut toujours savoir à qui se fier, répondit Bel-sar-usur, blessant.

— Mesure tes paroles, Bel.

L'architecte était furieux.

Bel-sar-usur regretta aussitôt son impulsivité. Le vieil ami de son père était aussi un allié précieux.

— Pardonne-moi, Tahar, mon intention n'était pas de te reprocher quoi que ce soit. Mais il faut envisager toutes les hypothèses. Et je pense que Nungal pourrait bientôt vouloir régner en maître absolu.

— Tu parles bien sévèrement de lui, reprit l'architecte d'un ton de reproche. N'a-t-il pas été un ami de ta famille ?

— Tu fais bien de parler au passé, répliqua Bel-sar-usur.

— J'entends bien tout ce que tu me dis, concéda Tahar. La prudence est de mise. Chacun d'entre nous a le devoir de rester vigilant.

Il voulut répliquer, mais Tahar ne lui en laissa pas le temps.

— Bel, écoute-moi bien. Tu sais que je soutiens Nabonide. Mon engagement à ses côtés est sans faille. Il sera bientôt notre nouveau souverain, et cela seul compte. Mais je doute que Nungal ait changé à ce point. Le pouvoir ne l'a pas grisé, comme tu le dis.

— Il agira quand bon lui semble.

— S'il avait voulu nous nuire, les soldats de la reine seraient déjà à nos portes ! objecta l'architecte.

Bel-sar-usur fut sensible à l'argument. Cependant le risque existait, il voulait en convaincre Tahar.

— Il faut craindre *tout homme* que l'ambition ronge... Nous avons besoin plus que jamais de personnes fiables. Peut-on laisser le bénéfice du doute à un général puissant, devenu en si peu de temps le conseiller du roi ?

En ne répondant pas, Tahar parut acquiescer, mais au lieu de cela, il remit Bel-sar-usur à sa place :

— Bel, je mesure les enjeux, tu le sais.

— Oui, je te l'accorde, répondit-il, contraint.

— Laissons Nungal de côté tant que nous n'avons pas de preuves qu'il agira contre nous. Ton père, moi-même, tous ceux qui sont responsables de l'avenir de Babylone, sommes sur le point de supprimer ce jeune roi indigne...

« Nos informateurs ont bien travaillé, poursuivit l'architecte, nous savons grâce à eux à quelle heure Lâbâsi-Marduk se promène dans les jardins. Il est rarement accompagné de plus d'un garde ou deux. Les soldats, qui patrouillent à heure régulière le long des terrasses, ne dévient que rarement de leur route. Quant à ceux qui surveillent les alentours du palais depuis la terrasse haute, ils n'auront pas le temps d'agir, si toutefois ils ne sont pas favorables à notre cause. Nous allons passer à l'action. Le dernier ralliement est sur le point d'être conclu.

Bel-sar-usur tressaillit. Il ne pouvait accepter qu'il en sache plus que lui-même.

— Je continuerai à faire surveiller Nungal, reprit-il. Qui sait ce qu'il manigance ?

Tahar renonça à protester.

— Ne commets aucune imprudence, Bel. Dès que Lâbâsi-Marduk sera mort, Nungal n'aura plus aucun poids politique dans la Cité, je te l'assure.

Pour couper court à cette conversation qui avait pris un tour désagréable, il ajouta :

— Nabonide au pouvoir, je suis même persuadé que Nungal se mettra au service de Babylone. Comme toi, comme moi.

Le visage de Bel-sar-usur se rembrunit.

— Je n'en suis pas convaincu, insista-t-il, refusant toute reddition. Que connais-tu des pensées de ce général ? Sa carrière fulgurante l'a certainement changé. N'a-t-il pas laissé condamner le Grand Échanson ?

L'architecte trouva la question déloyale. Qui pouvait douter que Nungal l'aurait sauvé s'il avait été en son pouvoir de le faire ?

— Je ne crois pas qu'il ait changé, je te l'ai dit. Je le connais suffisamment pour être certain qu'il n'agit jamais dans son intérêt personnel. Son devoir passe avant son ambition.

— Ambition est le mot juste.

— Il agira pour le bien de tous.

— En gouvernant l'empire ? lança Bel-sar-usur.

— Nous n'avons rien à redouter de lui.

— L'affection que tu lui portes t'aveugle !

— Cessons de nous affronter, Bel. Notre combat commun est clair : le rayonnement de Babylone passe avant toute autre considération.

— Est-il nécessaire de me le rappeler ?

Tahar jugea qu'il était temps de se montrer plus diplomate. Car demain, Nabonide serait au pouvoir. Et Bel-sar-usur à ses côtés. Or malgré leurs divergences, il avait pour lui une sincère considération.

— Je sais combien tu es impliqué dans notre lutte pour mettre au pouvoir Nabonide, conclut-il en ajoutant une pointe d'admiration. C'est grâce à toi que de nombreux dignitaires se sont ralliés à sa cause. J'apprécie grandement tes qualités, sois-en persuadé.

— 89 —

Les conseils du palais reprirent leurs cours, certains plus importants que d'autres. Le devoir du roi était d'y assister ; ce que Lâbâsi-Marduk fit ce matin-là.

« Pour les affaires courantes, il n'y a rien à craindre », s'était dit Kassaia en laissant le jeune roi seul avec Nungal.

Ce dernier prit les décisions nécessaires à la bonne marche du palais et de la Cité pendant que les pensées de Lâbâsi-Marduk erraient dans les jardins jusqu'à sa volière. Immobile, muet, il laissait son conseiller agir à sa guise. Après qu'il eut été décidé de la poursuite de la consolidation d'un pan de la muraille d'angle au sud de la porte de Zababa, des problèmes d'approvisionnement furent évoqués.

Le nouveau roi commençait à s'agiter. Sa mère lui avait conseillé de dicter lui-même les décisions de Nungal au scribe pour sauver les apparences. Mais cette simple tâche lui coûtait.

Il s'inquiétait pour son oiseau parleur qui avait perdu l'appétit. Aussi interrompit-il son conseiller :

— N'as-tu pas oublié qu'il me faut plus de sacs de graines, beaucoup plus ? lança-t-il sèchement. Et aussi des fruits frais en abondance pour l'oiseau gris. Cette commande est de la première importance !

Nungal fit noter soigneusement les demandes de Lâbâsi-Marduk, avec une ironie mordante qui échappa à celui-ci.

Le conseil touchait heureusement à sa fin. Nungal avait tenu son rang sans faillir. Mais il avait conscience qu'aucune décision majeure n'avait été prise.

Il ne quitta pas le palais pour autant.

Il parcourut les couloirs qui menaient aux appartements royaux. Il voulait étudier une nouvelle fois la configuration des lieux. Le moindre recoin pourrait avoir son importance dans la fuite de Laliya.

Alors qu'il tournait en direction de la galerie des moissons, il fut surpris d'apercevoir la silhouette d'Ika. Il avait trop tardé à lui dire qu'il ne pourrait plus la voir, désormais.

— Ika !

Elle ne se retourna pas.

— Ika ! répéta-t-il d'une voix plus forte.

La jeune femme qui lui fit face n'était pas son ancienne maîtresse, mais une inconnue au visage empreint de tristesse. Elle était vêtue de la même tunique grège bordée de soie rouge qu'Ika.

— Pardonne-moi, mais tu lui ressembles beaucoup, s'excusa-t-il en s'éloignant aussitôt.

— Ne pars pas !

Son ton suppliant le fit revenir sur ses pas.

— Tu es le général Nungal, n'est-ce pas ?

Elle n'attendait pas de réponse. Et poursuivit :

— Elle m'a souvent parlé de toi... de tes visites.

Elle baissa la tête en rougissant.

Nungal ne devina pas où elle voulait en venir.

— Elle... Elle a disparu.

— Comment... ?

Elle l'interrompit, mal à l'aise :

— Ika est retournée vivre dans sa famille pour toujours. C'est ce que la reine a dit. Son appartement a été vidé. Il ne reste plus rien d'elle.

Nungal ne savait que penser de la nouvelle. Un mélange de déception et de soulagement. De tristesse aussi. Sans en comprendre la raison, il se demanda en quoi la reine avait pu jouer un rôle dans ce départ inattendu. La brutalité de la disparition d'Ika lui laissa un sentiment déplaisant. Cette pensée en provoqua une autre. Laliya était à la merci de Kassaia, et chaque jour qui passait était un jour de trop. Il la ferait s'enfuir comme prévu. Il avait chargé son second de recruter des soldats pour accomplir cette délicate mission : faire sortir Laliya de ses appartements et la conduire en toute sécurité chez le cousin de sa mère, à Opis.

À cette occasion, l'officier lui avait redit à mots couverts que, quoi qu'il décide, ses soldats le soutiendraient.

— 90 —

La tête embrumée, Iddiyatum se souleva sur les coudes comme si un bruit inhabituel l'avait alerté. Il avait fait un songe affreux. L'officier lui avait rappelé ses erreurs. Il avait médit du prince comme le rougeaud de lui. Les dieux méprisaient sa condamnable attitude. Il n'osait même plus penser à l'héritier de peur que des images de son comportement déplorable ne provoquent en lui des ondes de dégoût. Si rien ne pouvait l'empêcher de détester le nouveau roi, il aurait dû garder le silence. Ne pas attirer l'attention des dieux, ou de la reine, qui s'en prendrait à lui dès qu'elle en aurait l'occasion. Elle ne manquerait pas d'exhumer ses propos, de l'accuser de tentative de complot, crime puni de la peine de mort.

Il se sentait perdu de tous côtés.

Comment imaginer qu'il pût cacher plus longtemps les marques de son indignité ? Les taches rouges et suintantes s'étaient récemment multipliées le long de son dos malgré son nouveau traitement. L'intégrité physique était un préalable irréfutable pour un homme de sa qualité. Combien de temps avait-il cru pouvoir dissimuler l'horrible vérité ?

Il quitta le temple en toute discrétion.

En ce début de journée, la Cité était inhabituellement calme. Les lendemains de fête suscitaient parfois des réactions de repli sur soi.

Alors qu'il atteignait la porte d'Ishtar, Iddiyatum n'avait rencontré que quelques serviteurs et esclaves au service de leurs maîtres.

Il longea les remparts jusqu'au port.

À l'écart des bateaux marchands, il chercha des yeux une petite embarcation en bon état qu'il pourrait acheter. Il parcourut une partie des quais avant de se décider. L'affaire fut rapidement conclue. Iddiyatum remit un lingot d'argent au pêcheur stupéfait. Au lieu de céder au chantage, il achetait sa libération.

La modeste barque en roseaux tressés était propre et bien calfatée. Une godille était fixée à l'arrière du bateau. Il n'avait pas d'expérience de la navigation, mais avait eu l'occasion d'observer des marins à l'œuvre. Il y prit place sans hésiter et s'écarta lentement du bord.

Maniant la godille avec maladresse, il longea péniblement les rives qu'il évitait de regarder, se concentrant sur sa tâche. Enfin, un faible courant lui vint en aide, l'entraînant hors des espaces habités qui lui rappelaient ce qu'il quittait. Il s'éloignait de Babylone.

Il connaissait bien l'odeur du fleuve charriée par la brise, celle du limon et des herbes nouvelles qui croissaient le long des berges, lui rappelant la puissance de la nature.

Son embarcation glissait sur l'onde.

Bientôt il ne distingua plus que les grandes palmeraies qui s'étendaient à perte de vue. Son regard s'attarda sur les couronnes vertes des palmiers dont il apercevait parfois les inflorescences dorées.

Quand les plantations firent place aux roseaux, et que les broussailles remplacèrent les herbages, il lâcha sa godille et se laissa dériver.

Les bords du fleuve bruissaient de vie.

Insensible aux signaux d'allégresse de la nature, au ciel azur sans nuages, aux vols des oiseaux s'ébattant parmi les joncs, à la végétation renaissante, Iddiyatum guettait l'instant propice pour quitter définitivement le royaume.

Sa fuite serait sans retour.

Il ne savait pas nager, et le lourd manteau qu'il avait revêtu l'entraînerait vers le fond.

« Encore un peu plus loin », se disait-il.

Sa décision était sans appel. Indigne serviteur des dieux, il méritait la mort.

Faisant le vide dans son esprit torturé, il enjamba le bord de son embarcation et s'enfonça dans l'eau, sans se débattre.

— 91 —

La première semaine de l'avènement du prince, les conseils se succédèrent à un rythme soutenu. Le jeune roi, surveillé par sa mère, n'en manqua aucun.

Alors qu'il venait de quitter une réunion interminable, Lâbâsi-Marduk regagna ses appartements en proie à une rage incontrôlable.

— Trop, c'est trop ! hurlait-il en jetant des objets sur le sol et en les piétinant.

Être roi et s'ennuyer de la sorte, cela n'avait pas de sens ! Bousculant les fauteuils, il se mit à fouiller dans ses coffres pour trouver une coupe qui pourrait servir d'abreuvoir à son perroquet. Puis il se mit à examiner autour de lui le mobilier précieux dont il n'avait que faire. Il attrapa un vase et le lança en direction de sa collection de statuettes d'animaux. « Un bon moyen de *sélection*, pensa-t-il, amusé ; celles qui se briseront ne sont pas dignes d'y figurer. » Il se mit alors à les viser avec toutes sortes de projectiles.

Retrouvant son calme, il se fit servir de la bière qu'il but en grande quantité. Mais il ne tarda pas à perdre à nouveau patience.

— Quand viendra le jour où Agum sera nommé *zazakku* à la place de Nungal ? maugréa-t-il. Le plus tôt sera le mieux. Je serai enfin délivré de ce prétentieux général !

Car, avec Agum, il n'aurait plus à feindre de prendre des décisions qui ne l'intéressaient pas. C'est du moins ce que sa mère lui avait affirmé. Que la volonté de la reine soit faite !

Il n'aspirait plus qu'à une seule chose : s'installer au palais d'été, loin de la cour et de ses tracas, pour agir à sa guise à l'abri du regard inquisiteur de la reine. Ici, derrière les murs du palais, il se sentait constamment épié. Il fallait que cette affaire fût vite réglée. Il trouvait sa situation très injuste puisqu'il était le roi. « Cela doit changer. Bientôt je n'aurai plus de comptes à rendre à personne, pensa-t-il, je régnerai enfin... sur moi-même ! »

Cette idée le rendit euphorique.

Mais que faire en attendant ? Il se morfondait. Et s'il allait rencontrer sa promise ?

Non loin de là, dans ses appartements, Laliya se concentrait sur la tâche qu'elle s'était fixée pour ne pas céder au désespoir : elle relisait un passage de l'*Épopée de Gilgamesh*.

Elle interrompit sa lecture, pensive.

Il lui plaisait d'imaginer par quels moyens Nungal la ferait fuir hors de Babylone. Être loin de son père était la meilleure chose qui puisse lui arriver, mais elle se demandait si elle reverrait un jour Hazalâ, et ce petit garçon, qui devait être son frère.

Elle reprit laborieusement son occupation lorsqu'une agitation inhabituelle attira son attention.

Provenant du vestibule, une voix, qu'elle ne connaissait pas, s'éleva. Les gardes en faction s'étaient écartés. Elle fit quelques pas dans leur direction.

Étonnée, Laliya reconnut le nouveau roi. Il était en train de faire un discours dont elle ne saisit pas le sens. Ce qu'elle comprit malgré tout, c'est qu'il s'apprêtait à entrer. Elle fut saisie d'angoisse, s'interrogeant sur la raison de cette intrusion soudaine.

Elle n'eut pas le temps de reculer que déjà Lâbâsi-Marduk avait franchi le seuil d'une démarche alerte. Il portait une tunique pourpre sur laquelle une étoffe plus claire retombait, formant trois plis parfaits aux bords festonnés. Il s'arrêta pour l'observer. Elle en fit autant.

Son visage altier aurait été beau, se dit-elle, si sa bouche, réduite à un mince filet, n'avait révélé le mépris qu'il ressentait pour tous ceux qui l'entouraient.

Le roi toisait la jeune fille, la détaillant, sans gêne.

— Je te salue, belle Laliya, finit-il par dire après un silence pesant. Je me réjouis de voir enfin la future épouse dont la reine m'a vanté les mérites. Elle ne s'est pas trompée, tu es aussi charmante que je l'imaginais.

Il esquissa un sourire forcé.

Sur le qui-vive, Laliya ne se déparait pas de son air impénétrable. Depuis l'irruption de la reine l'autre jour, elle avait compris comment se comporter pour ne pas donner prise à une quelconque agressivité.

Elle décida que le mieux serait de ne répondre à rien de ce qu'il dirait. Peut-être finirait-il par partir, pensa-t-elle naïvement.

— Sais-tu bien à quelle lignée il va t'être donné d'appartenir ?

Elle soutint son regard, lèvres closes. Lâbâsi-Marduk parut un instant désarçonné par son silence. Il poursuivit néanmoins sa péroraison :

— Nabuchodonosor a donné naissance à ma mère. Il fut le plus grand des rois de Babylone. Pas un lieu qui ne rappelle les chefs-d'œuvre dont il a couvert la Cité. Son nom est honoré dans tout l'empire.

Dérouté, il se demanda si elle l'écoutait bien.

— Les enfants que tu mettras au monde seront de sang illustre, reprit-il d'un ton arrogant.

Le visage de la jeune fille ne manifestait aucun sentiment. Il interrompit son monologue, offusqué par son manque d'intérêt.

— Entends-tu bien ce que je te dis ?

Laliya tenait bon, muette.

Lâbâsi-Marduk reprit la parole d'un ton agressif :

— Je sais que ton père le scribe t'a appris à écrire, ne t'aurait-il pas appris à parler ?

Elle n'était pas de taille à défier le roi plus longtemps. À quoi cela aurait-il servi ? Il n'avait pas l'intention de s'en aller. Elle répondit avec une pointe d'insolence qu'elle ne sut réprimer :

— Je te prie de me pardonner, Altesse mais, enfermée ici depuis plusieurs jours, j'ai perdu le goût de la conversation.

— Qu'entends-tu par « enfermée » ? s'emporta Lâbâsi-Marduk. Tes appartements ne te suffisent-ils pas ? Ce sont pourtant ceux des membres de la famille royale.

L'attitude du jeune roi devenait menaçante.

Elle chercha à l'apaiser :

— Je suis honorée d'être accueillie ici, Altesse, mais le ciel et la végétation me manquent tellement...

Elle remarqua une légère modification dans l'attitude du souverain ; il l'écoutait. Elle se souvint de ce que l'on disait de lui : sa passion pour la nature, les animaux et en particulier les oiseaux.

— Comment vivre, enchaîna-t-elle, privée de la nature que les dieux nous ont donnée ? N'est-ce pas les arbres et les fleurs qui célèbrent notre victoire sur le désert, et... ?

Lâbâsi-Marduk la regardait avec plus d'attention. Sans doute voulut-il s'assurer qu'elle était sincère quand il lui posa cette curieuse question :

— Vraiment ? Tout cela est-il plus important à tes yeux que les bijoux ?

— Cela ne fait aucun doute, Altesse, s'empressa-t-elle de répondre. Les fruits ne parent-ils pas les arbres des plus beaux joyaux qui soient ? Rien n'est plus précieux à mes yeux qu'un jardin dans lequel on entend chanter les oiseaux.

— Tu aimes aussi les oiseaux ?

— Bien sûr, Altesse.

Il avait l'air surpris. Laliya était fière de sa prestation. Elle commençait à imaginer un plan qui la ferait sortir de ses appartements. En verve, elle inventa une anecdote qui ne pouvait que séduire Lâbâsi-Marduk.

— Lorsque j'étais encore une enfant, mon père m'avait offert une tourterelle que j'avais apprivoisée, lui raconta-t-elle. C'était vraiment un oiseau remarquable, doux et intelligent. Dans la cour, nous avions installé une petite fontaine pour qu'il puisse y boire. Depuis ce jour, j'attache une très grande importance aux oiseaux.

Laliya se demanda si son mièvre récit avait paru sincère.

Lâbâsi-Marduk sourit d'aise.

— Eh bien, tu apprendras que je possède moi-même un oiseau exceptionnel. Son bec est si dur qu'il peut casser une noix d'un seul coup. Il est vif, intelligent et sait aussi parler. Aimerais-tu faire sa connaissance ?

Le cœur battant, Laliya hésita avant de répondre : allait-il vraiment lui proposer de la faire sortir de ce lieu où elle était confinée ? Car elle savait, comme tous les Babyloniens, que le roi possédait une immense volière dans les jardins suspendus.

— Ce serait un grand honneur de le voir, Altesse, répliqua-t-elle, je suis impatiente de découvrir cet oiseau extraordinaire.

— Bien, bien…

Lâbâsi-Marduk se mit à la fixer de nouveau d'une façon insistante.

— Approche ! Plus près.

Elle esquissa un pas prudent vers lui.

La main de Lâbâsi-Marduk glissa de son cou à ses bras, s'attardant sur la courbe de son épaule nue. Sa paume était froide et lisse comme la peau d'un reptile. Elle réalisa qu'il la caressait comme il avait certainement l'habitude de le faire avec ses animaux familiers.

— Comme tu es douce…, susurra-t-il en continuant à la toucher.

Laliya dut faire un effort pour ne pas le repousser.

— La reine m'a dit que tu as reçu l'éducation qu'il faut.

Elle se demanda où le jeune souverain voulait en venir.

— *Tes* tablettes ont dû t'apprendre que les dieux ont peuplé la nature de merveilleux animaux.

— Bien sûr, dit-elle en s'efforçant de prendre un ton enthousiaste.

— Je possède d'autres bêtes dans un enclos qui se trouve à présent dans le jardin du palais d'été : des renards du désert, deux lionceaux et une lionne pour lesquels j'ai fait capturer des gazelles dont ils sont friands, des oryx, une hyène, et un chacal qu'on me livrera bientôt. J'ai même eu un tigre qui m'a été offert par un caravanier venant du nord-est de l'empire…

Il s'arrêta net de parler. Il repensait avec dépit au cabanon détruit par sa mère.

— C'est remarquable, dit Laliya, rompant le silence.

Son joli visage affichait un sourire extatique. Lâbâsi-Marduk ne douta plus de sa sincérité.

— Le moment est venu de t'emmener voir ma volière, dit-il d'un ton solennel.

— Quelle joie ! s'exclama-t-elle en espérant ne pas trop en faire.

Lâbâsi-Marduk, tout à l'euphorie de partager sa passion, n'eut plus aucune hésitation.

— Tu vas voir, dans les jardins, j'ai fait aménager un endroit particulier pour mon oiseau favori… la moitié de la volière ! J'ai chargé un esclave de lui chanter des chansons toute la nuit, et durant la journée, un autre – que j'ai fait instruire pour cela – lui récite des poèmes.

Car, comme je te l'ai expliqué, cet oiseau exceptionnel parle ! Rien ne doit lui manquer... J'ai dit à cet esclave que si mon oiseau déclamait les vers mieux que lui, je lui ferais couper la langue.

Cette plaisanterie – si c'en était une – sembla fort l'amuser.

Laliya se jura une fois encore : « Plutôt mourir que d'appartenir au roi. »

— Suis-moi à présent ! lui enjoignit Lâbâsi-Marduk.

— 92 —

Lâbâsi-Marduk donna l'ordre aux soldats de faction de s'écarter. Ils obéirent à leur roi sans discuter.

En franchissant la porte de sa cage dorée, Laliya exultait. Elle était *dehors*. Cachant son sentiment de triomphe, elle lui emboîta le pas, d'un air docile.

Tout au plaisir de partager sa passion, Lâbâsi-Marduk, qui venait d'enfreindre les recommandations de sa mère, était ravi. « Elle doit me laisser vivre comme je l'entends, pensait-il, sinon je lui rappellerai qui détient le pouvoir ! » Mais ces moments de rébellion s'exprimaient toujours hors de sa présence. Il craignait la sévérité de ses réactions. Et puis, dans bien des occasions, ses décisions le soulageaient : lors des ennuyeuses et interminables réunions du palais, par exemple.

Il chercha à se rassurer. « Je vais montrer un *chef-d'œuvre* de la nature à ma promise. Quoi de plus naturel ? » Il se mit à rire comme un gamin qui attrape en cachette des sucreries convoitées.

Laliya, soucieuse de le maintenir dans cet état d'esprit, lui fit son plus beau sourire en retour. C'était la première fois qu'elle sortait depuis un mois. Prise d'un accès d'euphorie, elle se dit qu'elle allait peut-être trouver le moyen de s'enfuir.

Ils s'éloignèrent des appartements royaux pour rejoindre la galerie qui reliait les différents quartiers du palais. Laliya dont l'unique pensée était pourtant de s'échapper ne put résister à sa curiosité. Dans les pas du jeune roi devant lequel tous s'inclinaient, elle admirait les bas-reliefs. Des scènes monumentales aux couleurs vives se déroulaient le long des murs, narrant l'histoire des dieux. Les statues qu'elle croisait fixaient sur elle leurs yeux de pierre. Avec angoisse, Laliya craignit presque qu'elles devinent ses désirs d'évasion.

Le roi tournait constamment la tête vers elle. Leurs pas résonnaient le long des interminables couloirs.

Tout était un sujet d'émerveillement pour Laliya : des vasques de lumière éclairaient les fresques à la gloire de l'armée babylonienne. Elle pensa avec fierté à Nungal qui lui manquait tant. Elle ne pouvait s'empêcher d'être impressionnée par la magnificence du lieu. Partout où son regard se posait, de nouvelles œuvres semblaient surgir de l'ombre : là une statue d'albâtre aux yeux de lapis-lazuli, plus loin des murs peints à la gloire du dieu Marduk ou montrant la roue à rayons de Shamash, dieu du Soleil et de la Justice. Elle y vit un signe favorable. Peut-être pourrait-elle réussir à fausser compagnie au jeune souverain dès qu'ils auraient atteint les jardins.

Quand des senteurs de plantes saturèrent l'air, elle sut qu'elle approchait du but. Lâbâsi-Marduk fit ouvrir la porte qui débouchait sur un monumental escalier en haut duquel commençaient les jardins à étages. À cette heure, la chaleur était lourde. La première terrasse, parsemée d'herbes aromatiques, exhalait des odeurs poivrées. L'humidité des canaux d'irrigation venait renforcer les effluves des végétaux en floraison. Charmée par la beauté du lieu, Laliya suivait le roi. Ils quittèrent le potager pour rejoindre l'étage où s'étendait le plus extraordinaire des vergers : cognassiers, poiriers, néfliers et autres fruitiers poussaient là avec vigueur. Ils dépassèrent un buisson de mûriers et montèrent des marches bordées de pistachiers. Laliya s'efforçait de mémoriser le trajet, guettant une opportunité. Si elle avait été assez forte, elle n'aurait pas hésité à assommer Lâbâsi-Marduk pour s'enfuir !

Quand ils parvinrent à la hauteur du bassin aux lotus, elle y vit une bonne occasion. Les gardes étaient rares à cette heure et, derrière l'étendue d'eau, elle apercevait un grand escalier qui devait certainement aboutir à l'une des sorties des jardins. Sans plus y réfléchir, elle s'élança en courant. Au moment où elle l'atteignit, six soldats de garde montaient les marches face à elle. Alors elle poursuivit sa course, déviant sur la gauche afin de faire le tour complet du bassin. Elle se retrouva face à face avec Lâbâsi-Marduk, interloqué.

— Que fais-tu ? Ce n'est pas par là, dit-il, tu te trompes, fais un peu attention !

Elle acquiesça, le souffle court, la gorge plus sèche qu'un lit de rivière avant la pluie.

Le roi se demanda si sa promise avait bien toute sa raison.

— Nous approchons, dit-il en désignant l'allée des grenadiers qui menait à la volière. Ne t'éloigne pas.

Laliya scruta les environs. Elle ne voyait plus aucun garde du palais. Ils étaient à nouveau seuls.

— C'est ici que tu dois regarder !

Elle n'en crut pas ses yeux, ni ses oreilles. L'immense cage grouillait de volatiles de toutes tailles, aux couleurs et aux plumages différents. De cet incroyable lieu sortait un tintamarre assourdissant : piaillements, babillements, roucoulements… Lâbâsi-Marduk avait-il réussi à emprisonner tous les oiseaux du monde ? se demanda-t-elle, effarée.

Un grillage intérieur divisait la volière en deux. Dans la partie plantée d'arbustes d'où surgissait un arbre nu, gigantesque, elle aperçut un vilain oiseau gris avec une queue de plumes rouges. Le roi se mit à siffler plusieurs fois, excité par la réponse bruyante du volatile.

Laliya l'observa, intriguée. Le perroquet, perché sur une branche, dans une position bancale, à la limite de l'équilibre, émettait des cris affreux.

— Sais-tu que j'ai de grands projets ? Au palais d'été, je réserverai une grande part des jardins pour que mes animaux puissent courir en liberté. Demain, tout Babylone louera mon initiative...

Elle le félicita chaleureusement, mais Lâbâsi-Marduk s'était désintéressé d'elle. Il n'avait plus d'yeux que pour son oiseau préféré. Il ouvrit la porte de la volière et y entra.

Elle attendit que son attention fût accaparée par son perroquet pour reculer. Alors, retenant son souffle, elle repoussa prestement la porte derrière lui et mit le loquet. Elle allait s'enfuir quand une voix retentit dans son dos.

— Laliya !

Saisie de peur, elle n'osa se retourner.

— Comme je suis contente de te rencontrer, ici, avec ton futur époux, dit la reine d'une voix doucereuse. Je vois qu'il a su te faire partager son goût pour la beauté de la nature. Je ne voulais pas vous déranger : entre donc, tu verras son *favori* de plus près.

Laliya rouvrit la porte, en espérant – sans trop y croire – que la reine n'avait pas vu son geste précédent, et rejoignit le jeune roi sous les cris furieux et discordants du perroquet. Lâbâsi-Marduk fit comme si de rien n'était et continua à converser avec son volatile. Mais quand il se tourna vers Laliya, elle vit de la colère dans son regard. « C'en est fini de cette comédie... », semblait-il lui dire.

Derrière les grilles de la volière, des soldats de la garde royale venaient de prendre place.

« J'ai tout raté, pensa Laliya, découragée. Je ne réussirai jamais à m'évader seule. Nungal me fera-t-il signe bientôt ? » Car, plus les jours passaient, plus elle en venait à douter de lui.

Le retour dans l'enceinte du palais fut pénible. Laliya, encadrée par les gardes, retenait les pas qui la menaient vers son enfermement. Sans animosité, ils la laissaient marcher à son rythme. Elle luttait contre le désespoir. Chaque instant qui s'écoulait la rapprochait de sa prison. Elle était certaine que la reine avait deviné ses intentions. Elle redoublerait de méfiance désormais. De plus, Lâbâsi-Marduk n'avait pas été dupe : il avait compris ses intentions et était furieux. Non seulement elle avait trahi sa confiance, mais elle l'avait humilié devant sa mère. Qui sait s'il ne souhaiterait pas se venger ?

Kassaia avait regagné ses appartements, déterminée à dompter cette jeune personne, car elle ne reviendrait pas sur le choix de sa belle-fille.

Mieux valait tuer Nungal que d'utiliser cette impudente contre lui.

Elle comptait sur le Grand Intendant pour mettre au point un plan infaillible. Son amant n'ignorait rien de ses désirs, qu'il s'agît de plaisir, ou de meurtre. Éliminer le conseiller du roi ne demandait pas seulement de la force mais aussi de la ruse. Le Palais ne devait y être mêlé en aucune façon.

Elle s'approcha de l'étroite fenêtre qui surplombait l'Euphrate. Le ciel incandescent avait fait place à une nuit claire. Elle pouvait apercevoir les quartiers populaires de Babylone et, au-delà, le désert qui s'étendait à l'infini. Un hurlement de hyène perça l'obscurité. Des aboiements lui répondirent.

Kassaia fixa le fleuve des yeux. C'était sur l'une de ses rives que le corps sans vie du Grand Prêtre avait été retrouvé. Un signe favorable des dieux. Et demain, Agum lui ferait part de son plan.

Le sort en serait jeté.

— 93 —

Kassaia consacra de longues heures à sa toilette. Elle appréciait d'autant plus ces instants qu'ils étaient le prélude à ses ébats amoureux. Puis elle donna des ordres à ses serviteurs afin que la soirée se déroule comme elle l'entendait.

Elle prit place dans la pièce secrète décorée avec goût. Luxueuse sans être ostentatoire. Le divan et les fauteuils étaient recouverts d'étoffes sur lesquelles des esclaves avaient ajouté des coussins dans un dégradé de teintes ocrées. Les flammes des coupelles faisaient luire la couleur chatoyante des tentures de soie. Dans un jeu d'ombres et de lumières, les longues niches dans les murs laissaient apparaître de nombreuses figurines. Sexes ouverts ou dressés, se prêtant à toutes les pénétrations, les couples de bronze se donnaient du plaisir sans retenue.

Elle voulait croire que les dieux exigeants avaient doté les humains d'un corps de chair pour les servir mais aussi pour leur permettre de jouir.

Elle ne se lassait pas de regarder les pièces finement sculptées qui s'alignaient pour former une sarabande impudique et voluptueuse.

Elle ouvrit un coffret qui contenait une fiole de son parfum favori et l'ouvrit. Quelques gouttes suffiraient. Agum n'allait pas tarder à la rejoindre.

— Kassaia...

La reine reconnut la voix du Grand Intendant. Il se tenait devant le seuil.

— Entre, je t'attendais, lui dit-elle avec cette voix particulière qu'elle prenait pour s'adresser à lui, une voix douce, qui ne devait pas cependant lui faire oublier le privilège qu'elle lui accordait.

Agum s'inclina, une main sur la poitrine. Sa haute stature le rendait imposant. Mince sans être maigre, il avait un corps bien charpenté. Des yeux couleur bronze éclairaient son visage mat aux traits parfaitement symétriques. Il émanait de lui un autoritarisme qu'il prenait soin de dissimuler sous des dehors courtois. C'était ce que la reine appréciait chez lui. Agum était un homme déterminé, qui allait jusqu'au bout de ses entreprises. Si Kassaia aimait s'abandonner de temps à autre aux mains d'une femme, elle ne jouissait jamais autant que sous l'étreinte de son amant favori. Le Grand Intendant l'aimait avec dévotion. Il briserait quiconque s'opposerait à elle, ou à son fils.

Il s'avança vers le siège que la reine lui désignait.

— Le moment est venu..., dit-elle avec une provocante ambiguïté.

— Je suis ton serviteur, répondit Agum, posant un regard intense sur sa personne.

La reine esquissa un sourire. La présence du Grand Intendant la confortait dans l'exercice de son pouvoir, et de sa séduction.

— Nungal ne peut continuer à vivre, poursuivit-elle. Il a osé compromettre la promise de Lâbâsi-Marduk. Il n'hésite pas à écraser le jeune roi de sa superbe... Et il ne va pas en rester là.

— Tu as raison, ma reine…

Elle ne le laissa pas poursuivre et reprit la parole :

— N'oublions pas que le général est estimé par ses pairs. Son exécution ne doit susciter aucune question gênante.

Il inclina la tête, respectueusement.

Kassaia était prête à entendre ce qu'il avait à lui proposer.

— Parle, Agum.

— Tes désirs sont des ordres, répondit-il avec déférence. Sache que, depuis quelque temps, je suis en affaires avec un Sutéen qui m'est redevable. Je l'ai rencontré à plusieurs reprises. Grâce à lui, nous allons tendre un piège au général…

— Un Sutéen ? s'étonna la reine. Comment peut-on se fier à un tel sauvage ?

— Parce que Nungal a combattu les siens. Et les a humiliés.

— Est-ce suffisant ?

— Ce guerrier veut sa revanche. Il déplore le traité de paix signé avec Babylone.

— En quoi cet homme peut-il nous être utile ?

— Si quelques-uns décidaient tout à coup de s'attaquer à un convoi royal, il deviendrait urgent que l'armée fasse une démonstration de force.

— Comment peut-on être sûrs que le conseiller voudra régler cette affaire en personne ?

— Tout conseiller qu'il est, il n'en demeure pas moins un soldat impétueux. Il s'est impliqué personnellement dans cet accord. Il voudra châtier l'offense.

La reine jugea plausible la réaction du général. Mais elle voulut en savoir plus :

— D'où te vient la certitude qu'Habrum, le chef des Sutéens, approuvera ce plan ? Serait-ce par vengeance contre son vainqueur ?

— Pas seulement. Nous nous sommes montrés très généreux. Ce chef n'est rien de plus qu'un nomade âpre au gain, ajouta-t-il, méprisant.

— Tu vois juste, admit la reine. Et quel sera ce piège ?

— Nous ferons en sorte que Nungal se propose pour prendre la tête du détachement qui ira à la recherche d'Habrum. Dès que sa troupe atteindra les rives du Tigre, précisa Agum, elle sera attaquée. Nul n'en réchappera.

— Ton plan me semble parfait.

Le silence retomba.

Le regard de Kassaia s'était posé sur les mains aux doigts longs et soignés de son amant qui lui évoquaient tous les plaisirs que cet homme savait lui donner.

— Fais-moi confiance, lui dit-il alors d'une voix pleine de sous-entendus.

La reine se détendit enfin.

— Nous enterrerons Nungal avec les honneurs dus à son rang, conclut-elle avec une tranquille cruauté.

Elle baissa la voix :

— Je te charge officiellement de cette mission.

Des servantes venaient d'entrer dans la chambre qui jouxtait la pièce secrète pour y déposer une collation sur le plus grand des coffres et se retirèrent aussitôt.

Agum alla chercher le plateau. Puis ils burent le vin à la couleur intense dont l'arôme boisé se mariait à la saveur des croquants aux amandes et des biscuits fourrés aux dattes.

La pénombre faisait paraître la reine plus jeune, presque fragile. Il lui prit la main et appuya ses lèvres contre la paume de Kassaia, douce et parfumée. Elle se leva et détacha elle-même la boucle qui retenait le drapé de sa robe sur l'épaule, découvrant sa poitrine toujours ferme. Il la caressa, pinçant le bout de ses seins durci. Elle gémit. Les mains d'Agum explorèrent son corps avec une certaine brutalité qui l'excitait. Elle participait à ce jeu par des provocations, enfonçant ses ongles sans retenue dans la chair de ses bras. Il la prit par la taille et la souleva pour l'entraîner sur la table, balayant d'un geste les coupes. Après de brèves caresses, il releva sa tunique pour dégager son sexe dur et la pénétra sans douceur. Elle s'abandonna à ses coups rapides et profonds. Agum, que les cris de Kassaia excitaient, sentit le plaisir monter à son tour. Il se retira pour répandre sa semence.

Ruisselant de sueur, les amants restèrent silencieux un moment, allongés sur des coussins posés sur le sol.

Puis la reine parla enfin :

— Tu dois y aller, maintenant, Agum... Ne prends aucun risque. Que les Sutéens qui exécuteront ton plan ne s'approchent plus jamais de la Cité.

Le Grand Intendant reprit l'attitude respectueuse qu'il montrait toujours à son égard. Il était fasciné par cette femme de haute lignée, si belle et si puissante, et qui, même dans son abandon, restait pour lui la reine de Babylone.

— Je suis ton serviteur, dit-il de nouveau pour la rassurer.

— Ne me déçois jamais !

— 94 —

Un noir épais engluait les contours du paysage. Nungal jeta un regard sur l'arbre gigantesque qui se trouvait à côté de lui, baigné par une faible lueur. Celui-ci déroulait des ramifications si touffues que le général ne parvenait pas à distinguer la voûte. Aucun bruit.

Il chercha à comprendre où il se trouvait. Les bras tendus comme un aveugle, il avança dans l'obscurité. Ses doigts heurtèrent bientôt un mur. Il retourna sur ses pas pour trouver une ouverture de l'autre côté. Il n'y en avait aucune. Une paroi rocheuse se dressait devant lui. Il pensa qu'il avait dû tomber dans une sorte de grotte très profonde. Il revint tout près de l'arbre, posant ses mains contre l'écorce rugueuse. En observant à nouveau la cime, il repéra un halo qui trouait l'obscurité. La seule issue possible certainement. Il recula et se plaça sous les branchages. En sautant, il parvint à saisir les premiers rameaux enchevêtrés et se hissa sur la première branche, aussi résistante qu'il l'avait imaginé. S'il arrivait à grimper, ce dont il ne doutait pas, il trouverait certainement l'issue. Il en chercha une autre accessible. Il était résolu à vaincre le géant végétal pour atteindre le sommet. Il commença sa difficile ascension sans se soucier des brindilles tranchantes qui lui entaillaient la paume des mains. Des ramilles pointues comme des épines striaient son corps de coupures sanguinolentes. Des sifflements étranges se firent entendre... Il leva la tête. La lueur blanchâtre restait faible. Alors qu'il tendait la main pour se hisser à nouveau, il entra en contact avec la peau froide d'un animal. Instantanément, des dizaines de serpents se mirent à grouiller au-dessus de lui, ondulant dans l'arbre comme si toutes les branches se transformaient en reptiles. Il n'eut plus qu'une solution pour leur échapper, se laisser tomber...

Il s'éveilla d'un coup.

Que signifiait ce terrible songe que les dieux lui avaient envoyé ? Des bribes d'images lui revinrent. Les serpents s'étaient dressés entre lui et le sommet. Telle était sa situation avant de chuter *mortellement*. Les dieux voulaient-ils l'avertir du prochain mauvais tour de la reine ?

Il devait se tenir sur ses gardes.

Le lendemain matin, Nungal se rendit au palais pour un nouveau conseil. Il rejoignit la salle de réunion comme s'il s'apprêtait à livrer un combat.

Il prit place aux côtés du jeune roi. Devant eux avaient été posées des tablettes sur lesquelles le scribe avait noté les demandes du jour.

Comme à l'accoutumée, il s'agissait de régler des problèmes d'approvisionnement des temples et de désigner ceux qui auraient le privilège d'être admis à l'audience royale.

— Pour le temple de Marduk, c'est non ! intervint Lâbâsi-Marduk qui avait gardé rancune au défunt Grand Prêtre.

— Notez ce qui suit, intima Nungal au scribe. Nous acceptons d'augmenter les dons en denrées fraîches pour le temple de Marduk et celui de Nabû. Affaire suivante...

Ébahi, le jeune roi n'osa protester.

Ils écoutèrent la prochaine requête. Il s'agissait d'accorder à certains marchands l'autorisation de commercer avec des villes du nord de l'empire. Ceux-ci avançaient qu'eux seuls possédaient les moyens d'envoyer leurs caravanes aussi loin. Nungal en convint et leur répondit favorablement, avec l'assentiment passif du roi que le sujet n'intéressait pas.

— Le fournisseur en bois du palais réclame une cargaison de cèdre qu'un capitaine de bateau refuse de lui vendre. Il demande que...

Lâbâsi-Marduk prit subitement la parole :

— Qu'on dise à l'importateur de doubler son prix ! Si l'acheteur est vraiment intéressé par cette affaire, il paiera. Je crois que le capitaine appréciera cette décision.

Nungal se garda bien de le contredire. Ne fallait-il pas maintenir l'illusion que son royal avis comptait ? Et cette transaction n'était pas très importante.

Satisfait de sa victoire, le jeune roi s'imagina qu'il pouvait continuer à imposer ses ordres. Une idée lui vint. Ne serait-ce pas là l'occasion de se débarrasser du général ? Le faire partir pour la Médie. Ce territoire manquait encore à l'empire. C'était ce qu'il allait lui faire comprendre.

Après un bref exposé improvisé, Lâbâsi-Marduk conclut :

— La Médie manque à l'empire, et toi seul es à même de donner la victoire à Babylone.

— J'irai donc faire la guerre contre la Médie ? l'interrogea Nungal avec une tranquillité feinte.

— C'est ce que je viens de te dire !

— Les Mèdes auraient-ils commis une agression dont je n'ai pas connaissance ?

— Je ne le crois pas, répondit Lâbâsi-Marduk qui ne s'attendait pas à ce que son conseiller discute son injonction.

— Les oracles t'auraient-ils parlé pour que tu suggères cette attaque ? continua Nungal.

Le jeune roi fit un signe de dénégation.

— C'est bien une agression envers un peuple avec lequel nous entretenons des échanges cordiaux dont nous parlons ? insista-t-il d'une voix accusatrice.

— Non, balbutia le roi.

— Je ne t'ai pas bien entendu.

— Ne déclarons pas la guerre à la Médie.

— Bien. Nous allons donc repousser fermement cette scandaleuse proposition.

Lâbâsi-Marduk parut frappé de stupeur.

Son conseiller commençait à dicter sa réponse au scribe quand le jeune roi s'agita.

— Alors pourquoi pas l'Égypte ? claironna-t-il d'un air triomphant.

Nungal l'interrompit. Le ton avec lequel il s'adressa au jeune souverain ne pouvait plus laisser de doute sur l'autorité qu'il comptait exercer sur lui.

— La paix de l'empire repose sur le respect des accords conclus avec Babylone. Souviens-t'en, désormais.

Lâbâsi-Marduk tenta de ne pas perdre contenance, mais il comprit qu'à l'avenir son conseiller prendrait seul toutes les décisions importantes.

Vaincu, il quitta la salle avec un air de bravade dérisoire.

Les divagations du jeune roi mettaient en péril le royaume. Nungal ne pouvait plus se contenter de n'être qu'un conseiller.

L'armée n'attendait qu'un appel de lui pour éliminer Lâbâsi-Marduk et le porter au pouvoir.

— 95 —

Derrière les murailles rougeoyantes du palais, esclaves et serviteurs allaient et venaient, accomplissant leurs tâches matinales avec diligence. Nungal fit le tour des bâtiments, satisfait de ce qu'il voyait. L'ordre régnait.

Ces derniers jours l'avaient conforté dans l'urgence de passer à l'action. Il allait réunir les généraux acquis à sa cause : dans quelques jours, l'armée devait être prête à prendre d'assaut le palais. C'était dans cet état d'esprit qu'il se rendit au premier conseil du matin, sûr de lui.

La salle avait conservé la fraîcheur de la nuit. Installés devant de longues tables, des scribes leur liraient les requêtes alors que d'autres inscriraient les décisions prises.

Le premier à s'exprimer devant eux était un administrateur chargé de l'organisation du Palais, venu leur faire part d'un problème de fonctionnement : les ordres ne parvenaient pas assez vite à leurs destinataires. Puis il fut question de la gestion des nouveaux jardiniers et du ravitaillement des cuisines du roi en gibier.

Lâbâsi-Marduk, affalé dans son fauteuil, contemplait les murs d'un air morose.

Un responsable des importations leur apprit que l'étain faisait défaut à Babylone – un bateau manquait à l'appel. Nungal reçut ensuite un dignitaire au sujet de la nomination d'un nouveau gouverneur.

Après les différentes interventions entra un chef de garnison, responsable de la sécurité des territoires du nord-est du royaume, qui avait demandé audience.

Lâbâsi-Marduk se redressa un peu, émergeant de son profond ennui. Qu'allait donc leur raconter ce soldat aux allures martiales ?

L'homme s'inclina devant lui et fit face à Nungal.

— Général, des nomades barrent la route aux caravanes se rendant dans la Cité.

— Qu'y a-t-il de nouveau ?

— Ils viennent d'attaquer plusieurs convois de suite. Les assauts se sont multipliés. Ces pillards défient l'autorité de Babylone. Ce sont des Sutéens.

— Les caravaniers en sont-ils certains ?

— Oui. Ils avaient déjà eu affaire à eux dans le passé.

Nungal n'en était pas convaincu.

— A-t-on fait des prisonniers ?

— Sans doute... Ce sont des Sutéens, répéta le chef de garnison.

— Avez-vous envoyé un émissaire pour contacter Habrum ? l'interrogea Nungal.

— Oui. Un détachement de nos soldats s'est porté à sa rencontre, dans le campement principal des steppes. Il ne s'y trouvait plus. Mais les nomades parlaient de lui avec... déférence.

— Ce qui veut dire ?

— On murmure, général, qu'Habrum se croit intouchable depuis qu'il a pris la tête des clans unifiés, ajouta l'officier, reprenant mot pour mot les paroles que la reine lui avait suggérées.

— Ce ne sont que des conjectures. Quelles preuves as-tu de cela ? lui demanda le conseiller du roi, perplexe.

— Un de nos informateurs a appris que le convoi royal chargé de cuivre allait être attaqué. Il en connaissait tous les détails !

Nungal réfléchit : si l'information se révélait exacte, l'enjeu était de taille. Il n'était pas question de laisser Habrum dicter sa loi à Babylone. Cette caravane devait arriver à bon port.

— Qu'as-tu appris d'autre ?

— Il semble que ce chef nomade se cache à l'est d'Opis. Je peux y envoyer…

Il avait du mal à croire qu'Habrum ait décidé de rompre leur accord. Il devait en avoir le cœur net.

— « Il semble », tu n'es donc sûr de rien ?

— Ce Sutéen est un homme imprévisible. Que faire ?

Le sang de Nungal ne fit qu'un tour. Personne d'autre que lui n'était mieux à même d'éclaircir cette situation.

— Je vais m'y rendre : nul ne peut défier l'empire sans en subir les conséquences, trancha-t-il sans hésiter.

Il respecta toutefois les formes en demandant l'assentiment du roi.

— Altesse, dit-il en se tournant vers Lâbâsi-Marduk, penses-tu que je doive intervenir dans les plus brefs délais pour rencontrer Habrum ?

— Tu m'apporteras sa tête.

Tels furent les seuls mots que le jeune roi prononça avant de se lever pour quitter la pièce.

Nungal, dissimulant son mépris envers lui, s'inclina.

Il allait donc partir à la tête du bataillon.

Il ne serait absent que trois ou quatre jours au plus. Pas assez pour remettre en cause la fuite prochaine de Laliya ni sa décision de prendre le pouvoir, et tout ce que cela impliquait.

— 96 —

Le lendemain, Nungal se leva à l'aube naissante pour jouir de quelques instants de calme avant l'action. À cette heure, la ville marquait un temps d'arrêt : les derniers passants semblaient égarés dans les rues désertes, les fumées des cours s'étaient taries, les chiens avaient cessé d'aboyer, on n'entendait plus que les cris lointains des animaux du désert qui cernaient Babylone. Il avait du mal à croire qu'Habrum se fasse complice d'une attaque contre une caravane royale. Un tel projet ne méritait pas qu'on trahisse sa parole.

Après ses ablutions et un déjeuner constitué de galettes et de dattes, Nungal se rendit aux écuries royales pour prendre son cheval. Il ne fut pas long à rejoindre le détachement dont il devait prendre le commandement

Quand il arriva, les soldats placés sous ses ordres étaient prêts pour le départ.

La petite troupe longea la Voie processionnelle jusqu'à la porte d'Ishtar où les premiers marchands commençaient à arriver. Les sabots des chevaux résonnaient sur les dalles. Ils franchirent la porte que les lueurs cuivrées de l'aurore faisaient resplendir, renvoyant des myriades de petits éclats de lumière. De gigantesques lions de terre cuite semblaient veiller férocement sur la ville, gueule ouverte, comme prêts à bondir sur les intrus.

Loin des remparts de la Cité, on avait l'impression d'être vivifié par un grand souffle de vent frais. Nungal éprouva la sensation de la liberté à laquelle il avait dû renoncer en acceptant de devenir conseiller du roi. Il retrouvait l'exaltation de parcourir les vastes territoires de l'empire pour combattre en son nom.

La troupe longea un moment les rives de l'Euphrate. Quelques oiseaux aquatiques virevoltaient au-dessus de l'eau étincelante à la recherche d'une proie. Les berges verdoyantes ralentirent la cadence de la troupe. Les chevaux n'avançaient plus sans avoir arraché quelques touffes d'herbes grasses.

Entre les rivages de l'Euphrate et du Tigre, de petites maisons d'argile et de roseaux formaient des hameaux paisibles entourés de champs d'orge et de pâturages. Ils bifurquèrent en direction de la ville marchande d'Opis. Nungal eut une brève pensée pour ce lointain cousin chez qui Laliya se réfugierait bientôt.

Le sol caillouteux freina leur progression. Des dizaines de moutons paissaient entre les buissons d'épineux jusqu'aux limites du désert. Les montures, au trot plus incertain, projetaient des pierres derrière elles.

Aux côtés de Nungal, un pisteur nomade scrutait l'horizon, prenant ses repères.

Le soleil continuait sa course, et un vent brûlant chauffait hommes et bêtes. La troupe devrait bientôt s'arrêter pour faire boire les chevaux.

La chevauchée avait ralenti à nouveau.

Nungal pensa à Habrum. Il se souvenait de lui comme d'un homme de parole. Il commençait à douter sérieusement de ce qui lui avait été rapporté lors du dernier conseil quand il vit l'officier, à sa droite, faire un soubresaut. Une flèche venait de le tuer net. En un instant, une pluie de flèches s'abattit sur eux. Surgis de nulle part, des nomades à cheval les entourèrent.

L'attaque était d'une violence inouïe. Les agresseurs, semblables à une meute de hyènes, avaient réussi à diviser la troupe ; ils employaient tous les moyens pour déséquilibrer les cavaliers. Dès qu'ils étaient à terre, ils leur jetaient du sable ou des pierres au visage, et les achevaient à coups de poignard.

Les projectiles pleuvaient sans discontinuer. Nungal fit signe à ses soldats de s'attaquer en priorité aux archers. Mais la pression était telle que la moindre inattention leur était fatale. Les ennemis s'acharnaient sur les montures. Malgré leur courage, les Babyloniens pliaient sous la furie des nomades. Les cris des hommes, l'agonie des chevaux, l'odeur du sang imprégnaient le lieu de leur violence.

Nungal, maîtrisant son cheval effrayé, le fit tourner sur lui-même, embrochant de son épée les attaquants à sa portée : il en tua trois avant de chuter de sa monture. Il tomba à la renverse sur le sable englué de sang. Le choc lui coupa le souffle. Impuissant, il vit le chef des rebelles s'approcher de lui et brandir son arme. La lance se ficha dans sa chair. Il perdit connaissance.

— Le général est mort ! s'écria le nomade qui venait de s'approcher.

— On se replie, vite ! hurla le chef. Toi, ramasse nos morts, il faut les faire disparaître… Toi, charge-toi de nos blessés… Plus vite !

— Et le corps du général ? demanda l'un des nomades.

— On le laisse ici avec ses soldats. Les troupes du palais se chargeront de venir chercher leurs cadavres… Va !

Le chef, qui n'était autre qu'Habrum en personne, jeta un dernier regard sur le corps inerte de Nungal.

— 97 —

Une deuxième journée s'écoula sans qu'aucun messager – qui aurait dû précéder le retour des troupes – fût revenu à Babylone.

La reine ne se priva pas de faire part à la ronde de son inquiétude. Elle ne cessa de dire à tous ceux qu'elle rencontrait que l'absence de nouvelles du détachement était un sinistre présage.

Quand le soir tomba, elle anticipait la réussite de son plan, et eut une pensée pour Agum qui la servait si bien.

Le matin du troisième jour, elle se sentit en proie à une vive agitation : la mort de Nungal ne faisait plus aucun doute. Elle avait tant attendu ce moment. Elle allait retrouver la place qui lui revenait de droit. Elle gouvernerait, à l'égal de son père, sur l'empire. Son *précieux* fils se conformerait à ses ordres et montrerait à tous que Babylone, la superbe, continuerait à régner sans faille sur ses territoires.

Déterminée, elle alla parler à Lâbâsi-Marduk dans ses appartements.

— Il est temps, pour toi, mon fils, dit-elle d'une voix qui n'admettait aucune réplique, de convoquer le responsable de la sécurité des territoires afin de savoir ce qui est arrivé au détachement de Nungal. Nous n'avons reçu aucun signe de lui, ce qui est inquiétant, n'est-ce pas ?

— Il est mort ? demanda Lâbâsi-Marduk d'un ton tragique qui mit la reine hors d'elle.

— Je le crains. Il te faut donner les ordres à cet officier. Dès l'aube, tu lui diras d'envoyer une troupe, avec deux chariots légers, à la recherche du conseiller.

Il la regardait fixement. La reine reprit :

— Les dieux en ont décidé ainsi. Dès que la mort de Nungal sera confirmée officiellement, il te faudra nommer *zazakku* le Grand Intendant Agum. Ainsi tu pourras vivre comme tu le souhaites.

— Bien, acquiesça-t-il sans conviction.

— N'est-ce pas ce que tu voulais ? s'étonna Kassaia. Agum te libérera des fastidieux conseils. J'y veillerai.

L'intérêt de Lâbâsi-Marduk s'éveilla soudain. Il n'osait encore y croire.

— Je ne serai plus astreint à assister à *aucun* conseil ?

— Tu seras libre de tes mouvements, je te l'assure.

Une onde de plaisir parcourut le jeune souverain.

— Je vais pouvoir rejoindre le palais d'été ?

Elle le dévisagea avec une certaine commisération. Sa seule ambition n'était-elle donc de ne vivre que pour lui, enfermé dans ses délires ? Qu'il en soit ainsi.

— Prends patience, mon fils. Il ne faut rien précipiter. Tu es le roi, et les Babyloniens ne doivent pas l'oublier. Nous rendrons hommage au glorieux général. Quand la période de deuil sera terminée, tu montreras à tous, par ton prochain mariage, que l'avenir du royaume est assuré.

Le sourire qu'il venait d'afficher s'éteignit brusquement. L'évocation de ses prochaines noces avec l'hypocrite jeune fille le mettait en colère : cette fieffée menteuse aux belles paroles ! Cette sournoise aux sourires enjôleurs ! Cette traîtresse qui ne pensait qu'à lui fausser compagnie... Le prix de sa liberté.

— Bien, acquiesça-t-il, imaginant déjà comment il se débarrasserait d'elle.

Lâbâsi-Marduk prit le parti de rassurer sa mère : il ferait ce qu'il faudrait.

Il la regarda quitter ses appartements, le cœur plus léger.

Le lendemain, les ordres royaux furent exécutés.

Aux premières lueurs du jour, des soldats partirent à la recherche du détachement. Ils chevauchèrent vers Opis comme Nungal l'avait fait avant eux. Après des heures de recherches, ils trouvèrent les corps qui gisaient, amas d'ossements et de chair déchiquetée... Les animaux du désert en avaient fait leur festin : les visages avaient presque tous disparu sous les coups de bec et les dents acérées.

Ils ramassèrent les dépouilles, prenant un soin tout particulier des restes du cadavre de Nungal qu'ils avaient identifié grâce à son uniforme.

Quand ils revinrent à Babylone, le convoi ne passa pas inaperçu. L'épaisse toile qui recouvrait les deux chariots dissimulait mal leur chargement funèbre. Les Babyloniens interrogeaient la garnison tout en s'approchant au plus près, tentant de voir par eux-mêmes de quoi il s'agissait.

Les soldats ne leur cachèrent pas la triste vérité : l'attaque des Sutéens avait eu raison du bataillon, et de son général.

La nouvelle se répandit dans toute la ville comme une tempête de sable sur les dunes, à la grande satisfaction de la reine, heureuse que la rumeur se propage si vite. Le peuple voulait en savoir plus. Partisans et détracteurs de Nungal s'interrogeaient sur les conséquences de sa disparition.

Lâbâsi-Marduk, sur les injonctions de la reine, interrogea longuement l'officier qui avait dirigé les recherches. Kassaia, à ses côtés, ne se priva pas de l'accabler de questions. « À quel endroit précis les as-tu retrouvés ? Combien étaient-ils ? Comment peux-tu affirmer qu'il s'agit bien du général ? »

Bien que les cadavres fussent difficiles à identifier, la reine demanda à voir ce qu'il restait de la dépouille de Nungal. Le visage aux yeux et au nez arrachés était méconnaissable, mais la stature était la sienne. Elle examina les lambeaux de son uniforme et son bras intact, musclé et fin. Il portait une amulette, un lion en jade, qu'elle avait déjà vu à son poignet.

— Plus de doute, c'est bien lui, dit-elle à son fils. Tu dois à présent confirmer officiellement le décès de ton conseiller.

Les Babyloniens déplorèrent la disparition du héros de Cilicie. La mort du glorieux général les désola, eux qui voyaient, à travers leurs héros, se manifester la bienveillance de Marduk.

Lorsque Yasîm fut mis au courant de l'attaque qui avait eu raison de Nungal, il en fut effaré. Et attristé. À contrecœur, il se résolut à rallier pleinement le complot.

Dans la salle d'armes du palais, les soldats discutaient bruyamment. Parmi ses compagnons, beaucoup restaient incrédules. Comment un officier aussi valeureux que lui avait-il pu être tué par des nomades, alors qu'il avait vaincu tant de soldats aguerris en Cilicie ? Le général Nungal mort, il n'y avait plus d'autre choix que soutenir la conspiration pour éliminer le jeune roi au plus vite.

La reine s'apprêtait à apprendre la nouvelle à Laliya.

— 98 —

Laliya s'était réfugiée au creux d'un fauteuil, dans sa chambre, qu'elle ne quittait plus. Elle relisait l'une des tablettes qui lui avaient été portées. Peu lui importait le texte, lire était la seule façon de résister au temps qui la broyait.

Par moments, elle s'interrompait, en proie à des réminiscences : elle revoyait Hazalâ s'éloignant ce jour de l'Akîtu où elle tenait un enfant par la main. C'était comme si sa tante l'abandonnait une seconde fois.

Coupée de l'extérieur, elle ignorait tout du drame qui avait eu lieu.

Quand elle vit la reine entrer, elle tenta de deviner la raison de son irruption à cette heure tardive.

Son visage arborait une expression curieuse que la jeune fille ne put déchiffrer.

— Le général Nungal est mort.

— Que dites-vous ?

Laliya était sidérée. Les mots lui parurent n'avoir aucun sens.

— Je ne comprends pas, murmura-t-elle.

— Ce sont les risques du métier, commenta Kassaia d'un ton léger. Des nomades ont assailli le détachement qu'il commandait. Ce matin, nos soldats ont ramené leurs corps.

L'émotion coupa la respiration de Laliya.

— C'est impossible. Le général n'a pu être tué par des rebelles, c'est un grand général...

— Sa dépouille, et celles de nos vaillants soldats, ont été ramenées à Babylone, poursuivit-elle avec une cruauté calculée.

La jeune fille refusait d'y croire. Elle repoussait l'idée insupportable de cette disparition.

— Où est-il ? Je veux le voir.

— Non, le corps de Nungal ne sera pas exposé.

— Que dites-vous ? Ce n'est pas la coutume...

La reine lui répondit comme s'il s'agissait d'un détail sans importance :

— Les vautours et les chacals l'ont presque dévoré. Il sera enterré sous sa maison avec les honneurs dus à son rang. Ton père y assistera.

Laliya croisa le regard perfide de Kassaia. Grimaçant un air désolé, celle-ci ajouta :

— Ce serait trop pénible pour toi d'y venir... Je crois que tu le connaissais bien.

— Nungal !

Son cri résonna dans la pièce. Elle éclata en sanglots.

— Tu n'as aucune raison de t'apitoyer sur ton sort. Dès que la période de deuil sera terminée, les préparatifs du mariage commenceront, conclut la reine en quittant la pièce aussitôt.

« Non, non..., se répétait Laliya, en pleurs. Je ne peux la croire, non ! » Qui pourrait admettre que l'homme qui a survécu aux pires combats ait pu se laisser surprendre par une bande de pillards ? Quel dieu aurait permis cela ?

Le général Nungal est un héros ! Un héros ! Si on l'a attaqué, il a su se défendre...

Les paroles de Kassaia lui déchirèrent à nouveau le cœur. Un cadavre, quel cadavre ? Les corps n'étaient pas reconnaissables. Quelle était cette ruse ?

La reine avait dû lui mentir. Imaginer la mort de celui qu'elle aimait était inconcevable.

Elle l'appela comme s'il était dans la pièce d'à côté.

Son absence ferait perdre tout sens à sa vie.

Elle se couvrit le visage des mains, tremblante de douleur.

Toute la nuit, un vent chaud, chargé de sable, souffla sur Babylone. La Cité, accablée par le début de la saison sèche, avait pris un aspect minéral. La végétation était recouverte d'une fine pellicule blanchâtre : les palmiers bordant les rues, ceux des petits jardins des maisons, ceux des toits en terrasse. Rien ne parvenait à rafraîchir l'intérieur des demeures. Cette chaleur insupportable rappelait aux Babyloniens qu'au-delà du fleuve, le désert hostile faisait sa loi.

Laliya, allongée sur le lit, respirait avec peine. Elle voulait mourir.

— 99 —

Le lendemain de l'annonce officielle de la mort de Nungal, une assemblée de notables se réunit dans la maison de Nabonide.

Les partisans de la première heure arrivaient les uns après les autres dans une grande agitation. Parmi eux, Yasîm. Contacté par Bel-sar-usur, il avait décidé de participer à ce moment crucial.

Tous les hauts dignitaires ayant rejoint leur cause étaient présents. Seul Tahar, retenu au palais pour s'assurer du dernier ralliement des gardes royaux, n'était pas encore arrivé.

— Qu'as-tu appris de nouveau sur la mort du général ? demanda Bel-sar-usur au dernier arrivant.

— Les soldats envoyés sur place ont confirmé qu'il s'agissait de pillards. Des Sutéens. Habrum a attaqué à nouveau nos convois, répondit le Grand Panetier.

— Il ne faudra pas tarder à remettre de l'ordre, s'empressa de dire l'un des plus grands importateurs de bois pour les temples de Ka-dingir-ra en regardant Nabonide avec insistance.

— Pourquoi le corps du général n'a-t-il pas été exposé ? intervint Yasîm.

— Son cadavre a été à moitié dévoré par les animaux. Nungal sera enterré comme il se doit. Sans trop d'éclat, cependant. La reine préfère sans doute qu'on l'oublie. Il fait de l'ombre à Lâbâsi-Marduk – qui n'a pas besoin de cela..., commenta le Grand Panetier.

— Comment peut-on être certain qu'il s'agit bien de lui ? objecta l'un des commerçants des territoires de l'est de l'empire.

— Par l'uniforme qu'il portait, répondit le Grand Panetier.

— Je n'ai jamais rien entendu au sujet de ces prétendues attaques de convois. S'il y avait eu le moindre incident, mes caravaniers m'en auraient averti, répliqua-t-il.

— Nungal a dû tomber dans un piège, formula Belsar-usur de façon équivoque.

Le Grand Panetier reprit la parole :

— Les pillards, ou je ne sais qui, les ont tous tués, tous ! Et les soldats ont ramené leurs cadavres, ou ce qu'il en restait... Voilà ce que je sais, trancha-t-il.

— La disparition de Nungal précipite les événements, intervint l'un des amis de Tahar. Le palais n'a plus de *zazakku*, et l'armée a perdu l'un de ses plus valeureux guerriers. Une grande confusion règne déjà en ville.

Quand Nabonide prit la parole, le silence se fit :

— Si ce sont des Sutéens qui ont tué Nungal, commença-t-il, l'affaire est grave ! Il ne faudrait pas que ces pillards s'imaginent qu'on peut tuer un personnage haut placé impunément ! Mais ce n'est pas le seul risque. Sa mort soudaine rend la Cité vulnérable. Les Babyloniens y voient déjà un échec de leur armée. La situation peut devenir dangereuse. D'autres peuplades hostiles pourraient profiter de ce signe de faiblesse. Cependant..., dit-il en marquant un bref temps d'arrêt pour donner du relief à ce qui allait suivre, je suis très étonné que le chef Habrum ait brusquement décidé de rompre le pacte avec

Babylone. Il a tout à y perdre. Nous allons envoyer nos informateurs enquêter sur ce qui s'est réellement passé.

« Il n'est plus temps de tergiverser mais d'agir ! déclara-t-il enfin, acclamé par tous ses partisans.

À peine la dernière phrase achevée, Tahar se faisait annoncer. L'expression satisfaite de son visage laissait deviner la réussite de sa mission. Il prit le temps de saluer tous les hommes présents à la réunion, et Nabonide devant lequel il s'inclina.

Bel-sar-usur s'avança vers lui, pressé de l'interroger.

— Que t'a dit le chef de la sécurité ? lui demanda-t-il. Sommes-nous prêts ?

— Oui. Il a rallié la garde à notre cause. Nos hommes sont dans la place.

— Bien, dit Nabonide. Le plan se déroule comme prévu.

— Permets-moi cependant de t'informer de ce que j'ai cru bon de faire, ajouta Tahar. J'ai pris contact avec des alliés sutéens que je connais à Babylone. Nous devons savoir ce qui est vraiment arrivé à Nungal…

— Des alliés ! s'exclama Bel-sar-usur, indigné. C'est ainsi que tu nommes ces assassins ?

— Ne t'emporte pas, tempéra-t-il, rien n'est clair dans ce guet-apens. Ni l'implication d'Habrum, ni la mort de Nungal.

— Qu'espères-tu ? lança Bel-sar-usur, suspicieux.

— La vérité… La reine n'a pas perdu de temps : le Grand Intendant Agum va être nommé *zazakku.*

— Par le roi ?

— Par qui d'autre ? Lâbâsi-Marduk exécute tout ce que sa mère lui ordonne, répondit Tahar.

— Mais nous ne lui en laisserons pas le temps. Préparons-nous ! clama Bel-sar-usur.

— Nabonide, nous sommes tes serviteurs ! dit l'architecte en réaffirmant sa foi dans le futur souverain.

Nabonide fit un geste d'assentiment. Bel-sar-usur ne tenait plus en place.

— Je te remercie, Tahar, mon ami, dit Nabonide. Je sais que je peux compter sur vous tous.

« L'heure est venue, mon fils.

Pendant que les troupes d'assaut finissaient les derniers préparatifs, Nabonide entouré de sa garde proche méditait sur le destin qui s'offrait à lui. Il adressa des remerciements à Marduk, et à Sîn, le dieu de la Lune qu'il servait et qui protégeait sa famille.

La nuit précédente, alors que le sommeil l'avait gagné, les dieux lui avaient envoyé un songe. Nabuchodonosor lui était apparu dans toute sa splendeur. Il l'avait invité à le rejoindre sur son char, montrant par là qu'il reconnaissait en lui son digne successeur. Son règne était donc légitime.

Nabonide éprouvait la tranquille certitude qu'il était le roi dont l'empire avait besoin. Il s'emploierait désormais à montrer aux Babyloniens la puissance du dieu Sîn d'Ur.

Que son destin s'accomplisse !

La prise de pouvoir s'organisa dans le calme.

— 100 —

« Quelle chaleur ! » se disait Lâbâsi-Marduk, tout en humant le carré aux épices qui exhalait une senteur poivrée.

Sous le soleil montant, l'air brûlant emprisonné dans les allées avait fait disparaître la douceur du matin. Peu lui importait. Il ne résistait jamais à l'envie de parcourir ces lieux jusqu'à sa volière où il irait saluer son perroquet gris. Il savourait chaque instant, se réjouissant des couleurs et des odeurs que seul cet endroit magnifique pouvait offrir.

Il déambulait sereinement dans les jardins suspendus, suivi de deux gardes, comme Kassaia le lui avait imposé. Savoir que Nungal ne reviendrait jamais lui donnait un sentiment de légèreté. Rien ne le contrarierait plus. Même la pensée du cabanon détruit avait cessé de le troubler. Le jour approchait où il quitterait ces lieux pour le palais d'été, loin du joug de sa mère. C'était là qu'il résiderait. Cette demeure royale lui plaisait particulièrement. Sa taille plus modeste que celle du grand palais la rendait harmonieuse. Plein nord, loin du cœur de la Cité, elle jouissait d'un parc aux essences rares et d'une grande palmeraie. Son architecture remarquable rappelait qu'elle était l'un des trois chefs-d'œuvre que Nabuchodonosor II avait fait bâtir. Quant à ses noces prochaines... il ne s'encombrerait pas d'une épouse. Encore moins de cette perfide jeune fille. Il avait tout prévu. Une fois marié, il prierait Laliya de bien vouloir rester au palais royal en compagnie de la reine mère. Il les oublierait comme sa sœur – dont il gardait un vague souvenir – l'avait fait autrefois avant lui.

Lâbâsi-Marduk soupira d'aise. Sur cette heureuse perspective, il gravit l'escalier à grandes enjambées pour atteindre l'étage du verger. Quel plaisir de se retrouver parmi les arbres fruitiers ! Il ralentit le pas et se faufila entre les feuillages qui renvoyaient un peu de fraîcheur. Les citronniers dégageaient un parfum douceâtre. Sur sa droite se dressait une rangée de pruniers en fleur. Une merveille dont il s'était occupé personnellement ! N'était-ce pas lui qui avait fait observer à Tahar qu'avant de s'intéresser à tous les canaux de la ville lui et ses semblables seraient bien avisés de renforcer l'irrigation des jardins ? Il s'en félicita. Quand il résiderait au palais d'été, il en ferait planter autant qu'il en voudrait.

Il continua à grimper en évitant les larges allées bordées d'arbustes pour se perdre dans des chemins plus étroits. Cachée par les genévriers, l'eau des petits canaux chantait sa mélodie.

Silencieux comme des ombres, les gardes le suivaient, faisant oublier leur présence.

Le sentier entre les arbres le mena au bassin des lotus. Il fit halte un moment pour admirer les fleurs rosées, à peine écloses. Des nuées d'insectes voletaient près de chaque point d'eau, attirant quelques oiseaux qui ne quittaient jamais ce lieu. Une idée le traversa. Aujourd'hui même, il allait fêter son indépendance prochaine en ouvrant en grand la cage pour offrir la liberté à tous ses volatiles captifs – excepté son perroquet qu'il emmènerait avec lui. Il imaginait déjà l'envol des centaines d'oiseaux de toutes les couleurs dans l'azur infini du ciel. Cette perspective l'excita. Il regarda alentour comme pour prendre quelqu'un à témoin de sa décision. Il était seul si l'on exceptait les gardes attachés à ses pas. Reprenant son chemin droit devant lui, il se hâta de rejoindre la volière, avec une impatience puérile.

Des partisans armés surgirent de leur cachette et, rapides comme l'éclair, égorgèrent ses gardes. Alerté par le bruit, le roi se retourna. Les trois hommes fondirent sur lui et le ceinturèrent. Malgré ses coups de pied furieux pour se dégager de leur étreinte, il ne réussit pas à leur échapper. Deux d'entre eux l'immobilisèrent en lui tordant les bras contre le dos. Le troisième se tenait face à lui. Lâbâsi-Marduk aperçut son poignard. Le jeune roi comprit qu'il allait mourir. Il se demanda juste quelle douleur horrible il allait éprouver. L'assaillant ficha sa lame dans le torse du souverain. À plusieurs reprises. Jusqu'à ce qu'il s'effondre comme un sac de graines que l'on éventre.

— Ne perdons pas de temps ! cria celui qui tenait l'arme ensanglantée, en s'écartant du cadavre. Allons rejoindre le palais !

— Coupons-lui la tête ! hurla l'un des deux autres en brandissant son épée, lourde et affûtée. Nous l'embrocherons sur ta lance pour la montrer à tous, dit-il au troisième homme.

Ils traînèrent aussitôt le cadavre de Lâbâsi-Marduk jusqu'à un banc, et calèrent sa tête contre le rebord en pierre. Le premier coup d'épée entailla la gorge qui céda avec un craquement. Mais la tête ne se détacha pas du tronc. L'homme dut recommencer son geste à deux reprises avant qu'elle ne roule à leurs pieds, dégoulinant de sang.

— Brisons toute velléité de résistance…, clama-t-il en embrochant le cou sur l'arme pointue.

— Allons-y !

Couverts de sang, ils dévalèrent les marches pour rejoindre le palais. L'un brandissait la tête de Lâbâsi-Marduk, les deux autres lui ouvraient le chemin, les armes à la main.

Les couloirs résonnaient des cris des fidèles de Nabonide saluant leur passage. Les esclaves se jetaient sur le sol en signe de soumission. L'équipée sanglante traversa le long couloir qui menait à la galerie principale, proclamant la victoire des insurgés.

Des combats sporadiques éclataient encore çà et là. Les partisans finissaient d'écumer galeries et couloirs. Il ne restait plus que les appartements de la famille royale.

Si serviteurs et fonctionnaires avaient montré peu de résistance jusque-là, il était à craindre que les gardes de la reine se battent jusqu'au dernier.

— 101 —

Kassaia, alertée par le vacarme qui s'était amplifié, quitta la terrasse pour rejoindre ses appartements. Personne ne répondit à ses appels. Le salon dans lequel elle parvint était désert. Ni servantes, ni esclaves.

Elle se douta que ses pires prévisions s'étaient réalisées.

Elle ne se rendrait pas sans se battre. Elle voulait croire que rien n'était perdu. Par le passé, des retournements de situation avaient déjà eu lieu, et les renégats avaient été empalés devant les remparts.

Elle ne resta pas seule bien longtemps, des gardes qui lui étaient restés fidèles ne tardèrent pas à la rejoindre. Après lui avoir exposé la situation, ils lui proposèrent de l'aider à s'enfuir en passant par une porte secrète en bas des jardins suspendus. Celle-ci débouchait sur une rive de l'Euphrate où une embarcation l'attendrait.

Ils abandonnèrent les lieux à la hâte. Des rumeurs de combats s'amplifiaient au fur et à mesure que les partisans de Nabonide se rapprochaient d'eux.

Encadrant la reine, les gardes lui firent descendre le grand escalier. Alors qu'ils tournaient en direction de la porte des jardins surgit Agum, une arme à la main.

Au même moment, Bel-sar-usur, avec son escorte armée, s'élançait à leur poursuite.

Le Grand Intendant fit signe aux gardes de continuer leur chemin et se mit en travers du passage pour protéger la fuite de la reine.

Le fils de Nabonide ordonna à sa troupe de les éliminer. Il se chargerait d'Agum.

Brandissant son épée, il atteignit le Grand Intendant dès le premier coup. Celui-ci répliqua violemment. Bel-sar-usur l'affronta sans faiblir. Agum ne lâchait rien. Le sort de la reine dépendait de lui. Mais son adversaire était plus jeune et mieux entraîné : il fut touché une première fois en haut de la poitrine puis en plein visage. Un voile de sang devant les yeux, il vacilla et s'écroula à terre.

Le laissant pour mort, Bel-sar-usur rejoignit sa troupe.

La reine n'avait pas ralenti sa marche, protégée par les soldats qui la poussaient en avant. Mais les partisans, sous les ordres de Bel-sar-usur, ne tardèrent pas à les assaillir. Les gardes ne résistèrent pas bien longtemps à leur assaut. Les derniers blessés se rendirent.

Kassaia comprit que le combat était définitivement perdu. Cernée, elle ne pouvait rien faire d'autre que se soumettre. Elle en éprouva plus d'amertume que de révolte. La vigilance de ses espions avait été vaine. Elle aurait dû faire emprisonner tous ceux qui pouvaient être suspectés de sédition juste après l'exécution du Grand Échanson. Les faire passer par les armes, tous ! Sa soif de pouvoir l'avait aveuglée. À présent, elle était à leur merci. Qu'allaient-ils faire d'elle ? Où se trouvait son fils ?

Elle se résigna à suivre les hommes armés qui la menèrent à travers les couloirs retentissants de cris et d'invectives, de hurlements et de coups. Les clameurs des dernières redditions se propageaient de galerie en galerie. Elle ne put que constater avec consternation qu'il n'y avait plus d'espoir. Son combat était terminé.

Les soldats la conduisirent en direction de la cour d'honneur où s'était massée une partie des conjurés. Alors qu'ils pénétraient dans la galerie des moissons, le silence se fit. Les partisans de Nabonide venaient de reconnaître la reine, encadrée par la troupe conduite par Bel-sar-usur.

Lui faisant face, ceux qui venaient des jardins se tenaient sur son passage, la tête du jeune roi fichée sur la lance. Elle ralentit. Son regard se posa sur le visage de Lâbâsi-Marduk. Si elle éprouva une terrible douleur en reconnaissant les traits enfantins de son fils supplicié, elle n'en laissa rien paraître. Accablée par la cruauté du destin, elle s'efforça pourtant de garder sa dignité. Vaincue, prisonnière de ces scélérats, elle était toujours reine.

Kassaia continua à avancer droit sur eux. Si elle avait été armée, ils l'auraient trouvée menaçante. Ils ne bougèrent pas. Elle faisait face à sa propre mort, avec superbe.

Bel-sar-usur, l'observant froidement, ne vit plus en elle la reine qu'elle avait été. Ce n'était plus qu'une méprisable intrigante dont il fallait se débarrasser. Il regretta que Nabonide ait choisi pour elle l'exil et non la mort. Il décida de l'effacer de sa mémoire.

S'écartant sur son passage, certains évitaient de la regarder ; d'autres réclamaient sa mort.

Elle marchait la tête haute comme si elle était toujours libre. Son visage reflétait un sentiment de haine et de dégoût. Sa tenue d'apparat masquait cependant mal sa piteuse défaite.

Le fracas des derniers combats s'éteignit lorsque le palais fut entièrement entre les mains des partisans de Nabonide.

Un messager partit lui annoncer la nouvelle.

— 102 —

Derrière les murs de ses appartements, Laliya avait compris que des événements terribles venaient de se dérouler. Des cris, des cavalcades avaient résonné en provenance des galeries les plus proches. Elle se demandait si le palais avait été attaqué et par qui.

Alors qu'elle s'approchait prudemment de la porte, l'un des battants s'ouvrit avec fracas. Un partisan de Nabonide surgit, les armes à la main. Sa tunique était tachée de sang. Son visage émacié était empreint de fureur. Stupéfiée mais sans peur, Laliya ne chercha pas à le fuir. Elle acceptait la mort qu'elle avait appelée de ses vœux. Ils se firent face. L'intrus eut un sursaut en la voyant : qui était cette jeune fille, seule, enfermée dans les appartements de la famille royale ? Elle lui paraissait inoffensive. Décontenancé, il la saisit par un bras et décida de l'emmener avec lui : Bel-sar-usur lui dirait qu'en faire.

Il la tira jusqu'au grand escalier qu'ils dévalèrent brutalement à contre-courant d'un groupe armé. Puis il l'entraîna à travers une longue galerie, devenue étrangement calme : des serviteurs transportaient des cadavres alors que des esclaves nettoyaient des traces sanglantes sur le sol et les murs à grande eau. Laliya tenta de deviner ce qui s'était passé. Qui avait-on tué ? s'interrogeait-elle. La reine ? Lâbâsi-Marduk ?

L'homme continuait à la traîner à ses côtés, lui meurtrissant le bras.

Il avait hâte de se débarrasser de cette curieuse jeune fille. Il avait l'intention de se rapprocher de la salle du trône, là où il pourrait trouver le fils de Nabonide mais, des partisans en interdisant l'accès, il ne put y accéder.

Que faire ? Encombré par sa prisonnière, il fut tenté de la tuer sur place, se disant que tout serait plus simple. Peut-être était-ce ce qu'il devrait faire. Mais il ne pouvait s'y résoudre. Il avait lui-même une fille de cet âge, et ne voyait pas en quoi elle pourrait représenter un quelconque danger. Il rebroussa chemin et reprit sa course avec elle, la tirant d'un coup sec lorsqu'elle trébuchait.

Parvenu dans la cour principale, il l'attacha solidement à un palmier, dans un des angles, et l'abandonna. Impatient de participer à l'événement, il rejoignit la foule qui s'était massée plus loin pour acclamer la venue prochaine de Nabonide.

Les liens trop serrés blessaient les poignets de Laliya et l'écorce s'enfonçait dans son dos. Elle ne pouvait plus bouger. Elle regretta la mansuétude du soldat. Elle aurait préféré mourir. Elle ne surmonterait jamais le chagrin de la mort de Nungal. Elle ne voulait pas lui survivre.

Les dernières velléités de résistance avaient cessé.

Dans un joyeux désordre, des femmes de dignitaires venaient de rejoindre les partisans et mêlaient leurs chants de victoire à leurs cris de triomphe.

Les soldats avaient laissé certains Babyloniens envahir une partie des galeries. Puis, peu à peu, ils reprirent le contrôle des lieux. Ils repoussèrent la population et, formant devant eux des lignes infranchissables, ils établirent un couloir protégé pour la venue de Nabonide.

— 103 —

La nouvelle du coup d'État se propagea dans la Cité, de ruelles en rues, d'échoppes en maisons. Un nouveau roi allait prendre le pouvoir. Les hommes du complot avaient fait courir le bruit rassurant que celui-ci continuerait à faire rayonner Babylone comme par le passé.

Des éclats de joie fusèrent dans tous les quartiers.

Pour Nabonide, le moment était venu de rejoindre le palais.

Dans sa maison, protégée par des partisans en armes, sur le qui-vive, il attendait le signal. Bientôt un char royal s'approcha de la demeure ; des serviteurs et des prêtres du temple de Marduk l'escortaient.

Le char était garni d'étoffes grenat brochées d'or, les mêmes qui recouvraient le trône qui l'attendait.

Les insurgés s'étaient positionnés le long du trajet qu'emprunterait leur souverain. Ils ne cachaient pas leur triomphe, interpellant bruyamment les hommes venus les rejoindre.

Nabonide traversa la Voie processionnelle sous les ovations de la foule. Des officiers en grand uniforme empêchaient que les manifestations d'allégresse ne se transforment en désordre. Le nouveau roi eut un regard bienveillant pour toutes ces mains tendues vers lui. Il ne décevrait pas ce peuple dont il était fier.

Le dieu Sîn avait veillé sur lui. Il lui prouverait sa reconnaissance.

Il fut déposé devant le palais et franchit à pied la porte principale. Ses partisans avaient formé une haie d'honneur le long des galeries. Sous leurs acclamations, Nabonide parvint enfin à la salle royale. Il traversa ce lieu somptueux à pas lents. Les colonnes à chapiteaux, qui montaient vers le plafond lambrissé en cèdre sculpté, faisaient miroiter les couleurs. Des lampes à huile posées le long du parcours projetaient leur lumière dorée sur le nouveau souverain. On aurait pu croire que ce rayonnement émanait de sa personne. Il avançait avec majesté vers le trône.

Yasîm, qui avait rejoint la foule des notables, se trouvait dans les premiers rangs. Il regardait Bel-sar-usur avec un mélange d'admiration mais aussi de réserve. Debout à la droite du trône, celui-ci attendait que son père y prenne place. Il avait revêtu de nouveaux vêtements qu'un serviteur avait réussi à leur apporter : une longue tunique de lin grège et un manteau bleu dont le col et les manches étaient brodés de motifs géométriques en soie claire. Il arborait à son cou le croissant lunaire en or symbolisant le dieu Sîn.

Nabonide prit place enfin. Il avait fière allure. Son habit de brocart clair était recouvert d'un somptueux manteau grenat à franges dorées. Des bracelets et des pendentifs en or rehaussaient sa superbe. Parmi les symboles divins qui figuraient sur son pectoral ouvragé se trouvait une lune, rappelant le dieu tutélaire de sa famille, qu'il ferait rayonner demain dans toute la Babylonie.

Tous ses partisans manifestèrent bruyamment leur joie et se prosternèrent à ses pieds.

Des serviteurs zélés s'étaient mêlés aux commerçants importants qui se réjouissaient que le pouvoir revienne à un homme qu'ils croyaient avisé. Les dieux avaient fait leur choix.

Un peu à l'écart, regardant en direction du roi se tenait une femme d'un âge avancé dont l'allure inspirait le respect. Adad-guppi avait un sourire de triomphe. Si Yasîm ne la connaissait pas, bien des dignitaires savaient qui elle était. Mère de Nabonide, elle avait vécu au palais du temps de Nabuchodonosor. La vénérable femme, enfoncée confortablement dans un fauteuil garni de laine épaisse, écoutait tout, la tête inclinée, ne perdant pas un mot de ce qui se disait comme elle l'avait toujours fait. Son visage diaphane était animé par des yeux ambre clair. Sur ses lèvres, un sourire étrange ne la quittait pas.

Tant de secrets enfouis lui donnaient l'impression de partager un peu de ce nouveau pouvoir. Elle savait mieux que personne juger les hommes et les femmes, deviner leurs manigances ou leur lâcheté. Elle ne serait dupe de rien.

Satisfaite d'entendre son fils parler avec autorité, elle remercia le dieu Sîn qui l'avait mis à sa juste place.

Quand le calme fut revenu, Nabonide prit la parole :

« C'est sur ordre du dieu Marduk, le sage parmi les dieux, que j'ai été porté sur le trône de Babylone, commença-t-il. Je suis le successeur de Nabuchodonosor et de Nériglissar. Je gouvernerai de la mer supérieure à la mer inférieure.

« Je remplirai mes devoirs envers les dieux de Babylone qui m'ont choisi pour monter sur le trône. Envers notre belle Cité. Envers vous.

« Babylone prospérera. Nous entasserons le grain. Nous irriguerons les champs. La justice sera rétablie.

« Nous renforcerons nos murailles... »

Il s'adressa alors aux soldats :

« Que vos lances furieuses marchent à mes côtés ! Ensemble, nous combattrons tous les ennemis de l'empire. »

Cette dernière phrase enflamma l'assemblée. Nabonide conclut son discours en couvrant de sa voix puissante les cris d'exaltation :

« Que Babylone, heureuse et respectée, règne à jamais de la rivière d'Égypte à l'Euphrate ! »

Yasîm aussi donnait de la voix. Il voulait qu'on le remarquât. Parmi les hauts dignitaires, il se plaisait à croire qu'il ne déparait pas. Il allait faire montre d'une grande générosité envers le nouveau roi. Dans un premier temps, il avait prévu de faire livrer à Nabonide sa nouvelle cargaison de vin de Syrie, dans l'espoir de lui montrer qu'il pouvait devenir l'un des plus grands fournisseurs attitrés du palais. La cuvée, particulièrement réussie, serait appréciée même si la plupart des Babyloniens préféraient la bière au vin. Peu importe, ce qui est coûteux plaît toujours. Il imaginait un avenir qu'il pensait avoir amplement mérité : il deviendrait un haut dignitaire, un proche du Palais.

Dans l'ivresse des manifestations joyeuses et des congratulations, le partisan qui avait attaché Laliya dans la première cour l'oublia complètement.

— 104 —

Les réjouissances durèrent jusqu'au soir. Pas un seul notable qui ne veuille s'incliner devant le nouveau roi.

Bel-sar-usur s'était éloigné du trône pour veiller au bon déroulement de la suite des événements. La foule s'était dispersée. Il ne restait plus que de petits groupes qui parlaient à voix mesurée. Il fit signe à ses partisans de raccompagner Adad-guppi dans ses appartements. Elle avait choisi ceux de la reine que des serviteurs s'étaient empressés d'aménager selon ses directives.

Aux intendants qui s'étaient présentés devant lui, il confia la tâche d'agencer les autres pour qu'ils puissent en disposer dès ce soir.

Auprès de la responsable des cuisines royales, Ora, il s'assura que le repas que Nabonide et ses proches prendraient plus tard dans l'intimité serait prêt. Une cinquantaine de convives y assisteraient : les fidèles de la première heure.

Quand Bel-sar-usur rejoignit son père, celui-ci était en conversation avec Tahar qui faisait de grands gestes. Que se passait-il ? L'architecte dont les traits sévères, creusés par l'âge, avaient retrouvé un air de jeunesse, tendit les bras en le voyant.

— Approche, Bel, je dois t'annoncer une excellente nouvelle, commença-t-il, impatient de lui parler. Ce jour nous montre la bienveillance des dieux.

— Que pourrait-il y avoir de mieux que l'accession au trône d'un grand roi ? répliqua-t-il d'un ton arrogant.

— Nungal est vivant ! clama Tahar. Partage notre joie.

— Je ne comprends pas ce que tu dis.

— Notre noble ami avait vu juste, intervint aussitôt Nabonide. Je ne suis pas étonné de ce qu'il vient de m'apprendre. Habrum n'a jamais trahi, il n'a jamais été question pour lui de compromettre sa position dans l'empire. Il ne s'est pas opposé à la reine, mais il n'a pas exécuté ses ordres. Il a pris sa récompense et a épargné Nungal.

— De qui tient-on ces informations ? d'Habrum ? ironisa Bel.

Tahar ne releva pas le sarcasme et voulut poursuivre les explications données par Nabonide :

— Nungal est vivant, il n'y a pas de doute car...

Bel-sar-usur l'interrompit :

— Depuis quand le sais-tu ?

Il lui gardait rancune de leur dernier affrontement.

— J'en avais eu des échos hier déjà, répondit-il courtoisement. Mais j'ai jugé bon de vérifier mes informations avant de vous en faire part. Les Sutéens que je connaissais m'en ont apporté aujourd'hui la confirmation.

« Après l'avoir laissé pour mort, Habrum est revenu et l'a fait soigner par un remarquable médecin, dit-on. Il se remet de sa blessure.

— Je comprends, mais y a-t-il lieu de s'en réjouir ?

Bel-sar-usur se souvenait que bien des généraux babyloniens qu'il avait contactés ne lui avaient pas caché l'admiration qu'ils gardaient pour ce brillant meneur d'hommes. Il ne l'oublierait pas.

Tahar n'apprécia pas sa question.

— Nungal est un homme de parole et de cœur, commença-t-il d'une voix forte. Ce vainqueur en Cilicie est aussi un homme exceptionnel sur lequel Babylone peut compter.

Il tenait à faire savoir à tous le bien qu'il pensait de lui.

Empêchant son fils de répliquer, Nabonide poursuivit d'une voix ferme :

— Le général Nungal est digne de notre estime. Loyal envers son roi, il a risqué sa vie pour protéger l'empire. Il nous faut des hommes comme lui à la tête de nos armées, mon fils.

Bel-sar-usur admit qu'ils puissent avoir raison. Rien ne laissait penser le contraire. Il fit taire ses doutes. Demain, le général prendrait ses ordres de Nabonide.

Il fit bonne figure. Un jour viendrait où il succéderait à son père.

Il ne put que s'enquérir de la sécurité de Nungal.

— Où se trouve-t-il à présent ?

— Dans un village de la *terre fertile*, répondit Tahar, satisfait de la tournure que prenait la conversation. Il ne peut pas encore se déplacer. Je ne doute pas que la déesse Gula lui soit favorable. Dès qu'Habrum apprendra l'accession au trône de Nabonide, il ne tardera pas à venir lui prêter allégeance, Nungal à ses côtés.

— Nous accueillerons le général comme il se doit, affirma Bel-sar-usur avec une autorité toute royale.

— 105 —

Yasîm s'apprêtait à quitter le palais. Il avait fait ce qu'il avait cru bon. Mieux valait n'importe quel dignitaire à la tête de l'empire plutôt que l'héritier. Ainsi en avaient décidé les dieux.

Après avoir traversé la dernière galerie, il déboucha dans la première cour où s'étaient massés tous ceux qui avaient réussi à y entrer. Il évita de se mêler aux débordements. Il avançait prudemment en longeant un des côtés bordés de palmiers lorsqu'il la vit.

Attachée à un stipe, il reconnut la jeune fille qu'il avait sauvée. Que faisait-elle là ? Il accourut vers elle et, avec son poignard, il trancha aussitôt ses liens.

Il ne chercha pas à savoir la raison de sa mauvaise posture, il serait toujours temps de l'interroger

— Je vais te protéger et te mettre en sécurité, dit-il, suis-moi. Vite !

Laliya le dévisagea, interdite. Elle aurait dû se réjouir d'être enfin libre, mais la pensée de la mort de Nungal lui déchira à nouveau le cœur.

— Viens. Sortons de ce côté.

Elle lui emboîta le pas.

Personne ne regardait dans leur direction.

Les hommes et les femmes qui avaient pu pénétrer dans la cour étaient trop occupés à commenter les nouvelles à voix haute pour leur prêter attention. Ceux qui n'avaient pu assister au discours du roi se le faisaient raconter. Tous les détails étaient passés en revue : depuis le ton employé par le roi pour évoquer son règne jusqu'à la tenue qu'il portait.

Ils franchirent sans encombre la sortie, absorbés par la foule des Babyloniens qui se pressait aux abords du palais. Désorientée, Laliya se laissa guider par Yasîm.

Les manifestations de joie autour d'elle rendaient son chagrin encore plus poignant. Nungal était mort. Elle n'avait plus de raison de vivre. Où aller ?

Ils s'éloignèrent bientôt de la Voie processionnelle pour s'enfoncer dans un dédale de rues. Dès que l'endroit fut plus calme, elle prit son libérateur par la manche, l'invitant à s'arrêter.

— Je te remercie infiniment, Yasîm. Tu me sauves une fois encore. Mais j'aimerais rentrer chez moi à présent, mentit-elle, nous ne sommes plus très loin.

L'armateur l'observa, cherchant à comprendre ce qu'elle voulait vraiment.

— Je peux t'offrir l'hospitalité si tu le souhaites.

— Sois encore remercié, Yasîm, je peux aller seule maintenant. Vraiment. N'aie aucune inquiétude. Je te donnerai des nouvelles dès que cela me sera possible.

Il hésita. Mais il ne pouvait aller contre la volonté de la jeune fille.

Ils se quittèrent, embarrassés l'un et l'autre. Elle ne savait pas plus que lui ce qu'elle allait devenir.

Il se sépara d'elle à regret.

Malgré la sincère affection qu'il ressentait pour elle, il n'avait pas su la retenir.

Laliya resta blottie un moment contre le mur, désemparée. Que faire ? De nouveau, une terrible souffrance l'étreignit : elle imaginait les derniers instants de Nungal.

Des images insupportables. Comment pourrait-elle survivre à son absence ? La mort était préférable à une vie sans espoir.

Elle avança, ne sachant pas où ses pas la menaient. Elle prenait une rue puis une autre, se faufilait dans une venelle paisible, rejoignait une ruelle où quelques paysans vendaient leurs légumes, se fondait dans la foule de la rue aux échoppes, très animée... Son errance la mena finalement sur une large voie qu'elle reconnut. Au bout de l'esplanade encadrée de palmiers se dressait l'impressionnante porte de Zababa. Alors elle sut ce qu'elle allait faire. Le lieu s'imposa de lui-même ; elle devait retourner dans la maison des joncs pour y rendre son dernier souffle.

Elle eut une pensée terrible pour son père. Il était responsable de tous ses malheurs. Elle le maudit.

Forte de la décision qu'elle venait de prendre, elle refit le chemin qu'elle avait déjà parcouru jusqu'aux bords de l'Euphrate.

Elle traversa les allées qui longeaient les terres cultivées jusqu'aux remparts extérieurs. Puis entama une pénible marche vers des rives accessibles afin de trouver un bateau qui la mènerait là où elle devait aller. Sans doute les dieux avaient-ils guidé ses pas puisqu'elle atteignit un débarcadère comme elle l'avait espéré.

À cet endroit du fleuve, la vie suivait son cours. Couffes, radeaux et barques allaient nonchalamment vers leur destination. Près des bords, des pêcheurs nettoyaient des poissons avant de les faire sécher.

Laliya se mit à la recherche d'une embarcation. Elle repéra un paysan, seul, qui longeait lentement la rive dans une barque en roseaux.

Elle le héla. Le jeune homme enturbanné, torse nu, à la peau presque noire, s'arrêta près d'elle.

Elle lui demanda s'il pouvait la conduire un peu plus loin, en lui indiquant l'endroit d'un geste de la main. Il lui répondit dans un langage qu'elle ne connaissait pas. Le paysan s'inclina, semblant acquiescer.

Pour payer son service, Laliya détacha son bracelet et le lui tendit. Il approcha d'elle sa barque. Dès qu'elle fut à sa portée, il l'attrapa par la taille sans ménagement, et la cala dans l'embarcation qui tanguait dangereusement. Il plaça le bijou dans un sac à ses pieds. Puis, empoignant sa godille, il prit la direction qu'elle lui avait montrée.

Ils s'éloignèrent de la berge.

La barque voguait sans à-coups. Laliya regardait les rives avec attention, cherchant ses repères. Les grandes palmeraies firent bientôt place à une végétation plus sauvage. Elle se remémorait ce moment où des étendues d'herbes jaunâtres avaient remplacé les plantations. Elle désigna du doigt un endroit où une dizaine de palmiers regroupés ressemblaient à des voyageurs égarés dans l'étendue désertique. Elle s'en souvenait bien. C'était juste après que le frère de Sitbum avait rejoint la rive. Elle fit signe au paysan d'accoster. Il chercha un endroit accessible et immobilisa son embarcation. Au lieu de l'aider à descendre, il plongea sa main dans le sac et lui rendit son précieux bracelet. Il ne bougea pas tant que Laliya ne l'eut pas repris. Puis il s'adressa à elle dans sa langue étrange, accompagnant son discours de grands gestes vers le ciel.

Laliya n'avait nul besoin de comprendre ses mots pour deviner ce qu'il était en train de lui dire. Il semblait l'invectiver. Son visage expressif parlait pour lui. « Comment une jeune personne comme toi peut-elle voyager seule sans serviteurs et sans esclaves ? Ce n'est pas dans l'ordre des choses. Fais-moi confiance. Je te ramènerai chez toi. »

Mais Laliya refusa d'entendre ce qu'il semblait lui dire : sa décision était prise. Elle sollicita son aide pour quitter l'embarcation et descendit. Les avertissements du paysan se transformèrent en supplications.

Elle s'éloigna.

Il ne bougea pas, la regardant disparaître, impuissant.

Au milieu des étendues marécageuses, Laliya suivit le chemin de terre qui s'y enfonçait. Par endroits, des touffes hérissées d'herbes et de joncs masquaient les trous d'eau. Elle avançait avec prudence et détermination. Elle avait cessé de penser à son existence d'avant. Elle n'avait plus d'avenir, alors à quoi bon ressasser d'inutiles souvenirs ?

Enfin elle aperçut la clairière. Elle ne s'était pas trompée. La hutte en roseaux recouverte d'argile était là. La petite maison, cernée par une roselière géante, bruissait de vie ; des nuages d'insectes s'offraient à l'appétit des oiseaux nichés dans les marais. La lumière déclinante du soleil embellissait le lieu pourtant inhospitalier.

Elle poussa la porte, la gorge nouée. L'obscurité était totale. L'étendue noire ne demandait qu'à l'engloutir. C'était bien ainsi. Elle s'étendit sur le sol et ferma les yeux. Elle croyait qu'elle pourrait dormir jusqu'au moment où la mort remplacerait son sommeil. Sans bouger, sans boire ni manger. Elle ne se doutait pas que l'être humain ne s'éteint pas si facilement.

Alors que Laliya s'apprêtait à mourir, Nungal, souffrant de sa blessure, venait enfin de s'assoupir, sous le toit hospitalier d'Habrum.

— 106 —

« Où es-tu, Laliya ? » se demandait à voix basse son père, dans le plus grand désarroi.

Le scribe ne quittait plus la salle d'étude. Sans manger ni dormir, il ressassait les événements de la veille, se faisant des reproches. Comment avait-il pu laisser sa fille seule au moment même où le palais était en proie à la violence ? Alors qu'il allait y retourner, une foule dense convergeait vers la Voie processionnelle. Il y avait renoncé.

Il tentait de se rassurer. Quel soldat de Babylone aurait eu le cœur à molester une jeune fille sans défense ? Peut-être même que l'un d'entre eux la raccompagnerait ici.

Le temps s'égrenait avec lenteur.

« Il n'y a aucune raison de s'attaquer à elle », se répétait-il pour justifier son manque de courage.

Le scribe prenait une tablette, tentait d'y graver un morceau de texte, puis la reposait, en proie à ses pensées obsédantes. Il échafaudait des hypothèses pour se donner bonne conscience. Il imaginait que Laliya avait pu se cacher, et qu'elle attendait que le calme soit revenu pour se réfugier dans leur maison.

Son angoisse devenait plus insupportable au fur et à mesure que le temps passait.

Il ne pouvait plus se mentir. L'absence de Laliya déchirait son cœur de père. Il se reprochait amèrement ses décisions. L'idée que son enfant deviendrait la reine de Babylone avait annihilé chez lui tout jugement.

Il n'avait que peu résisté à l'ivresse des honneurs et du pouvoir.

Il se blâmait de s'être fourvoyé. Il avait cru que les dieux destinaient sa fille à devenir l'épouse du roi. Les événements venaient de l'éclairer. Il lui apparaissait maintenant à quel point Lâbâsi-Marduk n'était pas un digne héritier. Comment avait-il pu se résigner à voir Laliya mariée avec lui ? S'il n'approuvait pas la brutalité qui avait permis de placer Nabonide sur le trône, il la comprenait. Il n'avait pas été clairvoyant. Il s'était laissé éblouir par un destin qui lui avait paru mérité. Il avait ardemment souhaité devenir l'un des grands scribes royaux de l'histoire de Babylone. Il se reprocha de nouveau son excès de vanité. Sa cruauté.

Était-il un père si méprisable que les dieux avaient décidé de le punir ?

Une blessure d'orgueil l'avait empêché de dire la vérité à sa fille sur Hazalâ. Quelle inconscience de l'avoir laissée imaginer le pire ! Il avait séduit Hazalâ, c'est vrai, et la jeune femme, consentante, avait espéré qu'il la prendrait pour épouse. Il ne lui avait rien promis. Elle l'avait quitté, parce qu'il s'y refusait, enceinte de son fils. Il lui avait alors proposé d'en faire son unique héritier si elle acceptait son adoption. Laliya, devenue reine, n'aurait plus eu besoin de sa fortune. Hazalâ avait accepté à contrecœur.

À présent, que se passait-il ?

Il aimait sa fille ; l'avait-il oublié ? Elle était en danger, par sa faute.

La longue journée fit place à la nuit.

Au-dehors, il entendait un brouhaha provenant de son quartier. Le nom du nouveau roi semblait surgir des clameurs des rues avoisinantes.

Il se sentait désespérément seul. Perdu face à cette dramatique situation dont il ne savait comment sortir. Faible, et très vieux. Quelques mots du *Juste souffrant* lui revinrent en mémoire : « *Mon dieu… Combien de temps encore resteras-tu sans te soucier de moi, sans visiter le lieu où je me trouve ?* » Ses yeux étaient embués de larmes.

Où se trouvait Laliya ?

— 107 —

À l'intérieur de la maison de joncs, le temps s'écoulait sans que Laliya sache encore s'il était court ou s'il était long. Là où elle était, il n'y avait plus ni jour, ni nuit.

S'efforçant de rester allongée, comme une morte dans sa tombe, son corps la faisait déjà souffrir. Les aspérités du sol et la raideur de sa position avaient rendu ses membres douloureux. Une crampe à la jambe la torturait. Elle avait mal au ventre. À chaque court répit, elle rêvait de son amour pour Nungal. Elle se souvenait de ce qu'elle avait éprouvé, ici même, dans ses bras – son visage contre le sien, ils respiraient d'un même souffle. Elle avait le goût de sa chair sur ses lèvres. Son odeur l'apaisait et la comblait à la fois. Le parfum de sa peau agissait sur elle comme celui de la mère sur l'enfant, lui faisant éprouver un sentiment de plénitude. C'est de cet amour total qu'elle l'aimait. Il serait son père, son époux, son fils. Elle n'aurait plus d'autre famille que lui.

Les haut-le-cœur la ramenèrent au présent. Elle se sentait encore trop vivante. Une pensée la bouleversa : le rejoindrait-elle vraiment dans la mort ? Elle n'en était plus si sûre.

*
* *

Habrum était satisfait : sa mise en scène avait bien fonctionné.

Il était sorti vainqueur de ce piège imaginé par la reine. Doublement. Il avait été grassement payé et avait renforcé ses liens avec Babylone. Le traité perdurerait.

Quand il avait pu faire demi-tour pour porter secours à Nungal, celui-ci avait perdu beaucoup de sang, mais il était en vie. La lance, enfoncée dans son épaule, n'avait rien touché de vital ; il y avait veillé.

Le chef des Sutéens l'avait ramené dans un des villages qui prospéraient entre le Tigre et l'Euphrate où il résidait parfois.

Dans ces lieux où le limon des fleuves rendait les terres fertiles, une partie des Sutéens, renonçant à la vie de nomades, avaient pris racine. Ayant prêté main-forte à des paysans lors d'une crue, ils avaient été bien accueillis. À présent, comme eux, ils commerçaient avec les cités alentour, et leurs denrées étaient très prisées.

Habrum, qui avait proposé aux villageois les services de mercenaires sutéens pour protéger les récoltes, était partout le bienvenu.

Là où Nungal se trouvait, habitait un individu étrange, soigneur et exorciste, qui avait demandé l'hospitalité et n'était jamais reparti. Originaire de Harran, cet homme entre deux âges appartenait à une famille de médecins dont il refusait de parler. Il vivait parmi les villageois dans une ascèse étonnante, se portant au secours de ses hôtes, silencieux et dévoué, ne se mêlant de rien.

Il soigna le jeune général avec une compétence remarquable, comme il le faisait toujours.

Nungal avait été installé dans une des maisons d'Habrum. Constituée de roseaux et de briques séchées, son apparence rustique, voire grossière, cachait un aménagement intérieur des plus confortables qui n'avait rien à envier à celui des demeures des villes prospères. Des objets de toutes sortes y avaient été rassemblés. Troqué, acheté ou volé, l'ameublement était hétéroclite : des coussins de laine voisinaient avec des coussins de soie pourpre et safran, des tabourets de cèdre et des coffres ouvragés encadraient la pièce éclairée de larges coupelles d'huile. Sur la table trônaient des plats d'argile aux courbes élégantes avec quelques coupes en or...

Plus d'une semaine s'était écoulée. La blessure avait bien cicatrisé. Nungal, convalescent, n'ayant réussi à obtenir aucune information sur Babylone, s'impatientait. Tout le monde le croyait mort. Il voulait savoir ce qui se tramait dans la Cité. Il pensa à Laliya, il pensa aussi à Tahar.

Le mariage ne pouvait déjà avoir eu lieu, mais il imaginait son désespoir de le croire mort. Il se demandait si les partisans de Nabonide étaient passés à l'action.

Il ne supportait plus l'inactivité. Il ne resterait pas ici un jour de plus.

En se levant ce matin-là, sa décision était sans appel. Il quitta la maison pour en informer Habrum. Il le trouva en train de bouchonner son cheval.

— Déjà debout, général ? lui lança son hôte d'un ton de reproche.

— Je dois partir, Habrum, répondit Nungal d'une voix impérieuse.

— Bien sûr. Dans quelques jours...

— Tout de suite.

— Tout de suite ? lui demanda-t-il, surpris.

— Oui.

Habrum le détailla sans façon. Nungal avait l'air d'avoir mieux récupéré qu'il ne le croyait. Mais la raison commandait plus de prudence.

— Je doute que tu puisses supporter le voyage. Reste encore quelques jours ici. L'hospitalité n'est-elle pas à ton goût ?

— Je te remercie de tout, Habrum. Tu sais ma reconnaissance. Je te la témoignerai dès mon retour.

— N'en fais rien, général. J'ai déjà pris ma récompense… C'est la jeune fille dont tu m'as parlé pour qui tu t'inquiètes ?

— Oui.

Le chef sutéen plia devant la détermination de Nungal.

— Faisons la route ensemble, proposa-t-il.

— Je peux faire la route seul.

— Ma décision est prise, général. Je pars avec toi…

Habrum, qui connaissait l'entêtement de Nungal, ne perdit pas de temps à discuter avec lui. Celui-ci allait souffrir, mais il était vaillant et tenace. Nul doute qu'il résisterait à l'épreuve.

À peine une heure plus tard, ils scellèrent leurs chevaux, et quittèrent le village. Le temps leur était favorable. Un vent tiède soufflait, trop léger pour charrier du sable. Leurs montures avançaient d'un trot alerte.

Nungal s'interrogeait sur le sort de Laliya. Il forçait l'allure, impatient de la retrouver au plus vite.

Le soleil qu'aucun nuage n'atténuait devenait insupportable. Pour prendre du repos, Habrum les mena vers un hameau où ils purent profiter d'un peu d'ombre. Les cinq huttes de roseaux, bien entretenues, étaient disposées en arc de cercle. Une partie de la laine de la dernière tonte séchait au soleil. Un silo protégeait les grains des moissons. À côté, un immense réservoir d'eau en argile permettait aux humains et aux bêtes de se désaltérer.

Nungal et Habrum s'occupèrent de leurs quatre chevaux car, par précaution, ils en avaient pris deux chacun, pour ne pas les épuiser.

La halte fut courte.

Ils reprirent leur route dans l'air brûlant des étendues désertiques, chevauchant presque sans s'arrêter jusqu'à la tombée de la nuit.

Si Nungal souffrait, il n'en disait rien. Il considérait chaque arrêt comme une perte de temps.

Il s'efforçait de repousser l'angoisse qu'il éprouvait de n'avoir pas été là pour protéger sa bien-aimée. Il se reprochait son absence. N'avait-il pas foncé tête baissée dans le guet-apens au lieu de rester à Babylone et de la soustraire à l'emprise de la reine ?

Le soleil disparut de l'horizon. Le paysage s'effaça, laissant la place à une noire immensité. Les deux cavaliers installèrent un campement sommaire. Les rares végétaux secs ne leur permirent pas de faire du feu. Ils partagèrent les galettes et les poissons séchés qu'Habrum avait emportés. L'air froid du désert les saisit. Il leur fallait prendre quelques heures de repos.

Allongé sur le sol, Nungal s'enroula dans une étoffe de laine, sans trouver le sommeil. Ce n'était pas l'inconfort qui l'empêchait de s'endormir, il en avait pris l'habitude. Des scènes lui revenaient en mémoire. Il revoyait les conseils absurdes du palais, entendait les avertissements de Tahar, revivait les joies et les peines de sa jolie Laliya. Il voulait l'imaginer en lieu sûr. Il fixa longuement les cieux : les nuages disparus avaient fait place à des milliers de points brillants. La voûte laiteuse semblait le couver maternellement. « Que les dieux protègent ma bien-aimée ! » pensa-t-il en sombrant dans un sommeil profond.

— 108 —

« Pourquoi suis-je toujours en vie ? » se demandait Laliya dans un état de semi-conscience que l'obscurité et la touffeur du lieu accentuaient. Elle ne savait plus combien de temps s'était écoulé depuis qu'elle était enfermée dans la hutte. Une journée ou deux ? Des spasmes secouaient sa poitrine. Elle avait faim, si faim qu'elle aurait mangé de la terre. Elle avait chaud et froid à la fois. Elle n'arrivait même plus à somnoler.

Elle ne maîtrisait plus la révolte de son corps affaibli. Des nausées lui provoquaient des haut-le-cœur. De la bile remontait de sa gorge à sa bouche. Son estomac creux était aussi douloureux que si elle avait avalé des pierres. La mort n'allait pas la prendre sans lui faire payer un lourd tribut de souffrances.

*

* *

Aux premières lueurs de l'aube, Nungal, pressé de repartir, réveilla Habrum. Une impression d'urgence le taraudait.

Comme ils chevauchaient vers les rives de l'Euphrate, ils durent discuter de la direction à prendre pour trouver un endroit sûr qui leur permettrait de traverser un des bras du fleuve. Nungal proposa d'aller plus au sud, ils gagneraient du temps. Habrum, ne connaissant pas cette route, s'y opposa. Mais le général n'entendait plus raison. Alors, malgré ses réticences, son compagnon de route céda. Ils reprirent leur course. Mais l'impatience avait mal conseillé Nungal. À l'endroit où il pensait trouver un gué s'étendaient des rives marécageuses, dangereuses pour les chevaux. Traverser l'eau boueuse serait une entreprise trop hasardeuse et leur aurait pris plus de temps que de rebrousser chemin. Ce qu'ils firent.

Ils poursuivirent leur route vers le désert de pierres. Les obstacles étaient nombreux pour leurs chevaux épuisés. Rochers, broussailles épineuses, énormes cailloux ronds ou pointus parsemaient leur chemin. Ils avançaient au pas quand, soudain, Nungal vit la monture d'Habrum se cabrer : un serpent venait de se faufiler entre ses sabots. Le cheval, effrayé, heurta un monticule rocheux, se brisant une jambe. Ils mirent pied à terre. Il n'y avait plus rien à faire pour le pauvre animal sinon l'abattre. Il fallait désormais redoubler de prudence. Ce moment pénible ne fit qu'accroître le ressentiment du général envers les dieux. Il s'efforça de calmer sa révolte, pour ne pas avoir des pensées qu'il regretterait plus tard. « Qu'ai-je gagné à me prosterner devant les dieux ? » se répétait-il malgré lui. Je suis encore trop loin de Babylone que je n'aurais jamais dû quitter. »

Alors qu'ils n'avaient pas encore repris leurs montures, ils virent un cavalier foncer sur eux. Nungal dégaina son arme quand il comprit aux gestes d'Habrum que celui-ci connaissait le Sutéen. Envoyé par Tahar, le pisteur les avait repérés sans mal.

— Nabonide a pris le pouvoir, leur apprit-il. Le palais est…

— Lâbâsi-Marduk est-il mort ? s'écria Nungal sans le laisser poursuivre.

— Oui, répondit laconiquement le messager.

— La reine aussi ?

— Non. Elle a été arrêtée. Les combats ont à peine duré une demi-journée. Le palais était acquis à la cause de Nabonide…

Le sort en était jeté. Le pouvoir avait changé de main. Pourquoi continuer à l'interroger ? Le pisteur ne pouvait pas savoir ce qui était arrivée à Laliya.

— Ne perdons pas de temps ! intervint-il, empêchant Habrum de parler avec le messager.

Comprenant les tourments qui agitaient Nungal, Habrum accepta de reprendre la route aussitôt, laissant le pisteur récupérer ses forces. Il regagnerait Babylone plus tard.

La piste chaoteuse était interminable.

La monotonie du paysage renforçait l'impression de ne pas progresser ; les rives qu'ils devaient rejoindre semblaient n'avoir jamais existé. La blessure de Nungal s'était réveillée. Il avait du mal à rester droit sur son cheval. Son épaule le brûlait et commençait à l'élancer. Un halo rouge imprégnait sa tunique. Ce n'était pourtant pas cette souffrance physique qui le torturait. Il craignait d'arriver trop tard. Trop tard pour quoi ? Aucune des questions qu'il se posait ne pouvait le rassurer. Elles le ramenaient toutes à l'imminence d'un danger mortel pour Laliya. La sauver des griffes d'un partisan trop zélé ? La sauver d'une condamnation parce qu'elle avait été promise au roi ? La sauver d'elle-même, fragile et désespérée ? Cette dernière interrogation fit rejaillir en lui la culpabilité qu'il ressentait. Il se reprochait chacun des jours où il l'avait laissée seule, loin de lui.

Les dieux le puniraient-ils de son impétuosité ? Il s'était dirigé tête baissée dans le piège tendu par la reine.

Habrum lui fit signe. Ils devaient s'arrêter. Il n'était pas question de chevaucher toute la nuit. Même sous la clarté blanche de la lune pleine, ils pouvaient se perdre ou faire une mauvaise chute. Il ne fallait pas éreinter leurs dernières montures.

— Continuons ! protesta Nungal. Nous approchons. Inutile de s'arrêter si près de Babylone.

— Prenons du repos, au contraire.

— Je te croyais meilleur cavalier ! tempêta-t-il.

Habrum, sûr de lui, se mit à rire.

— Et toi meilleur juge. Que vaudras-tu quand tu seras à moitié mort devant les portes de Babylone ?

— Je vais bien.

Assenant avec force ce dernier mensonge, Nungal chancela.

Il descendit de cheval, à bout de forces.

Les rives du fleuve rafraîchissaient l'air. Ils purent faire un feu d'herbes et de roseaux desséchés, terminant leurs dernières provisions.

Nungal se refusait à dormir, comme si le fait de guetter le jour pouvait raccourcir le temps. Toutes ses pensées le ramenaient à une seule image : le visage de Laliya en pleurs.

« Et si cette nuit était celle de trop ? »

— 109 —

Bien que le jour fût levé, le matin leur parut aussi sombre que la nuit. Un roulement de tonnerre se fit entendre au loin. Des tourbillons de vent chaud balayaient le sol ; sable et ciel se confondaient à l'horizon. La voûte saturée de nuages bas fut déchirée par une série d'éclairs. Un orage furieux se préparait.

Les deux hommes approchaient des remparts de Babylone.

Nungal imposait à Habrum un rythme soutenu, sans se soucier de sa fatigue ou de l'épuisement de sa monture. Des grondements menaçants se répercutaient dans l'étendue désertique.

— Halte !

Habrum avait pris la décision de marquer un court temps d'arrêt. Nungal fut tenté de continuer sans lui. Sa déraison ne dura qu'un instant.

— Nous approchons, c'est vrai, dit Habrum, mais les chevaux n'en peuvent plus. Restons là un moment.

Avant que Nungal ne soit tenté de protester, il le rassura :

— C'est la dernière halte, je te le promets !

Ils mirent pied à terre. Un pic de chaleur, précédant la pluie qui tardait à tomber, leur coupait la respiration.

Laissant leurs chevaux souffler, ils les abreuvèrent avec ce qu'il leur restait d'eau, passant un linge mouillé sur leurs flancs.

— Que comptes-tu faire une fois la porte d'Ishtar franchie ? demanda Habrum.

— Je ferai en sorte d'aller féliciter Nabonide, notre nouveau roi, comme tu vas le faire, répondit Nungal abruptement.

Habrum répliqua sur le même ton :

— Ce n'était pas ma question.

— Alors tu connais ma réponse, rétorqua Nungal, tendu. Je n'attendrai pas un seul instant pour aller chercher Laliya. Peut-être sera-t-elle chez son père…

Ces derniers mots se perdirent dans un grondement de tonnerre.

★
★ ★

La foudre tomba juste derrière la petite maison des joncs, enflammant le haut d'un palmier.

Laliya se souleva avec peine. Elle parvint à se mettre debout et fit quelques pas chancelants vers la porte, qu'elle ouvrit. Elle avança un peu. Une pluie drue se mit alors à tomber, écrasant les herbes et les joncs autour d'elle. Le torrent d'eau la ranima. Le dieu Adad la rappelait à la vie.

Après l'ondée bienfaisante, elle s'étendit sur la terre boueuse devant la maison et sombra dans un mauvais sommeil.

★
★ ★

Le déluge ralentit la course des deux hommes.

Quand les trombes d'eau eurent fini de se déverser, creusant par endroits des rivières dans le sable, ils purent de nouveau chevaucher normalement.

Après l'orage, les nuages grisâtres laissèrent filtrer des rais de lumière aveuglante. Les hautes murailles de la Cité qui se dressaient devant eux avaient pris un ton de métal. Entre ombre et lumière, les deux cavaliers étaient arrivés au bout de leur route.

— C'est là que je te quitte, général. J'ai des affaires à régler avant d'aller m'incliner devant notre nouveau roi. Veille sur toi et retrouve ton aimée.

— Sois assuré de toute ma gratitude, Habrum. Si nos routes se croisent à nouveau, tu pourras compter sur moi.

— Que tes dieux te soient favorables, général.

Le ciel parut soudain s'éteindre sous la couche nuageuse comme une torche qu'on étouffe. Et le chef sutéen disparut dans la grisaille du jour.

*

* *

Après les torrents de pluie, la maison de roseaux paraissait flotter dans un paysage dévoré par les eaux.

Les animaux revigorés par cette onde bienfaisante sortirent de leurs refuges. Des nuées d'insectes se formèrent, excitant les oiseaux qui déployèrent leurs ailes. Dans le fouillis végétal qui environnait la hutte, des reptiles de la couleur du sable ondulaient. La pluie avait réveillé leur instinct de chasseurs. Ils étaient à la recherche d'une proie au sang chaud.

Laliya n'avait pas bougé. La terre détrempée avait enveloppé son corps d'une gangue tiède et visqueuse. Engourdie, entre veille et sommeil, ignorant les insectes qui la dévoraient, elle ne se doutait pas de la menace.

— 110 —

Nungal entra dans Babylone le plus vite qu'il put. Derrière la masse imposante des murailles, la Cité ouvrait ses portes à l'effervescence de la vie.

Il emprunta la Voie processionnelle et tourna sur la gauche en direction du quartier de Kullab. Il confia sa monture à un artisan dont l'atelier était ouvert et fit le reste du chemin à pied vers la maison du scribe.

Les ruelles étaient animées. Près de lui, des hommes et des femmes se pressaient devant l'échoppe d'un bourrelier qui proposait des articles de cuir et des ustensiles en terre cuite. Nungal, ralenti par la foule compacte et joyeuse, serrait les dents. Chaque instant perdu l'éloignait de Laliya.

Il arriva enfin devant la maison qu'il connaissait si bien et frappa à la porte. Une esclave lui ouvrit, annonçant sa venue au scribe. Le père de Laliya vint à sa rencontre.

— Nungal ! Je remercie les dieux de te voir en vie.

Il devina à l'expression sur le visage du scribe qu'il s'était passé quelque chose de grave.

— Où se trouve Laliya ? lui demanda-t-il, craignant sa réponse.

— Elle n'est pas là. Je l'attends. Je ne sais plus quoi faire. Es-tu ici pour la rechercher ?

— Rechercher ?

— Je vais tout te raconter.

Il l'entraîna dans la salle d'étude. Il paraissait épuisé. La pièce d'ordinaire impeccable semblait à l'abandon : des tablettes avaient été laissées là où elles avaient été gravées, un seau était renversé sur le sol, des chiffons traînaient à terre. Le général resta debout.

Le père de Laliya lui relata les derniers événements.

— Je ne sais plus où est ma fille, lui confia-t-il piteusement. Je l'attends... Je ne sais que faire...

— N'as-tu aucune information la concernant ? demanda Nungal sans compassion.

— J'ai quitté le palais quand les partisans de Nabonide l'ont envahi. Ils tuaient tous ceux qui résistaient. Les appartements royaux étaient cernés par les soldats, se justifia-t-il.

— Tu aurais dû les interroger !

— À ce moment-là, une grande confusion régnait.

Son visage se crispa.

— J'ai... fui, avoua-t-il.

Nungal le regardait avec dureté.

— Je ne suis pas retourné au palais, ajouta le père de Laliya, accablé par le poids de sa faute.

L'assassinat du roi avait fait basculer sa vie. Il se sentait doublement perdu en l'absence de sa fille.

Nungal s'adoucit. L'érudit n'était pas un homme d'action, il ressentait son profond chagrin.

Une idée s'imposa à lui brusquement. Il demanda à voir la pièce réservée à Laliya.

— Je t'y accompagne, répondit le scribe sans lui poser de questions.

Ils montèrent ensemble et pénétrèrent dans la pièce. Nungal eut l'impression de percevoir la présence de la jeune fille. Il examina un à un tous les objets qui lui appartenaient et s'approcha d'une petite table sur laquelle étaient posés des onguents. À côté de celle-ci, sur le coffre, il aperçut le roseau séché. Alors il sut où il fallait la chercher.

— Je crois savoir où elle se trouve, dit-il au scribe à qui il ne pouvait pas parler de leur lieu de rendez-vous. Garde espoir, conclut-il, en se parlant à lui-même.

Nungal alla reprendre son cheval pour rejoindre le débarcadère le plus proche sur l'Euphrate. Chevauchant le long des rives, il ne tarda pas à y repérer une embarcation robuste. Le batelier le prit à son bord.

Pressé par Nungal, il fila dans la direction que celui-ci lui avait indiquée.

« Quelle étrange idée Laliya a-t-elle eue de se réfugier dans ce lieu inhospitalier ? se demandait-il. Les marécages qui entourent la maison sont dangereux. »

Tout l'impliquait : cette hutte où il l'avait attirée au mépris du danger ; son absence qui l'avait mise en péril. Il se reprocha d'avoir conduit son affaire de cœur en soldat impétueux et non en amoureux.

— 111 —

Une douleur à la nuque éveilla Laliya. Elle essaya de changer de position et, posant un coude sur le sol, elle souleva la tête. Le paysage n'était pas exactement comme à son arrivée. Une végétation dense avait pris possession des lieux. Le palmier calciné avait retrouvé sa vigueur. Son regard fut attiré par une silhouette qui se précisait sur le chemin bordé de joncs. « Nungal ! » Le cœur battant, saisie d'une joie extrême, presque douloureuse, elle le vit avancer vers elle. Elle reconnaissait sa haute stature. C'était bien lui, à n'en point douter, mais sa démarche était curieuse. Il tardait à s'approcher d'elle, semblant avancer à grand-peine. Quand elle le distingua mieux, elle vit une large tache de sang sur sa tunique. Affolée, elle voulut se lever mais n'y parvint pas. Il fit encore quelques pas incertains vers elle et s'écroula en arrière avec un bruit atroce. Sa tête avait-elle heurté le sol ? Laliya, paniquée, essaya de se redresser, mais sa main, sans force, glissa sur la boue. Impossible de se remettre debout. Alors elle roula sur elle-même et se traîna sur la terre gluante vers le corps de son amoureux.

Arrivant à sa hauteur, Laliya découvrit ce qu'elle n'avait pu voir à son approche : une lance était enfoncée profondément dans son torse. Elle ressentit une douleur aiguë dans la poitrine, comme si la pointe était fichée dans sa propre chair. La blessure semblait si profonde. Elle rampa un peu plus pour se hisser jusqu'à sa tête.

« Nungal… » murmura-t-elle en lui caressant le visage.

Il ne bougeait pas. Elle sentait le velouté de sa peau tiède sous ses doigts. Il était vivant – que les dieux en soient remerciés ! – mais ses yeux demeuraient clos. Elle l'appela à nouveau. Elle guettait le moindre signe de vie… Sa tête eut un imperceptible frémissement. Elle le vit bouger les paupières. Il entrouvrit les yeux : son regard était celui d'un aveugle, fixe et vitreux. Sa peau était devenue froide. Elle poussa un hurlement déchirant.

« Laliya ! »

Des mains solides venaient de l'empoigner, la soulevaient, la tiraient… Elle peinait à se réveiller. Nungal était là, bien là ! Vivant. Elle sentait la vigueur des bras qui l'enlaçaient. Passer du désespoir à ce bonheur fulgurant la bouleversa profondément. Elle se mit à trembler. L'intensité de son émotion gagna Nungal. Ils prolongèrent leur première étreinte sans une parole.

Quand Laliya fut apaisée, il s'efforça de la faire boire avec d'infinies précautions. Peu à peu, elle prit conscience de ce qui s'était passé. Elle vit le serpent qui gisait à terre, l'arbre consumé. La nature autour d'elle qui frémissait de vie… Elle se laissa aller contre lui.

Nungal l'enveloppa tendrement dans ses bras, ne faisant aucun cas de l'état misérable dans lequel elle se trouvait – son corps était maculé de boue et de débris végétaux, ses cheveux collés sur ses joues, sur sa nuque, son pauvre visage cerné de noir… Il parcourait de ses lèvres son front, ses yeux, sa bouche. Elle se serrait un peu plus contre son corps pour se sentir renaître. Une onde de bien-être l'envahit. Elle ne ressentit plus la faim, la soif, ses membres douloureux. En l'étreignant, Nungal lui redonnait la vie. Il lui murmura tout ce qu'il ne lui avait pas assez dit jusqu'à ce jour. Son amour, sa fierté qu'elle soit ce qu'elle était, son désir de l'avoir à ses côtés.

— Mon aimée, je te retrouve enfin. Pardon pour tous ces jours passés loin de toi. Rien ne nous séparera plus jamais.

La déesse Ishtar les couvait d'un regard bienveillant, elle qui avait été une amante passionnée.

— Je t'aime, répondit Laliya.

Ce n'était pas un simple aveu, mais un don. Ils se regardèrent avec une immense tendresse.

— Nous sommes ensemble pour toujours, lui répéta-t-il, comme un serment solennel qui les liait à jamais. Je te chérirai, je te protégerai, mon aimée.

Elle reçut l'amour de Nungal sans réserve. Le passé était aboli. Elle eut la sagesse de vivre pleinement ces précieux instants, en pensant que, quoi qu'il advienne, elle les garderait en mémoire.

Au loin, la cité de Babylone renaissait. L'orage de la veille avait rendu au ciel sa lumière.

Dans l'immensité du ciel azuréen, les Babyloniens lisaient la promesse d'un avenir sans nuages.

⋆
⋆ ⋆

Le scribe accueillit Nungal en sauveur et pleura de joie en serrant sa fille dans ses bras. Leur avenir avait changé. Laliya deviendrait l'épouse du brillant général. Quant à lui, il se consacrerait à ses recherches érudites. La vie reprendrait son cours. De cela, il lui en était infiniment reconnaissant.

Laliya, heureuse mais exténuée, se retira dans sa chambre alors que Nungal s'apprêtait à se rendre au palais.

Le pouvoir lui avait échappé mais la vie lui avait été rendue. Le bonheur d'avoir retrouvé la jeune fille qu'il aimait profondément n'occultait pas sa frustration politique.

Il gagna sa demeure de Té-é et revêtit sa tenue d'officier. Malgré les protestations toutes maternelles de Sitbum, il refusa de prendre du repos. Sa décision était prise : il ne pouvait qu'aller s'incliner devant le nouveau roi. Le plus tôt serait le mieux.

Alors que la lumière du jour disparaissait, il prit la direction de l'enceinte royale en grand uniforme.

Bien que déterminé, il enrageait de devoir faire allégeance à cet usurpateur. Était-ce bien le choix des dieux que de porter au pouvoir un homme dont la seule victoire avait été d'accroître la surface de ses palmeraies ?

À mi-chemin, alors que Nungal s'engageait sur la Voie processionnelle, il croisa Bel-sar-usur qui le héla sans façon.

— Te voilà de retour ! lui lança-t-il comme si celui-ci revenait d'un simple voyage.

Son allure était d'une insolente élégance : sur un manteau à franges somptueux, il arborait un collier orné d'un croissant de lune.

— Marduk nous a été favorable, répondit Nungal. Je m'apprête à aller saluer Nabonide.

— Mon père appréciera. Nous avons besoin d'officiers loyaux pour défendre l'empire, s'empressa d'ajouter Bel-sar-usur d'un ton protecteur.

Nungal s'inclina – exagérément.

— C'est ce que j'envisage de dire à *notre* souverain.

Bel-sar-usur eut un sourire satisfait.

— Que comptes-tu faire à présent ? l'interrogea Nungal abruptement.

— Servir Babylone comme je l'ai toujours fait, lui répondit-il sans masquer son ironie pour l'agressivité qu'il avait décelée dans sa question.

— Que les dieux t'accompagnent ! dit Nungal alors que des Babyloniens venaient de s'arrêter pour les saluer.

— Je crois en la bienveillance de Sîn, répliqua-t-il en s'éloignant.

Nungal reprit son chemin. Avec ou sans l'assentiment de Bel-sar-usur, il retrouverait sa place dans la Cité.

Le souvenir intense de son étreinte avec Laliya adoucit son humeur. Il décida de se rendre chez Tahar, qui n'avait pas cru à sa mort. Sans chercher conseil auprès de lui, il savait que son analyse politique lui serait précieuse.

Autre roi, autre règne. Il pressentait que le pouvoir ne s'exercerait pas sans tensions internes alors que le maintien du royaume exigeait la mobilisation de toutes les forces vives de Babylone.

L'empire allait-il connaître une nouvelle ère de prospérité ?

— REMERCIEMENTS —

Merci à Renaud Leblond pour son inébranlable confiance, à Bernard Fixot et Édith Leblond pour leurs critiques constructives et bienveillantes, à l'équipe éditoriale, en particulier Gwenaëlle Le Goff et Camille le Doze.

— BIBLIOGRAPHIE —

Les auteurs tiennent à remercier tous les chercheurs qui ont consacré leur vie à étudier la Mésopotamie.

ANDRÉ-SALVINI Béatrice, *Babylone,* Paris, PUF, coll. « Que sais-je ? », 2019.

ANDRÉ-SALVINI Béatrice (dir.), *Babylone,* Hazan/Musée du Louvre, 2008.

ANDRÉ-SALVINI Béatrice, *Le Code de Hammurabi,* Réunion des musées nationaux, 2008.

ARNAUD Daniel, *Nabuchodonosor II, roi de Babylone,* Paris, Fayard, 2004.

BOTTÉRO Jean, *La Plus Vieille Religion : en Mésopotamie,* Paris, Gallimard, Folio Histoire, 1998.

BOTTÉRO Jean et KRAMER Samuel Noah, *Lorsque les dieux faisaient l'homme. Mythologie mésopotamienne,* Paris, Gallimard, 1989.

BOTTÉRO Jean, *L'Épopée de Gilgameš. Le grand homme qui ne voulait pas mourir,* Paris, Gallimard, 1992.

BOTTÉRO Jean, *Mésopotamie. L'Écriture, la raison et les dieux,* Paris, Gallimard, coll. « Folio histoire », 1997.

BOTTÉRO Jean, *La Plus Vieille Cuisine du monde,* Paris, Seuil, coll. « Points histoire », 2006.

CHARPIN Dominique, *Lire et écrire à Babylone,* Paris, PUF, 2008.

CHARPIN Dominique, *La Vie méconnue des temples mésopotamiens,* Paris, Collège de France/Les Belles Lettres, 2017.

CONTENAU Georges, *La Vie quotidienne à Babylone et en Assyrie,* Paris, Hachette, 1950.

ELAYI Josette, *Histoire de la Phénicie*, Paris, Perrin, 2013.
FINET André, *Le Code de Hammurapi*, Paris, Cerf, 2002.
GARELLI Paul et LEMAIRE André, *Le Proche-Orient asiatique (2 vol.)*, Paris, PUF, coll. « Nouvelle Clio », 2002, tome 2.
GLASSNER Jean-Jacques, *La Mésopotamie*, Paris, Les Belles Lettres, 2002.
GLASSNER Jean-Jacques, *La Tour de Babylone. Que reste-t-il de la Mésopotamie ?* Paris, Seuil, 2003.
GRANDPIERRE Véronique, *Histoire de la Mésopotamie*, Paris, Gallimard, coll. « Folio Histoire », 2010.
GRANDPIERRE Véronique, *Sexe, amour de Sumer à Babylone*, Gallimard, coll. « Folio Histoire », 2012.
HUOT Jean-Louis, *Une archéologie des peuples du Proche-Orient* (2 vol.), Paris, Éditions Errance, 2004.
JOANNÈS Francis, *La Mésopotamie au Ier millénaire avant J.-C.*, Paris, Armand Colin, 2000.
JOANNÈS Francis (dir.) assisté de MICHEL Cécile, *Dictionnaire de la civilisation mésopotamienne*, Paris, Robert Laffont, coll. « Bouquins », 2001.
KRAMER Samuel Noah, *L'histoire commence à Sumer*, Paris, Flammarion, coll. « Champs Histoire », 1956.
LABAT René, *Traité akkadien de diagnostics et de pronostics médicaux*, Paris, E. J. Brill, 1951.
LAFONT Bertrand, TENU Alice, JOANNÈS Francis, CLANCIER Philippe, *La Mésopotamie. De Gilgamesh à Artaban, 3300-120 av. J.-C.*, Paris, Belin, 2017.
LION Brigitte et MICHEL Cécile (dir.), *Les écritures cunéiformes et leur déchiffrement*, Paris, De Boccard, 2008.
MARGUERON Jean-Claude, *Les Mésopotamiens* (2 vol.), Paris, A et J Picard, 2003.
ROAF Michael, *Atlas de la Mésopotamie et du Proche-Orient ancien*, Turnhout, Brepols, 1996.
ROUX Georges, *La Mésopotamie*, Seuil, coll. « Points histoire », 1995.
SAUVAGE Martin, *La Brique et sa mise en œuvre en Mésopotamie des origines à l'époque achéménide*, Paris, Éditions Recherche sur les Civilisations, 1998.

Citons aussi les livres et travaux de Pierre AMIET, Paul-Alain BEAULIEU, Laura BATTINI, Jacques CONNAN, Jean-Marie DURAND, Laetitia GRASLIN, André PARROT, Thomas RÖMER, Wilfred THESIGER.

Les revues *Le Monde de la Bible*, *Les Dossiers de l'archéologie*, *Revue d'assyriologie et d'archéologie orientale*, *L'Histoire*.
Le blog *Brèves mésopotamiennes* de Cécile MICHEL.

— DROITS ICONOGRAPHIQUES —

Rives de l'Euphrate / © Agefotostock/Photo12/SuperStock.

Sargon II donnant des instructions à un haut fonctionnaire, vers 710 av J.-.C / © RMN-Grand Palais (musée du Louvre) / Gérard Blot / Paris, musée du Louvre (Paris).

Assurbanipal allant à la chasse / © The British Museum, Londres, Dist. RMN-Grand Palais / The Trustees of the British Museum / Londres, British Museum.

La Sainte Babylone de Nabuchodonosor / Unger Eckhard (1884-1966) / © BPK, Berlin, Dist. RMN-Grand Palais / Gudrun Stenzel / Berlin, BPK.

Détail de la porte d'Ishtar / © Catherine David / Berlin, musée de Pergame.

Reconstitution de la Voie processionnelle / © Catherine David / Berlin, musée de Pergame.

Reconstitution de la porte d'Ishtar / © Catherine David / Berlin, musée de Pergame.

Reconstitution de la salle du trône du palais royal / © Catherine David / Berlin, musée de Pergame.

Maquette de la ziggurat de Marduk de Babylone / © BPK, Berlin, Dist. RMN-Grand Palais / Olaf M. Tessmer / Berlin, Vorderasiatisches Museum (SMPK).

Jardins suspendus de Babylone / école anglaise (début du XXe siècle) / © Look and Learn / Bridgeman images / collection particulière.

La Grande Tour de Babel, 1563 / Pieter Bruegel l'Ancien / © Bridgeman Images / Vienne, Austriche, Kunsthistorisches Museum.

Babylone (Irak). Ruines de la ville antique, 1964 / © Roger-Viollet.

Stèle du Code de lois de Hammurabi, vers 1792-1750 av. J.-C. / © RMN-Grand Palais (musée du Louvre) / Franck Raux / Paris, musée du Louvre.

Écritures en caractères cunéiformes sur tablettes d'argile / mise en scène de Cécile Michel / © Cécile Michel.

Plaquette : la déesse Ishtar au lion tenant son arme / © RMN-Grand Palais (musée du Louvre) / Franck Raux / Paris, musée du Louvre.

Œil votif, vers 600 av. J.-C. / © RMN-Grand Palais (musée du Louvre) / Franck Raux / Paris, musée du Louvre.

Sceau-cylindre et empreinte : culte de Marduk et Nabû / © akg-images / Erich Lessing.

Démon Pazuzu, vers 700 av. J.-C. / © RMN-Grand Palais (musée du Louvre) / image RMN-GP / Paris, musée du Louvre.

Relief érotique / © BPK, Berlin, Dist. RMN-Grand Palais / Olaf M. Tessmer / Berlin, Vorderasiatisches Museum (SMPK).

Euphrate / © Agefotostock/Photo12/SuperStock.

Composition et mise en pages
Nord Compo à Villeneuve-d'Ascq

Impression réalisée par CPI BRODARD & TAUPIN
La Flèche (Sarthe), en août 2020

N° d'édition : 4209/01 - N° d'impression : 3038711
Dépôt légal : septembre 2020

Imprimé en France

FSC
www.fsc.org
MIXTE
Papier issu
de sources
responsables
FSC® C123930

Soucieuses de la préservation de l'environnement, les éditions XO utilisent du papier issu de forêts gérées de manière responsable.

BABYLONE

Sur les bords de l'Euphrate, une petite cité, Babylone, va connaître un destin exceptionnel sous Hammurabi (1792-1750 av. J.-C.) et Nabuchodonosor II (605-562 av. J.-C.). Ces deux rois vont faire de cette ville le centre politique, religieux et culturel d'un immense royaume.

Rives de l'Euphrate.

DE LA PUISSANCE AU DÉCLIN

LA PÉRIODE PALÉO-BABYLONIENNE

Simple bourgade au IIIe millénaire avant J.-C., Babylone s'impose sous le roi Hammurabi comme la principale capitale de la Mésopotamie.

Redoutable guerrier, habile diplomate, le souverain amorrite est aussi un grand législateur. C'est à lui que l'on doit le fameux « Code de Hammurabi ».

LA BABYLONIE, DES CASSITES AUX ASSYRIENS

À la mort de Hammurabi en 1750 avant J.-C., Babylone est déchirée par des luttes locales pour le contrôle de la région. En 1595 avant J.-C., la cité est pillée par les Hittites, un peuple originaire d'Anatolie. Profitant du désordre, les Cassites (des montagnards du Zagros) s'emparent du trône vacant de Babylone. Les rois cassites redonnent au royaume puissance et prospérité.

Après la chute de la dynastie cassite, en 1155 avant J.-C., la Babylonie connaît une histoire tourmentée, marquée peu à peu par l'essor de l'Assyrie (nord de la Mésopotamie). Sous les règnes de Sargon II (721-705 av. J.-C.) et d'Assurbanipal (668-630 av. J.-C.), l'Assyrie affirme sa puissance et la Babylonie est envahie.

Sargon II donnant des instructions à un haut fonctionnaire.

Assurbanipal allant à la chasse.

La mort d'Assurbanipal précipite la disparition de l'empire assyrien qui s'effondre en 610 avant J.-C. sous les coups des Babyloniens et des Mèdes (un peuple qui vivait à l'est de la Babylonie). Ninive, la dernière capitale assyrienne, est détruite.

LA PÉRIODE NÉO-BABYLONIENNE

Un millénaire après le règne de Hammurabi, Babylone retrouve sa splendeur passée. Sous le roi Nabuchodonosor II, l'empire s'étend des rives de la Méditerranée jusqu'aux abords de l'actuel Iran. Sa politique de conquête lui fournit ressources et main-d'œuvre. Le Grand Roi reconstruit la Cité.

Quatre souverains dont Nériglissar lui succéderont jusqu'à l'arrivée de Cyrus II, le roi de Perse, en 539 avant J.-C. Avec lui prendra fin l'indépendance de la Babylonie qui passera sous domination perse, puis sous celle d'Alexandre le Grand en 331 avant J.-C.

VISITE GUIDÉE

Venez avec nous faire un voyage dans le temps, à l'époque du roi Nériglissar. Partons découvrir l'une des plus grandes villes du monde antique, dont il ne reste que des vestiges. Située à 90 kilomètres au sud de Bagdad, en Irak, la cité de Babylone s'étend sur près de 1 000 hectares et sa population est proche des 100 000 habitants.

La sainte Babylone de Nabuchodonosor d'Unger Eckhard, 1931.

Siège du roi et du dieu Marduk, Babylone est protégée par de formidables fortifications extérieures et intérieures. Si vous en faites le tour, vous pouvez constater que ces dernières sont percées de huit portes monumentales dont la magnifique porte d'Ishtar au nord de la ville. Vouée à la déesse de l'Amour et de la Guerre, sa façade est décorée de briques émaillées en relief représentant des dragons et des taureaux. Prenez le temps d'admirer ces créatures fantastiques sous les rayons du soleil montant, mais quel est ce vacarme ? C'est un général de retour de campagne militaire.

Détail de la porte d'Ishtar.

Franchissons avec lui et son armée victorieuse cette porte somptueuse et empruntons la longue Voie processionnelle. Dallée, ornée de 120 lions, elle longe le palais et le temple de Marduk, selon un axe nord-sud.

Nous voici à présent dans la ville intra-muros qui comprend dix quartiers : six à l'est du fleuve, où se trouvent le palais royal et les principaux temples, et quatre à l'ouest. Plus populaire, moins peuplée, la partie occidentale sera à l'époque contemporaine en partie recouverte par l'Euphrate dont le cours s'est déplacé au fil du temps.

Reconstitution des lions de la Voie processionnelle au musée de Pergame à Berlin.

Reconstitution de la porte d'Ishtar au musée de Pergame à Berlin.

Entrons dans le complexe palatial. Formant un ensemble clos, il comporte plusieurs cours en enfilade, des bâtiments de stockage, et abrite les appartements royaux ainsi que la salle du trône. Imaginez le roi Nériglissar y méditant sur l'avenir de son empire.

Allons plus au nord, à proximité des murailles extérieures, où s'élève le palais d'été construit par le roi Nabuchodonosor II. De là, il pouvait contempler la Cité et ses palmeraies.

Retournons sur nos pas pour découvrir le cœur religieux de la ville. Admirez le sanctuaire de Marduk et levez les yeux pour observer la fameuse ziggurat, la haute tour à étages pyramidale qui se présente sous la forme d'une structure de plan carré de 90 mètres de haut.

Babylone compte de nombreux autres temples et chapelles dédiés à différentes divinités du panthéon mésopotamien.

Reconstitution de la salle du trône du palais royal au musée de Pergame à Berlin.

Sans doute cherchez-vous les mythiques jardins suspendus, que les auteurs de l'Antiquité considèrent comme l'une des Sept Merveilles du monde. Sachez que, malgré leurs efforts, les archéologues n'ont toujours pas identifié leur emplacement. Si certains n'excluent pas qu'ils se trouveraient à Babylone - seulement 18 % du site a pu être fouillé -, d'autres les situeraient plutôt à Ninive.

Il commence à faire une chaleur insoutenable : aussi avant de partir allons nous reposer près de l'un des nombreux canaux qui permettent l'irrigation des champs environnants et l'approvisionnement en eau des habitants.

Le voyage est terminé, revenons au XXIe siècle : de cette ville splendide qui a fait l'admiration des historiens grecs, il ne reste aujourd'hui qu'un vaste champ de ruines. Construite le plus souvent en briques crues, la cité millénaire n'a pas résisté aux ravages du temps. La haute ziggurat, la fameuse « tour de Babel » biblique, qui impressionnait tant les voyageurs de l'époque, a pratiquement disparu, ses murs ayant laissé la place à un fossé marécageux.

Les fouilles menées par les archéologues allemands à la fin du XIXe siècle ont ressuscité une petite partie de la Babylone de Nabopolassar et de son fils Nabuchodonosor II. Grâce à eux, la porte d'Ishtar (plus de 20 mètres de hauteur) et la Voie processionnelle ont été reconstituées et exposées au musée de Pergame, à Berlin.

Endommagé dans les années 1980 par les constructions de Saddam Hussein et par l'invasion de l'Irak en 2003, le site de Babylone a été inscrit sur la liste du Patrimoine mondial de l'Unesco le 5 juillet 2019.

Maquette de la ziggurat de Marduk.

BABYLONE, ENTRE MYTHE ET RÉALITÉ HISTORIQUE

À la fois mythique et réelle, méconnue mais jamais oubliée, la cité de Babylone concentre toutes les fascinations.

Ville magnifique mais aussi ville décadente, selon l'historien grec Hérodote (Ve s. av. J.-C.), Babylone est célèbre pour ses fameux jardins suspendus. Pour la Bible, elle représente la ville maudite qui a détruit Jérusalem et déporté ses habitants. C'est aussi celle de la tour de Babel qui, dès l'Antiquité, symbolise l'incapacité des hommes à se comprendre.

Ce n'est véritablement qu'au XIXe siècle, avec les premières fouilles archéologiques, que le regard porté sur Babylone commence à changer. Peu à peu, grâce aux musées où sont exposés les vestiges architecturaux, les objets, et grâce à la traduction des tablettes découvertes par les archéologues, le public découvre une des plus brillantes civilisations du monde antique.

Même disparue, celle-ci continue à alimenter l'imaginaire. Car s'il est un nom qui résonne encore aujourd'hui, c'est bien celui de Babylone. La cité mésopotamienne fait rêver ; elle a inspiré et inspire toujours de nombreux peintres, compositeurs, romanciers, cinéastes, architectes, auteurs de jeux…

Jardins suspendus, gouache de l'école anglaise, début du XXe siècle.

LA TOUR DE BABEL

Selon le récit de la Genèse, les hommes, qui parlaient la même langue, eurent un jour l'idée de construire une tour si haute qu'elle atteindrait le ciel. Et c'est pour les punir de leur orgueil démesuré que Dieu les dispersa et multiplia les langues.

Cette fameuse tour de la discorde a probablement été inspirée par la grande ziggurat de Babylone.

La Grande Tour de Babel de Pieter Bruegel l'Ancien, 1563.

LA BRIQUE, LE MATÉRIAU PAR EXCELLENCE

Pauvre en pierre et en bois résistants de grande taille, la Babylonie regorge d'argile. Matériau peu coûteux, cette terre est utilisée pour la confection des tablettes et des briques.

Pour ce faire, on prépare un mélange composé d'argile, d'eau et d'un « dégraissant » (en général de la paille hachée ou du sable) pour que les briques ne se fissurent pas au séchage. Après avoir été malaxé, on le verse et le tasse à la main ou au pied dans des cadres en bois sans fond. Démoulées, les briques crues sèchent ensuite au soleil pendant quelques jours.

Plus complexes à fabriquer, les briques cuites sont utilisées pour des travaux nécessitant une résistance particulière comme les soubassements. Celles en relief, et surtout les briques émaillées, sont réservées aux monuments les plus prestigieux. Elles sont alors cuites une première fois dans des moules et, une seconde fois, après l'application d'un fondant coloré.

Ruines de la ville antique en 1964.

LE CODE DE HAMMURABI

Le Code de Hammurabi, du nom du grand roi de Babylone Hammurabi (1792-1750 av. J.-C.), est le recueil juridique le plus important que nous ait laissé la Mésopotamie.

Les lois, au nombre de 282, gravées sur une stèle de basalte de plus de 2 mètres de hauteur (aujourd'hui au musée du Louvre à Paris), sont presque toutes rédigées selon le même modèle : si un homme a commis telle action, il subira telle peine. Les sujets abordés touchent tous les domaines de la vie : mariage, filiation et succession ; adultère, viol et avortement ; faux témoignage ; vol ; coups et blessures ; dépôts et dettes ; agriculture et élevage ; situation des esclaves.
C'est la première apparition de la « loi du talion » qui institue la réciprocité du crime et de la peine (§ 196 : « Si un homme a crevé l'œil d'un autre, on lui crèvera un œil »). Hammurabi voulait ainsi empêcher que les gens se fassent justice eux-mêmes et introduire un code de « bonne conduite » qui serait appliqué par les futurs juges.

Stèle du Code du roi Hammurabi.

L'ÉCRIT

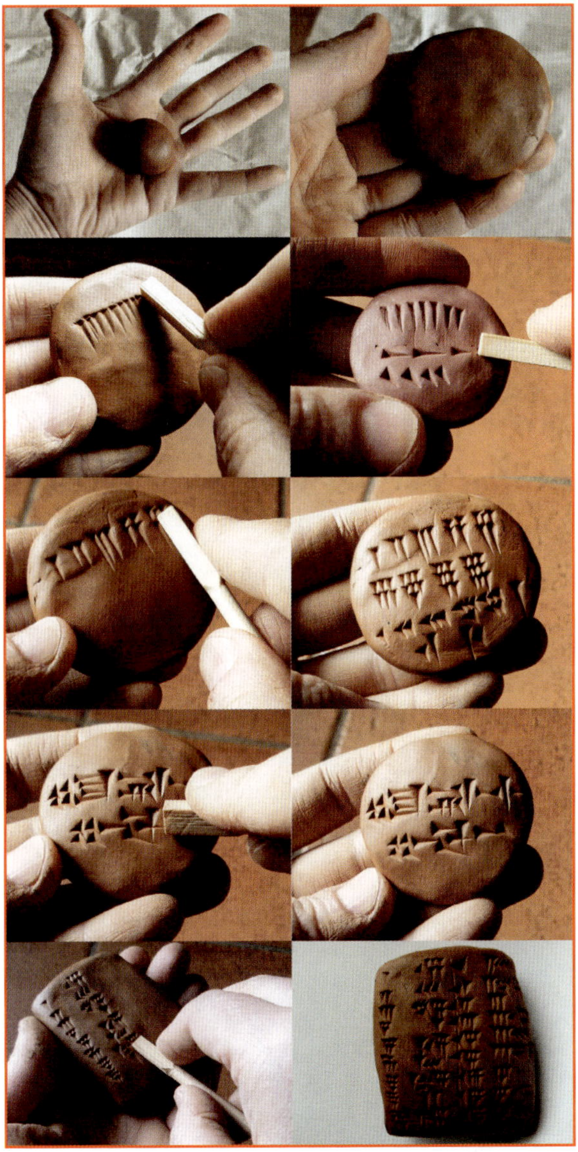

L'écriture n'est pas l'apanage des scribes. Certains rois, la plupart des marchands, les généraux, les prêtres et les devins savent lire et écrire pour des raisons de sécurité, ou parce qu'ils ont des responsabilités économiques ou religieuses.

Le cunéiforme a été inventé à l'origine pour écrire le sumérien, une langue que l'on ne peut rattacher à aucune autre connue. Au milieu du IIIe millénaire avant J.-C., les Akkadiens utilisent le cunéiforme pour transcrire leur langue. Vers 2000 avant J.-C., la langue akkadienne se divise en deux dialectes : l'assyrien dans le nord de la Mésopotamie et le babylonien dans le sud.

Le sumérien ne va pas disparaître pour autant. Il reste pendant longtemps la langue des savants.

Si l'argile est le support privilégié, les Mésopotamiens utilisent aussi la pierre pour les textes destinés à durer (le Code de Hammurabi par exemple) et des tablettes de bois recouvertes de cire.

Au Ier millénaire avant J.-C., l'akkadien est progressivement supplanté par l'araméen. Son système d'écriture, alphabétique, plus facile à maîtriser, permet une évolution du support (papyrus).

Le cunéiforme est un système d'écriture inventé vers 3200 avant J.-C.

À l'aide d'un calame – une tige de roseau taillée en biseau –, on pratiquait de petites incisions sur de l'argile fraîche. Cette impression en forme de « coins » ou de « clous » lui a donné son nom.

La dernière tablette en cunéiforme retrouvée date de 75 après J.-C.

LES DIEUX BABYLONIENS

Les Babyloniens sont polythéistes. Ils vénèrent de très nom breux dieux dont la plupart sont liés aux manifestations de la nature et aux activités humaines. Ainsi Shamash est assimilé au Soleil, Sîn à la Lune, Adad à l'Orage, et Nabû est le dieu des Scribes. Ishtar, la déesse de l'Amour et de la Guerre, est une divinité majeure du panthéon babylonien.

Les temples sont les demeures des dieux qui y sont présents sous forme de statues. Chaque jour, on leur sert des repas, on les habille et on les pare des plus beaux bijoux. On les distrait en leur jouant de la musique, car il ne faut pas qu'ils s'ennuient. Cet entretien journalier est assuré par des prêtres qui, après avoir présenté les offrandes aux dieux se chargent de leur répartition entre le roi et le personnel du temple.

Déesse Ishtar au lion tenant son arme.

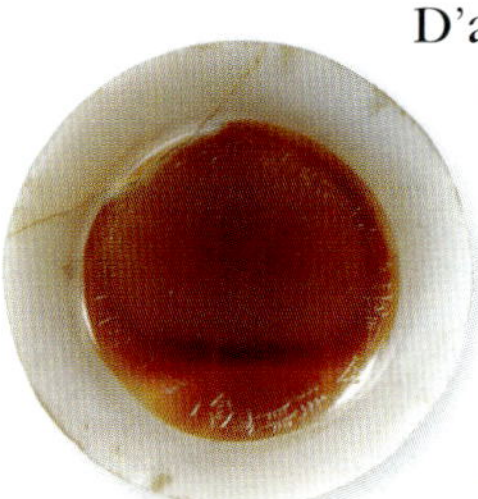

D'abord divinité agraire, Marduk s'impose au IIe millénaire comme le dieu tutélaire de Babylone et le roi des dieux.
Son sanctuaire principal est l'Esagil, à Babylone. Sa statue, dont le clergé babylonien assure un entretien scrupuleux, ne sort qu'une fois par an à l'occasion de la fête de l'Akîtu.

Sa personnalité nous est connue par l'*Épopée de la Création* (ou *Enuma Elish*) qui raconte comment Marduk est devenu le dieu suprême après avoir combattu Tiamat (la Mer). Mère des dieux celle-ci avait décidé d'éliminer toute sa progéniture qu'elle trouvait trop remuante Vainqueur, Marduk fend le corps de Tiamat en deux : d'une partie, il crée la voûte céleste, et, de l'autre, flottant sur les eaux, une terre pour les humains (avec pour centre Babylone). De ses yeux, il fait jaillir le Tigre et l'Euphrate.

Œil votif de Nabuchodonosor II au dieu Marduk.

Sceau-cylindre sur lequel figure Marduk, et son impression sur une tablette d'argile. Utilisé pour authentifie l'auteur du texte, il a valeur de signature.

LES DÉMONS

Créés à l'origine par les dieux pour exécuter leurs châtiments, les démons deviennent au Ier millénaire des entités infernales autonomes. On pouvait les éloigner grâce à des rituels appropriés ou des exorcismes.

Le chef des démons est Pazuzu. Propagateur des épidémies, il est aussi invoqué pour protéger les humains et leur apporter son aide.

Démon Pazuzu.

PETITS ET GRANDS PLAISIRS

Généralement tenue par des femmes, la taverne n'est pas seulement un établissement où l'on discute et où l'on fait des affaires, c'est aussi un lieu de prostitution.

On y boit de la bière, la boisson la plus consommée, après l'eau. On la fabrique localement à partir d'orge, voire d'épeautre, ou de dattes. Selon le malt utilisé, la durée de fermentation, les aromates ajoutés, on obtient des variétés très différentes : bière noire, bière claire, bière rouge, bière clarifiée… Celle de dattes est préparée à partir de fruits pressés. Le jus obtenu est ensuite fermenté. On boit aussi de la bière dans les familles, au palais ou dans les temples.

Produit cher parce qu'importé, le vin est une boisson réservée aux dieux, aux grands du royaume, et servie lors des occasions importantes.

Relief érotique. La femme, penchée en avant, boit de la bière à l'aide d'un chalumeau filtrant.

LES PERSONNAGES HISTORIQUES

NABUCHODONOSOR II, fils de Nabopolassar, a gouverné de 605 à 562 avant J.-C. Son règne marque l'apogée de l'empire néo-babylonien. Il est notamment connu pour avoir en 587 avant J.-C. assiégé et pillé Jérusalem, brûlé son Temple, saisi ses trésors et déporté une partie de sa population vers la Babylonie.

Grand bâtisseur, il embellit Babylone. Il achève la construction du palais royal, de la Voie processionnelle et de la porte d'Ishtar. Il fait édifier la vaste enceinte extérieure, le palais d'été et restaurer la grande ziggurat, donnant ainsi son allure définitive à la Babylone fouillée par les archéologues allemands à la fin du XIXe siècle.
Ce souverain a eu plusieurs enfants dont le futur roi Amel-Marduk.

AMEL-MARDUK, fils de Nabuchodonosor II, règne sur Babylone de 562 à 560 avant J.-C. Accusé d'incompétence, il est assassiné et remplacé par son beau-frère Nériglissar, un vétéran des campagnes de Nabuchodonosor II.

NÉRIGLISSAR a régné de 560 à 556 avant J.-C. Redoutable guerrier, il a participé au siège de Jérusalem en 587 avant J.-C. C'est donc un homme d'une vaste expérience qui accède au pouvoir. Il a épousé Kassaia, la fille aînée de Nabuchodonosor II, avec qui il a eu un fils, Lâbâsi-Marduk, et une fille, Gigitu.

KASSAIA est la fille aînée du roi Nabuchodonosor II et d'Amytis, la fille du roi des Mèdes.

LÂBÂSI-MARDUK, petit-fils du roi Nabuchodonosor II, règne sur Babylone à la mort de son père Nériglissar. Relativement jeune quand il accède au pouvoir, et peut-être atteint de troubles mentaux précoces, il est assassiné en 556 avant J.-C. lors d'une révolution de palais au bout de quelques mois seulement. Sa mort marque la fin de la dynastie de Nabopolassar.

NABONIDE est le dernier roi de Babylone. Il a pour mère Adad-guppi et pour fils Bel-sar-usur.

Les autres personnages du roman sont nés de notre imagination.